Die Kay-Scarpetta-Romane
von Patricia Cornwell

Post Mortem
Flucht
Das fünfte Paar
Phantom
Body Farm
Die Tote ohne Namen
Schuld
Verderben
Brandherd
Blinder Passagier
Das Revier
Dämonen
Staub
Defekt
Totenbuch
Scarpetta
Scarpetta Factor

Band 6

Patricia Cornwell

DIE TOTE OHNE NAMEN

Ein Kay-Scarpetta-Roman

Aus dem Amerikanischen von
Anette Grube

| Hoffmann und Campe |

Die Originalausgabe erschien 1995 unter dem Titel
From Potter's Field im Verlag Charles Scribner's Sons, New York.
Die deutsche Ausgabe erschien erstmals 1996. Für die vorliegende
Edition wurde der Text neu durchgesehen.

1. Auflage 2011

Satz: Pinkuin Satz und Datentechnik, Berlin
Gesetzt aus der Minion Pro
Druck und Bindung: GGP Media GmbH, Pößneck
Printed in Germany
ISBN 978-3-455-40166-0

HOFFMANN
UND CAMPE

Ein Unternehmen der
GANSKE VERLAGSGRUPPE

Dieses Buch ist Dr. Erika Blanton gewidmet.
(Scarpetta würde Dich eine Freundin nennen.)

Er aber sprach: Was hast du getan?
Die Stimme des Blutes deines Bruders
schreit zu mir von der Erde.

Das erste Buch Mose 4,10

Es ward die Nacht vor der Geburt des Herrn

Sicheren Schritts ging er durch den hohen Schnee im Central Park, und es war spät, aber er wusste nicht genau, wie spät. In jenem Teil des Parks, der The Ramble hieß, ragten die Felsen schwarz zu den Sternen empor, und er sah und hörte seinen eigenen Atem, weil er nicht wie andere war. Temple Gault hatte etwas Magisches, er war ein Gott im Körper eines Menschen. Zum Beispiel glitt er nicht aus, wo andere gewiss ausgleiten würden, und er kannte keine Furcht. Unter dem Schirm seiner Baseballkappe schweifte sein Blick hierhin, dorthin.

An der Stelle – und er wusste genau, wo sie war – ging er in die Hocke, schob die Schöße seines langen schwarzen Mantels beiseite. Er stellte einen alten Armeerucksack in den Schnee und hob die nackten, blutigen Hände in die Höhe, und obwohl sie kalt waren, waren sie nicht eiskalt. Gault mochte keine Handschuhe, nur solche aus Latex, und Latex wärmte nicht. Er säuberte Gesicht und Hände mit dem weichen Neuschnee, formte daraus einen blutigen Schneeball, den er neben den Rucksack legte. Beides durfte er nicht zurücklassen.

Er lächelte sein schmales Lächeln und fühlte sich wie ein übermütiger Hund, der ein Loch im Sand scharrt, während er die jungfräuliche Schneedecke im Park zerstörte, seine Fußspuren verwischte und den Notausgang suchte. Ja, da war er, und er schob mehr Schnee zur Seite, bis er die Alufolie fand, die er zwischen Deckel und Einfassung gesteckt hatte. Er fasste nach dem Ring, der als Griff diente, und öffnete den im Boden eingelassenen Deckel. Darunter lagen die dunklen Eingeweide der U-Bahn, ein Zug fuhr ratternd vorbei. Er ließ Rucksack und Schneeball hineinfallen. Seine Schritte hallten wider, als er auf der eisernen Leiter hinunterstieg.

1

Der Abend des 24. Dezember war kalt, tückisches schwarzes Eis bedeckte die Straßen, Verbrechen knisterten über den Scanner. Es kam nur selten vor, dass ich nach Einbruch der Dunkelheit durch das Armenviertel von Richmond chauffiert wurde. Normalerweise saß ich selbst am Steuer. Normalerweise war ich die einsame Fahrerin des blauen Leichenwagens, mit dem ich die Schauplätze gewaltsamer, unerklärlicher Todesfälle aufsuchte. Aber heute Abend saß ich auf dem Beifahrersitz eines Crown Victoria, Weihnachtslieder kamen über den Sender, Polizisten sprachen in Codes miteinander.

»Sheriff Santa ist da vorn rechts abgebogen. Wahrscheinlich hat er sich verfahren«, sagte ich.

»Tja, ich glaube, er ist high«, sagte Captain Pete Marino, der das Morddezernat dieses gewalttätigen Viertels leitete, durch das wir fuhren. »Schau dir seine Augen an, wenn wir das nächste Mal anhalten.«

Es überraschte mich nicht. Sheriff Lamont Brown besaß einen Cadillac, trug schweren Goldschmuck und wurde von den Bürgern für die Rolle geliebt, die er im Augenblick spielte. Diejenigen von uns, die die Wahrheit kannten, wagten es nicht, auch nur ein Wort davon verlauten zu lassen. Schließlich ist es ein Sakrileg zu behaupten, es gebe den Weihnachtsmann nicht, aber im Falle dieses Santa Claus war der Heiligenschein eine unglaubliche Anmaßung. Sheriff Brown schnupfte Kokain und steckte jedes Jahr vermutlich die Hälfte dessen, was für die Armen gespendet wurde, in seine eigene Tasche. Er war Abschaum, und erst kürzlich hatte er dafür gesorgt, dass ich als Geschworene antreten musste. Die Abneigung zwischen uns beruhte auf Gegenseitigkeit.

Die Scheibenwischer quälten sich über das Glas. Schneeflocken streiften Marinos Wagen, wirbelten darauf zu wie scheue, in Weiß gekleidete, tanzende Mädchen. Sie schwärmten um Natriumdampflampen und wurden so schwarz wie das Eis, das die Straßen überzog. Es war bitterkalt. Die meisten Menschen in der Stadt waren zu Hause bei ihren Familien, lichtergeschmückte Bäume erhellten Fenster, in Kaminen prasselten Feuer. Karen Carpenter träumte von einer weißen Weihnacht, bis Marino ärgerlich einen anderen Sender suchte.

»Vor Frauen, die Schlagzeug spielen, habe ich keinen Respekt.« Marino drückte den Zigarettenanzünder.

»Karen Carpenter ist tot«, sagte ich, als ob sie das vor weiteren Beleidigungen schützte. »Und außerdem hat sie bei diesem Lied nicht Schlagzeug gespielt.«

»Na klar.« Er zog eine Zigarette aus der Schachtel. »Stimmt. Sie hatte eine dieser Essstörungen. Hab vergessen, wie das heißt.«

Der Mormonen-Tabernakel-Chor stimmte ein Halleluja an. Am nächsten Morgen wollte ich nach Miami fliegen und meine Mutter, meine Schwester und Lucy, meine Nichte, besuchen. Meine Mutter war seit Wochen im Krankenhaus. Früher hatte sie so viel geraucht wie Marino. Ich kurbelte mein Fenster einen Spaltbreit herunter.

»Und dann hat ihr Herz ausgesetzt – daran ist sie letztlich gestorben«, sagte er.

»Daran stirbt letztlich jeder«, sagte ich.

»Nicht hier in dieser Gegend. Hier sterben die Leute an Bleivergiftung.«

Wir fuhren zwischen zwei Streifenwagen – rote und blaue Lichter blinkten – in einem Korso von Polizisten, Reportern und Fernsehteams. Wann immer wir hielten, stellten die Vertreter der Medien ihren weihnachtlichen Eifer unter Beweis, indem sie sich mit Notizblöcken, Mikrophonen und Kameras vordrängten. Begeistert und überaus sentimental berichteten sie, wie Sheriff Santa, übers ganze Gesicht strahlend, vergessenen Kindern und ihren vor Angst neurotischen Müttern Geschenke und Lebensmittel überreichte. Marino und ich verteilten die Decken, die ich dieses Jahr spendete.

Um die Ecke hielten die Wagen in der Magnolia Street vor einem Gebäudekomplex namens Whitcomb Court. Weiter vorn sah ich die leuchtendrote Kutte, als Santa durch das Scheinwerferlicht ging, gefolgt von Richmonds Polizeipräsidenten und anderen hohen Tieren. Fernsehkameras schwebten in der Luft wie Ufos, Blitzlichter explodierten.

Marino beschwerte sich hinter einem Stapel Decken. »Diese Dinger riechen billig. Wo hast du die gekauft, in einer Tierhandlung?«

»Sie wärmen, sind waschbar, und falls es brennt, verströmen sie keine giftigen Gase wie etwa Zyanid«, sagte ich.

»Himmel, wenn einen das nicht in Feiertagsstimmung versetzt«, rief er aus.

Während ich zum Fenster hinaussah, fragte ich mich, wo wir waren.

»Ich würde sie nicht mal in meine Hundehütte legen«, fuhr Marino fort.

»Du hast weder einen Hund noch eine Hundehütte, und ich habe dir auch keine Decke angeboten. Warum gehen wir in diese Wohnung? Sie steht nicht auf der Liste.«

»Das ist eine verdammt gute Frage.«

Reporter, Polizisten, Sozialarbeiter drängten sich vor der Tür einer Wohnung, die aussah wie alle anderen in diesem Komplex, der an Betonbaracken erinnerte. Marino und ich zwängten uns an Kameras vorbei, an Scheinwerfern, die die Dunkelheit erhellten, und Sheriff Santa brüllte: »HO! HO! HO!«

Als wir eintraten, setzte Santa sich gerade einen kleinen schwarzen Jungen aufs Knie und gab ihm ein paar in Geschenkpapier verpackte Spielsachen. Der Junge hieß Trevi und trug eine blaue Kappe mit einem Marihuanablatt auf dem Schirm. Seine Augen waren riesengroß, und er wirkte verwirrt auf dem samtenen roten Knie dieses Mannes. Daneben stand ein silberner, mit Lichtern geschmückter Baum. In dem überheizten kleinen Zimmer war kaum genug Luft zum Atmen, und es roch nach altem Fett.

»Lassen Sie mich durch, Ma'am.« Ein Kameramann schubste mich aus dem Weg.

»Stell sie dort drüben auf.«

»Wer hat die restlichen Spielsachen?«

»Ma'am, Sie müssen einen Schritt zurücktreten.« Der Kameramann warf mich praktisch um. Ich spürte, wie mein Blutdruck anstieg.

»Wir brauchen noch eine Schachtel ...«

»Nein, nicht da. Dort drüben.«

»Süßigkeiten? Okay. Hab verstanden.«

»Wenn Sie Sozialarbeiterin sind«, sagte der Kameramann zu mir, »warum stellen Sie sich dann nicht da drüben hin?«

»Wenn Sie Augen im Kopf hätten, würden Sie sehen, dass sie keine Sozialarbeiterin ist.« Marino starrte ihn böse an.

Eine alte Frau in einem sackartigen Kleid, die auf der Couch saß, fing jetzt an zu weinen. Ein hochrangiger Polizist in weißem Hemd und mit etlichen Auszeichnungen an der Jacke setzte sich neben sie, um sie zu trösten. Marino kam näher und flüsterte mir etwas zu.

»Ihre Tochter wurde letzten Monat umgebracht, Nachname ist King. Erinnerst du dich an den Fall?«

Ich schüttelte den Kopf. Ich erinnerte mich nicht. Es gab so viele Fälle.

»Der Schmarotzer, von dem wir annehmen, dass er sie umgebracht hat, ist ein brutaler Drogendealer namens Jones«, fuhr er fort, um meinem Gedächtnis nachzuhelfen.

Wieder schüttelte ich den Kopf. Es gab so viele brutale Drogendealer, und Jones war nicht gerade ein seltener Name.

Der Kameramann filmte, und als Sheriff Santa mir aus glasigen Augen einen verächtlichen Blick zuwarf, wandte ich das Gesicht ab. Der Kameramann rempelte mich fast um.

»Ich würde das nicht noch einmal tun«, warnte ich ihn in einem Ton, der keinen Zweifel daran ließ, dass ich es ernst meinte.

Die Journalisten hatten ihre Aufmerksamkeit der Großmutter zugewandt, denn sie war der Star des Abends. Jemand war ermordet worden, die Mutter des Opfers weinte, und Trevi war ein Waisenkind, und Sheriff Santa, der jetzt nicht mehr im Rampenlicht stand, setzte den Jungen ab.

»Captain Marino, geben Sie mir eine von den Decken«, sagte eine Sozialarbeiterin.

»Warum sind wir überhaupt hier?«, fragte er sie und gab ihr den ganzen Stoß. »Können Sie mich vielleicht aufklären?«

»Hier wohnt nur ein Kind«, sagte die Sozialarbeiterin. »Deswegen brauchen wir nur eine.« Sie tat so, als hätte Marino irgendwelche Instruktionen nicht befolgt, nahm eine zusammengefaltete Decke und reichte ihm den Rest zurück.

»Hier sollten aber vier Kinder leben. Ich sage Ihnen doch, die Wohnung steht nicht auf der Liste«, murrte Marino.

Ein Journalist kam auf mich zu. »Entschuldigen Sie, Dr. Scarpetta. Warum sind Sie heute Abend hier? Rechnen Sie damit, dass jemand stirbt?«

Er arbeitete für Richmonds Tageszeitung, die mich noch nie freundlich behandelt hatte. Ich tat so, als hätte ich ihn nicht verstanden. Sheriff Santa verschwand in der Küche, was mir komisch vorkam, weil er schließlich nicht hier wohnte und auch nicht um Erlaubnis gefragt hatte. Aber die Großmutter auf der Couch war nicht in der Verfassung, zu bemerken, wohin er gegangen war, oder sich darüber zu wundern.

Ich kniete mich neben Trevi, der allein auf dem Boden saß und seine neuen Spielsachen bestaunte. »Da hast du aber ein tolles Feuerwehrauto«, sagte ich zu ihm.

»Es blinkt.« Er zeigte mir ein rotes Licht auf dem Dach des Autos, das blinkte, wenn er einen Schalter umlegte.

Auch Marino setzte sich neben ihn. »Hast du auch Ersatzbatterien dafür gekriegt?« Er versuchte, missmutig zu klingen, konnte die Anteilnahme in seiner Stimme jedoch nicht verbergen. »Du brauchst die richtige Größe. Siehst du dieses kleine Fach hier? Da gehören sie hinein. Und du brauchst diese kleinen länglichen …«

Der erste Schuss hörte sich an wie die Fehlzündung eines Autos, nur kam dies aus der Küche. Marinos Blick wurde starr, als er seine Pistole aus dem Holster riss, und Trevi rollte sich auf dem Boden zusammen wie ein Tausendfüßler. Ich legte mich schützend über den Jungen, in schneller Folge explodierten Schüsse, als das Magazin einer halbautomatischen Waffe in der Nähe der Hintertür leergeschossen wurde.

»Auf den *Boden!* AUF DEN BODEN!«

»O Gott!«

»Himmel!«

Kameras und Mikrophone fielen krachend hin, als die Leute aufschrien, zur Tür drängten oder sich auf den Boden warfen.

»ALLE RUNTER!«

Marino stürmte in Kampfhaltung zur Küche, die Neun-Millimeter in der Hand. Die Schüsse verklangen, und es herrschte Totenstille.

Ich hob Trevi auf, mein Herz hämmerte, und ich begann zu zittern. Die Großmutter saß immer noch auf der Couch, vornübergebeugt, die Hände schützend über den Kopf gelegt, als ob sie in einem abstürzenden Flugzeug säße. Ich setzte mich neben sie, hielt den Jungen fest, der sich völlig versteift hatte. Seine Großmutter schluchzte vor Entsetzen.

»Jesus. Bitte nicht, Jesus.« Sie stöhnte und wiegte sich vor und zurück.

»Alles in Ordnung«, sagte ich mit fester Stimme zu ihr.

»Nicht schon wieder! Ich halte es nicht mehr aus. Lieber Gott, bitte nicht!«

Ich nahm ihre Hand. »Alles in Ordnung. Hören Sie. Es ist vorbei. Es hat aufgehört.«

Sie wiegte sich hin und her und weinte, Trevi hängte sich ihr an den Hals.

Marino tauchte in der Tür zwischen Küche und Wohnzimmer auf, mit angespannter Miene, sein Blick schoss durchs Zimmer. »Doc.« Er winkte mich zu sich.

Ich folgte ihm hinaus auf einen armseligen Hinterhof, in dem Wäscheleinen hingen, und Schneeflocken wirbelten über einen dunklen Haufen auf dem weißen Gras. Das Opfer war jung, schwarz, lag auf dem Rücken und starrte aus kaum geöffneten Augen blind in den milchigen Himmel. Seine blaue Daunenweste hatte winzige Risse. Eine Kugel war durch die rechte Wange in den Kopf gedrungen, und während ich seinen Brustkasten zusammendrückte und eine Mund-zu-Mund-Beatmung versuchte, lief Blut über meine Hände und erkaltete augenblicklich auf meinem Gesicht. Ich konnte ihn nicht retten. Sirenen heulten in der Nacht wie Geister, die gegen den Tod wüteten.

Ich setzte mich schwer atmend auf. Marino half mir auf die Beine, aus den Augenwinkeln sah ich schattenhafte Bewegungen. Ich wandte mich um und sah, wie drei Polizisten Sheriff Santa in Handschellen abführten. Seine Zipfelmütze war heruntergefallen und lag nicht weit von mir entfernt auf dem Boden. Im Strahl von Marinos Taschenlampe blitzten Patronenhülsen auf.

»Was, in Gottes Namen, ist hier los?«, fragte ich geschockt.

»Sieht so aus, als hätte der gute alte Santa Claus den guten alten Santa Crack verärgert, und dann hatten sie hier draußen eine kleine Auseinandersetzung«, sagte Marino aufgeregt und außer Atem. »Deswegen wurde die Parade zu dieser Bude umgeleitet. Sie stand ausschließlich auf der Liste des Sheriff.«

Ich war wie vor den Kopf gestoßen. Ich schmeckte Blut und dachte an Aids.

Der Polizeichef tauchte auf und stellte Fragen.

Marino begann zu erklären. »Sieht so aus, als habe der Sheriff in dieser Gegend mehr als nur Weihnachtsgeschenke abliefern wollen.«

»Drogen?«

»Vermutlich.«

»Ich hab mich schon gefragt, warum wir hier sind«, sagte Chief Tucker. »Die Adresse steht nicht auf der Liste.«

»Tja, das ist der Grund.« Marino starrte ausdruckslos auf die Leiche.

»Wissen wir, wer er ist?«

»Anthony Jones von den berühmten Jones Brothers. Siebzehn Jahre alt, war öfter im Gefängnis als unser Doc hier in der Oper. Sein älterer Bruder wurde letztes Jahr von einem Tec-9-Mitglied umgebracht. In Fairfield Court, Phaup Street. Und wir glauben, dass Anthony letzten Monat Trevis Mutter ermordet hat, aber Sie wissen ja, wie es hier zugeht. Niemand hat etwas gesehen. Wir hatten sozusagen keinen Fall. Vielleicht können wir ihn jetzt klären.«

»Trevi? Sie meinen den kleinen Jungen da drinnen?« Die Miene des Chief blieb unverändert.

»Ja. Anthony ist vermutlich der Vater des Jungen. Oder vielmehr war er der Vater.«

»Wurde eine Waffe sichergestellt?«

»In welchem Fall?«

»In diesem.«

»Smith & Wesson, Kaliber .38, die Trommel ist leergeschossen. Jones hatte sie noch nicht fallen gelassen, und auf dem Boden haben wir einen Schnellllader gefunden.«

»Er hat fünfmal geschossen und nicht getroffen?«, fragte der Chief, der seine schicke Ausgehuniform trug. Schnee bedeckte seine Kappe.

»Schwer zu sagen. Sheriff Brown hatte eine kugelsichere Weste an.«

»Er trug eine kugelsichere Weste unter der Weihnachtsmannkutte.« Der Chief wiederholte die Fakten, als würde er sich Notizen machen.

»Ja.« Marino inspizierte eine verbogene Wäschestange, der Strahl seiner Taschenlampe suchte das rostende Metall ab. Mit dem Daumen einer behandschuhten Hand fuhr er über eine Delle, die von einer Kugel stammte. »Tja«, sagte er, »dem Bimbo ist es ordentlich an die Wäsche gegangen.«

Ich zuckte zusammen.

Der Chief, der ein Schwarzer war, schwieg einen Moment, dann sagte er: »Ich schlage vor, Sie verzichten in Zukunft auf Scherze, die rassische oder ethnische Anspielungen enthalten.« Er biss die Zähne zusammen.

Der Krankenwagen traf ein. Ich begann zu zittern.

»Verstehen Sie mich nicht falsch, ich wollte nicht …«, setzte Marino an.

Der Chief unterbrach ihn. »Meiner Meinung nach sind Sie der ideale Kandidat für einen Kurs in multikultureller Toleranz.«

»Ich habe bereits einen absolviert.«

»Sie haben bereits einen absolviert, *Sir*, und Sie werden noch einen absolvieren, *Captain*.«

»Ich habe drei Kurse hinter mir. Nicht nötig, mich noch einmal hinzuschicken«, sagte Marino, der lieber zu einer Darmuntersuchung gegangen wäre, als an einem weiteren Kurs in multikultureller Toleranz teilzunehmen.

Türen wurden zugeschlagen, eine Metallbahre klapperte.

»Marino, hier gibt's nichts mehr für mich zu tun.« Ich wollte nicht, dass er sich noch mehr Probleme an den Hals redete. »Und ich muss ins Büro.«

»Was? Du willst ihn dir heute noch vornehmen?« Marino schien zu schrumpfen.

»Angesichts der Umstände halte ich das für eine gute Idee«, sagte ich ernst. »Und morgen fahre ich weg.«

»Sie verbringen Weihnachten im Kreis der Familie?«, fragte Chief Tucker, der ein erstaunlich junger Polizeichef war.

»Ja.«

»Schön für Sie«, sagte er, ohne zu lächeln. »Kommen Sie, Dr. Scarpetta, ich fahre Sie beim Leichenschauhaus vorbei.«

Marino beäugte mich argwöhnisch, während er sich eine Zigarette anzündete. »Ich schau rein, sobald ich hier fertig bin«, sagte er.

2

Paul Tucker war vor ein paar Monaten zum Polizeichef von Richmond ernannt worden. Wir hatten uns allerdings nur einmal kurz bei einer Wohltätigkeitsveranstaltung getroffen. Heute Abend waren wir uns zum ersten Mal am Schauplatz eines Verbrechens begegnet. Was ich von ihm wusste, passte auf eine kleine Karteikarte.

Er war ein Basketball-Star an der Universität von Maryland gewesen und Empfänger eines Rhodes-Stipendiums. Er war körperlich in Superform, außergewöhnlich intelligent und hatte die FBI-Akademie absolviert. Ich glaubte, ihn zu mögen, war mir jedoch nicht sicher.

»Marino meint es nicht böse«, sagte ich, als wir bei Gelb über eine Ampel an der East Broad Street fuhren.

Ich spürte, wie mich Tuckers dunkle Augen neugierig musterten. »Die Welt ist voller Menschen, die es nicht böse meinen und eine Menge Schaden anrichten.« Er hatte eine wohlklingende dunkle Stimme, die mich an Bronze und poliertes Holz erinnerte.

»Das lässt sich nicht bestreiten, Colonel Tucker.«

»Nennen Sie mich Paul.«

Ich bot ihm nicht an, mich Kay zu nennen, weil ich es nach vielen Jahren als Frau in dieser Welt besser wusste. »Es wird nichts nützen, Marino noch einmal zu einem Kurs in multikultureller Toleranz zu schicken«, fuhr ich fort.

»Marino muss Disziplin und Respekt lernen.« Er starrte wieder auf die Straße.

»Auf seine Art verfügt er über beides.«

»Er sollte über beides auf die angemessene Art und Weise verfügen.«

»Sie werden ihn nicht ändern, Colonel. Er ist schwierig, provozierend, hat schlechte Manieren, und er ist der beste Polizist in einem Morddezernat, mit dem ich je zusammengearbeitet habe.«

Tucker schwieg, bis wir am Medical College of Virginia vorbeigefahren und nach rechts in die Fourteenth Street abgebogen waren.

»Sagen Sie mir, Dr. Scarpetta, glauben Sie, dass Ihr Freund Marino ein guter Dezernatsleiter ist?«

Die Frage verblüffte mich. Ich war überrascht gewesen, als Marino zum Lieutenant befördert wurde, und wie vor den Kopf gestoßen, als er Captain wurde. Er hasste die hohen Tiere, und dann wurde er selber einer von denen, die er hasste, und er hasste sie noch immer, als gehörte er nicht dazu.

»Ich glaube, dass Marino ein hervorragender Polizist ist. Er ist unbestechlich, aufrecht, und er hat ein gutes Herz«, sagte ich.

»Wollen Sie meine Frage beantworten oder nicht?« Tucker klang amüsiert.

»Er ist kein Politiker.«

»Daran besteht kein Zweifel.«

Die Uhr am Turm der Main Street Station verkündete die Zeit von ihrer luftigen Höhe über dem alten Bahnhof mit seinem Terrakotta-Dach und dem Netzwerk von Gleisen. Hinter dem Consolidated Laboratory Building parkten wir auf dem für den Chief Medical Examiner reservierten Platz, einem unauffälligen Stück Asphalt, wo für gewöhnlich mein Auto stand.

»Er widmet dem FBI zu viel Zeit«, sagte Tucker.

»Er leistet dem FBI unschätzbare Dienste«, sagte ich.

»Ja, ja, ich weiß das ebenso gut wie Sie. Aber in seinem Fall führt das zu ernsthaften Problemen. Er ist verantwortlich für den ersten Bezirk und nicht für die Verbrechensaufklärung in anderen Städten. Und ich bemühe mich darum, dass meine Truppe funktioniert.«

»Wenn es irgendwo zu Gewalttätigkeiten kommt, geht das alle etwas an. Gleichgültig, wo unser Bezirk oder unsere Behörde ist.«

Tucker starrte nachdenklich auf das geschlossene Stahltor der Leichenwageneinfahrt vor uns. »Um nichts in der Welt könnte ich um diese Uhrzeit tun, was Sie tun, und niemand ist in der Nähe, nur die Leute in den Kühlfächern.«

»Vor *denen* habe ich keine Angst«, stellte ich sachlich fest.

»Es mag irrational sein, aber ich hätte eine Riesenangst vor ihnen.«

Das Scheinwerferlicht fiel auf schmutzigen Verputz und Stahl, beide im gleichen langweiligen Beige. Ein rotes Schild an einer Seitentür informierte Besucher, dass alles, was sich dahinter befand, ein biologisches Risiko darstellte, und gab Instruktionen für den Umgang mit Leichen.

»Ich muss Sie etwas fragen«, sagte Colonel Tucker.

Der Wollstoff seiner Uniform rieb am Polster, als er seine Position veränderte und sich mir zuwandte. Ich roch Hermès. Er sah gut aus: hohe Wangenknochen, kräftige weiße Zähne, sein Körper strotzte vor Kraft unter der dunklen Haut.

»Warum tun Sie es?«, fragte er.

»Warum tue ich was, Colonel?«

Er lehnte sich in seinen Sitz zurück. »Sehen Sie«, sagte er, während Lichter über den Scanner tanzten. »Sie sind Anwältin. Sie sind Ärztin. Sie sind ein Chief, ich bin ein Chief. Deswegen frage ich. Ich wollte Ihnen nicht zu nahe treten.«

Ich glaubte ihm. »Ich weiß es nicht«, gestand ich.

Er schwieg eine Weile, dann sagte er: »Mein Vater war Rangierarbeiter, meine Mutter putzte die Häuser reicher Leute in Baltimore.« Er hielt inne. »Wenn ich jetzt nach Baltimore fahre, wohne ich in teuren Hotels und esse in Restaurants im Hafen.

Man salutiert vor mir. In manchen Briefen werde ich ›The Honorable‹ angeredet. Ich habe ein Haus in Windsor Farms. Ich befehlige in Ihrer gewalttätigen Stadt mehr als sechshundert Menschen, die Waffen tragen. Ich weiß, warum ich tue, was ich tue, Dr. Scarpetta. Ich tue es, weil ich als Junge keine Macht besaß. Ich lebte mit Menschen zusammen, die keine Macht besaßen, und ich lernte, dass all das Böse, über das in der Kirche gepredigt wurde, im Missbrauch dieser Macht wurzelt, die ich nicht besaß.«

Dichte und Choreographie des Schneefalls waren unverändert. Ich sah zu, wie der Schnee langsam die Motorhaube seines Wagens bedeckte.

»Colonel Tucker«, sagte ich, »morgen ist Weihnachten, und Sheriff Santa hat vermutlich in Whitcomb Court gerade einen Menschen erschossen. Die Medien sind am Durchdrehen. Was raten Sie mir?«

»Ich werde die ganze Nacht im Präsidium sein. Ich werde dafür sorgen, dass dieses Gebäude überwacht wird. Wollen Sie Polizeischutz für den Nachhauseweg?«

»Ich denke, Marino bringt mich nach Hause, aber wenn ich zu der Ansicht gelange, dass zusätzlicher Schutz nötig ist, werde ich Sie auf alle Fälle anrufen. Sie sollten sich darüber im klaren sein, dass die Situation weiter kompliziert wird durch die Tatsache, dass Brown mich hasst und ich jetzt eine wichtige Zeugin in seinem Fall bin.«

»Wenn nur alle von uns so viel Glück hätten.«

»Ich habe nicht unbedingt das Gefühl, Glück gehabt zu haben.«

»Sie haben recht.« Er seufzte. »Das hat nichts mit Glück zu tun.«

»Hier kommt mein Fall«, sagte ich, als der Krankenwagen auf den Parkplatz fuhr, ohne Blaulicht und Sirene, denn es gibt keinen Grund zur Eile, wenn Tote transportiert werden.

»Frohe Weihnachten, Chief Scarpetta«, sagte Tucker, als ich aus seinem Wagen stieg.

Ich betrat das Gebäude durch einen Seiteneingang und drückte auf einen Knopf an der Wand. Das Stahltor schwang quietschend auf, und der Krankenwagen passierte. Die Sanitäter öffneten die Hecktür, holten die Bahre heraus und schoben sie eine Rampe hinauf, während ich eine Tür aufschloss, die ins Innere des Leichenschauhauses führte.

Die Neonröhren, die blassen Wände und der Kachelboden verliehen dem Korridor eine trügerische antiseptische Atmosphäre. An diesem Ort war nichts keimfrei. Angesichts sonst üblicher medizinischer Standards war es nicht einmal sauber.

»Soll er in ein Kühlfach?«, fragte mich ein Sanitäter.

»Nein. Fahren Sie ihn in den Röntgenraum.« Ich schloss weitere Türen auf, die Bahre klapperte hinter mir, Blut tropfte auf die Bodenkacheln.

»Sind Sie heute Abend solo?«, fragte ein Sanitäter, der wie ein Latino aussah.

»Leider.«

Ich knöpfte eine Plastikschürze auf, zog sie mir über den Kopf und hoffte, dass Marino bald käme. Im Umkleideraum nahm ich den grünen Chirurgenanzug von einem Regal, zog Schuhschoner und zwei Paar Handschuhe an.

»Sollen wir Ihnen helfen, ihn auf den Tisch zu legen?«, fragte ein Sanitäter.

»Das wäre großartig.«

»Los, heben wir ihn für den Doc auf den Tisch.«

»Klar.«

»Verdammt, dieser Sack hat auch ein Loch. Wir müssen neue besorgen.«

»Wohin soll der Kopf?«

»An dieses Ende.«

»Auf den Rücken?«

»Ja. Danke.«

»Eins, zwei, drei und hoch.«

Wir hoben Anthony Jones von der Bahre auf den Seziertisch, einer der Sanitäter wollte den Reißverschluss des Leichensacks aufziehen.

»Nein, lassen Sie ihn drin«, sagte ich. »Ich will ihn erst röntgen.«

»Wie lange wird das dauern?«

»Nicht lange.«

»Sie werden Hilfe brauchen, wenn Sie seine Lage verändern wollen.«

»Ich nehme alle Hilfe an, die ich kriegen kann«, sagte ich zu ihnen.

»Wir können noch ein paar Minuten hier bleiben. Wollten Sie das wirklich alles allein machen?«

»Ich erwarte noch jemanden.«

Kurz darauf schoben wir die Leiche in den Autopsieraum, und ich entkleidete sie. Die Sanitäter verabschiedeten sich, und im Leichenschauhaus waren nur noch die gewohnten Geräusche zu hören: Wasser, das in Waschbecken ablief, stählerne Instrumente, die klappernd gegen Stahl schlugen. Ich klemmte die Röntgenfilme an Leuchtkästen, wo sich mir die Schatten und Formen seiner Organe und Knochen offenbarten. Kugeln und eine Unmenge scharfkantiger Splitter hatten in Leber, Lunge, Herz und Gehirn wie ein tödlicher Schneesturm gewütet. In seiner linken Pobacke steckte eine alte Kugel, und sein rechter Oberarmknochen wies eine verheilte Fraktur auf. Mr. Jones war wie so viele meiner Patienten gestorben, wie er gelebt hatte.

Ich brachte gerade den Y-förmigen Schnitt an, als jemand am Tor läutete. Ich machte weiter. Der Mann vom Sicherheitsdienst würde sich darum kümmern. Einige Augenblicke später hörte ich schwere Schritte auf dem Korridor, und Marino kam herein.

»Ich wäre schon früher hier gewesen, wenn nicht alle Nachbarn beschlossen hätten, sich den Spaß anzusehen.«

»Was für Nachbarn?« Ich blickte ihn verständnislos an, das Skalpell in der Hand.

»Die Nachbarn von dem Schmarotzer in Whitcomb Court. Wir hatten Angst, dass es zu verdammten Unruhen kommt. Es hat sich in Windeseile herumgesprochen, dass ihn ein Polizist erschossen hat, ausgerechnet Sheriff Santa ihn auf dem Gewissen hat, und dann krochen die Leute aus den Ritzen im Asphalt.«

Marino zog seinen Mantel aus und legte ihn über eine Stuhllehne. Er trug noch immer seine Uniform. »Sie standen überall herum mit ihren Zweiliterflaschen Pepsi und haben in die Kameras gelächelt. Hab meinen Augen nicht getraut.« Er zog eine Schachtel Marlboro aus seiner Hemdtasche.

»Ich dachte, mit deiner Raucherei wäre es besser geworden«, sagte ich.

»Ist es auch. Ich werde ständig besser.«

»Marino, darüber macht man keine Witze.« Ich dachte an meine Mutter und ihre Tracheotomie. Emphyseme hatten sie nicht von ihrer Sucht kuriert; schließlich hatte die Atmung ausgesetzt.

»Okay.« Er kam näher an den Tisch. »Ich sage dir die ganze Wahrheit. Ich rauche eine halbe Schachtel am Tag weniger.«

Ich durchtrennte die Rippen und entfernte die Brustplatte.

»Ich darf weder in Mollys Auto noch in ihrem Haus rauchen.«

»Molly hat recht.« Molly war die Frau, mit der Marino seit Thanksgiving zusammen war. »Wie läuft es mit euch beiden?«

»Wirklich gut.«

»Verbringt ihr Weihnachten zusammen?«

»Klar. Wir fahren zu ihrer Familie nach Urbana. Sie machen einen Riesentruthahn mit allem Drum und Dran.« Er schnippte die Asche auf den Boden und schwieg.

»Das hier wird eine Weile dauern«, sagte ich. »Die Kugeln sind zersplittert, wie du auf den Bildern sehen kannst.«

Marino sah sich das morbide Clair-obscur auf den Leuchtkästen an.

»Was hat er benutzt? Hydra-Shok?«, fragte ich.

»Heutzutage benutzen alle Polizisten hier in der Gegend Hydra-Shok. Vermutlich verstehst du jetzt, warum. Die leisten ganze Arbeit.«

»Seine Nieren haben eine leicht körnige Oberfläche. Das ist ziemlich selten in seinem Alter.«

»Was bedeutet das?« Marino schien neugierig.

»Vermutlich ein Anzeichen für Bluthochdruck.«

Er schwieg, fragte sich wahrscheinlich, ob seine Nieren genauso aussahen, was ich vermutete.

»Es wäre mir eine große Hilfe, wenn du Notizen machen würdest.«

»Kein Problem, solange du jedes Wort buchstabierst.«

Er ging zu einem Tisch und nahm Block und Kugelschreiber. Dann zog er Handschuhe an. Ich hatte gerade angefangen, Maße und Gewicht zu diktieren, als sein Pager losging.

Er löste ihn von seinem Gürtel und hielt ihn hoch, um die Anzeige zu lesen. Seine Miene verdüsterte sich.

Marino ging zum Telefon auf der anderen Seite des Autopsieraums und wählte. Er sprach mit dem Rücken zu mir, und ich verstand nur ab und zu ein paar Worte, welche die Geräusche an meinem Tisch übertönten. Was immer er gerade hörte, es waren schlechte Nachrichten.

Als er auflegte, entfernte ich Bleisplitter aus dem Gehirn und kritzelte Notizen auf eine leere blutige Handschuhschachtel. Ich hielt inne und sah ihn an.

»Was ist los?«, fragte ich, in der Annahme, dass der Anruf etwas mit diesem Fall zu tun hatte, denn was an diesem Abend geschehen war, das war schlimm genug.

Marino schwitzte, sein Gesicht war dunkelrot angelaufen. »Benton hat mir auf meinem Pager eine 911-Nachricht geschickt.«

»Er hat was?«, fragte ich.

»Das ist der Code, den wir vereinbart haben für den Fall, dass Gault wieder zuschlägt.«

»O Gott«, flüsterte ich.

»Ich habe Benton gesagt, dass er dich nicht anzurufen braucht, weil ich hier bin und dich höchstpersönlich informieren kann.«

Ich stützte die Hände auf die Tischkante. »Wo?«, fragte ich angespannt.

»Sie haben im Central Park eine Leiche gefunden. Weiblich, weiß, vermutlich Anfang dreißig. Sieht so aus, als hätte Gault beschlossen, Weihnachten in New York zu feiern.«

Ich hatte mich vor diesem Tag gefürchtet. Ich hatte gehofft und gebetet, dass Gault bis in alle Ewigkeit schweigen würde, dass er vielleicht krank oder gestorben war, in irgendeinem abgelegenen Dorf, in dem niemand seinen Namen kannte.

»Das FBI schickt uns einen Hubschrauber«, fuhr Marino fort. »Sobald du hier fertig bist, Doc, müssen wir los. Der verfluchte Mistkerl!« Er begann, wütend auf und ab zu gehen. »Er musste es heute tun!« Er starrte finster um sich. »Das war Absicht. Er hat es genau geplant.«

»Ruf Molly an«, sagte ich und versuchte, ruhig zu bleiben und schneller zu arbeiten.

»Und ausgerechnet heute habe ich diese Uniform an.«

»Hast du was zum Umziehen dabei?«

»Ich muss schnell nach Hause, meine Waffe muss ich auch hier lassen. Was machst du?«

»Ich habe immer ein paar Sachen hier. Wenn du zu Hause bist, könntest du da meine Schwester in Miami anrufen? Lucy müsste seit gestern dort sein. Sag ihr, was passiert ist, und dass ich nicht kommen kann, zumindest nicht sofort.« Ich gab ihm die Telefonnummer, und er ging.

Es war fast Mitternacht, es schneite nicht mehr, und Marino war zurück. Anthony Jones lag eingeschlossen in einem Kühlfach, alle seine Verletzungen, alte wie neue, waren registriert für eine eventuelle Aussage vor Gericht. Wir fuhren zum Aero Services International Terminal, wo wir hinter Glasscheiben zusahen, wie Benton Wesley, trotz der Turbulenzen, in einem Bell JetRanger zielsicher auf einer kleinen, hölzernen Plattform landete, während ein Tankwagen mit Treibstoff aus dem Schatten glitt. Wolken zogen wie Schleier über das Rund des Mondes.

Ich beobachtete, wie Wesley ausstieg und von den sich drehenden Rotorblättern forthastete. Seine Haltung verriet Zorn, sein Schritt Ungeduld. Er war groß, hielt sich gerade und strahlte eine ruhige Autorität aus, die den Leuten Angst einflößte.

»Das Auftanken wird zehn Minuten dauern«, sagte er, als er bei uns ankam. »Gibt es irgendwo Kaffee?«

»Das ist eine gute Idee«, sagte ich. »Marino, sollen wir dir eine Tasse mitbringen?«

»Nein.«

Wir ließen ihn stehen und gingen zu einer kleinen Lounge.

»Tut mir leid«, sagte Wesley leise.

»Wir haben keine Wahl.«

»Das weiß auch er. Der Zeitpunkt ist kein Zufall.« Er füllte zwei Styroporbecher. »Der Kaffee ist ziemlich stark.«

»Je stärker, desto besser. Du siehst überarbeitet aus.«

»Ich sehe immer so aus.«

»Sind deine Kinder zu Weihnachten nach Hause gekommen?«

»Ja. Alle sind da – außer mir natürlich.« Er starrte einen Augenblick lang ins Leere. »Seine Spiele eskalieren.«

»Wenn es sich wieder um Gault handelt, stimme ich dir zu.«

»Ich weiß, dass er es war«, sagte er mit einer ehernen Ruhe, die über seine Wut hinwegtäuschte. Wesley hasste Temple Brooks Gault. Wesley war zornig und bestürzt über Gaults bösartiges Genie.

Der Kaffee war nicht sehr heiß, und wir tranken ihn schnell. Wesley ließ sich unsere Vertrautheit nicht anmerken, aber ich hatte gelernt, in seinen Augen zu lesen. Er verließ sich nicht auf Worte, und ich hatte ziemliches Geschick darin entwickelt, sein Schweigen zu deuten.

»Komm«, sagte er und berührte mich am Ellbogen. Wir holten Marino ein, als er mit unseren Taschen zur Tür hinausging.

Unser Pilot war Mitglied des Hostage Rescue Teams, des Geiselbefreiungsteams des FBI. Er trug eine schwarze Fliegermontur und beobachtete aufmerksam, was um ihn herum vorging; er sah uns an, um zu verstehen zu geben, dass er unsere Existenz zur Kenntnis nahm. Aber er winkte nicht, lächelte nicht und sagte auch kein Wort, als er uns die Hubschraubertüren öffnete. Wir duckten uns unter den Rotorblättern, und für den Rest meines Lebens würde ich den Lärm und den Wind mit Mord in Verbindung bringen. Es schien, als träfe das FBI, wann immer Gault zuschlug, in einem Mahlstrom aus wirbelnder Luft und glänzendem Metall ein, um mich abzuholen.

Wir jagten ihn nun schon seit mehreren Jahren, und es war unmöglich, eine vollständige Liste seiner Untaten aufzustellen. Wir wussten nicht, wie viele Menschen er abgeschlachtet hatte, es waren mindestens fünf, darunter eine schwangere Frau, die früher für mich gearbeitet hatte, und ein dreizehnjähriger Junge namens Eddie Heath. Wir wussten nicht, wie viele Leben er mit seinen Machenschaften vergiftet hatte, aber meines gehörte mit Sicherheit dazu.

Wesley saß hinter mir und hatte seine Kopfhörer aufgesetzt.

Meine Lehne war zu hoch, um ihn sehen zu können, wenn ich mich umblickte. Die Lichter im Helikopter waren ausgeschaltet, und wir hoben langsam ab, legten uns seitlich und steuerten dann Richtung Nordosten. Über den Himmel trieben Wolken, und Gewässer schimmerten wie Spiegel in der Winternacht.

»In was für einem Zustand ist sie?«, hörte ich Marino plötzlich in meinem Kopfhörer.

»Sie ist steif gefroren«, antwortete Wesley.

»Das heißt, sie könnte seit Tagen tot sein, ohne dass der Verwesungsprozess eingesetzt hat. Stimmt's, Doc?«

»Wenn sie seit Tagen draußen liegt«, sagte ich, »wäre sie früher gefunden worden, sollte man annehmen.«

»Wir glauben, dass sie gestern Abend ermordet wurde«, sagte Wesley. »Sie war gut zu sehen, saß aufrecht, gelehnt an …«

»Ja, so mag er es, der Irre. Das ist seine Art.«

»Er setzt sie aufrecht hin oder tötet sie im Sitzen«, fuhr Wesley fort. »Bislang zumindest hat er das getan.«

»Soweit wir wissen«, rief ich ihnen ins Gedächtnis.

»Die Opfer, die wir kennen.«

»Richtig. Sie saßen im Auto, auf einem Stuhl, an eine Mülltonne gelehnt.«

»Der Junge in London.«

»Ja, der nicht.«

»Scheint, als wäre er direkt neben die Bahngleise geworfen worden.«

»Wir wissen nicht, wer ihn umgebracht hat.« Wesley wirkte überzeugt. »Ich glaube nicht, dass es Gault war.«

»Warum, glaubt ihr, legt er Wert darauf, dass seine Opfer aufrecht sitzen?«, fragte ich.

»Damit wir wissen, dass er es war«, sagte Marino.

»Verachtung, Hohn«, sagte Wesley. »Es ist seine Handschrift. Vermutlich gibt es eine tiefere Bedeutung.«

Das vermutete auch ich. Alle Opfer Gaults wurden in sitzender Haltung gefunden, mit gesenktem Kopf, die Hände im Schoß oder schlaff an den Seiten herunterhängend, als wären sie Puppen. Die einzige Ausnahme war eine Gefängniswärterin namens Helen. Sie saß zwar in ihrer Uniform auf einem Stuhl, aber ihr Kopf fehlte.

»Bestimmt hat die sitzende Haltung …«, begann ich, aber die von den Stimmen aktivierten Mikrophone funktionierten nie synchron mit dem Tempo der Unterhaltung. Das Sprechen war eine Anstrengung.

»Der Dreckskerl reibt es uns unter die Nase.«

»Ich glaube nicht, dass das der einzige …«

»Jetzt *will* er, dass wir wissen, dass er in New York ist …«

»Marino, lass mich zu Ende reden. Benton? Die Symbolik?«

»Er könnte die Leichen auf unzählige Arten zur Schau stellen. Aber bislang hat er sich immer für die gleiche entschieden. *Er setzt sie aufrecht hin.* Das ist Teil seiner Phantasie.«

»Welcher Phantasie?«

»Wenn ich das wüsste, Pete, würden wir jetzt vielleicht nicht in diesem Helikopter sitzen.«

Etwas später ergriff der Pilot das Wort. »Wir haben von der FAA ein SIGMET empfangen.«

»Was zum Teufel ist das?«, fragte Marino.

»Eine Warnung vor Turbulenzen. In New York City ist es windig, die Windgeschwindigkeit beträgt siebenundzwanzig Knoten, in Böen an die siebenunddreißig.«

»Heißt das, wir können nicht landen?« Marino, der es hasste zu fliegen, klang etwas panisch.

»Wir werden tief fliegen, der Wind geht in größerer Höhe.«

»Was heißt hier tief? Haben Sie schon mal gesehen, wie hoch die Häuser in New York sind?«

Ich langte zwischen meinem Sitz und der Tür nach hinten und tätschelte Marinos Knie. Wir befanden uns vierzig Seemeilen vor Manhattan, und ich konnte mit Mühe das Licht erkennen, das auf dem Empire State Building blinkte. Der Mond war riesengroß, Flugzeuge flogen von und nach La Guardia wie schwebende Sterne, und aus Schornsteinen stieg Rauch auf, wie große, weiße Federn. Durch das Fenster zu meinen Füßen konnte ich den zwölfspurigen Verkehr auf dem New Jersey Turnpike erkennen, und überall funkelten Lichter wie Juwelen, als ob Fabergé die Stadt und ihre Brücken entworfen hätte.

Wir flogen an der Rückseite der Freiheitsstatue und an Ellis Island vorbei, wo meine Großeltern ihren ersten Eindruck von Amerika bekommen hatten: eine überfüllte Einwanderungsbehörde an einem eiskalten Winterabend. Sie hatten Verona verlassen, wo es für meinen Großvater, den vierten Sohn eines Eisenbahnarbeiters, keine Zukunft gegeben hatte.

Ich stammte von energischen, hart arbeitenden Leuten ab, die zu Beginn des neunzehnten Jahrhunderts aus Österreich und der Schweiz nach Italien ausgewandert waren und denen ich mein blondes Haar und meine blauen Augen verdankte. Obwohl meine Mutter immer wieder versicherte, dass unsere Vorfahren unser italienisches Blut rein erhielten, als Napoleon I. Verona an Österreich abtrat, war ich nicht davon überzeugt. Ich vermutete, dass es genetische Ursachen für meine mehr teutonischen Züge gab.

Macy's, Reklametafeln und der goldene Torbogen von McDonald's tauchten auf, als sich New York materialisierte, und der aufgetürmte Schnee auf Parkplätzen und Gehsteigen sah sogar aus der Luft schmutzig aus. Wir flogen um den VIP-Heliport in der West Thirtieth Street und wirbelten das schlammige Wasser des Hudson auf. Dann schwebten wir auf einen Landeplatz neben einem glänzenden Sikorsky S-76, der alle anderen Hubschrauber wie graue Mäuse aussehen ließ.

»Passen Sie auf den hinteren Rotor auf«, sagte der Pilot.

In einem kleinen, nur mäßig warmen Gebäude begrüßte uns

eine Frau in den Fünfzigern mit dunklem Haar, einem intelligenten Gesicht und müden Augen. Sie trug einen dicken Wollmantel, Hose, Schnürstiefel und Lederhandschuhe und stellte sich als Commander Frances Penn von der New York Transit Police vor.

»Vielen Dank, dass Sie gekommen sind«, sagte sie und schüttelte jedem von uns die Hand. »Wenn Sie so weit sind – draußen warten Autos.«

Sie führte uns zurück in die bittere Kälte, wo zwei Streifenwagen der Polizei mit laufendem Motor und eingeschalteten Heizungen warteten; in jedem saßen zwei Beamte. Es gab einen peinlichen Augenblick, als wir die Türen öffneten und entschieden, wer mit wem fuhr. Wie so oft in solchen Fällen gab das Geschlecht den Ausschlag, und Commander Penn und ich fuhren gemeinsam. Ich stellte ihr Fragen über die juristische Zuständigkeit, denn in einem so bedeutenden Fall wie diesem gab es viele Leute, die meinten, er fiele in ihren Bereich.

»Die Transit Police ist interessiert an dem Fall, weil wir annehmen, dass das Opfer den Täter in der U-Bahn getroffen hat«, erklärte Frances Penn, die einer der drei Commander der sechstgrößten Polizeieinheit der USA war. »Das war gestern am späten Nachmittag.«

»Woher wissen Sie das?«

»Es ist ziemlich faszinierend. Einer unserer Beamten in Zivil war auf Patrouille in der Station an der Eighty-first Street/Central Park West, und gegen halb sechs Uhr nachmittags – das war gestern – fiel ihm ein seltsames Paar auf, das aus dem U-Bahn-Ausgang am Museum of Natural History kam.«

Wir holperten über Eis und Schlaglöcher, dass ich die Knochen in meinen Beinen spürte.

»Der Mann hat sich sofort eine Zigarette angezündet, während die Frau eine Pfeife in der Hand hielt.«

»Das ist interessant«, sagte ich.

»In der U-Bahn ist das Rauchen verboten, und auch deswegen erinnert sich der Beamte an sie.«

»Bekamen sie eine Strafe?«

»Der Mann. Die Frau nicht, weil sie ihre Pfeife nicht angezündet hatte. Der Mann zeigte dem Beamten seinen Führerschein, von dem wir jetzt glauben, dass er gefälscht war.«

»Sie sagten, das Paar sah seltsam aus. Inwiefern?«

»Sie trug einen Herrenmantel und eine Atlanta-Braves-Baseballkappe. Und ihr Kopf war geschoren. Der Beamte war sich nicht einmal sicher, ob es wirklich eine Frau war. Zuerst nahm er an, dass es sich um ein schwules Paar handelte.«

»Beschreiben Sie den Mann, der bei ihr war«, bat ich sie.

»Mittelgroß, schlank, merkwürdig kantige Gesichtszüge und unheimliche blaue Augen. Sein Haar war karottenrot.«

»Als ich Gault zum ersten Mal sah, war sein Haar platinblond. Und als ich ihn letzten Oktober sah, war es kohlrabenschwarz.«

»Gestern war es definitiv karottenrot.«

»Und heute hat es wahrscheinlich schon wieder eine andere Farbe. Und er hat tatsächlich unheimliche Augen. So intensiv.«

»Er ist sehr schlau.«

»Es gibt keine Beschreibung für das, was er ist.«

»Böse, fällt einem in diesem Zusammenhang ein, Dr. Scarpetta«, sagte sie.

»Bitte nennen Sie mich Kay.«

»Wenn Sie mich Frances nennen.«

»Es scheint also, dass sie gestern Nachmittag im Museum of Natural History waren«, sagte ich. »Was für eine Sonderausstellung läuft dort zurzeit?«

»Haifische.«

Ich blickte zu ihr hinüber, aber ihre Miene blieb ernst, während der junge Beamte beherzt durch den New Yorker Verkehr steuerte.

»Im Moment läuft dort eine Sonderausstellung über Haifische. Vermutlich wird jede Spezies von Anbeginn der Zeit gezeigt«, sagte sie.

Ich schwieg.

»Soweit wir es rekonstruieren können, geschah Folgendes mit der Frau«, fuhr Commander Penn fort, »Gault – nennen wir ihn ruhig so, denn wir sind sicher, dass wir es mit ihm zu tun haben – ging mit ihr in den Central Park, nachdem sie die U-Bahn-Station verlassen hatten. Er führte sie in einen Teil des Parks, der Cherry Hill heißt, erschoss sie und lehnte ihre nackte Leiche an die Brunnenwand.«

»Warum ist sie mit ihm nach Einbruch der Dunkelheit in den Park gegangen? Noch dazu bei diesem Wetter?«

»Wir glauben, dass er sie irgendwie dazu gebracht hat, ihn zu The Ramble zu begleiten.«

»Wo sich Homosexuelle treffen.«

»Ja. Dort ist ein Schwulentreff. Die felsige Gegend ist überwuchert, gewundene Pfade scheinen nirgendwo hinzuführen. Auch die für den Central Park zuständigen Polizisten gehen nicht gern dorthin. Egal wie oft man dort war, man verirrt sich immer wieder. Die Verbrechensrate ist hoch. Fünfundzwanzig Prozent der im Park verübten Straftaten geschehen dort. Hauptsächlich Raubüberfälle.«

»Wenn er sie nach Einbruch der Dunkelheit zu The Ramble geführt hat, muss sich Gault im Central Park auskennen.«

»Ja.«

Das legte die Annahme nahe, dass sich Gault schon eine ganze Weile in New York aufhielt, und dieser Gedanke frustrierte mich schrecklich. Er hatte sich vor unserer Nase herumgetrieben, und wir hatten es nicht gewusst.

»Der Schauplatz bleibt über Nacht abgesperrt«, sagte Commander Penn. »Ich vermute, dass Sie ihn sich ansehen wollen, bevor wir Sie ins Hotel bringen.«

»Auf jeden Fall«, sagte ich. »Gibt es Beweise?«

»Wir haben im Brunnen eine Patronenhülse gefunden, die Schmauchspuren aufweist, wie sie typisch für eine Glock Neun-Millimeter sind. Und wir haben Haare gefunden.«

»Wo waren die Haare?«

»In der Nähe der Leiche, in den Schneckenverzierungen eines gusseisernen Gebildes im Brunnen. Vielleicht hat er sich eine Haarsträhne ausgerissen, als er die Leiche aufsetzte.«

»Welche Farbe?«

»Hellrot.«

»Gault ist zu gewissenhaft, um eine Patronenhülse oder Haare zurückzulassen«, sagte ich.

»Er konnte nicht sehen, wo die Hülse lag«, sagte Commander Penn. »Es war dunkel. Die Hülse war sehr heiß, als sie in den Schnee fiel. Verstehen Sie jetzt, was damit passiert ist?«

»Ja«, sagte ich. »Ich verstehe.«

3

Innerhalb von Minuten trafen Marino, Wesley und ich bei Cherry Hill ein, wo Scheinwerfer aufgestellt worden waren, weil das Licht der alten Straßenlampen an der Peripherie eines runden Platzes nicht ausreichte, der einst ein Wendeplatz für Kutschen und eine Pferdetränke gewesen war. Jetzt war der Platz von hohem Schnee bedeckt und mit gelbem Plastikband abgesperrt.

Den Mittelpunkt dieser unheimlichen Szenerie bildete ein zum Teil vergoldeter, gusseiserner, nun vereister Brunnen, in dem, wie man uns versicherte, zu keiner Zeit des Jahres Wasser sprudelte. Hier war die nackte Leiche einer jungen Frau in sitzender Haltung gefunden worden. Sie war verstümmelt, und ich glaubte, dass Gault das diesmal nicht getan hatte, um Bisswunden zu entfernen, sondern um seine Signatur zu hinterlassen, damit wir den Künstler augenblicklich identifizieren konnten.

Soweit wir im Augenblick wussten, hatte Gault sein jüngstes Opfer gezwungen, sich nackt auszuziehen und barfuß zu dem Brunnen zu gehen, wo heute Morgen ihre steif gefrorene Leiche gefunden worden war. Er hatte ihr aus nächster Nähe in die rechte Schläfe geschossen und Hautstücke von der Innenseite der Oberschenkel und der linken Schulter entfernt. Zwei unterschiedliche Fußspuren führten zu dem Brunnen hin, nur eine davon weg. Das Blut der Frau, deren Namen wir nicht kannten, hatte helle Flecken im Schnee hinterlassen, und jenseits der Arena ihres schrecklichen Todes verschwamm der Central Park in dichten unheilschwangeren Schatten.

Ich stand dicht neben Wesley, unsere Arme berührten sich, als ob wir die Wärme des anderen brauchten. Er sagte kein Wort, während er konzentriert die Fußspuren, den Brunnen und den fernen dunklen Ramble betrachtete. Ich spürte, wie sich seine Schulter hob, als er tief einatmete, dann lehnte er sich fast an mich.

»Mein Gott«, murmelte Marino.

»Hat man ihre Kleider gefunden?«, fragte ich Commander Penn, obwohl ich die Antwort wusste.

»Keine Spur davon.« Sie sah sich um. »Ihre Fußabdrücke sind erst von dort drüben, vom Rand des Platzes an, die einer Barfüßigen.« Sie deutete auf eine Stelle ungefähr fünf Meter westlich des Brunnens. »Man kann genau erkennen, von wo an sie barfuß gegangen ist. Davor trug sie vermutlich Stiefel. Sohlen ohne Profil, aber mit Absatz. Cowboystiefel vielleicht.«

»Und er?«

»Wir können seine Spuren eventuell bis zu The Ramble verfolgen, aber das ist im Moment noch schwer zu sagen. Dort drüben gibt es so viele Spuren, und der Schnee ist an vielen Stellen verwischt.«

»Also, die beiden verlassen das Museum of Natural History durch den U-Bahn-Eingang, betreten den Park von Westen, gehen möglicherweise zu The Ramble, dann hierher.« Ich versuchte, die einzelnen Teile zusammenzusetzen. »Am Rand des Platzes zwingt er sie offenbar, sich auszuziehen, auch die Schuhe. Sie geht barfuß zum Brunnen, wo er sie mit einem Schuss in den Kopf tötet.«

»So sieht es im Augenblick aus«, sagte ein stämmiger NYPD-Detective, der sich als T. L. O'Donnell vorstellte.

»Wie kalt ist es?«, fragte Wesley. »Oder besser gesagt: Wie kalt war es gestern am späten Abend?«

»Gestern Abend waren es knapp zwölf Grad minus«, sagte O'Donnell, ein zorniger junger Mann mit dichtem schwarzem Haar. »Im Wind waren es minus vierundzwanzig Grad.«

»Und sie hat ihre Kleider und Schuhe ausgezogen«, sagte Wesley mehr zu sich selbst. »Das ist bizarr.«

»Nicht, wenn einem jemand eine Pistole an den Kopf hält.« O'Donnell stampfte mit den Füßen auf. Seine Hände steckten tief in den Taschen seiner dunkelblauen Polizeijacke, die bei dieser Kälte nicht genug wärmte, auch wenn man darunter eine kugelsichere Weste trug.

»Wenn man gezwungen wird, sich in dieser Kälte auszuziehen«, sagte Wesley, »weiß man, dass man sterben wird.«

Alle schwiegen.

»Sonst würde man nicht gezwungen, Kleider und Schuhe auszuziehen. Allein dass man sich auszieht, widerspricht jeglichem Selbsterhaltungstrieb, denn nackt kann man hier nicht lange überleben.«

Wir starrten schweigend auf den schauerlichen Brunnen. Der Schnee darin war rot gefleckt, und ich sah die Abdrücke, die von den nackten Pobacken des Opfers stammten. Das Blut war noch so hell wie zum Zeitpunkt ihres Todes, weil es gefroren war.

»Warum, zum Teufel, ist sie nicht davongelaufen?«, fragte Marino.

Wesley wandte sich abrupt von mir ab und ging in die Hocke, um die Fußspuren zu inspizieren, die wir für Gaults hielten. »Das ist die Frage des Tages«, sagte er. »Warum ist sie nicht davongelaufen?«

Ich ging neben ihm in die Hocke und sah mir ebenfalls die Fußspuren an. Das im Schnee deutlich zu erkennende Muster des Profils war auffällig. Gault hatte Schuhe getragen mit einem komplizierten, erhabenen, rhombischen und gewellten Profil, dem Fabrikatsstempel im Spann und einem kranzförmigen Logo im Absatz. Die Schuhgröße schätzte ich auf vierzigeinhalb oder einundvierzig.

»Wie sind die Spuren gesichert?«, fragte ich Commander Penn.

Inspektor O'Donnell antwortete. »Wir haben die Abdrücke fotografiert, und dort drüben« – er deutete auf eine Gruppe

Polizisten auf der anderen Seite des Brunnens – »sind noch bessere. Wir versuchen, einen Abdruck zu machen.«

Einen Abdruck von einer Fußspur im Schnee zu machen war eine riskante Angelegenheit. Wenn der flüssige Dentalgips nicht kalt genug ist und der Schnee nicht hart genug gefroren, bringt man das Indiz zum Schmelzen. Wesley und ich standen auf. Schweigend gingen wir zu den Polizisten auf der anderen Seite des Brunnens, und überall, wohin ich blickte, sah ich Gaults Spuren.

Dass er unverwechselbare Schuhabdrücke hinterlassen hatte, war ihm gleichgültig. Dass er im Park eine unübersehbare Spur hinterlassen hatte, der wir gewissenhaft bis zu ihrem Ende folgen würden, war ihm gleichgültig. Wir waren entschlossen, jeden Ort ausfindig zu machen, an dem er sich aufgehalten hatte, aber auch das kümmerte ihn nicht. Er glaubte nicht, dass wir ihn schnappen könnten.

Die Polizisten auf der anderen Seite des Brunnens besprühten zwei Schuhabdrücke mit einem Wachsspray. Sie hielten die Dosen in sicherem Abstand und so angewinkelt, dass das unter hohem Druck stehende rote Wachs die feinen Details des Profils nicht zerstörte. Ein anderer Polizist rührte in einem Plastikeimer mit flüssigem Dentalgips.

Sobald mehrere Schichten Wachs aufgesprüht wären, musste der Dentalgips kalt genug sein, um ihn darüberzugießen und einen Abdruck zu machen. Die Bedingungen für diese heikle Prozedur waren gut. Weder schien die Sonne, noch wehte Wind, und offensichtlich hatten die Leute von der New Yorker Spurensicherung das Wachs vorschriftsgemäß bei Zimmertemperatur aufbewahrt, da es den Druck nicht verloren hatte. Die Sprühdüse spuckte nicht, das Wachs klumpte nicht wie bei anderen Versuchen, deren Zeugin ich in der Vergangenheit gewesen war.

»Vielleicht haben wir diesmal Glück«, sagte ich zu Wesley, als Marino auf uns zukam.

»Wir werden alles Glück der Welt brauchen«, sagte er und starrte zu den dunklen Bäumen.

Östlich von uns lag das fünfzehn Hektar große Gebiet, das als The Ramble bekannt war, eine abgelegene Gegend mitten im Central Park, berühmt für die vielen Vogelarten, die dort nisteten, und für die gewundenen Pfade durch dichtbewachsenes, felsiges Terrain. Alle Führer, die ich jemals in der Hand gehabt hatte, rieten Touristen dringend davon ab, zu irgendeiner Tages- oder Jahreszeit in The Ramble einsame Wanderungen zu unternehmen. Ich fragte mich, wie Gault sein Opfer in den Park gelockt hatte, wo er sie kennengelernt und was ihn zu der Tat veranlasst hatte. Vielleicht war es einfach nur die Gelegenheit gewesen, die er beim Schopf gepackt hatte, weil er in der Stimmung gewesen war.

»Wie kommt man von The Ramble hierher?«, fragte ich alle, die mir zufällig zuhörten.

Der Polizist, der in dem Dentalgips rührte, blickte mich an. Er war ungefähr so alt wie Marino und hatte feiste, von der Kälte gerötete Wangen.

»Am See entlang führt ein Weg«, sagte er, sein Atem dampfte.

»An welchem See?«

»Man kann ihn jetzt schlecht erkennen. Er ist zugefroren und mit Schnee bedeckt.«

»Wissen Sie, ob das der Weg ist, den sie genommen haben?«

»Das ist ein großer Park, Ma'am. An den meisten Stellen, wie zum Beispiel The Ramble, ist der Schnee zusammengetreten. Von da hält nichts – nicht einmal drei Meter Schnee – die Leute ab, die hinter Drogen oder Sex her sind. Hier bei Cherry Hill ist es anders. Hier dürfen keine Autos fahren, und bei diesem Wetter kommen auch die Reiter nicht bis hierher. Deshalb haben wir Glück gehabt. Wir haben einen echten Tatort.«

»Warum glauben Sie, dass der Täter und sein Opfer bei The

Ramble waren?«, fragte Wesley, der Fragen immer direkt und prägnant formulierte, wenn sein kriminalistischer Geist seine umfangreiche Subroutine abspulte und seine ehrfurchtgebietende Datenbank absuchte.

»Einer von uns glaubt, dass er einen Schuhabdruck von ihr dort drüben gesehen hat«, sagte der Beamte, der anscheinend gern redete. »Das Problem ist nur, wie Sie sehen, dass ihre Spuren nicht besonders auffällig sind.«

Wir sahen auf den Schnee, der zunehmend von Fußspuren der Polizisten überzogen war. Die Schuhe des Opfers hatten kein Profil.

»Außerdem«, fuhr er fort, »weil es möglicherweise eine homosexuelle Komponente gibt, denken wir, dass The Ramble vielleicht ihr erstes Ziel war.«

»Was für eine homosexuelle Komponente?«, fragte Wesley.

»Nach einer früheren Beschreibung der beiden schienen sie ein schwules Paar zu sein.«

»Wir sprechen nicht von zwei Männern«, stellte Wesley fest.

»Auf den ersten Blick sah das Opfer nicht wie eine Frau aus.«

»Auf wessen ersten Blick?«

»Der Transit Police. Mit denen sollten Sie reden.«

»He, Mossberg, bist du mit dem Dentalgips fertig?«

»Ich würde noch eine Schicht aufsprühen.«

»Wir haben schon vier. Wir haben eine hervorragende Unterlage, dass heißt natürlich nur, wenn dein Zeug da kalt genug ist.«

Der Beamte namens Mossberg ging in die Hocke und begann, vorsichtig den dickflüssigen Dentalgips in einen mit rotem Wachs überzogenen Abdruck zu gießen. Die Fußspuren des Opfers waren nahe bei den beiden Abdrücken, die wir sicherstellen wollten, ihre Füße waren in etwa so groß wie Gaults. Ich fragte mich, ob wir wohl jemals ihre Stiefel finden würden, und blickte zu der Stelle – ungefähr fünf Meter vom Brunnen entfernt –, an der ihre Spuren die einer Barfüßigen wurden. Fünfzehn Schritte war sie gegangen, geradewegs zum Brunnen, wo Gault ihr in den Kopf geschossen hatte.

Ich sah zu den Schatten außerhalb des erleuchteten Platzes, spürte auf einmal die beißende Kälte, und ich verstand nicht, was im Kopf dieser Frau vorgegangen war. Ich verstand ihre Willfährigkeit nicht.

»Warum hat sie sich nicht gewehrt?«, fragte ich.

»Weil Gault ihr Todesangst eingejagt hat«, sagte Marino, der jetzt neben mir stand.

»Würdest du dich hier aus irgendeinem Grund ausziehen?«, fragte ich ihn.

»Ich bin nicht sie.« Er klang zornig.

»Wir wissen nichts über sie«, fügte der Logiker Wesley hinzu.

»Außer dass sie sich aus irgendeinem bescheuerten Grund den Kopf geschoren hat«, sagte Marino.

»Wir wissen nicht genug, um ihr Verhalten einschätzen zu können«, sagte Wesley. »Wir wissen nicht einmal, wer sie war.«

Ein Einwegfeuerzeug sprühte mehrmals Funken, bevor es Marino mit einer geizigen kleinen Flamme entgegenkam.

»Sie stand völlig unter seiner Kontrolle«, dachte ich laut. »Er hat sie hierhergeführt und ihr gesagt, sie soll sich ausziehen. Und sie hat es getan. Man sieht genau, wo die Schuhabdrücke aufhören und die Spuren ihrer nackten Füße beginnen. Es gab keinen Kampf, sie dachte nicht daran, wegzulaufen. Sie leistete keinerlei Widerstand.«

Marinos Zigarette brannte endlich. Wesley kam aus dem Wald zurück, passte bei jedem Schritt auf, wohin er trat. Ich spürte seinen Blick auf mir.

»Sie hatten eine Beziehung«, sagte ich.

»Gault hat keine Beziehungen«, sagte Marino.

»Er hat seine Art von Beziehungen. So verquer und pervers sie sein mögen. Er hatte eine mit dem Aufseher im Gefängnis von Richmond und mit Helen, der Gefängniswärterin.«

»Ja, und er hat sie beide umgebracht. Helen hat er den Kopf abgeschnitten und ihn in einer verdammten Bowlingtasche auf ein Feld geworfen. Der Farmer, der dieses kleine Präsent gefunden hat, ist bis jetzt nicht wieder in Ordnung. Soweit ich weiß, säuft er wie ein Loch und weigert sich, auf dem Feld irgendetwas anzupflanzen. Er lässt nicht mal seine Kühe drauf weiden.«

»Ich habe nicht gesagt, dass er die Leute, mit denen er eine Beziehung hat, nicht umbringt«, erwiderte ich. »Ich habe nur gesagt, dass er Beziehungen hat.«

Ich starrte auf ihre Fußspuren. Sie hatte Schuhe Größe zweiundvierzig oder dreiundvierzig getragen.

»Ich hoffe, sie machen auch Abdrücke von ihren Spuren«, sagte ich.

Der Polizist namens Mossberg benützte einen Rührlöffel, um den Dentalgips in jeden Winkel des Abdrucks zu verteilen. Es hatte wieder angefangen zu schneien, harte, kleine, stechende Flocken.

»Von ihren Spuren werden sie keinen Abdruck machen«, sagte Marino. »Sie werden sie fotografieren, und damit hat sich's, weil sie in keinem Zeugenstand dieser Welt aussagen wird.«

Ich war an Zeugen gewöhnt, die mit niemandem außer mir sprachen. »Ich möchte auch einen Abdruck von ihren Fußspuren«, sagte ich. »Wir müssen sie identifizieren. Die Schuhe könnten uns dabei helfen.«

Marino ging zu Mossberg und seinen Kumpeln, und sie begannen alle, zu reden und mir in regelmäßigen Abständen Blicke zuzuwerfen. Wesley sah in den bewölkten Himmel empor. Es schneite stärker.

»Himmel«, sagte er. »Hoffentlich hört das bald auf.«

Es schneite wie verrückt, als uns Frances Penn zum New York Athletic Club am Central Park South fuhr. Bis zum nächsten Morgen gab es nichts mehr für uns zu tun, und ich fürchtete, dass bis dahin Gaults mörderische Spur vom Schnee bedeckt war.

Commander Penn wirkte nachdenklich, während sie uns durch Straßen fuhr, die ungewöhnlich verlassen wirkten. Es war halb drei Uhr morgens. Keiner ihrer Beamten begleitete uns. Ich saß vorn, Marino und Wesley saßen hinten.

»Ich muss Ihnen ehrlich sagen, dass ich Ermittlungen nicht mag, für die sich mehrere Instanzen zuständig fühlen«, sagte ich zu ihr.

»Dann müssen Sie eine Menge Erfahrungen damit gemacht haben, Dr. Scarpetta. Keiner, der das erlebt hat, mag es.«

»Es geht einem auf die Nerven«, flocht Marino ein, während Wesley typischerweise nur zuhörte.

»Worauf müssen wir uns gefasst machen?«, fragte ich. Ich war so diplomatisch wie möglich, aber sie wusste, was ich wissen wollte.

»Das New York Police Department wird diesen Fall *offiziell* bearbeiten, aber meine Beamten werden die Knochenarbeit erledigen und mehr Stunden damit verbringen. So ist es immer, wenn wir gemeinsam in einem Fall ermitteln, auf den sich die Medien stürzen.«

»Ich habe beim NYPD angefangen«, sagte Marino.

Commander Penn warf ihm im Rückspiegel einen Blick zu.

»Ich bin von dem Sauhaufen weggegangen, weil ich es dort nicht mehr ausgehalten habe«, fügte er auf seine gewohnt charmante Art hinzu.

»Haben Sie noch Kontakt mit früheren Kollegen?«, fragte sie ihn.

»Die meisten von den Typen, mit denen ich angefangen habe, sind entweder pensioniert oder arbeitsunfähig, oder sie wurden befördert und an Schreibtische gefesselt, wo sie fett geworden sind.«

Ich fragte mich, ob Marino in Betracht zog, dass seine früheren Kollegen vielleicht das Gleiche von ihm behaupteten.

Dann mischte sich Wesley ein. »Es wäre keine schlechte Idee, wenn du dich mal umsiehst, wer von ihnen noch da ist, Pete. Ich spreche von Freunden.«

»Tja, okay, erwartet euch nicht zu viel.«

»Wir wollen keine Probleme hier.«

»Die werden sich kaum vermeiden lassen«, sagte Marino. »Es wird zu Kompetenzstreitigkeiten kommen, und die Polizei wird nur ungern rauslassen, was sie weiß. Jeder will ein Held sein.«

»Das können wir uns nicht leisten«, sagte Wesley, ohne dass sich sein Tonfall oder seine Lautstärke im Geringsten verändert hätten.

»Nein, das können wir nicht«, stimmte ich zu.

»Sie können zu mir kommen, wann immer Sie wollen«, sagte Commander Penn. »Ich werde tun, was in meiner Macht steht.«

»Wenn die Sie lassen«, sagte Marino.

Es gab drei Zuständigkeitsbereiche bei der Transit Police, und sie war verantwortlich für Ausbildung, Fortbildung und Verbrechensanalyse. Die dezentralisiert arbeitenden Detectives, die in Mordfällen ermittelten, waren ihr nicht unterstellt.

»Ich bin für die Computer verantwortlich, und wie Sie wissen, verfügen wir über eins der ausgeklügeltsten Computersysteme der Vereinigten Staaten. Nur weil wir an CAIN angeschlossen sind, war ich der Lage, Quantico umgehend zu informieren. Ich bin an diesem Fall beteiligt. Keine Sorge«, sagte Commander Penn gelassen.

»Erzählen Sie mir mehr über den Nutzen von CAIN in diesem Fall«, sagte Wesley.

»Kaum hatte ich die ersten Details über diesen Mord erfahren, kam mir etwas bekannt vor. Ich gab, was wir wussten, in das VICAP-Terminal ein und landete einen Volltreffer. Und ich rief Sie in dem Moment an, als CAIN sich mit mir in Verbindung setzte.«

»Sie hatten von Gault gehört?«, fragte Wesley.

»Ich kann nicht behaupten, dass mir seine Vorgehensweise wirklich bekannt war.«

»Jetzt ist sie es«, sagte Wesley.

Commander Penn hielt vor dem Athletic Club und entriegelte die Türen.

»Ja«, sagte sie grimmig. »Jetzt ist sie es.«

Wir trugen uns an einer verlassenen Rezeption ein. Die Lobby war schön eingerichtet, mit alten Möbeln und altem Holz. Marino steuerte zielstrebig auf den Aufzug zu. Ich wusste, warum. Er wollte Molly anrufen, in die er nach wie vor bis über beide Ohren verliebt war, und was immer Wesley und ich vorhatten, interessierte ihn nicht.

»Ich bezweifle, dass die Bar um diese Uhrzeit noch geöffnet ist«, sagte Wesley zu mir, als sich die Messingtüren hinter Marino schlossen und er in sein Stockwerk hinauffuhr.

»Bestimmt nicht.«

Wir blickten uns einen Augenblick lang um, als würde jemand, wenn wir nur lange genug herumstünden, wundersamerweise mit einer Flasche und Gläsern erscheinen.

»Komm, wir gehen.« Er berührte meinen Ellbogen, und wir gingen zum Aufzug.

Im zwölften Stock begleitete er mich zu meinem Zimmer, ich war nervös, als ich versuchte, die Tür mit der Plastikkarte zu öffnen, die ich zuerst verkehrt herum hielt. Dann war der Magnetstreifen auf der falschen Seite, und die kleine Lampe in dem Messingknauf leuchtete weiterhin rot.

»Lass mich mal«, sagte Wesley.

»Es geht schon.«

»Trinken wir noch einen Schluck?«, fragte er, als ich die Tür aufmachte und das Licht anschaltete.

»Um diese Zeit wäre eine Schlaftablette vielleicht sinnvoller.«

»Ein kleiner Schluck wird die gleiche Wirkung haben.«

Mein Quartier war bescheiden, aber hübsch eingerichtet.

Ich stellte meine Tasche auf eins der zwei Betten.

»Bist du hier Mitglied wegen deines Vaters?«, fragte ich.

Wesley und ich waren nie zusammen in New York gewesen, und es bedrückte mich, dass es noch ein Detail gab, von dem ich nichts wusste.

»Er hat in New York gearbeitet. Also ja, deswegen. Ich war als Jugendlicher oft hier.«

»Die Minibar befindet sich unter dem Fernseher«, sagte ich.

»Ich brauche den Schlüssel.«

»Natürlich.«

In seinen Augen blitzte es amüsiert, als er den kleinen Schlüssel aus meiner ausgestreckten Hand nahm. Seine Finger berührten meine Handfläche mit einer Zärtlichkeit, die mich an frühere Zeiten erinnerte. Wesley hatte seine eigene, unverwechselbare Art, er war nicht wie andere.

»Soll ich schauen, ob Eis da ist?«, fragte er, als er ein Fläschchen Dewar's aufschraubte.

»Ohne ist in Ordnung.«

»Du trinkst wie ein Mann.« Er reichte mir ein Glas.

Ich sah zu, wie er seinen dunklen Wollmantel und sein maßgeschneidertes Jackett auszog. Sein gestärktes weißes Hemd war nach dem langen Arbeitstag zerknittert. Er legte Holster und Pistole ab.

»Es ist ein komisches Gefühl, keine Waffe zu tragen«, sagte ich, denn ich trug oft meine .38er und bei nervenaufreibenderen Gelegenheiten die Browning High Power. Aber die New

Yorker Waffengesetze gestatteten es auswärtigen Polizisten oder Leuten wie mir nur selten, in ihrer Stadt Waffen zu tragen.

Wesley setzte sich auf das andere Bett, und wir nippten an unseren Drinks und sahen einander an.

»Wir haben uns die letzten Monate nicht oft gesehen«, sagte ich.

Er nickte.

»Ich denke, wir sollten versuchen, darüber zu reden«, fuhr ich fort.

»Okay.« Er wich meinem Blick nicht aus. »Fang an.«

»Verstehe. Ich soll anfangen.«

»Ich kann auch anfangen, aber möglicherweise wird dir nicht gefallen, was ich sage.«

»Ich möchte hören, was immer du zu sagen hast.«

»Es ist Weihnachten, und ich bin hier in deinem Hotelzimmer. Connie ist zu Hause und schläft und ist unglücklich, weil ich nicht da bin. Die Kinder sind unglücklich, weil ich nicht da bin.«

»Ich sollte in Miami sein. Meine Mutter ist schwer krank«, sagte ich.

Er starrte schweigend ins Leere, und ich liebte die scharfen Winkel und Schatten in seinem Gesicht.

»Lucy ist dort, und wie immer bin ich nicht da. Weißt du, wie viele Feiertage ich nicht mit meiner Familie verbracht habe?«

»Ja, ich habe eine ziemlich genaue Vorstellung davon«, sagte er.

»Ich glaube, es gibt kaum Feiertage, an denen mich nicht irgendwelche schrecklichen Fälle beschäftigt haben. Insofern ist es schon fast gleichgültig, ob ich bei meiner Familie oder allein bin.«

»Du musst lernen abzuschalten, Kay.«

»Das habe ich so gut gelernt, wie es nur möglich ist.«

»Du musst diese Gedanken vor der Tür ablegen, wie irgendwelche blutverschmierten Kleidungsstücke.«

Genau das konnte ich nicht. Es verging kein Tag, an dem nicht eine Erinnerung in mir geweckt wurde oder ein Bild vor mir aufblitzte. Ich sah ein von Verletzungen und vom Tod aufgedunsenes Gesicht, eine gefesselte Leiche. Ich sah Leiden und Sterben in unerträglichen Einzelheiten, denn nichts blieb mir verborgen. Ich kannte die Opfer zu gut. Ich schloss die Augen und sah Fußspuren im Schnee. Ich sah Blut, so leuchtend und rot, weihnachtlich rot.

»Benton, ich will Weihnachten nicht hier verbringen«, sagte ich zutiefst deprimiert.

Ich spürte, dass er sich neben mich setzte. Er zog mich an sich, und wir hielten einander eine Weile fest. Wir konnten einander nicht nahe sein, ohne uns zu berühren.

»Das sollten wir nicht tun«, sagte ich, während wir uns weiter anfassten.

»Ich weiß.«

»Und es ist so schwierig, darüber zu reden.«

»Ich weiß.« Er langte zur Lampe und schaltete sie aus.

»Angesichts dessen, was wir gemeinsam tun, was wir gesehen haben, sollte es nicht schwierig sein zu reden. Ist das nicht irgendwie Ironie?«

»Diese dunklen Dinge haben nichts mit Intimität zu tun«, sagte er.

»O doch.«

»Warum hast du dann keine Beziehung mit Marino? Oder deinem Stellvertreter Fielding?«

»Wenn man dieselben entsetzlichen Fälle bearbeitet, folgt daraus noch nicht logisch, dass man miteinander ins Bett geht. Aber ich glaube nicht, dass ich eine Liebesbeziehung mit jemandem haben könnte, der nicht versteht, wie es für mich ist.«

»Ich weiß nicht.« Seine Hände hielten inne.

»Sprichst du mit Connie darüber?« Ich meinte seine Frau, die nicht wusste, dass Wesley und ich im letzten Herbst ein Liebespaar geworden waren.

»Ich erzähle ihr nicht alles.«

»Was weiß sie?«

»Von manchen Dingen weiß sie überhaupt nichts.« Er schwieg einen Augenblick. »Über meine Arbeit weiß sie wirklich nur sehr wenig. Ich will nicht, dass sie etwas darüber weiß.«

Ich schwieg.

»Ich will es nicht, weil es uns verändern würde. Wir wechseln die Farbe, so wie Motten es tun, wenn Städte verschmutzen.«

»Ich will nicht die schmutzige Seite unserer Welt auf mich nehmen. Ich weigere mich.«

»Du kannst dich weigern, wogegen du willst.«

»Glaubst du, dass es fair ist, deiner Frau so viel vorzuenthalten?«, fragte ich ruhig. Das Denken fiel mir schwer, weil mein Fleisch glühte, wo er es berührt hatte.

»Ihr gegenüber ist es nicht fair, und mir gegenüber ist es nicht fair.«

»Aber du glaubst, du hast keine andere Wahl.«

»Ich weiß, dass ich keine andere Wahl habe. Sie versteht, dass es Bereiche in mir gibt, an die sie nicht herankommen kann.«

»Ist ihr das recht?«

»Ja.« Er griff nach seinem Scotch. »Noch eine Runde?«

»Ja«, sagte ich.

Er stand auf, und ich hörte, wie er im Dunkeln den Schraubverschluss eines weiteren Fläschchens öffnete. Er goss den Scotch in unsere Gläser und setzte sich wieder zu mir.

»Mehr Scotch gibt es nicht. Willst du noch etwas anderes trinken?«, fragte er.

»Mir ist das schon zu viel.«

»Wenn du von mir verlangst, zu behaupten, das, was wir getan haben, sei in Ordnung, das kann ich nicht«, sagte er. »Das werde ich nicht behaupten.«

»Ich weiß, dass es nicht in Ordnung ist.«

Ich trank einen Schluck, und als ich das Glas auf den Nachttisch stellte, begannen seine Hände erneut, sich zu bewegen. Wir küssten uns lange, und er verschwendete keine Zeit mit Knöpfen, seine Hände glitten über alles, unter alles, was ihnen in den Weg kam. Wir waren verrückt nacheinander, als ob unsere Kleider in Flammen stünden und wir sie uns vom Leib reißen müssten.

Später dämmerte hinter den Vorhängen der Morgen, und wir schwebten zwischen Leidenschaft und Schlaf, schalen Whiskygeschmack im Mund. Ich setzte mich auf und zog die Bettdecke zu mir heran.

»Benton, es ist halb sieben.«

Stöhnend legte er einen Arm über die Augen, als wäre es eine Unverschämtheit, dass die Sonne ihn jetzt schon weckte. Er lag auf dem Rücken, die Bettlaken um sich geschlungen, während ich duschte und mich anzog. Durch das heiße Wasser hatte ich einen klaren Kopf bekommen. Es war der erste Weihnachtsmorgen seit Jahren, an dem ich nicht allein im Bett gelegen hatte. Ich fühlte mich wie eine Diebin.

»Du kannst nicht weggehen«, sagte Wesley halb im Schlaf.

Ich knöpfte meinen Mantel zu. »Ich muss«, erwiderte ich und sah traurig zu ihm hinunter.

»Es ist Weihnachten.«

»Im Leichenschauhaus warten sie auf mich.«

»Das tut mir leid«, murmelte er ins Kissen. »Ich wusste nicht, dass es dir so schlecht geht.«

4

Das Büro des obersten New Yorker Leichenbeschauers war in der First Avenue, gegenüber dem gotischen Backsteingebäude des Bellevue-Krankenhauses, wo früher die Autopsien durchgeführt wurden. Ich sah winterlich verdorrten wilden Wein, mit Graffiti besprühte Wände, Gusseisen und prall gefüllte schwarze Abfallsäcke, die im schmutzigen Schnee darauf warteten, abgeholt zu werden. In dem verbeulten gelben Taxi lief ununterbrochen Weihnachtsmusik, bis es quietschend in der Straße hielt, in der es nur selten so still zuging.

»Ich brauche eine Quittung«, sagte ich zu dem russischen Fahrer, der mir in den letzten zehn Minuten erklärt hatte, was auf der Welt nicht stimmte.

»Über wie viel?«

»Acht.« Ich war großzügig. Es war schließlich Weihnachten.

Er nickte und kritzelte etwas auf die Quittung, während ich einen Mann beobachtete, der auf dem Gehsteig neben dem Zaun des Bellevue stand und mich unverwandt anstarrte. Er war unrasiert, hatte zerzaustes langes Haar, trug eine mit Vlies gefütterte Jeansjacke, der Saum seiner schmutzigen Armeehose steckte in abgewetzten Cowboystiefeln. Er begann, eine imaginäre Gitarre zu spielen und zu singen, als ich ausstieg.

»*Jingle bells, jingle bells, jingle all the day. OHHH what fun it is to ride to Galveston today-AAAAAYYYYY …*«

»Sie haben Verehrer«, sagte mein Taxifahrer amüsiert, als ich die Quittung durch das offene Fenster entgegennahm.

Er fuhr in einer Abgaswolke davon. Kein Mensch war zu sonst zu sehen, auch kein Auto, und der schreckliche Gesang wurde lauter. Dann stürzte mein geistig derangierter Verehrer hinter mir her. Ich war entsetzt, als er »Galveston!« zu kreischen begann, als wäre es mein Name oder eine schwere Anklage. Ich flüchtete in die Lobby des Leichenschauhauses.

»Jemand verfolgt mich«, sagte ich zu der Frau vom Sicherheitsdienst, die an einem Schreibtisch saß und nicht sehr weihnachtlich dreinblickte.

Der derangierte Sänger presste das Gesicht gegen die gläserne Eingangstür, starrte herein, die Nase plattgedrückt, die Wangen bleich. Er riss den Mund auf, rollte obszön mit der Zunge und warf das Becken vor und zurück, als würde er mit dem Gebäude kopulieren. Die Frau vom Sicherheitsdienst – sie war stämmig und hatte Dreadlocks – ging zur Tür und schlug mit der Faust dagegen.

»Benny, verschwinde«, rief sie ihm zu. »Hör sofort auf damit, Benny.« Sie schlug fester zu. *»Oder ich komme raus.«*

Benny trat von der Tür zurück. Plötzlich war er Nurejew, der auf der verlassenen Straße Pirouetten drehte.

»Ich bin Dr. Kay Scarpetta«, sagte ich zu der Frau. »Dr. Horowitz erwartet mich.«

»Ausgeschlossen, dass der Chief Sie erwartet. Es ist Weihnachten.« Sie sah mich an aus dunklen Augen, die alles gesehen hatten. »Dr. Pinto hat Bereitschaft. Wenn Sie wollen, versuche ich, ihn zu erreichen.« Sie schlenderte zurück zu ihrem Schreibtisch.

»Ich weiß sehr wohl, dass Weihnachten ist« – ich folgte ihr –, »aber Dr. Horowitz ist hier mit mir verabredet.« Ich holte meine Brieftasche heraus und hielt ihr die goldene Plakette hin, die mich als Chief Medical Examiner identifizierte.

Sie war nicht beeindruckt. »Waren Sie schon einmal hier?«

»Mehrmals.«

»Hm. Den Chief habe ich heute jedenfalls noch nicht gesehen. Kann allerdings gut sein, dass er durch die Krankenwageneinfahrt hereingekommen ist und sich nicht bei mir gemeldet hat. Manchmal sind sie schon stundenlang da, ohne mir Bescheid zu sagen. Hm. Klar, mir muss man ja nicht Bescheid sagen.«

Sie griff nach dem Telefonhörer. »Hm. Nein, Sir, *ich* muss es ja nicht wissen.« Sie wählte. »Ich brauch überhaupt nichts zu wissen, ich doch nicht. Dr. Horowitz? Hier ist Bonita vom Sicherheitsdienst. Hier ist eine Dr. Scarlett.« Sie schwieg. »Weiß ich nicht.«

Sie sah mich an. »Wie schreiben Sie sich?«

»S-c-a-r-p-e-t-t-a«, buchstabierte ich geduldig.

Sie schaffte es noch immer nicht, war aber schon näher dran. »Ja, Sir, mache ich.« Sie legte auf und wandte sich mir zu. »Sie können sich dort drüben hinsetzen.«

Das Wartezimmer war grau eingerichtet und mit einem grauen Teppich ausgelegt, Zeitschriften lagen auf den grauen Tischen, ein kleiner Weihnachtsbaum aus Plastik stand in der Mitte des Raums. Auf einer marmornen Wand las ich die Inschrift: *Taceant Colloquia Effugiat Risus Hic Locus Est Ubi Mors Gaudet Succurrere Vitae.* Was ungefähr hieß, dass es hier, wo der Tod mit Freuden den Lebenden zu Hilfe kam, wenig zu reden und nichts zu lachen gab. Ein asiatisches Paar saß mir gegenüber auf einer Couch und hielt sich an den Händen. Sie sprachen nicht und blickten auch nicht auf, Weihnachten würde für sie von nun an eine schmerzliche Erinnerung sein.

Ich fragte mich, warum sie hier waren und wen sie verloren hatten, und ich dachte an alles, was mich meine Arbeit gelehrt hatte. Ich wünschte, ich hätte sie irgendwie trösten können, aber dieses Talent besaß ich wohl nicht. Nach so vielen Jahren Berufserfahrung konnte ich den Hinterbliebenen meist nicht mehr sagen, als dass der Tod schnell gekommen war und die Verstorbenen nicht gelitten hatten. Für gewöhnlich stimmte nicht einmal das, denn wie sollte man die seelischen Qualen einer Frau ermessen, die sich in einem einsamen Park in einer bitterkalten Nacht nackt ausziehen musste? Wie konnte man sich vorstellen, was sie gefühlt hatte, als Gault sie zu dem eisigen Brunnen führte und die Pistole an ihre Schläfe hielt?

Dass er sie gezwungen hatte, sich auszuziehen, sollte uns an seine abgrundtiefe Grausamkeit und an seinen unersättlichen Appetit auf Spielereien erinnern. Dass sie nackt war, das war nicht nötig gewesen. Es war nicht nötig gewesen, ihr so klipp und klar zu verstehen zu geben, dass sie allein an Weihnachten sterben und niemand ihren Namen erfahren würde. Gault hätte sie einfach erschießen können. Er hätte seine Glock ziehen und sie erschießen können, ohne dass sie es mitbekam. *Der Scheißkerl.*

»Mr. und Mrs. Li?« Eine weißhaarige Frau stand vor dem asiatischen Paar.

»Ja.«

»Wenn Sie so weit sind, werde ich Sie jetzt hinführen.«

»Ja, ja«, sagte der Mann, und seine Frau begann zu weinen.

Sie entfernten sich in Richtung des Raumes, wohin die Leiche eines Menschen, den sie geliebt hatten, mit dem Aufzug aus der Autopsie heraufgebracht würde. Viele Menschen konnten den Tod nicht akzeptieren, bevor sie ihn nicht gesehen oder berührt hatten, und trotz der vielen Termine dieser Art, die ich arrangiert und denen ich beigewohnt hatte, konnte ich mir nicht wirklich vorstellen, selber dieses Ritual auf mich zu nehmen. Ich glaubte nicht, dass ich diesen letzten flüchtigen Blick durch eine Glasscheibe ertragen könnte. Ich hatte leichte Kopfschmerzen, schloss die Augen und massierte meine Schläfen. So saß ich lange da, bis ich die Gegenwart eines anderen Menschen spürte.

»Dr. Scarpetta?« Dr. Horowitz' Sekretärin stand vor mir und sah mich besorgt an. »Geht es Ihnen nicht gut?«

»Emily«, sagte ich überrascht. »Nein, alles in Ordnung. Ich habe überhaupt nicht damit gerechnet, Sie heute hier zu sehen.« Ich stand auf.

»Möchten Sie ein Aspirin?«

»Das ist sehr nett von Ihnen, nein danke.«

»Ich hatte Sie auch nicht erwartet. Aber im Augenblick ist die Lage wohl nicht normal. Mich wundert, dass Sie hierher kommen konnten, ohne von Reportern belästigt zu werden.«

»Mir ist kein Reporter über den Weg gelaufen«, sagte ich.

»Letzte Nacht hat es von ihnen nur so gewimmelt. Ich nehme an, dass Sie heute Morgen die *Times* gelesen haben.«

»Ich fürchte, dazu hatte ich noch keine Gelegenheit.« Mir war unbehaglich zumute. Ich fragte mich, ob Wesley noch im Bett lag.

»Es ist ein großes Durcheinander«, sagte Emily, eine junge Frau mit langem dunklem Haar, die sich stets so sittsam und unauffällig kleidete, als stammte sie aus einem anderen Zeitalter. »Sogar der Bürgermeister hat angerufen. Das ist nicht die Art von Publicity, die sich die Stadt wünscht oder die sie brauchen kann. Ich kann immer noch nicht glauben, dass ausgerechnet ein Journalist die Leiche gefunden hat.«

Ich warf ihr einen scharfen Blick zu. »Ein Journalist?«

»Eigentlich ist er Korrektor oder so was Ähnliches bei der *Times* – einer dieser Verrückten, die joggen, egal wie das Wetter ist. Deswegen war er gestern früh im Park und läuft an Cherry Hill vorbei. Es war kalt und verschneit und einsam. Er kommt zu dem Brunnen und sieht dort die arme Frau. Ich muss wohl nicht erwähnen, dass die Beschreibung in der Zeitung sehr detailgenau ist. Die Menschen sind außer sich vor Angst.«

Wir gingen durch mehrere Türen, dann steckte sie den Kopf in das Zimmer des Chief und meldete uns leise an, damit wir ihn nicht erschreckten. Dr. Horowitz war nicht mehr der Jüngste und sein Gehör nicht mehr das beste. In seinem Büro roch es nach blühenden Pflanzen. Er liebte Orchideen, Usambaraveilchen und Gardenien, und unter seinen Händen gediehen sie.

»Guten Morgen, Kay.« Er stand von seinem Schreibtisch auf. »Bist du allein hier?«

»Captain Marino wird nachkommen.«

»Emily wird sich darum kümmern, dass er zu uns geführt wird. Oder möchtest du lieber warten?«

Ich wusste, dass Horowitz nicht warten wollte. Wir hatten keine Zeit. Er war verantwortlich für das größte Leichenschauhaus des Landes, auf dessen Stahltischen pro Jahr achttausend Leichen – die Einwohnerschaft einer Kleinstadt – autopsiert wurden. Fünfundzwanzig Prozent der Toten waren Mordopfer, und manche blieben für alle Zeiten ohne Namen. New York hatte so große Probleme, seine Toten zu identifizieren, dass die Polizei eine Vermisstenabteilung in Horowitz' Gebäude eingerichtet hatte.

Er griff nach dem Telefonhörer und redete mit jemandem, den er nicht namentlich ansprach. »Dr. Scarpetta ist hier. Wir kommen jetzt runter«, sagte er.

»Ich werde mich drum kümmern, dass Captain Marino nicht verloren geht«, sagte Emily. »Sein Name kommt mir bekannt vor.«

»Wir arbeiten seit vielen Jahren zusammen«, sagte ich zu ihr. »Und er arbeitet für das FBI in Quantico, seitdem es diese Abteilung zur Unterstützung laufender Ermittlungen gibt.«

»Ich dachte, diese Abteilung heißt Verhaltenswissenschaftliche Abteilung, wie im Film.«

»Sie haben den Namen geändert, aber die Aufgabe ist die gleiche«, sagte ich. Die kleine Gruppe von Agenten war berühmt geworden durch die Erstellung psychologischer Profile zur Verfolgung gewalttätiger Sexualverbrecher und Mörder. Als ich vor nicht allzu langer Zeit zur beratenden Forensikerin dieser Abteilung ernannt worden war, glaubte ich nicht, dass es viel gab, was ich noch nicht gesehen hatte. Ich hatte mich geirrt.

Sonnenlicht erfüllte die Fenster von Horowitz' Zimmer und spiegelte sich in den gläsernen Regalen, auf denen Blumen und Miniaturbäume standen. Ich wusste, dass bei ihm zu Hause im Bad Orchideen in der feuchten Dunkelheit über dem Waschbecken und der Wanne wuchsen. Und dass er ein Treibhaus hatte. Als ich Horowitz zum ersten Mal begegnete, hatte er mich an Lincoln erinnert. Beide Männer hatten hagere, gutmütige Gesichter, überschattet von einem Krieg, der die Gesellschaft gespalten hatte. Sie ertrugen Tragödien, als wären sie dafür auserwählt, und sie hatten lange, geduldige Hände.

Wir gingen hinunter in den Raum, den die Mitarbeiter den Ruheraum nannten, seltsam freundliche Bezeichnung für die Leichenhalle in einer der gewalttätigsten Städte Amerikas. Die Luft, die durch die Türen der Einfahrt hereinzog, roch nach kaltem Zigarettenrauch und Tod. Auf blaugrünen Wänden warnten Schilder davor, blutige Laken, Leichentücher, Lumpen oder Behälter in die Mülltonnen zu werfen.

Überschuhe waren erforderlich, Essen war verboten, und an vielen Türen befanden sich rote Schilder, die vor biologischen Risiken warnten. Horowitz sagte, dass einer seiner dreißig Rechtsmediziner die Autopsie der unbekannten Frau durchführte, von der wir annahmen, dass sie Gaults jüngstes Opfer war.

Wir betraten einen Umkleideraum, in dem Dr. Lewis Rader in Chirurgenkleidung dastand und sich einen Pack Batterien um das Handgelenk band.

»Dr. Scarpetta«, sagte Horowitz, »kennen Sie und Dr. Rader sich?«

»Wir kennen uns seit einer Ewigkeit«, sagte Rader lächelnd.

»So ist es«, sagte ich erfreut. »Aber ich glaube, das letzte Mal, dass wir uns gesehen haben, war in San Antonio.«

»Wirklich? Ist das schon so lange her?«

Das war bei einem Kongress der American Academy of Forensic Sciences gewesen. Wir trafen uns einmal im Jahr, ließen Diavorträge über uns ergehen und diskutierten. Rader hatte einen bizarren Fall von Tod durch Blitzschlag präsentiert. Das Opfer war eine junge Frau gewesen, der die Kleider vom Leibe gerissen worden waren und die sich am Kopf verletzt hatte, als sie auf Beton aufschlug. Ins Leichenschauhaus wurde sie als Opfer eines sexuellen Übergriffs eingeliefert. Bis Rader nachwies, dass die Gürtelschnalle der jungen Frau magnetisch geladen war und sie eine kleine Brandwunde auf einer Fußsohle hatte.

Nach dem Vortrag hatte Rader mir einen Jack Daniel's in einen Pappbecher gegossen, und wir hatten in Erinnerungen an die alten Zeiten geschwelgt, als es nur wenige Forensiker gegeben hatte und ich die einzige Frau gewesen war. Rader war jetzt an die sechzig und wurde von seinen Kollegen sehr geschätzt. Aber er wäre kein guter Chief gewesen, weil er mit dem Papierkram und den Politikern auf Kriegsfuß stand.

Wir sahen aus, als wollten wir einen Ausflug in den Weltraum unternehmen, nachdem wir unsere Atemgeräte, Gesichtsmasken und Schutzschilde angelegt hatten. Wenn man an Leichen arbeitet, ist wegen Aids Vorsicht geboten vor Nadelstichen oder Schnitten, aber eine größere Gefahr stellen durch die Luft übertragene Infektionen wie Tuberkulose, Hepatitis und Meningitis dar. Heutzutage tragen wir zwei Paar Handschuhe, atmen gereinigte Luft und hüllen uns in grüne Anzüge und Kittel, die anschließend weggeworfen werden. Manche Leichenbeschauer wie zum Beispiel Rader tragen Handschuhe aus rostfreiem Stahlgeflecht, das an Kettenpanzer erinnert.

Ich zog den Schutzschild über den Kopf, als O'Donnell, der Polizeibeamte, den ich am Abend zuvor kennengelernt hatte, und Marino hereinkamen, der gereizt und verkatert aussah. Sie zogen wortlos Schutzmasken und Handschuhe an und vermieden es, die anderen anzublicken. Unsere namenlose Tote lag in dem stählernen Kühlfach 121, und während wir der Reihe nach den Umkleideraum verließen, hoben Assistenten die Leiche auf eine fahrbare Bahre. Die tote Frau war nackt und sah auf der kalten Stahlbahre erbärmlich aus.

Wo an der Schulter und der Innenseite der Oberschenkel Hautstücke fehlten und das Blut getrocknet war, waren jetzt hässliche dunkle Flecken. Ihre Haut war hellrosa verfärbt von *livores mortis*, wie sie typisch sind für gefrorene Leichen oder Menschen, die an Unterkühlung gestorben waren. Die Schussverletzung an ihrer rechten Schläfe stammte von einem großen Kaliber, und ich sah sofort den unverwechselbaren Abdruck der Mündung, die Gault ihr an den Kopf gehalten hatte, bevor er schoss.

Männer in grünen Anzügen und mit Masken rollten sie in den Röntgenraum, wo jeder von uns eine orange getönte Plastikbrille erhielt. Rader schaltete eine besondere Lichtquelle ein, das sogenannte Luma-Lite, eine schlichte Blackbox mit einem dicken blauen faseroptischen Kabel. Ein Auge, das sah, was unsere Augen nicht sehen konnten, ein weiches, weißes Licht, in dem Fingerabdrücke fluoreszierten und Haare, Fasern und Flecken von Drogen oder Sperma feuerrot leuchteten.

»Bitte das Licht ausschalten«, sagte Rader.

Im Dunkeln begann er, die Leiche mit dem Luma-Lite zu inspizieren, und Fasern leuchteten auf wie dünne, heiße Drähte. Mit einer Pinzette entfernte Rader mögliches Beweismaterial von ihrem Schamhaar, von Füßen und Händen und von den Stoppeln auf ihrem Kopf. Kleine gelbe Flecken auf den Fingerspitzen ihrer rechten Hand erstrahlten wie Sonnen, als er mit der Lampe darüber fuhr.

»Sie hat irgendeine chemische Substanz an den Fingern«, sagte Rader.

»Manchmal leuchtet Sperma so auf.«

»Ich glaube nicht, dass es Sperma ist.«

»Es könnten Drogen sein«, warf ich ein.

»Wir machen einen Abstrich«, sagte Rader. »Wo ist der Chlorwasserstoff?«

»Kommt schon.«

Das Indiz wurde sichergestellt, und Rader machte weiter. Das kleine weiße Licht suchte den Körper der Frau ab, beleuchtete die dunklen Stellen, wo ihre Haut entfernt worden war, den flachen Bauch, die sanften Wölbungen ihrer Brüste. An ihren Wunden fand sich nichts, was als Beweis hätte dienen können. Das untermauerte unsere Theorie, dass Gault sie an dem Ort getötet und verstümmelt hatte, wo sie gefunden worden war; wäre sie nach Eintritt des Todes transportiert worden, hätten Schmutzpartikel an dem getrockneten Blut kleben müssen. Die Wunden waren die saubersten Stellen an ihrem ganzen Körper.

Wir arbeiteten so über eine Stunde, und Zentimeter um Zentimeter lernte ich ihren Körper kennen. Ihre Haut war hell und schien nie der Sonne ausgesetzt gewesen zu sein. Ihre Muskeln waren kaum ausgebildet, sie war dünn und einen Meter siebzig groß. Ihr linkes Ohr war dreimal durchstochen, das rechte zweimal, und sie trug goldene Stecker und kleine Ringe in den Ohren. Sie war dunkelblond, hatte blaue Augen und ebenmäßige Gesichtszüge, die nicht so ausdruckslos gewirkt hätten, wenn sie sich nicht den Kopf geschoren hätte. Und wenn sie nicht tot wäre. Ihre Fingernägel waren nicht lackiert und abgebissen bis aufs Fleisch.

Die einzigen Anzeichen alter Verletzungen waren verheilte Narben auf ihrer Stirn und oben auf ihrem Kopf über dem linken Scheitelbein. Die Narben verliefen gerade und waren vier bis viereinhalb Zentimeter lang. Der einzig sichtbare Hinweis auf den Schuss an ihren Händen war ein Abdruck des Hülsenauswurfs auf ihrer linken Handfläche zwischen Zeigefinger und Daumen, was meiner Meinung nach darauf hindeutete, dass sie ihre linke Hand zur Verteidigung gehoben hatte, als er schoss.

Damit war Selbstmord als Todesursache ausgeschlossen, auch wenn andere Indizien auf Suizid gedeutet hätten, was selbstverständlich nicht der Fall war.

»Ist festzustellen, ob sie Rechts- oder Linkshänderin war?«, hörte ich Horowitz' Stimme im Dunkeln hinter mir.

»Ihr rechter Arm ist etwas stärker ausgebildet als der linke«, sagte ich.

»Dann war sie wohl Rechtshänderin. Ihr hygienischer Zustand ist miserabel, und sie war schlecht ernährt«, sagte Horowitz.

»Wie jemand, der auf der Straße lebt, eine Prostituierte. Das ist mein Tipp«, sagte O'Donnell.

»Keine Hure, die ich kenne, schert sich den Kopf«, warf Marino mit rauer Stimme auf der anderen Seite des Tisches ein.

»Hängt davon ab, auf wen sie es abgesehen hat«, meinte O'Donnell. »Der Beamte in Zivil, der sie in der U-Bahn gesehen hat, hielt sie zuerst für einen Mann.«

»Da war Gault bei ihr«, sagte Marino.

»Da war der Typ bei ihr, von dem Sie annehmen, dass es Gault ist.«

»Ich nehme es nicht nur an«, sagte Marino. »Er war es. Ich kann den Mistkerl förmlich riechen, als ob er überall, wo er ist, einen schlechten Geruch hinterlässt.«

»Ich glaube, was Sie riechen, ist die da«, sagte O'Donnell.

»Das Licht bitte hier herunter, genau hier. Gut, danke.« Rader sammelte Fasern ein, während die körperlosen Stimmen sich weiterhin in der Dunkelheit unterhielten, die so dicht und schwer war wie Samt.

Schließlich sagte ich: »Mir kommt das alles sehr ungewöhnlich vor. Normalerweise findet man so viele Spuren nur, wenn jemand in eine schmutzige Decke eingewickelt war oder im Kofferraum eines Autos transportiert wurde.«

»Jedenfalls hat sie ganz sicher in letzter Zeit kein Bad genommen, und es ist Winter«, sagte Rader, während er das Luma-Lite dirigierte und eine kleine Narbe von einer Pockenimpfung beleuchtete. »Vielleicht hat sie seit Tagen dieselbe Kleidung getragen, und wenn sie mit der U-Bahn oder mit dem Bus gefahren ist, kann sie eine Menge Schmutz abgekriegt haben.«

Alles deutete auf eine mittellose Frau hin, die, soweit wir wussten, nicht als vermisst gemeldet worden war, weil sie kein Zuhause hatte, weil sie niemanden hatte, der wusste, dass sie verschwunden war, und sich deswegen Sorgen machte. Sie war eine typische Obdachlose. Das nahmen wir zumindest an, bis wir sie im Autopsieraum auf Tisch sechs legten, an dem der Zahnarzt Dr. Graham darauf wartete, ihre Zähne zu begutachten.

Dr. Graham war ein breitschultriger junger Mann, der wie ein zerstreuter Professor wirkte. Er war Kieferchirurg auf Staten Island, wenn er mit den Lebenden zu tun hatte. Aber heute hatte er mit einer Person zu tun, die sich stumm beklagte, und das für ein Honorar, das wahrscheinlich nicht einmal die Ausgaben für Taxi und Mittagessen deckte. Die Totenstarre war vollkommen, und wie ein widerspenstiges Kind, das sich vor dem Zahnarzt fürchtet, wollte die tote Frau nicht kooperieren. Schließlich stemmte er ihren Mund mit einer dünnen Feile auf.

»Nun denn, frohe Weihnachten«, sagte er, während er mit einer hellen Lampe in ihren Mund leuchtete. »Sie hat den Mund voller Gold.«

»Höchst merkwürdig«, sagte Horowitz, wie ein Mathematiker, der ein Problem durchdenkt.

»Das sind Blattgoldfüllungen.« Graham deutete auf kleine bohnenförmige Goldfüllungen in den Schneidezähnen knapp über dem Zahnfleisch. »Sie hat sie hier und hier und hier.« Er zeigte wieder und wieder auf ihre Zähne. »Insgesamt sind es sechs. Das gibt es nur sehr selten. Ich habe noch nie so viele auf einmal gesehen. Zumindest nicht in einem Leichenschauhaus.«

»Was zum Teufel sind Blattgoldfüllungen?«, fragte Marino.

»Nervig, das sind sie«, sagte Graham. »Eine schwierige, unangenehme Arbeit.«

»Ich glaube, früher war das Teil der Prüfungen für die Zulassung als Zahnarzt«, sagte ich.

»Stimmt.« Graham setzte seine Arbeit fort. »Die Studenten haben es gehasst.«

Er erklärte, dass bei Blattgoldfüllungen der Zahnarzt winzige Goldkügelchen in den Zahn schlagen musste. Die geringste Spur von Feuchtigkeit ließ die Füllung herausfallen. Obwohl sie lange hielten, waren diese Füllungen arbeitsintensiv, schmerzhaft und teuer.

»Und nur wenige Patienten wollen, dass man das Gold sieht, vor allem nicht vorn an den Schneidezähnen«, fügte er hinzu.

Er fuhr fort, diverse Füllungen, Extraktionen, Zahnformen und Auffälligkeiten aufzulisten, die diese Frau zu der machten, die sie war. Sie hatte einen nicht ganz geschlossenen Biss und halbkreisförmige Abnutzungen an den Schneidezähnen, die davon rühren konnten, dass sie auf einer Pfeife herumgekaut hatte. Graham wusste, dass man sie mit einer Pfeife in der Hand gesehen hatte.

»Wenn sie gewohnheitsmäßige Pfeifenraucherin gewesen ist, müssten ihre Zähne dann nicht vom Tabak verfärbt sein?«, fragte ich, denn ihre Zähne wiesen keine Verfärbungen auf.

»Möglicherweise. Aber sehen Sie nur, wie erodiert die Oberflächen ihrer Zähne sind – diese Ausschürfungen am Zahnfleischrand haben die Blattgoldfüllungen erforderlich gemacht. Der größte Teil ihrer Zahnschäden rührt von zwanghaftem Putzen her.«

»Wenn sie sich zehnmal am Tag wie verrückt die Zähne geputzt hat, können sich die Zähne auch nicht verfärbt haben«, sagte Marino.

»Sich zehnmal am Tag die Zähne zu putzen passt nicht zu ihrem sonstigen hygienischen Zustand«, sagte ich. »Ihr Mund scheint überhaupt nicht zu ihr zu passen.«

»Können Sie uns sagen, wo diese Füllungen gemacht wurden?«, fragte Rader.

»Nicht wirklich«, sagte Graham, ohne seine Arbeit zu unterbrechen. »Aber sie sind alle noch in Ordnung. Ich vermute, dass sie alle vom selben Zahnarzt stammen, und die einzige Gegend im Land, wo Blattgoldfüllungen noch gemacht werden, ist an der Westküste.«

»Woher wissen Sie das?«, fragte ihn O'Donnell.

»Man kann sich diese Füllungen nur dort machen lassen, wo es Zahnärzte gibt, die sie machen. Ich mache sie nicht. Ich kenne auch niemanden persönlich, der sie macht. Aber es gibt eine Organisation, in der sich Zahnärzte zusammengeschlossen haben, die Blattgoldfüllungen machen. Sie hat mehrere hundert Mitglieder. Die größte Ansammlung von ihnen findet sich im Staat Washington.«

»Warum will jemand eine solche Füllung?«, fragte O'Donnell.

»Gold ist haltbar.« Graham blickte zu ihm auf. »Es gibt Leute, die sehr darauf achten, womit die Löcher in ihren Zähnen gefüllt werden. Die chemischen Substanzen in weißen Porzellanfüllungen können angeblich Nervenschäden verursachen. Sie werden schneller fleckig und halten nicht so lange. Manche Leute glauben, dass Silber alles mögliche verursachen kann, von Zysten bis zu Haarausfall.«

»Tja, also, manchen Typen gefällt einfach der Anblick von Gold«, sagte Marino.

»So ist es«, stimmte Graham zu. »Vielleicht ist sie eine von ihnen.«

Aber das glaubte ich nicht. Diese Frau schien keinen großen Wert auf ihr Äußeres gelegt zu haben. Ich vermutete, dass sie sich den Kopf nicht geschoren hatte, um damit einen Standpunkt zu bekunden oder weil es schick war. Als wir anfingen, ihr Inneres zu untersuchen, wurde mir einiges verständlicher, obwohl das Geheimnis, das sie umgab, noch größer wurde.

Sie hatte sich einer Hysterektomie unterzogen, wobei ihr Uterus vaginal entfernt worden war und die Eierstöcke erhalten geblieben waren. Und sie hatte Plattfüße. Zudem hatte sie ein altes intrazerebrales Hämatom im Stirnlappen ihres Gehirns, das von einem Schlag stammen musste, der ihr den Schädel gebrochen hatte, unter den Narben, die wir gefunden hatten.

»Sie war Opfer eines tätlichen Angriffs, möglicherweise vor vielen Jahren«, sagte ich. »Es handelt sich um die Art Kopfverletzung, die häufig zu Persönlichkeitsveränderungen führt.« Ich dachte an sie, wie sie durch die Welt gezogen war, und niemand hatte sie vermisst. »Wahrscheinlich hatte sie keinen Kontakt mehr zu ihrer Familie und litt unter Anfällen.«

Horowitz wandte sich Rader zu. »Wir sollten die toxische Analyse beschleunigen. Und sie auf Diphenylhydantoin prüfen.«

5

Den restlichen Tag über konnte wenig getan werden. Die Stadt feierte Weihnachten, und Labors und die meisten Büros waren geschlossen. Marino und ich gingen ein paar Blocks in Richtung Central Park, bevor wir in einem griechischen Café einkehrten, wo ich nur einen Kaffee trank. Ich konnte nichts essen. Dann fanden wir ein Taxi.

Wesley war nicht in seinem Zimmer. Ich ging in meines und stand lange Zeit am Fenster und schaute hinaus auf ein Gewirr dunkler Bäume und schwarzer Felsen inmitten des schneebedeckten Parks. Der Himmel war grau und schwer. Die Schlittschuhbahn oder den Brunnen, wo man die ermordete Frau gefunden hatte, konnte ich nicht sehen. Ich war nicht dabei gewesen, als man sie fand, aber ich hatte die Fotos eingehend studiert. Was Gault getan hatte, war schrecklich, und ich fragte mich, wo er in diesem Augenblick war.

Ich konnte die gewaltsamen Todesfälle, die ich seit dem Beginn meiner Laufbahn bearbeitet hatte, nicht zählen, aber ich begriff viele davon besser, als ich im Zeugenstand je verlauten ließ. Es ist nicht allzu schwierig, Menschen zu verstehen, die so wütend, berauscht, ängstlich oder verrückt sind, dass sie töten. Auch Psychopathen denken auf ihre verquere Art logisch. Aber Temple Brooks Gault verweigerte sich jeglicher Beschreibung oder Entschlüsselung.

Seine erste Begegnung mit der Justiz hatte vor weniger als fünf Jahren stattgefunden, als er in einer Bar in Abingdon, Virginia, White Russians getrunken hatte. Ein betrunkener Lastwagenfahrer, der effeminierte Männer nicht ausstehen konnte, begann Gault, der den schwarzen Gürtel in Karate hatte, zu schikanieren. Gault lächelte sein seltsames Lächeln und sagte kein Wort. Er stand auf, wirbelte herum und trat dem Mann gegen den Kopf. Ein halbes Dutzend Polizisten, die gerade außer Dienst waren, saß zufälligerweise am Nebentisch, und vermutlich wurde Gault nur aufgrund ihrer Anwesenheit festgenommen und des Totschlags angeklagt.

Seine Karriere im Staatsgefängnis von Virginia war kurz und bizarr. Er wurde zum Liebling eines korrupten Aufsehers, der Gault eine gefälschte Identität verschaffte und ihm zur Flucht verhalf. Gault war frei, und nach kurzer Zeit traf er auf einen Jungen namens Eddie Heath, den er auf ungefähr die gleiche Weise tötete wie die Frau im Central Park. Dann ermordete er eine meiner Mitarbeiterinnen, den Gefängnisaufseher und eine Gefängniswärterin namens Helen. Damals war Gault einunddreißig Jahre alt.

Schneeflocken wirbelten an meinem Fenster vorbei und hingen in der Ferne wie Nebel in den Bäumen. Hufe klapperten auf dem Asphalt, als eine Pferdedroschke mit zwei in karierte Decken gehüllten Fahrgästen vorbeifuhr. Die weiße Mähre war alt und nicht mehr sicher auf den Beinen, und als sie ausrutschte, schlug der Kutscher wütend auf sie ein. Andere Pferde sahen zu, gebeugt vom Wetter, die Köpfe gesenkt, das Fell ungestriegelt, und ich spürte Wut in mir aufsteigen wie Galle. Mein Herz schlug wild. Ich drehte mich abrupt um, als jemand an die Tür klopfte.

»Wer ist da?«, rief ich.

Nach einem Augenblick sagte Wesley: »Kay?«

Ich ließ ihn herein. Seine Baseballkappe und die Schultern seines Mantels waren nass vom Schnee. Er streifte seine Lederhandschuhe ab, stopfte sie in die Manteltaschen und zog dann den Mantel aus, ohne den Blick von mir zu wenden.

»Was ist los?«, fragte er.

»Ich werde dir sagen, was los ist.« Meine Stimme bebte. »Komm her und schau es dir an.« Ich nahm seine Hand und zog ihn zum Fenster. »Sieh dir das an! Glaubst du, dass diesen armen, elenden Pferden auch nur ein Ruhetag gegönnt wird? Glaubst du, dass sie angemessen behandelt werden? Glaubst du, dass sie jemals gestriegelt oder neu beschlagen werden? Weißt du, was passiert, wenn sie stolpern – wenn es eisig ist und sie alt sind und beinahe hinfallen?«

»Kay …«

»Sie werden umso härter geschlagen.«

»Kay …«

»Warum tust du nichts dagegen?«

»Was soll ich denn tun?«

»Irgendetwas. Die Welt ist voller Menschen, die nichts tun, und ich habe das verdammt noch mal satt.«

»Möchtest du, dass ich eine Beschwerde beim Tierschutzverein einreiche?«, fragte er.

»Ja. Und ich werde mich auch beschweren.«

»Wäre es in Ordnung, wenn wir das morgen tun, weil heute alles geschlossen ist?«

Ich sah weiter zum Fenster hinaus, als der Kutscher sein Pferd erneut schlug. »Jetzt reicht's.«

»Wohin gehst du?« Er folgte mir aus dem Zimmer.

Er lief mir nach, als ich auf den Aufzug zusteuerte. Ich hastete durch die Hotellobby und trat ohne Mantel hinaus auf die Straße. Der Schnee fiel dicht und bildete eine rutschige Schicht auf den eisglatten Straßen. Das Objekt meines Zorns war ein alter Mann mit Hut, der vornübergebeugt auf dem Kutschbock saß. Er setzte sich aufrecht, als er die Dame mittleren Alters mit dem großen Mann im Schlepptau auf sich zukommen sah.

»Möchten Sie eine nette Kutschfahrt machen?«, fragte er mit deutlichem Akzent.

Das Pferd streckte mir den Kopf entgegen und legte ihn schief, als ob es wüsste, was passieren würde. Es war nur narbenüberzogene Haut und Knochen, die Hufe waren eingewachsen, die Augen blutunterlaufen und dumpf.

»Wie heißt Ihr Pferd?«, fragte ich.

»Schneewittchen.« Er sah ebenso elend aus wie sein armes Pferd, als er begann, die Tarife herunterzuleiern.

»Dafür interessiere ich mich nicht«, sagte ich, als er mich misstrauisch von oben beäugte.

Er zuckte die Achseln. »Wie lang möchten Sie fahren?«

»Weiß ich nicht«, sagte ich kurz angebunden. »Wie lange muss ich fahren, bis Sie Schneewittchen wieder schlagen? Und schlagen Sie das Tier an Weihnachten heftiger als sonst?«

»Ich behandle mein Pferd gut«, sagte er dummerweise.

»Sie behandeln dieses Pferd grausam und wahrscheinlich alle anderen Lebewesen auch.«

»Ich habe Job zu machen«, sagte er und kniff die Augen zu Schlitzen zusammen.

»Ich bin Ärztin und werde Sie melden«, sagte ich zunehmend angespannt.

»Was?« Er gluckste. »Sie Pferdedoktor?«

Ich trat so nah an die Droschke, bis ich nur noch Zentimeter von seinen zugedeckten Beinen entfernt war. »Wenn Sie das Pferd noch einmal schlagen, werde ich es sehen«, sagte ich mit der stoischen Ruhe, die ich für mir verhasste Menschen reservierte. »Und der Mann hinter mir wird es sehen. Von dem Fenster dort oben.« Ich deutete hinauf. »Und eines Tages werden Sie aufwachen und feststellen, dass ich Ihre Firma gekauft und Sie gefeuert habe.«

»Sie kaufen keine Firma.« Er blickte neugierig zum New York Athletic Club.

»Und Sie haben keine Ahnung von der Wirklichkeit«, sagte ich.

Er vergrub das Kinn im Mantelkragen und ignorierte mich.

Schweigend kehrte ich in mein Zimmer zurück, und auch

Wesley sagte nichts. Ich holte tief Luft, aber meine Hände hörten nicht auf zu zittern. Er ging zur Minibar und goss uns zwei Whisky ein, dann setzte er mich aufs Bett, schob mir mehrere Kissen in den Rücken und legte seinen Mantel über meine Beine.

Er schaltete das Licht aus und setzte sich neben mich. Eine Weile lang massierte er mir den Nacken, während ich aus dem Fenster starrte. Der Schneehimmel war grau und nass, aber nicht so trübselig wie bei Regen. Ich wunderte mich über den Unterschied, warum sich Schnee weich anfühlte und Regen hart und irgendwie kälter.

Es war bitterkalt gewesen und hatte geregnet an jenem Weihnachten, als die Polizei von Richmond den zarten, nackten Körper von Eddie Heath entdeckt hatte. Er lehnte an einer Mülltonne hinter einem verlassenen Gebäude mit zugenagelten Fenstern, und obwohl er das Bewusstsein nie wiedererlangen sollte, war Eddie Heath noch nicht tot. Gault hatte ihn in einem Lebensmittelladen kennengelernt, wohin Eddie von seiner Mutter geschickt worden war, um eine Dosensuppe zu holen.

Nie würde ich die Trostlosigkeit dieses schmutzigen Orts vergessen, an dem der Junge gefunden wurde, nie Gaults überflüssige Grausamkeit; er hatte, die kleine Tüte mit der Suppe und dem Schokoriegel, die Eddie vor seinem Tod gekauft hatte, neben ihn gestellt. Die Einzelheiten machten das ganze so wirklich, dass sogar der Polizist weinte. Ich dachte an Eddies Wunden und erinnerte mich an seine warme Hand, als ich ihn auf der pädiatrischen Intensivstation untersuchte, bevor die lebensverlängernden Maschinen abgeschaltet wurden.

»O Gott«, murmelte ich in dem dunklen Zimmer. »O Gott, ich habe es so satt.«

Wesley antwortete nicht. Er hatte sich erhoben und stand jetzt neben dem Fenster, das Glas in der Hand.

»Ich habe Grausamkeit so satt. Ich habe Menschen so satt, die Pferde schlagen und kleine Jungen und Frauen mit Kopfverletzungen umbringen.«

Wesley drehte sich nicht um. »Es ist Weihnachten. Du solltest deine Familie anrufen«, sagte er.

»Du hast recht. Das wird mich bestimmt aufheitern.« Ich putzte mir die Nase und griff nach dem Telefon.

Bei meiner Schwester in Miami antwortete niemand. Ich kramte in meiner Tasche nach meinem Adressbuch und rief das Krankenhaus an, in dem meine Mutter seit Wochen lag. Eine Schwester auf der Intensivstation sagte, dass Dorothy bei ihr sei und sie sie holen würde.

»Hallo?«

»Frohe Weihnachten«, sagte ich zu meiner einzigen Schwester.

»Vermutlich meinst du das ironisch, angesichts des Ortes, an dem ich mich aufhalte. Hier ist nichts und niemand froh, aber das kannst du ja nicht wissen, weil du nicht da bist.«

»Ich weiß, wie Intensivstationen aussehen«, erwiderte ich. »Wo ist Lucy, und wie geht es ihr?«

»Sie ist mit ihrer Freundin unterwegs. Sie haben mich hier abgesetzt und werden mich in ungefähr einer Stunde wieder abholen. Dann gehen wir in die Kirche. Das heißt, ich weiß nicht, ob die Freundin mitkommt, weil sie nicht katholisch ist.«

»Lucys Freundin hat einen Namen. Er lautet Janet, und sie ist sehr nett.«

»Darüber will ich nicht reden.«

»Wie geht es Mutter?«

»Unverändert.«

»Unverändert heißt was, Dorothy?« Ich begann, mich über sie zu ärgern.

»Sie mussten heute eine Menge absaugen. Ich weiß nicht,

was genau das Problem ist, aber du kannst dir nicht vorstellen, wie es ist, ihr dabei zuzuschauen, wenn sie versucht zu husten und keinen Ton herausbringt, weil ihr dieser Schlauch im Hals steckt. Sie hat es heute nur fünf Minuten ohne künstliche Beatmung ausgehalten.«

»Weiß sie, was für ein Tag heute ist?«

»O ja«, sagte Dorothy unheilvoll. »Das weiß sie. Ich habe einen kleinen Baum auf ihren Tisch gestellt. Sie hat viel geweint.«

Ich spürte einen dumpfen Schmerz in der Brust.

»Wann kommst du?«, fragte sie.

»Ich weiß es nicht. Wir können jetzt nicht aus New York weg.«

»Ist dir schon einmal aufgefallen, Katie, dass du dir die meiste Zeit Sorgen um tote Menschen machst?« Ihr Tonfall war scharf. »Ich glaube, deine Beziehungen beschränken sich auf tote …«

»Dorothy, sag Mutter, dass ich sie liebe und angerufen habe. Bitte richte Lucy und Janet aus, dass ich heute Abend oder morgen noch einmal anrufen werde.« Ich legte auf.

Wesley stand noch immer mit dem Rücken zu mir am Fenster. Er kannte meine Familienprobleme.

»Tut mir leid«, sagte er freundlich.

»Sie würde sich genauso verhalten, wenn ich dort wäre.«

»Ich weiß. Aber du solltest dort sein, und ich sollte zu Hause sein.«

Wenn er von zu Hause sprach, wurde mir unbehaglich, denn sein Zuhause und meines waren nicht identisch. Ich dachte wieder an Gault, und als ich die Augen schloss, sah ich die Frau vor mir, die aussah wie eine Schaufensterpuppe ohne Kleider und Perücke. Ich stellte mir ihre entsetzlichen Wunden vor.

»Benton«, sagte ich, »wen bringt er wirklich um, wenn er diese Menschen tötet?«

»Sich selbst. Gault bringt sich selbst um.«

»Das kann nicht alles sein.«

»Nein, aber es ist ein Teil.«

»Es ist wie Sport für ihn«, sagte ich.

»Ja, auch das ist richtig.«

»Was ist mit seiner Familie? Wissen wir jetzt mehr über sie?«

»Nein.« Er drehte sich nicht um. »Seine Mutter und sein Vater sind wohlauf und in Beaufort, South Carolina.«

»Sie sind von Albany weggezogen?«

»Erinnerst du dich an die Überschwemmung?«

»O ja. Die heftigen Regenfälle.«

»Der Süden Georgias wurde praktisch überflutet. Offensichtlich sind die Gaults fortgezogen und leben jetzt in Beaufort. Ich glaube, sie suchen Zurückgezogenheit.«

»Das kann ich mir vorstellen.«

»Ja. In Georgia sind Touristenbusse an ihrem Haus vorbeigefahren. Ständig standen irgendwelche Journalisten vor ihrer Tür. Die Gaults weigern sich, mit den Behörden zusammenzuarbeiten. Wie du weißt, habe ich sie mehrmals gebeten, mit mir zu sprechen, und sie haben abgelehnt.«

»Ich wünschte, wir wüssten mehr über seine Kindheit«, sagte ich.

»Er ist auf der elterlichen Plantage aufgewachsen, die im Prinzip aus einem großen weißen Haus und Hunderten von Hektar mit Pekannussbäumen bestand. In der Nähe war eine Fabrik, die Nussriegel und andere Süßigkeiten produzierte, wie man sie an Raststätten und in Restaurants vorwiegend im Süden kaufen kann. Was im Haus vorging, solange Gault dort lebte, wissen wir nicht.«

»Und seine Schwester?«

»Lebt vermutlich immer noch irgendwo an der Westküste. Wir haben sie bislang nicht ausfindig machen können. Wahrscheinlich würde sie sowieso nicht mit uns reden.«

»Wie groß ist die Wahrscheinlichkeit, dass Gault sich mit ihr in Verbindung setzt?«

»Schwer zu sagen. Aber wir haben nichts in Erfahrung gebracht, was darauf hindeutet, dass sich die beiden in der Kindheit nahegestanden hätten. Es scheint, dass Gault in seinem ganzen Leben niemandem nahegestanden hat.«

»Wo bist du heute gewesen?« Meine Stimme klang freundlicher, und ich fühlte mich entspannter.

»Ich habe mit mehreren Polizeibeamten gesprochen und bin viel herumgelaufen.«

»Aus Fitnessgründen oder der Arbeit wegen?«

»Überwiegend letzteres. Übrigens ist Schneewittchen nicht mehr da. Der Kutscher ist mit der leeren Droschke weg. Und er hat sie nicht mehr geschlagen.«

Ich machte die Augen auf. »Erzähl mir mehr darüber, wohin du gegangen bist.«

»Ich war in der Gegend um die U-Bahn-Station Central Park West/Eighty-first Street, wo Gault und sein Opfer gesehen wurden. Je nach Wetter und Route braucht man von dort fünf bis zehn Minuten zu The Ramble.«

»Aber wir wissen nicht, ob sie dort waren.«

»Wir wissen überhaupt nichts«, sagte er und stieß einen langen müden Seufzer aus. »Wir haben Schuhabdrücke sichergestellt. Aber es gibt so viele andere Spuren, Hufe, Hundepfoten und was weiß ich noch alles. Oder es gab sie.« Er schwieg, während der Schnee vor dem Fenster vorbeiwirbelte.

»Du glaubst, dass er irgendwo in der Gegend wohnt.«

»Die U-Bahn-Station ist keine Durchgangsstation, sondern eine Endstation. Menschen, die dort aussteigen, wohnen entweder in der Upper West Side oder wollen in ein Restaurant, ins Museum oder zu Veranstaltungen im Park.«

»Und deswegen glaube ich nicht, dass Gault dort wohnt«, sagte ich. »In einer U-Bahn-Station wie der in der Eighty-first Street sieht man die gleichen Menschen immer wieder. Der Beamte, der Gault eine Strafe aufgebrummt hat, hätte ihn doch wiedererkannt, wenn er dort wohnen und häufig mit der U-Bahn fahren würde.«

»Guter Einwand«, sagte Wesley. »Es sieht so aus, als wäre Gault mit der Gegend, in der er die Frau umgebracht hat, vertraut gewesen. Aber es gibt keinen Hinweis darauf, dass er dort irgendwelche Zeit verbracht hat. Wie also konnte er vertraut damit sein?« Er drehte sich um und sah mich an.

Im Zimmer brannte kein Licht, und er stand im Schatten vor einem marmorierten Hintergrund, grauer Himmel und weißer Schnee. Wesley sah dünn aus, die dunkle Hose hing ihm um die Hüfte, der Gürtel war ein Loch enger geschnallt.

»Du hast abgenommen«, sagte ich.

»Ich fühle mich geschmeichelt, dass du es bemerkst«, sagte er sarkastisch.

»Wirklich gut kenne ich deinen Körper nur in nacktem Zustand«, sagte ich sachlich. »Und dann ist er schön.«

»Und nur dann ist mein Gewichtsverlust vermutlich von Bedeutung.«

»Nein, ist er nicht. Wie viel hast du abgenommen und warum?«

»Ich weiß es nicht. Ich wiege mich nie. Und manchmal vergesse ich ganz einfach zu essen.«

»Hast du heute schon was gegessen?«, fragte ich, als wäre ich seine Hausärztin.

»Nein.«

»Dann zieh deinen Mantel an.«

Wir spazierten Hand in Hand entlang der Parkmauer, und ich konnte mich nicht erinnern, ob wir jemals zuvor unsere Zuneigung in der Öffentlichkeit kundgetan hatten. Aber die wenigen Menschen auf der Straße konnten unsere Gesichter nicht deutlich sehen, und es interessierte sie auch nicht. Einen Moment lang war mir leicht ums Herz, und das Fallen des Schnees, der auf Schnee traf, hörte sich an, als fiele Schnee auf Glas.

Wir gingen lange, ohne zu reden, und ich dachte an meine Familie in Miami. Wahrscheinlich würde ich sie später noch einmal anrufen, und zum Dank würde ich mir weitere Klagen anhören müssen. Sie waren unzufrieden, weil ich nicht getan hatte, was sie wollten, und wann immer das der Fall war, wollte ich sie um alles in der Welt loswerden, wie einen miesen Job oder ein Laster. Am meisten sorgte ich mich um Lucy, die ich zeit meines Lebens liebte wie eine Tochter. Mutter konnte ich es nicht recht machen, und Dorothy mochte ich nicht.

Ich schmiegte mich an Benton und hakte mich bei ihm unter. Er langte mit der anderen Hand herüber und nahm meine, als ich mich an ihn drückte. Wir trugen beide Baseballkappen, und wegen der Schirme konnten wir uns nicht küssen. Wir blieben in der zunehmenden Dunkelheit auf dem Gehsteig stehen, drehten unsere Kappen um wie Gangster und lösten das Problem. Dann mussten wir lachen, weil wir so ungewohnt aussahen.

»Ich wünschte, ich hätte eine Kamera.« Wesley lachte noch immer.

»Nein, das wünschst du dir nicht.«

Ich setzte die Mütze wieder richtig herum auf und überlegte, wie es wäre, wenn jemand uns beide fotografierte. Ich erinnerte mich daran, dass wir Außenseiter waren, und der Moment des Glücks war vorüber. Wir gingen weiter.

»Benton, das kann nicht ewig so weitergehen«, sagte ich.

Er schwieg.

»In deiner wirklichen Welt bist du ein hingebungsvoller Ehemann und Vater, und dann treffen wir uns irgendwo.«

»Wie geht es dir dabei?«, sagte er. Die Angespanntheit war wieder in seiner Stimme.

»Vermutlich wie den meisten Menschen, wenn sie eine Affäre haben. Ich fühle mich schuldig, beschämt, ängstlich, traurig. Ich habe Kopfschmerzen, und du nimmst ab. Und dann kriegen wir uns gegenseitig wieder rum.«

»Bist du eifersüchtig?«, fragte er.

Ich zögerte. »Ich diszipliniere mich, keine Eifersucht zu empfinden.«

»Man kann Gefühlen nicht mit Disziplin beikommen.«

»Natürlich kann man das. Wir tun das die ganze Zeit, wenn wir mit Fällen wie diesem konfrontiert sind.«

»Bist du eifersüchtig auf Connie?«, fragte er noch einmal.

»Ich habe deine Frau immer gemocht und halte sie für eine reizende Person.«

»Bist du eifersüchtig auf ihre Beziehung zu mir? Es wäre nur zu verständlich, wenn ...«

»Ich unterbrach ihn. »Benton, warum reitest du darauf herum?«

»Weil ich mich den Tatsachen stellen und sie irgendwie in den Griff bekommen will.«

»Na gut, dann sag mir eines. Als ich mit Mark zusammen war, als er dein Kollege und bester Freund war, warst du da jemals eifersüchtig?«

»Auf wen?« Er versuchte, witzig zu sein.

»Warst du jemals eifersüchtig auf meine Beziehung zu Mark?«

Er antwortete nicht sofort. »Ich würde lügen, wenn ich nicht zugeben würde, dass ich dich schon immer attraktiv gefunden habe. Überaus attraktiv«, sagte er schließlich.

Ich dachte zurück an die Zeiten, als Mark, Wesley und ich uns getroffen hatten. Ich suchte nach einem Hinweis, einer Bestätigung für das, was er gerade gesagt hatte. Und fand keinen. Aber während ich mit Mark zusammen war, da war ich einzig und allein auf ihn fixiert gewesen.

»Ich war ehrlich«, fuhr Wesley fort. »Jetzt lass uns wieder über dich und Connie sprechen. Ich muss es wissen.«

»Warum?«

»Ich muss wissen, ob wir drei jemals wieder zusammen sein können. Wie früher, als du bei uns zu Abend gegessen und uns besucht hast. Meine Frau hat angefangen, sich zu erkundigen, warum du nicht mehr kommst.«

»Du willst sagen, dass sie Verdacht geschöpft hat.« Ich spürte Paranoia in mir aufsteigen.

»Ich will sagen, dass sie nach dir gefragt hat. Sie mag dich. Und jetzt, da wir beide zusammenarbeiten, wundert sie sich, dass sie dich seltener sieht statt häufiger.«

»Das leuchtet mir ein«, sagte ich.

»Was sollen wir tun?«

Ich war bei Benton zu Hause gewesen und hatte ihn im Umgang mit seinen Kindern und seiner Frau beobachtet. Ich erinnerte mich an die Berührungen, das Lächeln und die Anspielungen auf Dinge, von denen ich nichts wusste. Aber damals war es anders gewesen, denn ich war verliebt in Mark, der jetzt tot war.

Ich ließ Wesleys Hand los. Taxis fuhren vorbei, wirbelten Schnee auf, und hinter Wohnungsfenstern glühten warme Lichter. Der Park schimmerte gespenstisch weiß im Schein großer eiserner Lampen.

»Das kann ich nicht«, sagte ich.

Wir gingen weiter die Central Park West entlang.

»Es tut mir leid, aber ich glaube einfach nicht, dass ich mit dir und Connie zusammen sein kann«, fügte ich hinzu.

»Du hast doch eben gesagt, dass du deine Gefühle disziplinieren kannst.«

»Du hast leicht reden, aber ich habe niemanden außer dir in meinem Leben.«

»Irgendwann wirst du zu uns kommen müssen. Auch wenn

wir unsere jetzige Beziehung abbrechen, wirst du dich meiner Familie stellen müssen. Wenn wir weiterhin zusammenarbeiten, wenn wir Freunde sein wollen.«

»Jetzt stellst du mir ein Ultimatum.«

»Du weißt, dass ich das nicht tue.«

Ich schritt schneller aus. Nachdem wir zum ersten Mal miteinander geschlafen hatten, war mein Leben hundertmal komplizierter geworden. Natürlich, ich hätte es besser wissen müssen. Ich hatte mehr als einen armen Narren auf meinem Autopsietisch gesehen, der sich mit jemandem eingelassen hatte, der verheiratet war. Die Menschen vernichteten sich selbst und andere. Sie wurden geistig krank und gerichtlich verfolgt.

Wir kamen an der Tavern on the Green vorbei. Ich blieb stehen und betrachtete das Dakota Building zu meiner Linken, wo John Lennon vor Jahren ermordet worden war. Die U-Bahn-Station war nahe bei Cherry Hill, und ich fragte mich, ob Gault den Park verlassen und hierher gekommen war. Ich stand da und starrte das Gebäude an. An jenem Abend, dem 8. Dezember, war ich vom Gericht nach Hause gefahren, als ich im Radio hörte, dass Lennon von einem Nobody erschossen worden war, der ein Exemplar von *Der Fänger im Roggen* bei sich trug.

»Benton«, sagte ich. »Hier hat Lennon gelebt.«

»Ja«, sagte er. »Dort drüben an dem Eingang wurde er erschossen.«

»Besteht die Möglichkeit, dass Gault das im Kopf gehabt hat?«

»Das habe ich bisher nicht in Betracht gezogen.«

»Sollten wir es in Betracht ziehen?«

Er sah schweigend zum Dakota Building hinüber mit seinen sandgestrahlten Backsteinen, dem Gusseisen und dem Kupferdach.

»Wir sollten womöglich alles in Betracht ziehen«, sagte er.

»Gault war ein Teenager, als Lennon erschossen wurde. In Gaults Wohnung in Richmond haben wir überwiegend klassische Musik und Jazz gefunden. Ich erinnere mich nicht, dass er Platten von Lennon oder den Beatles hatte.«

»Wenn er sich mit Lennon beschäftigt hat, dann nicht aus musikalischen Gründen«, sagte Wesley. »Gault hätte der Sensationsgehalt des Verbrechens interessiert.«

Wir gingen weiter. »Es gibt einfach nicht genug Leute, all die Fragen zu stellen, auf die wir Antworten brauchen«, sagte ich.

»Wir bräuchten ein ganzes Polizeidezernat. Vielleicht das gesamte FBI.«

»Können wir überprüfen, ob jemand, auf den seine Beschreibung passt, in der Nähe des Dakota gesehen wurde?«, fragte ich.

»Himmel, er könnte dort wohnen«, sagte Wesley voll Bitterkeit. »Bislang war Geld für ihn nie ein Problem.«

Um die Ecke des Museum of Natural History war die schneebedeckte rosa Markise eines Restaurants namens Scaletta zu sehen. Es überraschte mich, dass es geöffnet hatte und gut besucht schien. Ein Paar in Pelzmänteln steuerte darauf zu und ging die Treppe hinunter, und ich überlegte, ob wir es ihnen nicht gleichtun sollten. Ich wurde allmählich hungrig, und Wesley musste nicht noch mehr Gewicht verlieren.

»Wie wär's?«, fragte ich.

»Unbedingt. Ist Scaletta ein Verwandter von dir?«, fragte er scherzhaft.

»Glaub ich nicht.«

Wir kamen bis an die Tür, wo uns der Oberkellner davon in Kenntnis setzte, dass das Restaurant geschlossen war.

»Es sieht aber nicht geschlossen aus«, sagte ich. Ich war plötzlich erschöpft und wollte nicht länger herumlaufen.

»Aber es ist geschlossen, Signora.« Er war klein, hatte eine beginnende Glatze und trug einen Tuxedo mit leuchtend rotem Kummerbund. »Es handelt sich um eine geschlossene Gesellschaft.«

»Wer ist Scaletta?«, fragte Wesley.

»Warum wollen Sie das wissen?«

»Es ist ein interessanter Name, dem meinen nicht unähnlich«, sagte ich.

»Und wie heißen Sie?«

»Scarpetta.«

Er musterte Wesley und schien verwirrt. »Ja, natürlich. Aber ist er heute Abend nicht mitgekommen?«

Ich starrte ihn verständnislos an. »Wer ist nicht mitgekommen?«

»Signor Scarpetta. Er war eingeladen. Tut mir leid, ich wusste nicht, dass Sie zu ihm gehören ...«

»Eingeladen?« Ich hatte keine Ahnung, wovon er sprach. Meinen Namen gab es nur selten. Ich war nie einem Scarpetta begegnet, nicht einmal in Italien.

Der Kellner zögerte. »Sie sind nicht mit dem Scarpetta verwandt, der häufig zu uns kommt?«

»Welchem Scarpetta?« Ich wurde unruhig.

»Ein Mann. Er war in letzter Zeit sehr oft hier. Ein sehr guter Gast. Er war eingeladen zu unserem Weihnachtsfest. Sie sind also nicht seine Gäste?«

»Erzählen Sie mir mehr von ihm«, bat ich.

»Ein junger Mann. Er gibt viel Geld aus.« Der Oberkellner lächelte.

Ich spürte, dass Wesleys Interesse geweckt war. »Können Sie ihn beschreiben?«, fragte er.

»Wir haben heute viele Gäste. Und morgen ist wieder normal geöffnet ...«

Wesley zog diskret seine Dienstmarke aus der Tasche. Der Mann sah sie gelassen an.

»Selbstverständlich.« Er war höflich, aber nicht furchtsam. »Ich werde Ihnen einen Tisch suchen.«

»Nein, nein«, sagte Wesley. »Das müssen Sie nicht. Aber wir müssen mehr über diesen Mann erfahren, der behauptet, er heiße Scarpetta.«

»Kommen Sie mit.« Er hielt uns die Tür auf. »Wir können uns im Sitzen unterhalten. Und wenn Sie sitzen, können Sie auch gleich essen. Ich heiße Eugenio.«

Er führte uns zu einem Tisch mit rosa Decke in einer ruhigen Ecke, weit entfernt von den Gästen in Partykleidung, die überall an den Tischen saßen, einander zuprosteten, sich unterhielten und lachten, mit den Gesten und im Tonfall von Italienern.

»Wir haben heute nicht alles, was auf der Speisekarte steht«, entschuldigte sich Eugenio. »Ich kann Ihnen *Costoletta di vitello alla griglia* oder *Pollo al limone* mit *Capellini primavera* oder *Rigatoni con broccoli* bringen.«

Wir bestellten alles und dazu eine Flasche Dolcetto d'Alba, einen meiner Lieblingsweine, der jedoch schwer zu finden war.

Eugenio ging den Wein holen. Meine Gedanken drehten sich im Kreis, und Angst legte sich mir aufs Herz.

»Sprich es nicht aus«, sagte ich zu Wesley.

»Ich werde mich hüten, jetzt schon irgendetwas auszusprechen.«

Er brauchte es auch nicht. Das Restaurant war so nahe an der U-Bahn-Station, wo Gault gesehen worden war. Es musste ihm aufgrund des Namens aufgefallen sein. Der Name musste ihn an mich erinnert haben, und an mich dachte er wahrscheinlich sowieso eine Menge.

Eugenio kehrte sofort mit unserem Wein zurück. Er entfernte die Folie und hantierte mit dem Korkenzieher, während er sprach. »Jahrgang 1979. Ein sehr leichter Wein. Einem Beaujolais nicht unähnlich.« Er zog den Korken heraus und schenkte mir einen Schluck ein.

Ich nickte, und er füllte unsere Gläser.

»Setzen Sie sich, Eugenio«, sagte Wesley. »Trinken Sie einen Schluck mit uns. Und erzählen Sie uns von Scarpetta.«

Er zuckte die Achseln. »Alles, was ich Ihnen erzählen kann, ist, dass er zum ersten Mal vor ein paar Wochen zu uns kam. Ich weiß, dass es das erste Mal war. Ehrlich gesagt, er war ein ungewöhnlicher Gast.«

»Inwiefern?«, fragte Wesley.

»Er sah ungewöhnlich aus. Hellrotes Haar, dünn, ungewöhnlich gekleidet. Sie wissen schon, langer schwarzer Ledermantel und italienische Hosen und dazu ein T-Shirt.« Er sah zur Decke hinauf und zuckte wieder die Achseln. »Können Sie sich das vorstellen, gute Hosen und Schuhe von Armani zum Beispiel und dazu ein T-Shirt. Es war nicht einmal gebügelt.«

»War er Italiener?«, fragte ich.

»O nein. Manche Leute mag er hinters Licht geführt haben, aber mich nicht.« Eugenio schüttelte den Kopf und goss sich ein Glas Wein ein. »Er war Amerikaner. Aber vielleicht konnte er italienisch, weil er aus dem italienischen Teil der Speisekarte auswählte. So hat er auch bestellt. Auf Italienisch, nicht auf Englisch. Er sprach sehr gut.«

»Wie hat er bezahlt?«, fragte Wesley.

»Immer mit Kreditkarte.«

»Und der Name auf der Karte war Scarpetta?«, fragte ich.

»Ja, ich bin ganz sicher. Kein Vorname, nur das Initial K. Er hat gesagt, sein Name sei Kirk. Klingt nicht gerade italienisch.« Er lächelte und zuckte die Achseln.

»Und war er freundlich?«, sagte Wesley, während ich in Gedanken hektisch versuchte, diese Information zu verdauen.

»Manchmal war er sehr freundlich, manchmal nicht. Er hatte immer etwas zu lesen dabei. Zeitungen.«

»Kam er allein?«

»Ja, immer.«

»Was für eine Kreditkarte hatte er?«, fragte ich.

Eugenio dachte nach. »American Express. Gold Card, glaube ich.«

Ich sah Wesley an.

»Hast du deine dabei?«, fragte er mich.

»Ich nehme es an.« Ich holte meine Brieftasche heraus. Die Karte war nicht da. »Das verstehe ich nicht.« Ich spürte, wie mir das Blut bis in die Haarwurzeln stieg.

»Wo hast du sie zum letzten Mal benutzt?«, fragte Wesley.

»Ich weiß es nicht.« Ich war wie vor den Kopf gestoßen. »Ich benutze sie nicht sehr oft. Vielerorts wird sie nicht mehr angenommen.«

Wir schwiegen. Wesley trank einen Schluck Wein und blickte sich um. Ich hatte Angst und war verwirrt. Ich verstand nicht, was das alles bedeutete. Warum sollte Gault hierherkommen und sich für mich ausgeben? Wenn er im Besitz meiner Kreditkarte war, woher hatte er sie? Und während ich mir noch diese Frage stellte, dämmerte mir ein schrecklicher Verdacht. Quantico.

Eugenio war gegangen, um sich um unsere Bestellung zu kümmern.

»Benton«, sagte ich, und das Herz schlug mir bis zum Hals. »Ich habe die Karte letzten Herbst Lucy gegeben.«

»Als sie mit ihrem Praktikum bei uns anfing?« Er runzelte die Stirn.

»Ja. Ich habe sie ihr gegeben, nachdem sie die Universität verlassen hatte und unterwegs zur Academy war. Ich wusste, dass sie hin- und herfahren würde, um mich zu besuchen. In den Ferien wollte sie nach Miami. Ich habe ihr meine American-Express-Karte gegeben, damit sie Flugtickets und Fahrkarten bezahlen kann.«

»Und du hast die Karte seitdem nicht mehr gesehen?« Er sah mich zweifelnd an.

»Ehrlich gesagt, ich habe überhaupt nicht mehr daran gedacht. Normalerweise benutze ich MasterCard oder Visa, und ich glaube, dass die Amex-Card Ende Februar ausläuft. Vermutlich wollte ich sie Lucy bis dahin überlassen.«

»Du solltest sie anrufen.«

»Das werde ich tun.«

»Denn wenn Lucy sie nicht hat, Kay, dann liegt die Vermutung nahe, dass Gault sie gestohlen hat, als im letzten Oktober in ihrer Abteilung eingebrochen wurde.«

Das war auch meine Befürchtung.

»Was ist mit deinen Abrechnungen? Sind dir in den letzten Monaten irgendwelche seltsamen Beträge aufgefallen?«

»Nein. Ich erinnere mich nicht daran, dass im Oktober und November überhaupt Abrechnungen kamen. Sollen wir die Karte sperren lassen oder sie benutzen, um ihm auf die Spur zu kommen?«

»Ihm damit auf die Spur zu kommen, wird ein Problem sein.«

»Wegen Geld.«

Wesley zögerte. »Ich werde schauen, was ich tun kann.«

Eugenio kam mit unserer Pasta. Er versuchte, sich an mehr zu erinnern.

»Ich glaube, das letzte Mal war er am Donnerstagabend hier.« Er zählte es an den Fingern ab. »Vor vier Tagen. Er mag das *Bistecca* und das *Carpaccio*. Hm, warten Sie. Einmal hat er *Funghi e carciofi* gegessen, ein anderes Mal nur *Capellini*. Ohne Soße. Bloß mit ein bisschen Butter. Wir haben ihn zu der Party eingeladen. Wir veranstalten jedes Jahr eine Weihnachtsparty, um Freunden und besonderen Gästen unsere Wertschätzung auszudrücken.«

»Hat er geraucht?«, fragte Wesley.

»Ja, hat er.«

»Erinnern Sie sich, welche Marke?«

»Ja, braune Zigaretten. Nat Shermans.«

»Was hat er getrunken?«

»Er mochte teuren Scotch und guten Wein. Aber er war« – Eugenio rümpfte die Nase – »ein Snob. Hat gesagt, dass nur die Franzosen guten Wein machen.« Er lachte. »Deswegen hat er normalerweise Château Carbonnieux oder Château Olivier bestellt, aber keinen Jahrgang vor 1989.«

»Er hat nur Weißwein getrunken?«, fragte ich.

»Ja, niemals roten. Rotwein hat er nicht angerührt. Ich habe ihm einmal ein Glas auf Kosten des Hauses geschickt, und er hat es zurückgehen lassen.«

Eugenio und Wesley tauschten ihre Visitenkarten und weitere Informationen aus, und dann wandte unser Kellner seine Aufmerksamkeit wieder der Party zu, die jetzt in vollem Schwung war.

»Kay«, sagte Wesley, »fällt dir irgendeine andere Erklärung ein für das, was wir gerade erfahren haben?«

»Nein. Die Beschreibung des Mannes passt auf Gault. Alles passt auf Gault. Warum tut er mir das an?« Meine Angst verwandelte sich in Wut.

Wesley sah mich unverwandt an. »Denk nach. Gibt es irgendetwas, was du mir erzählen solltest? Merkwürdige Anrufe in letzter Zeit, sonderbare Post?«

»Keine merkwürdigen Anrufe. Ab und zu bekomme ich sonderbare Post, das ist normal in meinem Beruf.«

»Sonst nichts? Was ist mit deiner Alarmanlage? Ist sie öfter als üblich losgegangen?«

Ich schüttelte bedächtig den Kopf. »Diesen Monat ist sie zweimal losgegangen, aber alles schien in Ordnung zu sein. Und ich glaube wirklich nicht, dass Gault in letzter Zeit in Richmond war.«

»Du musst sehr vorsichtig sein«, sagte er beinahe gereizt, als ob ich nicht vorsichtig gewesen wäre.

»Ich bin immer sehr vorsichtig«, sagte ich.

6

Am nächsten Tag arbeitete New York wieder, und ich ging mit Marino zum Mittagessen ins Tatou, weil ich glaubte, dass uns beiden die Atmosphäre dort gut tun würde, bevor wir zu Commander Penn nach Brooklyn Heights fuhren.

Ein junger Mann spielte Harfe, und an den meisten Tischen saßen attraktive, gut gekleidete Männer und Frauen, die vermutlich wenig über das Leben außerhalb von Verlagshäusern und Bürotürmen wussten, in denen sie ihre Tage verbrachten.

Ein Gefühl von Fremdheit bedrückte mich. Ich fühlte mich einsam, als ich über den Tisch auf Marinos billige Krawatte und sein grünes Cordjackett sah, die Nikotinflecken auf seinen breiten gefurchten Fingernägeln. Auf der einen Seite war ich froh über seine Gesellschaft, auf der anderen Seite konnte ich ihm meine Gedanken nicht mitteilen. Er hätte sie nicht verstanden.

»Mir scheint, du könntest ein Glas Wein zum Mittagessen gut vertragen, Doc«, sagte Marino und musterte mich eingehend. »Nur zu. Ich werde fahren.«

»Wirst du nicht. Wir nehmen ein Taxi.«

»Entscheidend ist, dass du nicht am Steuer sitzt, also entspann dich.«

»Was du eigentlich meinst, ist, dass du ein Glas Wein willst.«

»Hab nichts dagegen«, sagte er, als die Kellnerin an unseren Tisch kam. »Was haben Sie zu bieten, das sich zu trinken lohnt?«, fragte er sie.

Sie schaffte es, nicht beleidigt dreinzublicken, als sie Marino die eindrucksvolle Liste zeigte, die ihn überforderte. Ich schlug einen Beringer Reserve Cabernet vor, von dem ich wusste, dass er gut war, dann bestellten wir Linsensuppe und Spaghetti Bolognese.

»Diese tote Frau treibt mich noch in den Wahnsinn«, sagte Marino, nachdem die Kellnerin gegangen war.

Ich beugte mich vor und bedeutete ihm, leiser zu sprechen.

Auch er beugte sich vor. »Es gibt einen Grund, warum er ausgerechnet sie ausgesucht hat.«

»Wahrscheinlich hat er sie ausgesucht, weil sie zufällig da war«, sagte ich und ärgerte mich. »Seine Opfer bedeuten ihm nichts.«

»Tja, also, ich glaube, da steckt mehr dahinter. Und außerdem würde ich gern wissen, warum er hier in New York ist. Meinst du, dass er sie im Museum getroffen hat?

»Möglicherweise«, sagte ich. »Vielleicht wissen wir mehr, wenn wir dort waren.«

»Kostet das nicht Eintritt?«

»Wenn man sich die Exponate ansieht.«

»Sie mag eine Menge Gold im Mund gehabt haben, aber mir scheint, sie hatte nicht viel Geld, als sie starb.«

»Das glaube ich auch. Aber irgendwie sind sie und Gault ins Museum gekommen. Man hat sie zusammen gehen sehen.«

»Vielleicht hat er sie früher getroffen, sie ins Museum mitgenommen und für sie bezahlt.«

»Vielleicht hilft es, wenn wir uns ansehen, was er sich angesehen hat«, sagte ich.

»Ich weiß, was sich der Geisteskranke angesehen hat. Haifische.«

Das Essen war hervorragend, und es wäre angenehm gewesen, stundenlang im Tatou sitzen zu bleiben. Ich war so unendlich müde, wie ich es manchmal werde. Diese Neigung beruhte auf vielen Schichten Schmerz und Traurigkeit, deren Grundstein in meiner Jugend gelegt wurde. Über die Jahre hatte sie sich verstärkt, und ab und zu verfiel ich in düstere Stimmung. So wie jetzt.

Ich zahlte die Rechnung, denn wann immer Marino und

ich zusammen aßen und ich das Restaurant bestimmte, zahlte ich. Marino konnte sich das Tatou eigentlich nicht leisten. Er konnte sich New York eigentlich nicht leisten. Als ich meine MasterCard betrachtete, fiel mir meine American-Express-Karte ein, und meine Stimmung verfinsterte sich noch mehr.

Um uns die Haifischausstellung im Museum of Natural History anzusehen, mussten wir jeder fünf Dollar zahlen und in den dritten Stock hinaufgehen. Marino war auf der Treppe langsamer als ich und versuchte, sein angestrengtes Atmen zu verbergen.

»Verdammt, man sollte annehmen, dass es in dieser Bude einen Aufzug gibt«, klagte er.

»Gibt es«, sagte ich. »Aber Treppensteigen tut dir gut. Es ist vielleicht die einzige körperliche Anstrengung, die uns heute vergönnt ist.«

Wir betraten die Reptilien- und Amphibienabteilung, kamen an einem über vier Meter langen amerikanischen Krokodil vorbei, das vor hundert Jahren in Biscayne Bay erlegt worden war. Marino konnte nicht anders, er musste vor jedem Exponat kurz stehen bleiben, und ich warf einen Blick auf Eidechsen, Schlangen, Leguane und Gila-Monster.

»Komm«, flüsterte ich ihm zu.

»Schau nur, wie groß das Ding ist.« Marino bewunderte die fast sieben Meter langen Überreste eines Netzpython. »Kannst du dir vorstellen, im Urwald auf so was zu treten?«

In Museen beginne ich immer zu frieren, egal wie gut es mir gefällt. Ich schreibe dieses Phänomen den harten Marmorböden und der Höhe der Räume zu. Aber ich hasse Schlangen. Mich ekelt vor Speikobras, vor Eidechsen mit ihren Hautfalten und vor Alligatoren mit gebleckten Zähnen. Eine Gruppe junger Leute mit Führer stand gebannt vor einem Kasten mit Komodowaranen aus Indonesien und Lederschildkröten, die nie wieder im Wasser schwimmen oder über Sand kriechen würden.

»Ich bitte euch, wenn ihr am Strand seid und Plastikabfall habt, werft ihn in die Abfalleimer, denn diese Burschen haben keinen Doktortitel«, sagte der Führer mit der Leidenschaft eines Evangelisten. »Sie denken, es sind Quallen …«

»Marino, gehen wir weiter.« Ich zupfte ihn ungeduldig am Ärmel.

»Ich war seit meiner Kindheit in keinem Museum mehr. Nein, warte.« Er schien überrascht. »Das stimmt nicht. Verdammt, ich war einmal mit Doris hier. Mir kam die Bude doch gleich bekannt vor.«

Doris war seine Exfrau.

»Ich hatte gerade beim NYPD angefangen, und Doris war schwanger mit Rocky. Ich erinnere mich, dass wir ausgestopfte Affen und Gorillas angeschaut haben, und ich habe zu ihr gesagt, dass das Unglück bringt, dass unser Kind wie ein Affe von Baum zu Baum hüpfen und Bananen fressen wird.«

»Ich bitte euch. Es gibt immer weniger und weniger und weniger!« Der Führer redete und redete über die Misere der Meeresschildkröten.

»Und so ist es dann womöglich auch gekommen«, fuhr Marino fort. »Weil wir hier in dieser Bude waren.«

Nur ganz selten hörte ich ihn über sein einziges Kind sprechen. So gut ich Marino kannte, so wenig wusste ich über seinen Sohn.

»Ich wusste nicht, dass dein Sohn Rocky heißt«, flocht ich beiläufig ein, als wir weitergingen.

»Eigentlich heißt er Richard. Als Kind nannten wir ihn Ricky, und das wurde irgendwie zu Rocky. Manche nennen ihn Rocco. Er hat viele Namen.«

»Hast du viel Kontakt mit ihm?«

»Dort ist der Museumsladen. Vielleicht sollte ich Molly einen Haifisch-Schlüsselanhänger kaufen.«

»Das können wir machen.«

Er überlegte es sich anders. »Vielleicht sollte ich ihr auch nur Bagels mitbringen.«

Ich wollte wegen seines Sohnes nicht weiter in ihn dringen, aber das Thema war nun einmal angeschnitten, und ich glaubte, dass die Entfremdung zwischen Vater und Sohn der Grund für viele von Marinos Problemen war.

»Wo ist Rocky?«, fragte ich vorsichtig.

»In einem Kaff namens Darien.«

»Connecticut? Das ist kein Kaff.«

»Dieses Darien liegt in Georgia.«

»Es überrascht mich, dass du mir das nie erzählt hast.«

»Er tut nichts, was man unbedingt wissen müsste.« Marino beugte sich vor, das Gesicht nahe am Glas, und starrte zwei kleine Ammenhaie an, die am Boden eines Aquariums vor der Halle mit der Haifischausstellung schwammen.

»Sie sehen aus wie große Welse«, sagte er, während die Haie mit toten Augen in die Gegend glotzten und die Schwanzflossen geräuschlos hin und her bewegten.

Wir betraten die Sonderausstellung und mussten uns nicht einmal anstellen, weil an diesem ganz normalen Werktag kaum Besucher da waren. Wir schlenderten an Kiribati-Kriegern und an Winslow Homers Gemälde vom Golfstrom vorbei. Wir erfuhren, dass Haie Gerüche über eine Entfernung, so groß wie ein Footballfeld, und elektrische Ladungen von einem Millionstel Volt wahrnehmen können. Sie haben bis zu fünfzehn Zahnreihen und sehen so aus, wie sie aussehen, damit sie effizient wie ein Torpedo durch das Wasser zischen können.

In einem kurzen Film sahen wir einen großen weißen Hai in einem Käfig, der wie wild nach einem Thunfisch an einer Leine schnappte. Der Sprecher erklärte, dass Haie legendäre Jäger in der Tiefe des Meeres seien, perfekte Tötungsmaschinen, der Rachen des Todes, die Könige der See. Sie riechen einen Tropfen Blut auf hundert Liter Wasser und spüren die Druckwellen anderer Tiere, die an ihnen vorbeischwimmen. Sie schwimmen schneller als ihre Beute, und niemand weiß genau, warum manche Hai-Arten Menschen angreifen.

»Gehen wir«, sagte ich zu Marino nach Ende des Films.

Ich knöpfte meinen Mantel zu, zog meine Handschuhe an und stellte mir vor, dass Gault diesen Monstern zugesehen hatte, die Fleischstücke aus ihren Opfern reißen, während Blut das Wasser dunkel färbt. Ich kannte seinen kalten Blick und den kranken Geist hinter seinem schmallippigen Lächeln. Letztlich wusste ich, dass er lächelte, wenn er tötete. Er offenbarte seine Grausamkeit in diesem seltsamen Lächeln, das ich jedes Mal gesehen hatte, wenn ich ihm begegnet war.

Ich glaubte, dass er in diesem dunklen Vorführungssaal gesessen hatte, mit der Frau, deren Namen wir nicht kannten, und dass sie, ohne es zu wissen, ihren eigenen Tod auf der Leinwand beobachtet hatte. Sie hatte gesehen, wie ihr Blut vergossen, ihr Fleisch geschändet wurde. Gault hatte ihr eine Vorschau darauf geboten, was er für sie in petto hatte. Die Ausstellung war sein Vorspiel gewesen.

Wir gingen zurück in die marmorne Eingangshalle des Museums, wo Schulkinder Saurierskelette umringten. Das Muttertier, ein Barosaurus, streckte die langen Halsknochen zur Decke empor und versuchte, in alle Ewigkeit sein Baby vor einem Allosaurus zu schützen. Stimmen und Schritte hallten wider. Ich sah mich um. Uniformierte Museumsangestellte saßen gelangweilt hinter ihren Kartenschaltern, behielten die Eingänge zu den diversen Ausstellungen im Blick, damit niemand hineinging, der nicht bezahlt hatte. Ich sah durch die gläserne Eingangstür hinaus auf die schmutzigen Schneehaufen und die kalte geschäftige Straße.

»Sie ist hierhergekommen, um sich aufzuwärmen«, sagte ich zu Marino.

»Was?« Ihn interessierten die Saurierknochen.

»Vielleicht ist sie hierher gekommen, um der Kälte zu entfliehen«, sagte ich. »Man kann sich hier den ganzen Tag aufhalten und die Fossilien ansehen. Solange man keine Sonderausstellung anschauen will, kostet es nichts.«

»Du glaubst also, dass Gault sie hier kennengelernt hat?« Er blickte skeptisch drein.

»Ich weiß nicht«, sagte ich.

Ziegelschornsteine ragten öde in den Himmel, und hinter den Leitplanken des Queens Expressway standen triste Gebäude aus Beton und Stahl.

Unser Taxi fuhr vorbei an deprimierenden Wohnblocks und Läden, die geräucherten und gepökelten Fisch oder Marmor und Kacheln verkauften, an Stacheldrahtzäunen, an Müllhaufen auf der Straße und an Bäumen, in denen sich Abfall verfangen hatte. Wir waren unterwegs nach Brooklyn Heights zur Zentrale der Transit Police in der Jay Street.

Ein Beamter in marineblauer Uniformhose und dazu passendem Pullover führte uns in den zweiten Stock, wo sich die Büroräume von Frances Penn befanden. Sie war so rücksichtsvoll gewesen, für Kaffee und Weihnachtsplätzchen auf dem kleinen Tisch zu sorgen, an dem wir über einen der grausigsten Morde in der Geschichte des Central Park sprechen sollten.

»Guten Tag«, sagte sie und schüttelte uns fest die Hand. »Bitte, setzen Sie sich. Die Plätzchen haben so gut wie keine Kalorien. Captain, nehmen Sie Milch und Zucker?«

»Ja.«

Sie lächelte. »Das Ja bezieht sich vermutlich auf beides. Dr. Scarpetta, mein Gefühl sagt mir, dass Sie Ihren Kaffee schwarz trinken.«

»Stimmt«, sagte ich und betrachtete sie mit wachsender Neugier.

»Und wahrscheinlich essen Sie auch keine Plätzchen.«

»Wahrscheinlich nicht.« Ich zog meinen Mantel aus und setzte mich auf einen Stuhl.

Commander Penn trug ein dunkelblaues Kostüm mit Messingknöpfen und eine weiße Seidenbluse mit hohem Kragen. Sie brauchte keine Uniform, um imponierend auszusehen, aber sie wirkte weder streng noch kalt. Ihr Auftreten hatte nichts Militärisches an sich, sondern war würdevoll, und ich meinte, in ihren haselnussbraunen Augen Sorge zu entdecken.

»Es sieht so aus, als hätte Mr. Gault sein Opfer erst im Museum kennengelernt«, begann sie.

»Interessant, dass Sie das sagen. Wir kommen gerade vom Museum«, sagte ich.

»Jemand vom Aufsichtspersonal sah eine Frau, auf welche die Beschreibung des Opfers passt, in der Eingangshalle herumlungern. Außerdem wurde beobachtet, wie sie mit einem Mann sprach, der anschließend zwei Eintrittskarten kaufte. Weiterhin fielen sie aufgrund ihrer sonderbaren Erscheinung mehreren Museumswärtern auf.«

»Warum, glauben Sie, hat sie sich in der Eingangshalle des Museums aufgehalten?«, fragte ich.

»Die sich an sie erinnern, hatten den Eindruck, dass sie obdachlos war. Ich vermute, dass sie sich aufwärmen wollte.«

»Werden Penner nicht hinausgeworfen?«, fragte Marino.

»Wenn möglich, ja.« Sie hielt inne. »Auf jeden Fall, wenn sie Ärger machen.«

»Was vermutlich nicht auf sie zutrifft«, sagte ich.

Commander Penn nahm ihre Kaffeetasse. »Offensichtlich verhielt sie sich ruhig und unauffällig. Sie schien sich für die Saurierskelette zu interessieren. Sie ging immer wieder um sie herum.«

»Hat sie mit jemandem gesprochen?«, fragte ich.

»Sie hat gefragt, wo die Damentoilette ist.«

»Das lässt darauf schließen, dass sie noch nie zuvor dort war«, sagte ich. »Sprach sie mit Akzent?«

»Daran erinnert sich niemand.«

»Dann scheint es unwahrscheinlich, dass sie Ausländerin war«, sagte ich.

»Gibt es eine Beschreibung ihrer Kleidung?«, fragte Marino.

»Sie trug einen kurzen Mantel, der entweder schwarz oder braun war. Eine Baseballkappe der Atlanta Braves, marineblau oder schwarz. Vermutlich hatte sie Jeans und Stiefel an. An mehr scheint sich niemand zu erinnern.«

Wir schwiegen, hingen unseren Gedanken nach.

Ich räusperte mich. »Und weiter?«

»Dann sah man sie mit einem Mann reden. Die Beschreibung seiner Kleidung ist interessant. Er soll einen überaus auffälligen Mantel getragen haben. Er war schwarz, geschnitten wie ein langer Trenchcoat – die Art, wie sie die Gestapo im Zweiten Weltkrieg getragen hat. Die Museumsleute glauben außerdem, dass er Stiefel anhatte.«

Ich dachte an die ungewöhnlichen Schuhabdrücke am Tatort und an den schwarzen Ledermantel, den Eugenio erwähnt hatte.

»Die beiden wurden an mehreren Stellen im Museum gesehen, und sie waren in der Sonderausstellung über Haie«, fuhr Commander Penn fort. »Und der Mann hat mehrere Bücher im Museumsladen gekauft.«

»Weiß man, was für Bücher?«, fragte Marino.

»Bücher über Haie, darunter eines, das sehr plastische Fotos von Menschen enthielt, die von Haien angegriffen wurden.«

»Hat er für die Bücher bar bezahlt?«, fragte ich.

»Ja, leider.«

»Dann verlassen sie das Museum, und er bekommt in der U-Bahn ein Ticket für Schwarzfahren«, sagte Marino.

Sie nickte. »Es interessiert Sie gewiss, wie er sich ausgewiesen hat.«

»Ja, heraus damit.«

»Der Name auf dem Führerschein lautete Frank Benelli, Italiener aus Verona, dreiunddreißig Jahre alt.«

»Verona?«, fragte ich. »Das ist allerdings interessant. Meine Vorfahren stammen aus Verona.«

Marino und Commander Penn sahen mich kurz an.

»Wollen Sie damit sagen, dass der Irre mit italienischem Akzent gesprochen hat?«, fragte Marino.

»Der Beamte erinnert sich daran, dass er nur gebrochen Englisch sprach. Er hatte einen starken italienischen Akzent. Trifft das auf Gault nicht zu?«

»Gault wurde in Albany, Georgia, geboren«, sagte ich. »Nein, er hat keinen italienischen Akzent. Was nicht heißt, dass er ihn nicht imitieren kann.«

Ich erzählte ihr, was Wesley und ich am Abend zuvor bei Scaletta herausgefunden hatten.

»Hat Ihre Nichte bestätigt, dass Ihre Kreditkarte gestohlen wurde?«, fragte sie.

»Ich habe Lucy bislang nicht erreicht.«

Sie brach ein kleines Stück von einem Plätzchen ab und schob es sich in den Mund. Dann sagte sie: »Der Beamte, der den Strafzettel ausgestellt hat, ist hier in New York in einer italienischen Familie aufgewachsen, Dr. Scarpetta. Er hielt den Akzent des Mannes für echt. Gault muss sehr gut sein.«

»Da bin ich mir sicher.«

»Hat er auf dem College oder in der High School Italienisch gelernt?«

»Das weiß ich nicht«, sagte ich. »Aber er hat das College nicht abgeschlossen.«

»Wo war er?«

»Auf einem Privatcollege in North Carolina, Davidson.«

»Es ist teuer und schwer, dort angenommen zu werden.«

»Ja. Seine Familie hat Geld, und Gault ist außergewöhnlich

intelligent. Soweit ich weiß, hat er es ein Jahr dort ausgehalten.«

»Wurde er rausgeworfen?« Es war klar, dass sie fasziniert von ihm war.

»Soweit ich weiß, ja.«

»Warum?«

»Ich glaube, er hat sich nicht an den Ehrenkodex gehalten.«

»Kaum zu glauben, ich weiß«, sagte Marino sarkastisch.

»Und was kam dann? Ging er auf ein anderes College?«, fragte Commander Penn.

»Ich glaube nicht«, sagte ich.

»War jemand in Davidson, um Nachforschungen über ihn anzustellen?« Sie schien skeptisch, ob diejenigen, die an diesem Fall arbeiteten, auch genug taten.

»Das weiß ich nicht, aber um ehrlich zu sein, ich bezweifle es.«

»Er ist erst Anfang dreißig. Es ist noch nicht so lange her. Die Leute dort sollten sich noch an ihn erinnern.«

Marino hatte angefangen, Stücke aus seinem Styroporbecher zu brechen. Er sah Frances Penn an. »Haben Sie überprüft, ob es diesen Benelli tatsächlich gibt?«

»Wir sind dabei. Bisher wurde es nicht bestätigt«, erwiderte sie. »Diese Dinge dauern manchmal lange, besonders um diese Zeit des Jahres.«

»Das FBI hat einen juristischen Attaché in der amerikanischen Botschaft in Rom«, sagte ich. »Er könnte die Sache beschleunigen.«

Wir redeten noch eine Weile, dann brachte uns Commander Penn zur Tür.

»Dr. Scarpetta«, sagte sie. »Kann ich kurz mit Ihnen sprechen, bevor Sie gehen?«

Marino sah uns beide an und sagte dann, als hätte die Frage ihm gegolten: »Klar. Nur zu. Ich warte draußen.«

Commander Penn schloss die Tür. »Könnten wir uns später noch einmal treffen?«, fragte sie mich.

Ich zögerte. »Das wäre möglich. Woran haben Sie gedacht?«

»Vielleicht könnten wir zusammen zu Abend essen, so gegen sieben? Wir könnten noch etwas plaudern, in entspannterer Atmosphäre.« Sie lächelte.

Ich hatte gehofft, mit Wesley essen gehen zu können. »Das ist sehr freundlich von Ihnen. Ich komme gern.«

Sie gab mir ihre Karte. »Meine Adresse. Bis später.«

Marino fragte nicht, was Commander Penn und ich gesprochen hatten, aber er war neugierig und hatte Angst, ausgeschlossen zu werden.

»Alles in Ordnung?«, fragte er, als wir zum Aufzug gingen.

»Nein«, sagte ich. »Es ist nicht alles in Ordnung. Wäre alles in Ordnung, wären wir jetzt nicht in New York.«

»Himmel«, sagte er etwas säuerlich, »seit ich Cop bin, habe ich keinen Feiertag mehr frei gehabt. Feiertage gibt es für Leute wie uns nicht.«

»Es sollte sie aber geben«, sagte ich und winkte einem Taxi, das aber schon besetzt war.

»Quatsch. Wie oft musstest du an Heiligabend, an den Weihnachtstagen, an Thanksgiving oder Labor Day arbeiten?«

Ein weiteres Taxi fuhr vorbei.

»An Feiertagen wissen Geisteskranke wie Gault nicht, wohin, und sie haben niemanden, den sie besuchen können, und deswegen amüsieren sie sich, indem sie morden. Und die halbe Menschheit wird depressiv und verlässt Mann oder Frau, bläst sich das Hirn aus dem Kopf oder betrinkt sich und kommt bei einem Autounfall ums Leben.«

»Verdammt«, murrte ich und blickte mich auf der verkehrsreichen Straße um. »Wenn du dich an diesem Unterfangen beteiligen würdest, wüsste ich das sehr zu schätzen. Es sei denn, du möchtest zu Fuß über die Brooklyn Bridge gehen.«

Er trat auf die Straße und winkte mit beiden Armen. Augenblicklich steuerte ein Taxi auf uns zu und hielt an. Wir stiegen ein. Der Fahrer war Iraner, und Marino behandelte ihn nicht gerade freundlich. Zurück in meinem Zimmer, nahm ich ein langes, heißes Bad und versuchte erneut, Lucy zu erreichen. Leider nahm Dorothy ab.

»Wie geht es Mutter?«, fragte ich ohne Umschweife.

»Lucy und ich waren den ganzen Vormittag bei ihr im Krankenhaus. Sie ist sehr deprimiert und sieht entsetzlich aus. Wenn ich an all die Jahre denke, die ich ihr gesagt habe, sie soll zu rauchen aufhören, und sieh sie dir jetzt an. Ein Maschine atmet für sie. Sie hat ein Loch im Hals. Und gestern habe ich Lucy dabei erwischt, wie sie im Garten eine Zigarette geraucht hat.«

»Seit wann raucht sie?«, fragte ich niedergeschlagen.

»Keine Ahnung. Du siehst sie öfter als ich.«

»Ist sie da?«

»Augenblick.« Sie knallte den Hörer laut irgendwohin.

»Frohe Weihnachten, Tante Kay«, sagte Lucy, und sie klang überhaupt nicht froh.

»Für mich waren es auch nicht gerade frohe Tage«, sagte ich. »Wie war es bei Großmutter?«

»Sie hat angefangen zu weinen, und wir haben nicht verstanden, was sie zu sagen versuchte. Und dann hatte Mutter es plötzlich eilig, weil sie zum Tennis verabredet war.«

»Tennis? Seit wann spielt sie Tennis?«

»Sie ist wieder mal auf einem Fitness-Trip.«

»Sie hat gesagt, dass du rauchst.«

»Ich rauche nicht viel«, tat Lucy meine Bemerkung ab.

»Lucy, lass uns darüber reden. Du brauchst nicht noch eine Sucht.«

»Ich bin nicht süchtig.«

»Das habe ich auch gedacht, als ich in deinem Alter zu

rauchen anfing. Aufzuhören war das Schwierigste, was ich je durchgemacht habe. Es war die Hölle.«

»Ich weiß, wie schwer es ist, etwas aufzugeben. Ich habe nicht die Absicht, mich in eine Situation zu bringen, die ich nicht unter Kontrolle habe.«

»Gut.«

»Ich fliege morgen nach Washington zurück.«

»Ich dachte, du wolltest mindestens eine Woche in Miami bleiben?«

»Ich muss zurück nach Quantico. Irgendetwas stimmt nicht mit CAIN. Die ERF hat sich heute Nachmittag mit mir in Verbindung gesetzt.«

In der Engineering Research Facility, der Technischen Forschungsabteilung, erprobte und entwickelte das FBI streng geheime Technologien, angefangen von Überwachungsgeräten bis hin zu Robotern. Und dort hatte Lucy das Crime Artificial Intelligence Network, CAIN, aufgebaut.

CAIN war ein zentralisiertes Computersystem, das Polizeidezernate und andere Ermittlungsbehörden mit einer riesigen Datenbasis verband, die vom Violent Criminal Apprehension Program, VICAP, dem Programm zur Aufklärung von Gewalttaten, erstellt worden war. Der springende Punkt war, die Polizei zu informieren, wenn sie es mit einem Gewalttäter zu tun hatte, der schon früher irgendwo vergewaltigt oder gemordet hatte. Falls erforderlich, konnte Wesleys Abteilung eingeschaltet werden, wie es hier in New York geschehen war.

»Gibt es Probleme?«, fragte ich beunruhigt, weil es erst vor kurzem ein ernstes Problem gegeben hatte.

»Nicht, wenn man dem Benutzerprotokoll glaubt. Niemand ist aufgelistet, der das System nicht benutzen darf. Aber CAIN scheint Meldungen zu verschicken, ohne dazu instruiert worden zu sein. Seit einer Weile gehen hier merkwürdige Dinge vor sich, aber bislang ist es mir nicht gelungen, der Sache auf den Grund zu kommen. Es ist, als ob es selbständig denken würde.«

»Ich dachte, darum ginge es bei künstlicher Intelligenz.«

»Nicht ganz«, sagte meine Nichte, die den IQ eines Genies hatte. »Das sind keine gewöhnlichen Meldungen.«

»Kannst du mir ein Beispiel nennen?«

»Okay. Gestern hat die britische Transport Police einen Fall in ihr VICAP-Terminal eingegeben. In einer U-Bahn im Zentrum Londons wurde jemand vergewaltigt. CAIN hat die Sache bearbeitet, Einzelheiten mit der Datenbank verglichen und sich beim Terminal gemeldet, an dem die Eingabe stattgefunden hat. Der ermittelnde Beamte wurde aufgefordert, weitere Informationen über den Täter zu liefern. Insbesondere wollte CAIN wissen, welche Farbe das Schamhaar des Täters und ob das Opfer einen Orgasmus hatte.«

»Das ist nicht dein Ernst«, sagte ich.

»CAIN wurde nie auf auch nur entfernt ähnliche Fragen programmiert. Ganz offensichtlich gehört so etwas nicht zur VICAP-Routine. Der Londoner Beamte war fassungslos und hat die Angelegenheit seinem Chef erzählt, der den Direktor von Quantico angerufen hat, der seinerseits dann Benton Wesley informierte.«

»Und Benton hat dich angerufen?«, fragte ich.

»Er ließ jemanden von der ERF bei mir anrufen. Er kommt morgen zurück nach Quantico.«

»Ich verstehe.« Ich ließ mir nicht anmerken, dass es mir durchaus etwas ausmachte, wenn Wesley morgen oder wann auch immer nach Quantico zurückkehrte, ohne mir vorher Bescheid zu sagen. »Und es besteht kein Zweifel daran, dass der Beamte in London die Wahrheit gesagt hat – dass er sich nicht das Ganze als eine Art Scherz ausgedacht hat?«

»Sie haben uns einen Ausdruck gefaxt, der laut ERF authentisch ist. Nur ein Programmierer, der sich mit CAIN genau auskennt, kann sich einloggen und so eine Meldung fälschen. Und noch mal, um mich zu wiederholen, laut Benutzerprotokoll hat niemand herumgespielt.«

Lucy erklärte mir noch einmal, dass CAIN mit einem UNIX-System arbeitete, wobei lokale Netze an größere Netze angeschlossen waren. Sie sprach über Netzverbindungsrechner und Anschlüsse und Passwörter, die automatisch alle sechzig Tage geändert wurden. Nur die drei Superuser, darunter sie, konnten wirklich mit CAIN herumspielen. User an anderen Orten, wie der Beamte in London, konnten nichts weiter tun, als Daten an einem dummen Terminal oder in einen PC eingeben, der mit dem Zwanzig-Gigabyte-Rechner in Quantico verbunden war.

»CAIN ist wahrscheinlich das sicherste Computernetz, das es überhaupt gibt«, fügte Lucy hinzu. »Es absolut dicht zu halten, hat oberste Priorität.«

Aber es war nicht absolut dicht. Letzten Herbst war in der ERF eingebrochen worden, und wir hatten Grund zu der Annahme, dass Gault etwas damit zu tun hatte. Ich musste Lucy nicht daran erinnern. Damals hatte sie in Quantico ein Praktikum gemacht, und jetzt war sie dafür verantwortlich, die Einbruchsschäden zu beheben.

»Tante Kay«, sagte sie und las meine Gedanken, »ich habe CAIN auf den Kopf gestellt. Ich habe jedes Programm überprüft und große Teile von einigen neu geschrieben, um sicherzustellen, dass keine Gefahr droht.«

»Keine Gefahr von wem?«, fragte ich. »Von CAIN oder Gault?«

»Niemand kann hinein«, sagte sie sachlich. »Niemand. Niemand kann das.«

Dann erzählte ich ihr von meiner American-Express-Karte, und ihr Schweigen ließ mich frösteln.

»O nein«, sagte sie. »Darauf wäre ich nie gekommen.«

»Erinnerst du dich, dass ich sie dir letzten Herbst gegeben habe, als du das Praktikum bei der ERF angefangen hast? Du solltest sie für Flugtickets und Zugfahrkarten benutzen.«

»Aber ich habe sie nie gebraucht, weil du mir dein Auto gegeben hast. Dann ist der Unfall passiert, und eine Zeit lang bin ich nirgendwohin gefahren.«

»Wo hast du die Karte aufbewahrt? In deiner Brieftasche?«

»Nein«, bestätigte sie meine Ängste. »In der ERF, in einem Umschlag, der in meiner Schreibtischschublade lag. Ich dachte mir, dort wäre sie sicher.«

»Und dort war sie auch, als eingebrochen wurde?«

»Ja. Sie ist verschwunden, Tante Kay. Je länger ich darüber nachdenke, umso sicherer bin ich mir. Sonst hätte ich sie seitdem gesehen«, stammelte sie. »Sie wäre mir irgendwann in die Hände gefallen. Ich werde nachsehen, sobald ich zurück bin, aber ich weiß, dass sie nicht mehr da ist.«

»Das habe ich mir schon gedacht«, sagte ich.

»Es tut mir schrecklich leid. Hat jemand viel Geld damit ausgegeben?«

»Das glaube ich nicht.« Ich erzählte ihr nicht, wer der Jemand war.

»Hast du sie sperren lassen?«

»Dafür wird gesorgt. Sag deiner Mutter, dass ich so bald wie möglich kommen werde.«

»So bald wie möglich heißt bei dir, dass es noch einige Zeit dauern wird«, sagte meine Nichte.

»Ich weiß. Ich bin eine schreckliche Tochter und eine miserable Tante.«

»Du bist nicht immer eine miserable Tante.«

»Vielen herzlichen Dank«, sagte ich.

7

Commander Penns Privatwohnung war im Westen von Manhattan, man konnte die Lichter New Jerseys am gegenüberliegenden Ufer des Hudson River sehen. Sie wohnte im fünfzehnten Stock eines schmuddeligen Gebäudes in einem heruntergekommenen Teil der Stadt, was man vergaß, kaum hatte sie ihre weiße Wohnungstür aufgemacht.

Ihre Wohnung war voll Licht und Kunst, und es roch nach edlen Hölzern. Tuschezeichnungen, abstrakte Aquarelle und Pastelle hingen an den weiß gestrichenen Wänden. An den Büchern in den Regalen und auf den Tischen sah man, dass sie Ayn Rand und Annie Leibovitz mochte und viele Biographien und historische Bücher gelesen hatte, auch Shelby Footes hervorragendes Werk über diesen schrecklichen, tragischen Krieg.

»Geben Sie mir Ihren Mantel«, sagte sie.

Ich reichte ihn ihr, dazu die Handschuhe und einen schwarzen Kaschmirschal, den ich sehr mochte, weil er ein Geschenk von Lucy war.

»Ich habe ganz vergessen, Sie zu fragen, ob es etwas gibt, was Sie nicht essen«, sagte sie vom Wandschrank neben der Wohnungstür. »Essen Sie Schalentiere? Wenn nicht, dann habe ich auch Huhn.«

»Ich liebe Schalentiere.«

»Gut.« Sie führte mich ins Wohnzimmer, das einen herrlichen Blick auf die George Washington Bridge bot, die den Fluss wie eine in der Luft schwebende Juwelenkette überspannte. »Sie trinken Scotch?«

»Etwas Leichteres wäre mir lieber«, sagte ich und setzte mich auf eine elegante honigfarbene Ledercouch.

»Wein?«

Ich bejahte, und sie ging kurz in die Küche und kehrte mit zwei Gläsern eiskaltem Chardonnay zurück. Commander Penn trug schwarze Jeans und einen grauen Wollpullover, dessen Ärmel sie hochgeschoben hatte. Ihre Unterarme waren von schrecklichen Narben entstellt.

»Die stammen aus meinen jüngeren, draufgängerischen Tagen.« Sie hatte meinen Blick bemerkt. »Ich saß hinten auf einem Motorrad und habe eine Menge Haut auf der Straße gelassen.«

»Organspendermaschinen nennen wir sie«, sagte ich.

»Das Motorrad gehörte meinem Freund. Ich war siebzehn, er zwanzig.«

»Was ist mit ihm passiert?«

»Er wurde auf die Gegenfahrbahn geschleudert und überfahren«, sagte sie sachlich, wie jemand, der oft und freiheraus über einen Verlust geredet hatte. »Damals begann ich mich für die Arbeit der Polizei zu interessieren.« Sie nippte an ihrem Wein. »Fragen Sie mich nicht nach der Verbindung, weil ich nicht sicher bin, ob ich sie kenne.«

»Wenn man eine Tragödie erlebt, fängt man bisweilen an, sie zu studieren.«

»Ist das Ihre Erklärung?« Sie sah mich eingehend an, aus Augen, denen kaum etwas entging und die noch weniger enthüllten.

»Mein Vater starb, als ich zwölf war«, sagte ich.

»Wo?«

»In Miami. Er besaß einen kleinen Lebensmittelladen, den schließlich meine Mutter übernahm, weil er viele Jahre krank war, bevor er starb.«

»Wenn Ihre Mutter den Laden geschmissen hat, wer hat dann den Haushalt gemacht?«

»Ich.«

»Das habe ich mir gedacht. Wahrscheinlich hätte ich Ihnen das schon sagen können, bevor Sie auch nur ein Wort erzählt haben. Und ich tippe, Sie sind die älteste Tochter, haben keine Brüder und waren schon immer jemand, der sein Soll übererfüllt und ein Scheitern nicht hinnehmen kann.«

Ich hörte zu.

»Persönliche Beziehungen sind Ihre Nemesis, weil man mit Ihrer Leistungsorientiertheit jede gute Beziehung kaputtmacht. Eine glückliche Liebesbeziehung kann man sich nicht verdienen, und zu einer glücklichen Ehefrau kann man nicht befördert werden. Und wenn jemand, den Sie mögen, ein Problem hat, dann glauben Sie, dass Sie es hätten verhindern oder zumindest aus der Welt schaffen müssen.«

»Warum sezieren Sie mich?«, fragte ich sie. Sie faszinierte mich.

»Ihre Geschichte ist meine Geschichte. Es gibt viele Frauen wie uns. Aber wir scheinen uns nie nahezukommen, ist Ihnen das schon einmal aufgefallen?«

»Es fällt mir ständig auf.«

»Tja« – sie stellte ihr Glas ab – »ich habe Sie wirklich nicht eingeladen, um Sie auszufragen. Aber um ehrlich zu sein, ich wollte natürlich, dass wir uns besser kennenlernen.«

»Danke, Frances«, sagte ich. »Es freut mich, dass Sie das sagen.«

»Entschuldigen Sie mich einen Augenblick.«

Sie stand auf und ging wieder in die Küche. Ich hörte, wie eine Kühlschranktür zuschlug, Wasser lief und Pfannen abgestellt wurden. Gleich darauf war sie zurück mit der Flasche Chardonnay in einem Weinkühler, den sie auf ein gläsernes Tischchen stellte.

»Das Brot ist im Ofen, der Spargel im Topf, alles, was ich noch machen muss, ist, die Krabben sautieren«, sagte sie und setzte sich wieder.

»Frances«, sagte ich, »seit wann ist Ihre Abteilung an CAIN angeschlossen?«

»Erst seit ein paar Monaten. Wir waren eine der ersten Behörden im Land, die online gingen.«

»Was ist mit dem NYPD?«

»Sie sind dabei. Die Transit Police hat ein ausgeklügelteres Computersystem und ein hervorragendes Team von Programmierern und Systemanalytikern. Deswegen waren wir sehr früh dran.«

»Dank Ihnen.«

Sie lächelte.

»Ich weiß, dass die Polizei von Richmond angeschlossen ist«, fuhr ich fort. »Ebenso Chicago, Dallas, Charlotte, die Virginia State Police, die britische Transport Police. Und eine Reihe Polizeibehörden hier und im Ausland sind dabei, sich anzuschließen.«

»Warum beschäftigt Sie das?«

»Erzählen Sie mir, was passiert ist, als an Weihnachten die unidentifizierte Frau gefunden wurde, von der wir annehmen, dass Gault sie umgebracht hat. Wie kam da CAIN ins Spiel?«

»Am frühen Morgen wurde die Leiche im Central Park gefunden, und ich erfuhr natürlich sofort davon. Wie ich schon einmal erwähnte, kam mir die Vorgehensweise des Täters vage bekannt vor, deswegen gab ich die Einzelheiten CAIN ein, um zu sehen, ob etwas zurückkäme. Das war am späten Nachmittag.«

»Und was kam von CAIN?«

»CAIN hat sich sehr schnell mit unserem VICAP-Terminal in Verbindung gesetzt und weitere Informationen angefordert.«

»Erinnern Sie sich, was genau für Informationen verlangt wurden?«

Sie dachte einen Moment lang nach. »Tja, warten Sie. Er

interessierte sich für die Verstümmelung, wollte wissen, an welchen Körperteilen die Haut entfernt worden war und mit welchem Glasschneideinstrument. Er wollte wissen, ob ein sexueller Übergriff vorlag, und wenn ja, ob die Penetration oral, vaginal, anal oder sonst etwas stattgefunden hatte. Wir wussten vieles nicht, weil die Autopsie noch nicht durchgeführt war. Aber wir bekamen einige Informationen, als wir im Leichenschauhaus anriefen.«

»Gab es noch andere Fragen? Hat CAIN irgendetwas gefragt, was Ihnen komisch oder unangemessen vorkam?«

»Nicht dass ich wüsste.« Sie sah mich verständnislos an.

»Hat CAIN jemals Botschaften an das Terminal der Transit Police übermittelt, die Ihnen seltsam oder verwirrend erschienen?«

Sie dachte wieder nach. »Wir haben, seit wir online gingen im November, höchstens zwanzig Fälle eingegeben. Vergewaltigungen, Überfälle, Morde, von denen ich glaubte, dass sie wichtig für VICAP wären, weil die Umstände ungewöhnlich waren oder die Opfer nicht identifiziert werden konnten. Und alle Botschaften von CAIN, von denen ich weiß, waren Routinenachfragen um weitere Informationen. Bis zu diesem Fall gab es keine Dringlichkeitsmeldungen. Jetzt hat CAIN eine *Urgent Mail Waiting Message* geschickt, weil das System auf etwas gestoßen war.«

»Sollten Sie irgendwelche ungewöhnlichen Meldungen empfangen, Frances, bitte setzen Sie sich sofort mit Benton Wesley in Verbindung.«

»Wollen Sie mir nicht erzählen, wonach Sie suchen?«

»In der ERF wurde im letzten Oktober eingebrochen. Jemand ist um drei Uhr morgens eingestiegen, und die Umstände deuten darauf hin, dass Gault dahintersteckte.«

»Gault?« Commander Penn war perplex. »Wie ist das möglich?«

»Eine Systemanalytikerin der ERF stand mit einem Spy Shop

im Norden Virginias in Verbindung, den auch Gault frequentierte. Wir wissen, dass diese Mitarbeiterin mit dem Einbruch zu tun hatte, und fürchten, dass Gault sie dazu veranlasst hat.«

»Warum?«

»Was könnte ihm besser gefallen, als Zugang zu haben zu CAIN und zu einer Datenbank mit den Details der grässlichsten Verbrechen, die jemals in der Welt begangen wurden?«

»Gibt es keine Möglichkeit, das zu verhindern?«, fragte sie. »Die Sicherheitsvorkehrungen so niet- und nagelfest zu machen, dass weder er noch jemand anders in das System kommt?«

»Wir dachten, dafür hätten wir gesorgt«, erwiderte ich. »Meine Nichte, die ihr bester Programmierer ist, war sich sicher, dass das System absolut dicht ist.«

»Ach ja. Ich habe von Ihrer Nichte gehört. Sie hat CAIN letztlich entwickelt.«

»Mit Computern konnte sie schon immer gut umgehen, und sie hält sich lieber in ihrer Gesellschaft auf als in der von Menschen, jedenfalls gilt das für die meisten Menschen.

»Das kann ich ihr nicht verdenken. Wie heißt sie?«

»Lucy.«

»Und sie ist wie alt?«

»Zweiundzwanzig.«

Sie stand von der Couch auf. »Vielleicht ist es nur ein kleiner Defekt, der diese merkwürdigen Botschaften verursacht. Ein Virus. Und Lucy wird das Problem lösen.«

»Hoffen wir es.«

»Nehmen Sie Ihren Wein, und leisten Sie mir in der Küche Gesellschaft.«

Aber das Telefon klingelte, bevor wir in der Küche waren. Commander Penn meldete sich, und ich sah ihrem Gesicht an, dass unser angenehmer Abend zu Ende war.

»Wo?«, fragte sie mit ruhiger Stimme. Ich kannte den Tonfall nur zu gut. Ich kannte den starren Blick.

Ich öffnete bereits den Wandschrank, um meinen Mantel herauszuholen, als sie sagte: »Ich komme sofort.«

Es hatte begonnen zu schneien, und der Schnee fiel wie Asche vom Himmel, als wir an der U-Bahn-Station an der Second Avenue ankamen, in der verwahrlosten Gegend im Süden Manhattans, der Bowery.

Der Wind heulte, und rote und blaue Lichter pulsierten, als wäre die Nacht verwundet. Alle Treppen, die in diesen Höllenschlund hinunterführten, waren abgesperrt, das Strandgut der Stadt war herausgetrieben, Pendler waren umgeleitet worden, scharenweise trafen Fernsehteams in Übertragungswagen ein, weil ein Beamter der Transit Police tot war.

Er hieß Jimmy Davila, war siebenundzwanzig Jahre alt und seit einem Jahr Polizist. Er kümmerte sich um die Obdachlosen, die im U-Bahn-System Unterschlupf suchten.

»Sie ziehen besser diese Sachen an.« Ein Officer mit zorniger, bleicher Miene reichte mir eine reflektierende Weste, eine Gesichtsmaske und Handschuhe.

Polizisten holten Taschenlampen und weitere Westen aus einem Auto, und mehrere von ihnen stürmten mit weit aufgerissenen, wachsamen Augen und mit Sturmgewehren an mir vorbei die Treppe hinunter. Die Spannung war mit Händen zu greifen. Sie erfüllte die Atmosphäre wie ein dunkles, hämmerndes Herz, und die Stimmen der zahllosen Polizisten, die gekommen waren, um ihrem niedergeschossenen Kollegen zu helfen, vermischten sich mit den Geräuschen schlurfender Schritte und den seltsamen Gesprächsfetzen, die aus den Funkgeräten drangen. Irgendwo heulte eine Sirene.

Commander Penn drückte mir eine besonders starke Taschenlampe in die Hand, und vier Polizisten in kugelsicheren reflektierenden Westen führten uns hinunter in die U-Bahn-Station. Ein Zug schoss wie ein Strahl aus flüssigem Stahl vorbei, und wir tasteten uns zentimeterweise auf einem schmalen Steg voran in dunkle Katakomben, in denen Crackphiolen, Nadeln, Abfall und Dreck herumlagen. Taschenlampen beleuchteten Obdachlosenlager auf Paletten und Simsen in nächster Nähe der Gleise, und es stank unerträglich nach menschlichen Ausscheidungen.

Unter den Straßen von Manhattan befinden sich Hunderte Kilometer Tunnel, in denen während der späten achtziger Jahre fünftausend Obdachlose lebten. Jetzt waren es wesentlich weniger, aber immer wieder bezeugten schmutzige Decken, Schuhe, Kleider und andere Habseligkeiten ihre Existenz.

Verrußte, ausgestopfte Tiere und schmutzige Plastik-Insekten hingen wie Fetische an den Wänden. Die Obdachlosen, viele von ihnen den Beamten namentlich bekannt, waren aus ihrer unterirdischen Welt verschwunden, bis auf Freddie, den man aus einem tiefen Drogenschlaf riss. Er richtete sich unter einer Armeedecke auf und sah sich benommen um.

»He, Freddie, steh auf.« Eine Taschenlampe schien ihm ins Gesicht.

Er hob eine bandagierte Hand vor die Augen und blinzelte, während kleine Sonnen den dunklen Tunnel erforschten.

»Na los, steh auf. Was ist mit deiner Hand passiert?«

»Frostbeule«, murmelte er und kam taumelnd auf die Beine.

»Du solltest besser auf dich aufpassen. Du kannst nicht hier bleiben. Wir müssen dich rausbringen. Willst du in ein Obdachlosenheim?«

»Nein, Mann.«

»Freddie«, der Beamte sprach sehr laut, »weißt du, was hier unten passiert ist? Du kennst doch Officer Davila, oder?«

»Ich weiß von nichts.« Freddie strauchelte, fing sich wieder und blinzelte ins Licht.

»Ich weiß, dass du Davila kennst. Ihr nennt ihn Jimbo.«

»Jaa, Jimbo. Der is in Ordnung.«

»Nein, er ist leider nicht in Ordnung, Freddie. Er ist heute Abend hier unten erschossen worden.«

Freddie riss die gelben Augen auf. »O nein, Mann.« Er blickte sich gehetzt um, als ob der Mörder zuschaute – als ob man ihm die Schuld geben wollte.

»Freddie, hast du heute Abend hier unten jemand gesehen, den du nicht kennst? Hast du jemand gesehen, der das getan haben könnte?«

»Nee, hab nix gesehen.« Freddie verlor beinahe das Gleichgewicht und lehnte sich an die Betonwand. »Nix und niemand, ich schwör's.«

Ein Zug tauchte aus der Dunkelheit auf und raste in Richtung Süden. Freddie wurde weggeführt, und wir gingen weiter, vermieden es, auf die Gleise und die Nagetiere unter den Abfallhaufen zu treten. Gott sei Dank hatte ich Stiefel an. Wir gingen zehn Minuten weiter, ich schwitzte unter der Gesichtsmaske und verlor zunehmend die Orientierung. Ich konnte nicht unterscheiden, ob die runden hellen Lichter weit vor uns auf den Gleisen von einem auf uns zufahrenden Zug stammten oder von Taschenlampen.

»Okay, wir müssen jetzt über die dritte Schiene steigen, die den Strom führt«, sagte Commander Penn. Sie war in meiner Nähe geblieben.

»Müssen wir noch sehr weit?«, fragte ich.

»Bis dort vorn, wo die Lichter sind. Wir werden jetzt über die Schiene steigen. Gehen Sie seitwärts, langsam, einen Fuß nach dem anderen, und nicht die Schiene berühren.«

»Außer Sie wollen den Schock Ihres Lebens«, sagte ein Polizist.

»Ja, sechshundert Volt, die Sie nicht mehr loslassen«, sagte ein anderer in dem gleichen harten Tonfall.

Wir folgten dem Gleis tiefer in den Tunnel. Die Decke wurde niedriger, und manche Männer mussten den Kopf einziehen, als wir durch einen Bogen kamen. Auf der anderen Seite durchforsteten Männer von der Spurensicherung den Tatort, während ein Arzt mit Gesichtsschild und Handschuhen die Leiche untersuchte. Scheinwerfer waren aufgestellt worden, und Phiolen, Nadeln und Blut schimmerten in ihrem Licht.

Officer Davila lag auf dem Rücken, der Reißverschluss seiner Winterjacke war offen, darunter trug er eine steife kugelsichere Weste und darunter einen marineblauen Uniformpullover. Er war mit einem Schuss zwischen die Augen getötet worden, mit einem Revolver Kaliber .38, der auf seiner Brust lag.

»Wurde er genau so gefunden?«, fragte ich und trat näher.

»Wir haben ihn genau so gefunden«, sagte ein NYPD-Detective.

»Seine Jacke war offen, und der Revolver lag, wo er jetzt liegt?«

»Ja.« Das Gesicht des Detective war gerötet und schweißbedeckt, und er sah mir nicht in die Augen.

Die Polizeiärztin blickte zu mir auf. Ich konnte das Gesicht hinter dem Plastikschild nicht erkennen. »Wir können Selbstmord nicht ausschließen«, sagte sie.

Ich trat näher heran und leuchtete dem toten Mann mit meiner Taschenlampe ins Gesicht. Seine Augen waren geöffnet, sein Kopf war ein wenig nach rechts gedreht. Das Blut, das sich darunter angesammelt hatte, war hellrot und begann zu gerinnen. Er war klein, hatte einen muskulösen Hals und das schlanke Gesicht von jemandem, der topfit war. Ich richtete die Taschenlampe auf seine bloßen Hände und ging in die Hocke, um sie mir genauer anzusehen.

»Ich kann keine Schmauchspuren entdecken«, sagte ich.

»Es bleiben nicht immer Schmauchspuren zurück«, sagte die Ärztin.

»Die Wunde auf seiner Stirn sieht nicht so aus, als hätte

direkter Kontakt mit der Mündung bestanden, und die Kugel scheint etwas schräg eingedrungen zu sein.«

»Wenn er sich selbst erschossen hat, ist zu erwarten, dass die Kugel etwas schräg eindringt«, erwiderte die Ärztin.

»Aber nicht schräg nach unten. Das würde ich nicht erwarten«, sagte ich. »Und wie kommt es, dass der Revolver so ordentlich auf seiner Brust liegt?«

»Einer der Obdachlosen könnte ihn dorthin gelegt haben.«

Ich wurde allmählich ärgerlich. »Aus welchem Grund?«

»Vielleicht hat ihn jemand an sich genommen und es sich dann anders überlegt. Und hat ihm den Revolver auf die Brust gelegt.«

»Wir sollten seine Hände mit Plastik schützen«, sagte ich.

»Alles zu seiner Zeit.«

»Er hatte keine Handschuhe an?« Ich blinzelte in den Lichtkegel der Taschenlampen. »Es ist sehr kalt hier unten.«

»Wir haben seine Taschen noch nicht durchsucht, Ma'am«, sagte die Ärztin, die zu der jungen strengen Sorte gehörte, die ich mit sechsstündigen anal-retentiven Autopsien in Verbindung brachte.

»Wie heißen Sie?«, fragte ich.

»Ich bin Dr. Jonas. Und ich muss Sie jetzt bitten, etwas zurückzutreten, Ma'am. Wir versuchen hier, Spuren zu sichern, und am besten wäre es, wenn Sie nichts berühren oder irgendwie durcheinanderbringen würden.« Sie hielt ein Thermometer in die Höhe.

»Dr. Jonas«, sagte Commander Penn, »das ist Dr. Kay Scarpetta, Chief Medical Examiner von Virginia und beratende Forensikerin des FBI. Sie weiß sehr wohl, wie man Spuren sichert.«

Dr. Jonas blickte auf, und ich sah, dass sie hinter dem Gesichtsschild überrascht schien. Sie brauchte lange, um das Thermometer abzulesen, das deutete auf Verlegenheit.

Ich ging neben der Leiche in die Hocke und sah mir die linke Seite des Kopfes genauer an.

»Sein linkes Ohr ist aufgerissen«, sagte ich.

»Das ist vermutlich passiert, als er umfiel«, sagte Dr. Jonas.

Ich betrachtete die Umgebung. Wir befanden uns auf einer glatten Betonplattform. Hier gab es keine Gleise, auf die er hätte aufschlagen können. Ich leuchtete mit meiner Lampe über Simse und Wände aus Beton und suchte überall, wo Davila hätte aufschlagen können, nach Blutspuren.

Dann wandte ich mich wieder seinem verletzten Ohr zu und einer rötlich braunen Stelle unterhalb davon. Mit der Zeit erkannte ich das Muster eines Schuhprofils, das gewellt war und kleine Löcher aufwies. Unterhalb seines Ohrs fand sich der Abdruck des Absatzrandes. Ich stand auf, Schweiß lief mir übers Gesicht. Alle Augen waren auf mich gerichtet, während ich in den Tunnel starrte, in dem sich Lichter näherten.

»Er wurde gegen den Kopf getreten«, sagte ich.

»Sie können nicht wissen, ob er nicht doch mit dem Kopf aufgeschlagen ist«, sagte Dr. Jonas kleinlaut.

Ich starrte sie an. »Ich weiß es«, versicherte ich ihr.

»Lag er da schon am Boden?«, fragte ein Polizeibeamter.

»Seine Verletzungen deuten nicht darauf hin«, antwortete ich. »Wenn jemand am Boden liegt, treten die Täter meist mehrmals zu und in verschiedene Körperregionen. Außerdem sollte dann auch seine andere Gesichtshälfte, die auf dem Boden aufgelegen hätte, Verletzungen aufweisen.«

Ein Zug fuhr vorbei. Lichtkegel erkundeten die Dunkelheit, die dazugehörigen Gestalten blieben Schatten, deren Stimmen kaum zu hören waren.

»Er wurde mit einem Tritt außer Gefecht gesetzt und dann mit seiner eigenen Waffe erschossen«, sagte ich.

»Wir müssen ihn ins Leichenschauhaus bringen«, sagte die Ärztin.

Commander Penns Augen waren weit geöffnet, sie sah verwirrt und wütend aus.

»Er war es, nicht wahr?«, sagte sie zu mir, als wir losgingen.

»Er hat seine Opfer auch früher schon getreten.«

»Aber warum? Er hat eine eigene Waffe, eine Glock. Warum hat er die nicht benutzt?«

»Das Schlimmste, was einem Polizisten passieren kann, ist, mit der eigenen Waffe erschossen zu werden.«

»Dann hätte Gault es also absichtlich getan, um die Polizei … uns zu demütigen?«

»Er findet so etwas komisch«, sagte ich.

Wir gingen zurück entlang der Gleise und stiegen über Abfall, in dem es vor Ratten wimmelte. Ich spürte, dass Commander Penn weinte. Minuten verstrichen.

»Davila war ein guter Polizist«, sagte sie. »Er war immer hilfsbereit, beklagte sich nie, und sein Lächeln … Es hat einen ganzen Raum aufgeheitert.« Sie klang jetzt maßlos wütend. »Er war noch ein gottverdammtes Kind.«

Ich blickte in den Tunnel und dachte an diese unterirdische Welt des U-Bahn-Systems voller Kurven und Windungen. Die Obdachlosen besaßen keine Taschenlampen, und ich fragte mich, wie sie überhaupt etwas sahen. Wir kamen an einem weiteren verwahrlosten Lager vorbei, wo ein Weißer, der mir vage bekannt erschien, saß und Crack rauchte, als ob es so etwas wie Recht und Ordnung nicht gäbe. Als mein Blick auf seine Baseballkappe fiel, registrierte ich zuerst nicht, was ich sah. Dann blieb ich stehen und starrte ihn an.

»Benny, Benny, Benny. Schäm dich«, sagte ein Polizist ungehalten. »Komm schon. Du weißt doch, dass das verboten ist, Mann. Wie oft müssen wir dir das denn noch erklären?«

Benny war es gewesen, der mich tags zuvor ins Leichenschauhaus gejagt hatte. Ich erkannte seine schmutzige Armeehose, seine Cowboystiefel und seine blaue Jeansjacke wieder.

»Na los, nehmt mich doch mit«, sagte er und zündete seine Pfeife wieder an.

»O ja, wir werden deinen Arsch einsperren, genau. Ich hab die Nase voll von dir.«

Leise sagte ich zu Commander Penn: »Seine Kappe.«

Es war eine dunkelblaue oder schwarze Atlanta-Braves-Kappe.

»Einen Augenblick«, sagte sie zu ihren Leuten. Dann wandte sie sich an Benny. »Woher hast du die Kappe?«

»Keine Ahnung«, sagte er und nahm sie von einem Büschel schmutzigen grauen Haars. Seine Nase sah aus, als hätte eine Ratte daran herumgenagt.

»Du weißt es sehr wohl«, sagte Frances Penn.

Er starrte sie mit irrem Ausdruck an.

»Benny, woher hast du die Kappe?«, fragte sie noch einmal.

Zwei Beamte zerrten ihn auf die Beine und legten ihm Handschellen an. Unter der Decke lagen Taschenbücher, Zeitschriften, Feuerzeuge, kleine Plastiktütchen, mehrere Energieriegel, zuckerfreier Kaugummi, eine Flöte aus Metall und eine Schachtel mit Saxophonmundstücken. Ich sah Commander Penn an, und sie erwiderte meinen Blick.

»Nehmt alles mit«, wies sie ihre Leute an.

»Ihr könnt mir meinen Platz nicht nehmen.« Benny wehrte sich gegen die Beamten. »Ihr könnt mir meinen verdammten Platz nicht nehmen.« Er stampfte auf. »Du gottverdammter Mistkerl …«

»Du machst es nur schlimmer, Benny.« An jedem Arm hielt ihn ein Polizist fest.

»Rührt nichts ohne Handschuhe an«, befahl Commander Penn.

»Keine Sorge.«

Sie warfen Bennys irdische Besitztümer in Abfallsäcke, die sie zusammen mit seinem Eigentümer Richtung Ausgang schafften. Ich ging mit meiner Taschenlampe hinter ihnen her, die Dunkelheit eine stille Leere, die Augen zu haben schien. Ich wandte mich mehrmals um, sah aber nichts außer einem Licht, das ich für einen Zug hielt, bis es sich auf einmal zur Seite bewegte. Dann wurde es zu seiner Taschenlampe, die einen Betonbogen erhellte, durch den Temple Gault ging. Er war eine harte Silhouette in einem langen dunklen Mantel, sein Gesicht blitzte weiß auf. Ich griff nach Frances Penns Arm und schrie.

8

Mehr als dreißig Polizisten durchkämmten die Bowery und die U-Bahn während der Nacht. Niemand wusste, wie Gault in das Tunnelsystem eingedrungen war – wenn er es überhaupt verlassen hatte, nachdem er Jim Davila umgebracht hatte. Wir hatten keinen blassen Schimmer, wie er herausgekommen war, nachdem ich ihn gesehen hatte, aber er war herausgekommen.

Am nächsten Morgen fuhr Wesley zum Flughafen La Guardia, und Marino und ich nahmen ein Taxi zum Leichenschauhaus. Dr. Jonas war nicht da, ebenso wenig Dr. Horowitz, aber man teilte mir mit, dass Commander Penn und einer ihrer Detectives hier waren und wir sie in der Röntgenabteilung finden würden.

Marino und ich schlüpften leise wie ein Paar, das zu spät in eine Kinovorstellung kommt, in den Raum, und dann verloren wir uns in der Dunkelheit aus den Augen. Ich vermutete, dass er sich an eine Wand lehnte, weil er in Situationen wie dieser bisweilen Probleme mit dem Gleichgewicht hatte. Man fühlt sich leicht wie unter Hypnose und gerät ins Schwanken. Ich ging zu dem stählernen Tisch, wo dunkle Gestalten um Davilas Leiche herumstanden und ein Lichtstrahl seinen geschundenen Kopf erforschte.

»Ich hätte gern zu Vergleichszwecken einen der Abdrücke«, sagte jemand.

»Wir haben Fotos von den Schuhabdrücken. Ich habe sie dabei.« Ich erkannte Commander Penns Stimme.

»Sehr gut.«

»Die Abdrücke selbst sind im Labor.«

»In einem von Ihren?«

»Nein, nicht in unserem«, sagte Commander Penn. »Beim NYPD.«

»Die Abschürfung und das Muster der Quetschung hier stammen vom Absatz.« Das Licht hielt unterhalb des Ohres inne. »Die Wellenlinien sind ziemlich deutlich, in der Abschürfung selbst sind keine Spuren. Hier ist noch einmal ein Abdruck, den ich aber nicht klar erkennen kann. Diese Quetschung sieht aus wie ein Fleck mit einem kleinen Schwanz. Ich weiß nicht, was das ist.«

»Wir können versuchen, das Bild zu vergrößern.«

»Genau.«

»Was ist mit dem Ohr selbst? Irgendwelche Abdrücke?«

»Schwer zu sagen, aber es wurde entweder gespalten oder aufgeschlitzt. Die gezackten Ränder sind nicht abgeschürft und durch Gewebeteilchen miteinander verbunden. Und angesichts der halbrunden Verletzungen hier unten« – der in einem Latexhandschuh steckende Finger deutete auf die Stelle – »würde ich sagen, dass der Absatz das Ohr zerschmettert hat.«

»Und deswegen ist es gespalten.«

»Ein einziger, überaus kräftiger Tritt.«

»Stark genug, um ihn zu töten?«

»Vielleicht. Das werden wir sehen. Ich tippe darauf, dass das linke Schläfenbein Frakturen aufweist und sich ein großes epidurales Hämatom finden wird.«

»Da würde ich wetten.«

Die behandschuhten Hände hantierten mit Pinzette und Licht. Ein schwarzes, ungefähr fünfzehn Zentimeter langes Haar klebte am blutigen Kragen von Davilas Pullover. Das Haar wurde entfernt und in einen Umschlag gelegt, während ich mich in der Dunkelheit zur Tür vorarbeitete. Ich legte die Brille mit den getönten Gläsern auf einen Wagen und schlüpfte hinaus. Marino folgte mir.

»Wenn das Haar von ihm ist«, sagte er im Flur, »dann hat er sich wieder gefärbt.«

»Das habe ich erwartet«, erwiderte ich und dachte an die Silhouette, die ich am Abend zuvor gesehen hatte. Gaults Gesicht war sehr weiß gewesen, aber über sein Haar konnte ich nichts sagen.

»Er hat also vielleicht keine roten Haare mehr.«

»Vielleicht hat er mittlerweile lila Haare.«

»Wenn er seine Haare ständig färbt, werden sie ihm bald ausfallen.«

»Das ist unwahrscheinlich«, sagte ich. »Aber vielleicht ist es auch nicht von ihm. Dr. Jonas hat ungefähr so langes schwarzes Haar. Und sie war der Leiche gestern Abend sehr nahe.«

Wir hatten grüne Anzüge, Handschuhe und Gesichtsmasken an und sahen aus wie ein Chirurgenteam, das eine riskante Operation, zum Beispiel eine Herztransplantation, durchführen wollte. Männer trugen eine Ladung armseliger Fichtensärge, die für Potter's Field, die Heimstatt der Heimatlosen, bestimmt waren, an uns vorbei, und hinter gläsernen Wänden begannen die morgendlichen Autopsien. Bislang waren nur fünf Fälle eingeliefert worden, darunter ein Kind, das offensichtlich eines gewaltsamen Todes gestorben war. Marino wandte den Blick ab.

»Scheiße«, murmelte er mit dunkelrotem Gesicht. »Der Tag fängt ja gut an.«

Ich schwieg.

»Davila war erst seit zwei Monaten verheiratet.«

Es gab nichts, was ich darauf hätte sagen können.

»Ich hab mit ein paar Leuten gesprochen, die ihn kannten.«

Die persönliche Habe des Cracksüchtigen namens Benny war auf Tisch vier abgelegt worden, und ich beschloss, sie weiter von dem toten Kind wegzutragen.

»Er wollte unbedingt Polizist werden. Das sagen sie immer.«

Die Abfallsäcke waren schwer, ein ekliger Geruch drang oben heraus, wo sie zugebunden waren. Ich fing an, sie zu Tisch acht hinüberzutragen.

»Sag mir bitte, warum irgendein Mensch so etwas will, Polizist werden?« Marino wurde immer wütender, als er nach einem Sack griff und mir folgte.

»Wir wollen etwas bewirken«, sagte ich. »Wir wollen die Dinge irgendwie besser machen.«

»Richtig«, sagte er sarkastisch. »Davila hat wahnsinnig viel bewirkt. Er hatte die Dinge wahnsinnig viel besser gemacht.«

»Nimm ihm das nicht weg«, sagte ich. »Das Gute, das er getan hat und noch getan hätte, ist alles, was von ihm übrig ist.«

Eine Säge begann zu kreischen, Wasser plätscherte, und Röntgenstrahlen legten Kugeln und Knochen bloß in diesem Theater mit dem schweigsamen Publikum und den toten Darstellern. Commander Penn kam herein, ihre Augen über der Maske blickten erschöpft. Sie wurde begleitet von einem dunklen jungen Mann, den sie als Detective Maier vorstellte. Er zeigte uns die Fotos von den Schuhabdrücken im Schnee des Central Park.

»Der Maßstab stimmt in etwa«, erklärte er. »Ich gebe zu, es wäre besser, wenn wir die Abdrücke kriegen könnten.«

Aber die hatte das NYPD, und ich hätte gewettet, dass die Transit Police sie nie zu Gesicht bekommen würde. Frances Penn sah ganz anders aus als die Frau, die ich am Abend zuvor besucht hatte, und ich fragte mich, warum sie mich tatsächlich eingeladen hatte. Was hätte sie mir anvertraut, wären wir nicht in die Bowery gerufen worden?

Wir begannen, die Säcke aufzubinden und ihren Inhalt auf dem Tisch auszubreiten, abgesehen von den stinkenden Wolldecken, die Bennys Zuhause gewesen waren und die wir zusammengefaltet auf den Boden legten. Seine Habseligkeiten waren eine merkwürdige Zusammenstellung, wofür es nur zwei mögliche Erklärungen geben konnte. Entweder hatte Benny mit jemandem zusammengelebt, der ein Paar Männerstiefel Größe vierzigeinhalb besessen hatte. Oder die Sachen von jemandem, der ein Paar Männerstiefel Größe vierzigeinhalb hatte, waren irgendwie in seinen Besitz gekommen. Benny selbst hatte Schuhgröße vierundvierzig.

»Was hat uns Benny heute Morgen mitzuteilen?«, fragte Marino.

Detective Maier antwortete. »Er behauptet, dieses Zeug hier habe eines Tages einfach auf seinen Decken gelegen. Er ist angeblich auf die Straße hinaufgegangen, und als er zurückkam, war es da, in dem Rucksack.« Er deutete auf einen schmutzigen grünen Stoffrucksack, der viele Geschichten zu erzählen hatte.

»Wann war das?«, fragte ich.

»Tja, das weiß Benny nicht mehr so genau. Eigentlich weiß er nichts genau. Aber er meint, es wäre in den letzten Tagen gewesen.«

»Hat er gesehen, wer den Rucksack dagelassen hat?«, fragte Marino.

»Angeblich nicht.«

Ich hielt ein Foto neben die Sohle eines Stiefels und verglich. Größe und Art der Naht waren identisch. Benny hatte irgendwie Hab und Gut der Frau geerbt, die Gault im Central Park umgebracht hatte. Wir schwiegen, während wir jedes einzelne Ding beiseite legten, von dem wir glaubten, dass es ihr gehört hatte. Mir war schwindlig, und ich fühlte mich erschöpft, während wir darangingen, aus einer billigen Flöte und ein paar Lumpen ein Leben zu rekonstruieren.

»Können wir ihr nicht einen Namen geben?«, sagte Marino. »Es stört mich, dass sie keinen Namen hat.«

»Wie würden Sie sie gern nennen?«, fragte Commander Penn.

»Jane.«

Detective Maier sah zu Marino. »Sehr originell. Wie lautet ihr Nachname? Doe?«

»Besteht die Möglichkeit, dass die Saxophonmundstücke Benny gehören?«, fragte ich.

»Glaub ich nicht«, meinte Maier. »Er sagt, sein ganzes Zeug sei in dem Sack da. Und mir ist nicht bekannt, dass Benny irgendwelche musikalischen Neigungen hätte.«

»Manchmal spielt er eine unsichtbare Gitarre«, sagte ich.

»Das würden Sie auch, wenn Sie Crack rauchen würden. Und das ist alles, was er tut. Betteln und Crack rauchen.«

»Früher muss er doch etwas anderes getan haben«, sagte ich.

»Er war Elektriker. Seine Frau hat ihn verlassen.«

»Das ist kein Grund, in eine Mülltonne zu ziehen«, sagte Marino, der auch von seiner Frau verlassen worden war. »Es muss mehr dahinterstecken.«

»Drogen. Er ist auf der anderen Straßenseite im Bellevue gelandet. Dort haben sie ihn ausgenüchtert und entlassen. Immer und immer wieder.«

»Hat Benny vielleicht ein Saxophon gehabt, das er möglicherweise versetzt hat?«, fragte ich.

»Keine Ahnung«, sagte Maier. »Benny behauptet, das sei alles.«

Ich dachte an den Mund der Frau, die wir jetzt Jane nannten, und wie abgeschliffen ihre Vorderzähne gewesen waren. Der Zahnarzt hatte das auf Pfeiferauchen zurückgeführt.

»Wenn sie seit langem Klarinette oder Saxophon gespielt hat, würde das ihre beschädigten Vorderzähne erklären«, sagte ich.

»Was ist mit der Flöte?«, fragte Commander Penn.

Sie beugte sich über eine goldfarbene Flöte mit einem roten Mundstück. Sie stammte von einer britischen Firma namens Generation und sah alles andere als neu aus.

»Wenn sie oft darauf gespielt hat, hat das ihre Zähne vermutlich weiter abgeschliffen«, sagte ich. »Interessant ist, dass es eine Altflöte ist und die Mundstücke zu einem Altsaxophon passen. Vielleicht hat sie irgendwann einmal in ihrem Leben ein Altsaxophon gespielt.«

»Vielleicht bevor sie am Kopf verletzt wurde«, sagte Marino.

»Vielleicht«, sagte ich.

Wir durchsuchten ihre Sachen und interpretierten sie, wie manche Leute auch aus Teeblättern lesen. Sie hatte zuckerfreien Kaugummi gemocht und Sensodyne-Zahnpasta benutzt, was angesichts ihrer Zahnprobleme einleuchtete. Sie hatte eine schwarze Männerjeans Größe 32/34 besessen. Die Hose war alt, die Aufschläge waren hochgerollt, was nahe legte, dass sie die Jeans von jemandem geschenkt bekommen oder in einem Secondhandladen gekauft hatte. Jedenfalls war sie ihr zum Zeitpunkt ihres Todes viel zu groß gewesen.

»Steht fest, dass die Jeans nicht Benny gehört?«, fragte ich.

»Er behauptet, dass sie ihm nicht gehört«, sagte Maier. »Seine Sachen sind in dem Sack, sagt er.« Er deutete auf einen prallen Sack am Boden.

In einer Gesäßtasche der Jeans fand ich ein rot-weißes Schildchen aus Papier, das identisch war mit den Schildchen, die Marino und ich im Museum of Natural History bekommen hatten. Es war rund, so groß wie ein Silberdollar und hing an einem Faden. Auf einer Seite stand *Besucher*, auf der anderen war das Logo des Museums.

»Das sollte auf Fingerabdrücke untersucht werden«, sagte ich und legte es in eine Tüte. »Sie muss es berührt haben. Oder Gault hat es berührt, als er den Eintritt bezahlte.«

»Warum hat sie es aufgehoben?«, fragte Marino. »Normalerweise nimmt man es beim Hinausgehen ab und wirft es weg.«

»Vielleicht hat sie es in die Tasche gesteckt und vergessen«, sagte Commander Penn.

»Es könnte ein Souvenir sein«, schlug Maier vor.

»Es sieht nicht so aus, als hätte sie Souvenirs gesammelt«, sagte ich. »Sie scheint vielmehr sehr genau gewusst zu haben, was sie behalten will und was nicht.«

»Wollen Sie damit andeuten, dass sie das Schildchen behalten hat, damit es jemand findet?«

»Ich weiß es nicht«, sagte ich.

Marino zündete sich eine Zigarette an.

»Da liegt natürlich die Frage nahe, ob sie Gault kannte«, sagte Maier.

»Wenn sie ihn kannte«, sagte ich, »und wenn sie wusste, dass sie in Gefahr schwebte, warum ist sie dann mit ihm nachts in den Park gegangen?«

»Tja, das passt nicht zusammen«, Marino stieß eine dicke Rauchwolke aus. Seine Maske hatte er heruntergezogen.

»Es passt nur nicht zusammen, wenn sie sich vollkommen fremd waren«, sagte ich.

»Vielleicht hat sie ihn also doch gekannt«, sagte Maier.

»Vielleicht«, meinte auch ich.

Ich durchsuchte die anderen Hosentaschen und fand zweiundachtzig Cent, ein Saxophonmundstück, auf dem herumgekaut worden war, und mehrere ordentlich gefaltete Papiertaschentücher. Wir begutachteten ein blaues Sweatshirt, Größe Medium, aber was immer vorn draufgestanden hatte, war zu verblasst, um es noch lesen zu können.

Sie hatte zudem zwei graue Jogginghosen besessen und drei Paar Sportsocken mit farbigen Streifen. In einer Tasche des Rucksacks fanden wir ein gerahmtes Foto von einem gescheckten Hund, der im Schatten von Bäumen saß. Der Hund schien denjenigen, der das Foto aufgenommen hatte, anzugrinsen, während eine verschwommene Gestalt im Hintergrund zusah.

»Das muss auf Fingerabdrücke untersucht werden«, sagte ich. »Wenn man es schräg hält, sieht man Abdrücke auf dem Glas.«

»Ich wette, das ist ihr Hund«, sagte Maier.

»Erkennt man, wo es aufgenommen wurde?«, fragte Commander Penn.

Ich betrachtete das Foto genauer. »Eine flache Landschaft. Die Sonne scheint. Keine tropische Vegetation. Wie eine Wüste sieht es auch nicht aus.«

»Mit anderen Worten, es könnte fast überall sein«, sagte Marino.

»Fast«, sagte ich. »Über die Person im Hintergrund kann ich nichts sagen.«

Commander Penn sah sich das Foto an. »Ein Mann vielleicht?«

»Es scheint mir eher eine Frau zu sein«, sagte ich.

»Ja, ich glaube, es ist eine Frau«, sagte Maier. »Eine sehr dünne.«

»Vielleicht ist es Jane«, sagte Marino. »Sie trug gern Baseballkappen, und die Person hat irgendeine Kappe auf.«

Ich sah Commander Penn an. »Ich hätte gern Kopien von allen Fotos, auch von diesem.«

»Sie bekommen sie so schnell wie möglich.«

Wir setzten unsere archäologischen Bemühungen fort, und die Frau schien bei uns im Raum zu sein. Ich konnte ihre Persönlichkeit anhand ihrer Besitztümer erahnen und glaubte, dass sie uns Hinweise hinterlassen hatte. Offenbar hatte sie keinen BH getragen, sondern Männerunterhemden, und wir fanden drei Damenunterhosen und mehrere bunte Halstücher.

Alle Sachen waren abgetragen und schmutzig, aber die ordentlich geflickten Risse und das Nähzeug und die Knöpfe, die sie in einer kleinen Plastikschachtel aufbewahrt hatte, ließen auf einen rudimentären Ordnungssinn und Sorgfalt schließen. Nur die Jeans und das Sweatshirt waren einfach zusammengeknüllt oder verkehrt herum in den Sack gestopft, und wir vermuteten, dass sie diese Sachen getragen hatte, als Gault sie zwang, sich in der Dunkelheit auszuziehen.

Am späten Vormittag hatten wir jedes einzelne Stück untersucht und konnten das Opfer, das wir jetzt Jane nannten, trotzdem nicht identifizieren. Wir konnten nur mutmaßen, dass Gault Papiere, womit man sie hätte identifizieren können, weggeworfen hatte. Oder Benny hatte das bisschen Geld an sich genommen, das sie vielleicht besessen hatte, und verschwinden lassen, worin sie es aufbewahrte. Mir war die Chronologie der Ereignisse nicht klar. Wann hatte Gault den Rucksack auf Bennys Decke abgestellt, wenn er es überhaupt getan hatte?

»Was von dem Zeug sollen wir auf Fingerabdrücke überprüfen lassen?«, fragte Maier.

»Abgesehen von den Gegenständen, die wir bereits analysiert haben«, schlug ich vor, »hat die Flöte eine Oberfläche, auf der sich Abdrücke finden könnten. Auch mit dem Rucksack sollten wir es versuchen, vor allem mit der Innenseite der Klappe, die ist aus Leder.«

»Unser Problem ist immer noch sie«, sagte Marino. »Nichts von alledem hier sagt uns, wer sie war.«

»Tja, ich hab Neuigkeiten«, sagte Maier. »Auch wenn wir wissen, wer *Jane* war, wird uns das nicht dabei weiterhelfen, den Kerl zu finden, der sie umgebracht hat.«

Ich merkte, wie sein Interesse an ihr schwand. Das Funkeln in seinen Augen erlosch. Das passierte häufig, wenn das Mordopfer unbekannt war. Jane würde nicht mehr Zeit gewidmet werden. Ironischerweise wäre ihr noch weniger Zeit gewidmet worden, wenn ihr Mörder nicht so berüchtigt gewesen wäre.

»Glauben Sie, dass Gault sie im Park erschossen hat und von dort zu dem Tunnel gegangen ist, wo ihr Rucksack gefunden wurde?«, fragte ich.

»Möglich«, sagte Maier. »Er musste nur von Cherry Hill weg und in die U-Bahn steigen, entweder in der Eighty-sixth oder Eighty-seventh Street. Von dort kommt er direkt in die Bowery.«

»Oder er hat ein Taxi genommen«, sagte Commander Penn. »Er wird nicht zu Fuß gegangen sein. Es ist zu weit.«

»Und wenn er den Rucksack am Tatort zurückgelassen hat, neben dem Brunnen?«, fragte daraufhin Marino. »Vielleicht hat Benny ihn dort gefunden.«

»Warum hätte er um diese Uhrzeit bei Cherry Hill sein sollen? Denken Sie nur an das Wetter«, sagte Commander Penn.

Eine Tür wurde geöffnet, und mehrere Assistenten rollten eine Bahre herein, auf der Davilas Leichnam lag.

»Ich weiß nicht, warum«, sagte Maier. »Hatte sie den Rucksack im Museum dabei?«, fragte er Commander Penn.

»Ich glaube, jemand hat gesehen, dass sie eine Art Tasche über der Schulter trug.«

»Das könnte der Rucksack gewesen sein.«

»Möglich.«

»Dealt Benny mit Drogen?«, fragte ich.

»Nach einer Weile muss man verkaufen, wenn man kaufen will«, sagte Maier.

»Vielleicht gab es eine Verbindung zwischen Davila und der Toten«, sagte ich.

Commander Penn sah mich interessiert an.

»Wir sollten diese Möglichkeit nicht ausschließen«, fuhr ich fort. »Auf den ersten Blick scheint es unwahrscheinlich. Aber Gault und Davila waren zur gleichen Zeit dort unten im Tunnel. Warum?«

»Zufall.« Maier starrte ins Leere.

Marino schwieg. Er sah zu Autopsietisch fünf, an dem zwei Ärzte den ermordeten Polizisten aus allen möglichen Perspektiven fotografierten. Ein Assistent wischte mit einem nassen Handtuch Blut von Davilas Gesicht, auf eine Art, dass dieser geschrien hätte, wäre er noch am Leben gewesen. Marino bemerkte nicht, dass ich ihn beobachtete, und einen Augenblick lang trat seine Verletzlichkeit zutage. Ich sah die Verwüstungen in seinem Gesicht und das Gewicht, das auf seinen Schultern lastete.

»Und auch Benny war in diesem Tunnel«, sagte ich. »Er hat den Rucksack entweder vom Tatort, oder er wurde auf seiner Decke abgestellt, wie er behauptet.«

»Ehrlich gesagt, glaube ich nicht, dass er einfach so auf seiner Decke stand«, sagte Maier.

»Warum nicht?«, fragte ihn Commander Penn.

»Warum hätte Gault ihn von Cherry Hill mitnehmen sollen? Warum hätte er ihn nicht zurücklassen und sich davonmachen sollen?«

»Vielleicht war irgendetwas darin«, sagte ich.

»Zum Beispiel?«, fragte Marino.

»Zum Beispiel irgendetwas, womit man sie hätte identifizieren können«, sagte ich. »Das wollte er vermeiden, und deshalb musste er ihre Habe durchsuchen.«

»Das könnte sein«, sagte Commander Penn. »Wir haben jedenfalls nichts gefunden, was sie identifizieren würde.«

»Aber in der Vergangenheit war es Gault gleichgültig, ob wir seine Opfer identifizierten oder nicht«, sagte ich. »Warum sollte er es jetzt verhindern wollen? Ausgerechnet bei dieser kranken, obdachlosen Frau?«

Commander Penn schien mich nicht zu hören, und niemand anders antwortete. Die Ärzte hatten damit begonnen, Davila auszuziehen, und der leistete Widerstand. Er hielt seine steifen Arme über der Brust verschränkt, als würde er Football spielen und Schläge abwehren. Es kostete die Ärzte große Anstrengung, ihm die Arme aus dem Pullover und diesen ihm über den Kopf zu ziehen. Plötzlich ging ein Pager los. Wir griffen unwillkürlich an unsere Gürtel und starrten dann zu Davilas Tisch, während es weiter piepste.

»Es ist nicht meiner«, sagte einer der Ärzte.

»Verdammt«, sagte der andere. »Es ist seiner.«

Ich fröstelte, als er den Pager aus Davilas Gürtel zog. Niemand sagte ein Wort. Wir konnten den Blick nicht abwenden von Tisch fünf und Commander Penn, die hinging, weil er ihr Officer gewesen war und gerade jemand versuchte, ihn zu erreichen. Der Arzt gab ihr den Pager, und sie hielt ihn hoch, um die Anzeige zu lesen. Sie wurde blass. Ich sah, dass sie schluckte.

»Es ist ein Code«, sagte sie.

Weder sie noch der Arzt hatten daran gedacht, den Pager nicht zu berühren. Sie hatten vergessen, dass er als Beweismittel dienen konnte.

»Ein Code?« Maier blickte verständnislos drein.

»Ein Polizeicode.« Ihre Stimme klang angespannt vor Wut. »Zehn-Strich-zweiundvierzig.«

Zehn-Strich-zweiundvierzig bedeutete *Ende der Schicht*.

»Verdammt«, sagte Maier.

Marino machte unwillkürlich einen Schritt, als wolle er jemanden verfolgen. Aber es war niemand da, den er hätte verfolgen können.

»Gault«, sagte er ungläubig. Er hob die Stimme. »Der Dreckskerl muss seine Pagernummer herausgefunden haben, nachdem er ihm in der U-Bahn das Hirn herausgeblasen hat. Versteht ihr, was das heißt?« Er starrte uns an. »Es heißt, dass er uns beobachtet. Er weiß, dass wir hier sind.«

Maier sah sich um.

»Wir wissen nicht, wer die Botschaft geschickt hat«, sagte der Arzt, der höchst beunruhigt wirkte.

Aber ich wusste es. Ohne jeden Zweifel.

»Wenn es wirklich Gault ist, muss er gar nicht sehen, was hier vor sich geht, er kann es sich denken«, sagte Maier. »Er weiß, dass die Leiche hierhergebracht wurde und dass wir hier sein würden.«

»Er ist irgendwo, wo es ein Telefon gibt.« Marino blickte sich wütend um. Er konnte nicht stillstehen.

»Lassen Sie es durchgeben, an alle Einheiten«, sagte Commander Penn zu Maier.

Maier zog die Handschuhe aus und warf sie voll Zorn in einen Abfalleimer, bevor er aus dem Raum rannte.

»Legen Sie den Pager in eine Tüte. Er muss auf Fingerabdrücke untersucht werden«, sagte ich. »Ich weiß, dass Sie ihn berührt haben, aber wir können es trotzdem versuchen. Deswegen war seine Jacke offen.«

»Hm?« Marino schien verblüfft.

»Davilas Jacke war offen, und dafür lag kein Grund vor.«

»Doch, es gab einen Grund. Gault wollte an Davilas Waffe.«

»Es war nicht notwendig, deswegen den Reißverschluss der Jacke aufzuziehen. Sie hat einen Schlitz über dem Holster. Ich glaube, Gault hat den Reißverschluss aufgemacht, um an Davilas Pager zu kommen. Und dort hat er seine Nummer abgelesen.«

Die Ärzte hatten sich wieder der Leiche zugewandt. Sie zogen ihr Stiefel und Socken aus, lösten ein Holster um die Wade, in dem eine Walther .380 steckte. Davila hätte sie eigentlich nicht tragen dürfen, und er hatte keine Gelegenheit gehabt, sie zu benützen. Sie zogen ihm die kugelsichere Weste und ein marineblaues Polizei-T-Shirt aus und nahmen ihm eine lange Kette mit einem silbernen Kruzifix ab. Auf seine rechte Schulter war eine Rose tätowiert, die sich um ein kleines Kreuz schlang. In seiner Brieftasche befand sich ein einziger Dollar.

9

Am Nachmittag desselben Tages flog ich von New York nach Washington, wo ich um drei Uhr eintraf. Am Flughafen holten mich weder Lucy, die seit ihrem Unfall nicht mehr Auto fuhr, noch Wesley ab. Er hatte keinen Grund dafür.

Vor dem Flughafengebäude wurde ich, während ich mich allein mit meinem Gepäck abmühte, plötzlich von Selbstmitleid überwältigt. Ich war müde, meine Kleidung fühlte sich schmutzig an. Ich versank in Hoffnungslosigkeit und schämte mich, es zuzugeben. Es schien mir nicht einmal zu gelingen, ein Taxi zu ergattern.

Schließlich fuhr ich in einem verbeulten, himmelblauen Taxi mit rosa getönten Fenstern in Quantico vor. Mein Fenster ließ sich nicht herunterkurbeln, und der vietnamesische Fahrer war nicht in der Lage, dem Wachmann an der Einfahrt zur FBI-Academy zu erklären, wer ich war.

»Frau Arzt«, wiederholte der Fahrer, und mir war klar, dass ihm die Sicherheitsvorkehrungen und die vielen Antennen auf den Dächern unheimlich waren. »Sie okay.«

»Nein«, sagte ich zu seinem Hinterkopf. »Meine *Name* ist Kay. Kay Scarpetta.«

Ich versuchte auszusteigen, aber die Türen waren verriegelt, die Knöpfe entfernt. Der Wachmann griff zu seinem Funksprechgerät.

»Bitte lassen Sie mich raus«, sagte ich zu dem Fahrer, der auf die Neun-Millimeter-Pistole am Gürtel des Wachmanns starrte. »Sperren Sie auf, damit ich aussteigen kann.«

Er wandte sich erschrocken um. »Hier?«

»Nein«, sagte ich, als der Wachmann aus seiner Kabine kam.

Die Augen des Fahrers wurden immer größer.

»Ich meine, lassen Sie mich hier für einen Augenblick aussteigen. Damit ich es dem Wachmann erklären kann.« Ich deutete und sprach sehr langsam. »Er weiß nicht, wer ich bin, weil ich das Fenster nicht aufmachen kann und er durch das Glas nichts sieht.«

Der Fahrer nickte.

»Ich muss raus«, sagte ich entschieden und mit Nachdruck. »Sie müssen mir die Tür aufmachen.«

Er entriegelte die Türen.

Ich stieg aus und blinzelte in die Sonne. Ich identifizierte mich für den jungen Wachmann, der etwas militärisch wirkte.

»Die Fenster sind getönt, ich konnte Sie nicht sehen«, sagte er. »Beim nächsten Mal kurbeln Sie einfach das Fenster runter.«

Der Fahrer holte mein Gepäck aus dem Kofferraum und stellte es auf die Straße. Er sah sich panisch um, als Artilleriefeuer und Schüsse von den Schießanlagen zu hören waren.

»Nein, nein, nein.« Ich bedeutete ihm, das Gepäck wieder in den Kofferraum zu laden. »Bitte fahren Sie dort hinüber.« Ich zeigte auf das Jefferson Building, einen großen Klinkerbau auf der anderen Seite des Parkplatzes.

Es war klar, dass er mich nicht hinbringen wollte, aber ich setzte mich wieder ins Auto, bevor er davonfahren konnte. Der Kofferraumdeckel schlug zu, und der Wachmann winkte uns durch. Es war kalt, der Himmel strahlendblau.

In der Lobby des Jefferson wünschte mir eine Videoanzeige frohe und gefahrlose Feiertage. Eine junge sommersprossige Frau erledigte die Formalitäten und reichte mir eine Magnetkarte zum Öffnen der Türen in der Academy.

»War der Weihnachtsmann in diesem Jahr nett zu Ihnen, Dr. Scarpetta?«, fragte sie mich gut gelaunt und suchte nach dem Zimmerschlüssel.

»Ich war wohl nicht brav genug«, sagte ich. »Ich habe nur die Rute zu spüren bekommen.«

»Das kann ich mir nicht vorstellen. Wo Sie doch immer so nett sind. Ich habe Sie wie üblich im Sicherheitsstockwerk untergebracht.«

»Danke.« Ich konnte mich an ihren Namen nicht erinnern und hatte das Gefühl, dass sie es wusste.

»Wie lange bleiben Sie?«

»Nur eine Nacht.« Ich dachte, sie hieße Sarah, und aus irgendeinem Grund erschien es mir plötzlich wichtig, mich daran zu erinnern.

Sie reichte mir zwei Schlüssel, einen aus Plastik, einen anderen aus Metall.

»Sie sind Sarah, nicht wahr?« Ich musste es riskieren.

»Nein, ich bin Sally.« Sie schien gekränkt.

»Ich meinte Sally«, sagte ich geknickt. »Natürlich. Tut mir leid. Sie kümmern sich immer so rührend um mich. Vielen Dank.«

Sie sah mich unsicher an. »Übrigens ist Ihre Nichte vor einer halben Stunden hier gewesen.«

»Wohin wollte sie?«

Sie zeigte auf die Glastür, die von der Lobby ins Innere des Gebäudes führte, und drückte auf einen Knopf, bevor ich Zeit hatte, die Tür mit meiner Karte zu öffnen. Lucy konnte unterwegs gewesen sein zum PX-Laden, zur Poststelle, zum Aufenthaltsraum, zur ERF oder zu ihrem Zimmer, das sich ebenfalls in diesem Gebäude, wenn auch in einem anderen Trakt befand.

Ich überlegte, wo meine Nichte sich um diese Tageszeit aufhalten könnte, und fand sie schließlich, wo ich sie überhaupt nicht vermutete, nämlich in meiner Suite.

»Lucy!«, rief ich, als ich die Tür öffnete und sie mir gegenüberstand. »Wie bist du hereingekommen?«

»Auf die gleiche Weise wie du«, sagte sie nicht allzu herzlich. »Ich habe einen Schlüssel.«

Ich trug meine Tasche in das Wohnzimmer. »Wie das?« Ich sah ihr ins Gesicht.

»Mein Schlafzimmer ist auf der Seite, deins auf der anderen.«

Im Sicherheitsstockwerk wurden wichtige Zeugen, Agenten und alle anderen Personen untergebracht, die, auf Beschluss des Justizministeriums, besonders geschützt werden mussten. Um in die Zimmer zu gelangen, musste man durch zwei Türen, wobei man durch die erste nur kam, wenn man auf einer Tastatur einen Code eingab, der ständig verändert wurde. Für die zweite brauchte man eine der Karten mit Magnetstreifen, die ebenfalls regelmäßig ausgetauscht wurden. Ich vermutete, dass die Telefone überwacht wurden.

Vor über einem Jahr war mir diese Suite zugewiesen worden, denn Gault war nicht die einzige Sorge in meinem Leben. Ich war erstaunt, dass jetzt auch Lucy hier wohnte.

»Ich dachte, du wohnst im Washington«, sagte ich.

Sie setzte sich. »Habe ich auch«, sagte sie. »Bis heute Nachmittag. Jetzt bin ich hier untergebracht.«

Ich setzte mich auf die Couch ihr gegenüber. In einer Vase waren Seidenblumen arrangiert, hinter dem Fenster erstreckte sich der weite blaue Himmel. Meine Nichte trug eine Jogginghose, Joggingschuhe und ein dunkles FBI-Sweatshirt mit Kapuze. Sie hatte kurzes braunes Haar, ein klares Gesicht, das makellos war bis auf die Narbe auf ihrer Stirn. Lucy wollte demnächst ihr Studium an der University of Virginia abschließen. Sie war schön und brillant, und unser Verhältnis war stets von Extremen bestimmt.

»Bist du hier, weil ich hier bin?« Ich versuchte noch immer, mir einen Reim auf die Sache zu machen.

»Nein.«

»Du hast mich nicht umarmt, als ich hereinkam.« Es fiel mir ein, als ich aufstand. Ich küsste Lucy auf die Wange, und sie erstarrte und wandte sich sofort ab. »Du hast geraucht.« Ich setzte mich wieder.

»Wer hat das gesagt?«

»Das braucht mir niemand zu sagen. Ich rieche es an deinem Haar.«

»Du hast mich umarmt, weil du wissen wolltest, ob ich nach Zigarettenrauch rieche.«

»Und du hast mich nicht umarmt, weil du weißt, dass du nach Rauch riechst.«

»Nörgel nicht an mir herum.«

»Das tue ich nicht«, sagte ich.

»Das tust du sehr wohl. Du bist schlimmer als Großmutter.«

»Die im Krankenhaus liegt, weil sie geraucht hat«, sagte ich und hielt dem Blick aus ihren grünen Augen stand.

»Da du mein Geheimnis kennst, kann ich mir ja eine anzünden.«

»Das ist ein Nichtraucherzimmer. Recht besehen, ist hier überhaupt nichts erlaubt«, sagte ich.

»Nichts?« Sie zuckte nicht mit der Wimper.

»Überhaupt nichts.«

»Du trinkst Kaffee. Ich weiß es. Als wir mal miteinander telefonierten, habe ich gehört, wie du ihn in der Mikrowelle aufgewärmt hast.«

»Gegen Kaffee ist nichts einzuwenden.«

»Du hast gesagt, überhaupt keine Suchtmittel. Für viele Menschen auf diesem Planeten ist Kaffee ein Suchtmittel. Ich wette, du trinkst hier drin auch Alkohol.«

»Lucy, bitte, rauch nicht.«

Sie holte eine Schachtel Mentholzigaretten aus der Tasche. »Ich gehe raus«, sagte sie.

Ich machte das Fenster auf, damit sie rauchen konnte, und mochte nicht glauben, dass sie sich etwas angewöhnt hatte, das aufzugeben mich Schweiß und Tränen gekostet hatte. Lucy war athletisch und absolut fit. Ich sagte ihr, dass ich es nicht verstünde.

»Ich rauche wirklich nicht viel.«

»Wer hat dich in meiner Suite untergebracht? Lass uns darüber reden«, sagte ich, während sie drauflos paffte.

»Sie haben mich hier untergebracht.«

»Wer sind sie?«

»Offensichtlich kam die Anweisung von ganz oben.«

»Burgess?« Das war der stellvertretende Direktor der Academy.

Sie nickte. »Ja.«

»Was kann er für einen Grund gehabt haben?« Ich runzelte die Stirn.

Sie schnippte Asche auf ihre Handfläche. »Niemand hat mir einen Grund genannt. Ich kann nur vermuten, dass es etwas mit der ERF zu tun hat, mit CAIN.« Sie hielt inne. »Du weißt schon, diese merkwürdigen Meldungen.«

»Lucy, was geht hier eigentlich vor?«

»Wir wissen es nicht«, sagte sie gleichmütig. »Aber irgendetwas stimmt nicht.«

»Gault?«

»Es gibt keinen Beweis dafür, dass irgendjemand in das System eingedrungen ist – niemand, der nicht befugt ist.«

»Aber du glaubst, dass es doch jemand getan hat.«

Sie inhalierte tief, wie eine alte Raucherin. »CAIN tut nicht, worauf wir ihn programmiert haben. Er tut etwas anderes, bekommt seine Instruktionen von woanders her.«

»Aber dem muss man doch auf die Spur kommen«, sagte ich.

In ihren Augen blitzte es. »Glaub mir, ich versuche es.«

»Ich zweifle nicht an deinen Anstrengungen oder Fähigkeiten.«

»Es gibt keine Spuren«, fuhr sie fort. »Wenn jemand ins

System hineinkommt, hinterlässt er keine Spuren. Und das ist nicht möglich. Man kann nicht in das System und es Meldungen verschicken lassen oder irgendwas anderes tun, ohne dass es im Benutzerprotokoll auftaucht. Und wir lassen den Drucker morgens, mittags und abends laufen. Und er gibt jeden Tastendruck wieder, den wer auch immer warum auch immer und wann auch immer gemacht hat.«

»Warum wirst du wütend?«, fragte ich.

»Weil ich es satt habe, dass mir die Schuld zugeschoben wird für die Probleme dort drüben. Der Einbruch war nicht meine Schuld. Ich hatte keine Ahnung, dass jemand, der neben mir arbeitet …« Sie zog an der Zigarette. »Ich habe mich nur bereit erklärt, nachzuforschen, weil man mich darum gebeten hat. Weil mich der Senator darum gebeten hat. Oder vielmehr dich …«

»Lucy, soweit ich weiß, gibt niemand dir die Schuld für die Probleme mit CAIN«, sagte ich leise.

In ihren Augen flackerte erneut Zorn auf. »Wenn man mir nicht die Schuld gibt, müsste ich nicht hier wohnen. De facto hat man mich unter Hausarrest gestellt.«

»Unsinn. Ich werde jedes Mal hier untergebracht, wenn ich nach Quantico komme, und ich stehe gewiss nicht unter Hausarrest.«

»Sie bringen dich aus Sicherheitsgründen hier unter und damit du deine Ruhe hast. Aber ich bin nicht deswegen hier. Man schiebt mir mal wieder die Schuld in die Schuhe. Ich werde überwacht. Ich merke es daran, wie manche Leute dort drüben mich behandeln.« Sie machte eine Kopfbewegung Richtung ERF, die sich gegenüber der Academy auf der anderen Straßenseite befand.

»Was ist heute passiert?«

Sie ging in die Küche, ließ Wasser über die Zigarettenkippe laufen und warf sie in den Abfall. Dann setzte sie sich wieder und schwieg hartnäckig. Ich musterte sie und wurde zunehmend unruhig. Ich wusste nicht, warum sie so wütend war, und wann immer sie sich auf eine Art und Weise verhielt, für die ich keine Erklärung hatte, bekam ich wieder einen Schrecken.

Lucy hätte bei dem Autounfall damals ums Leben kommen können. Die Kopfverletzung hätte ihr bemerkenswertestes Talent zerstören können, und Bilder von Hämatomen und wie Eierschalen zerbrochenen Schädeln suchten mich heim. Ich dachte an die Frau, die wir Jane nannten, mit dem geschorenen Kopf und den Narben, und stellte mir Lucy an Orten vor, wo niemand ihren Namen kannte.

»Geht's dir gut?«, fragte ich sie.

Sie zuckte die Achseln.

»Was ist mit den Kopfschmerzen?«

»Ich kriege sie noch immer.« Sie blickte jetzt misstrauisch drein. »Manchmal hilft das Midrin. Manchmal muss ich mich darauf übergeben. Das Einzige, was wirklich hilft, ist Fiorinal. Aber das habe ich nicht.«

»Das brauchst du auch nicht.«

»Du bist nicht diejenige, die Kopfschmerzen hat.«

»Ich habe oft Kopfschmerzen. Du brauchst keine Barbiturate. Schläfst du gut? Isst du genügend? Trainierst du?«

»Was soll das sein, eine Arztvisite?«

»Sozusagen. Weil ich zufälligerweise Ärztin bin. Nur dass du keinen Termin hast, ich aber so nett bin, dich trotzdem zu behandeln.«

Ein Lächeln zupfte an ihren Mundwinkeln. »Mir geht's gut«, sagte sie kleinlaut.

»Irgendetwas ist heute passiert«, sagte ich noch einmal.

»Vermutlich hast du nicht mit Commander Penn gesprochen.«

»Nicht seit heute Vormittag. Ich wusste nicht, dass du sie kennst.«

»Sie ist bei uns online, bei CAIN. Um zwölf Uhr mittags hat CAIN sich beim VICAP-Terminal der Transit Police in New York gemeldet. Wahrscheinlich warst du schon unterwegs zum Flughafen.«

Ich nickte. Mein Magen zog sich zusammen, als ich daran dachte, wie Davilas Pager im Leichenschauhaus losging. »Wie lautete diesmal die Botschaft?«, fragte ich.

»Willst du sie sehen?«

»Ja.«

Lucy ging in ihr Zimmer und kam mit einer Aktentasche zurück. Sie öffnete sie, holte einen Packen Papier heraus und reichte mir ein Blatt. Es handelte sich um einen Computerausdruck des VICAP-Terminals der Abteilung, die Frances Penn unterstand. Er lautete:

--- MELDUNG PQ21 96701 001145 START --- VON: - CAIN AN: - ALLE EINHEITEN & BEFEHLSBEREICHE BETR: - TOTE POLIZISTEN AN ALLE BETROFFENEN BEFEHLSBEREICHE: BEAMTE WERDEN AUS GRÜNDEN DER SICHERHEIT HELME TRAGEN, WENN SIE IN U-BAHN-TUNNELN VON EINER PATROUILLE GERUFEN WERDEN ODER SELBST AUF PATROUILLE SIND. --- MELDUNG PQ21 96701 001145 ENDE ---

Ich starrte eine Weile auf den Ausdruck, genervt und beunruhigt. Dann fragte ich: »Hat derjenige, der das eingegeben hat, einen Benutzernamen?«

»Nein.«

»Und es gibt überhaupt keine Möglichkeit, die Meldung zurückzuverfolgen?«

»Nicht mit konventionellen Mitteln.«

»Was glaubst du?«

»Ich glaube, dass wer immer in CAIN reingekommen ist, als in der ERF eingebrochen wurde, ein Programm installiert hat.«

»So etwas wie einen Virus?«, fragte ich.

»Es ist ein Virus, und er steckt in einer Datei, an die wir bislang nicht gedacht haben. Er erlaubt jemandem, sich in unserem System zu bewegen, ohne Spuren zu hinterlassen.«

Ich dachte an Gault im Schein der Taschenlampe letzte Nacht im Tunnel, an endlos lange Gleise, die immer tiefer in Dunkelheit und Wahn führten. Gault bewegte sich frei in Räumen, welche die meisten Menschen nicht einmal sahen. Er stieg gewandt über schmierigen Stahl, Nadeln und stinkende Menschen- und Rattennester. Er war ein Virus. Irgendwie war er in unsere Körper gelangt, in unsere Häuser und unsere Technologie.

»Also, CAIN ist von einem Virus infiziert«, sagte ich.

»Einem ungewöhnlichen Virus. Er will weder die Festplatte zerstören noch Daten verschwinden lassen. Es ist kein allgemein gebräuchlicher Virus. Er wurde speziell für CAIN geschaffen, weil sein Zweck darin besteht, jemandem Zugang zu CAIN und der VICAP-Datenbasis zu verschaffen. Er funktioniert wie ein Generalschlüssel. Er öffnet jede Tür im Haus.«

»Und er steckt in einem Programm?«

»Ja, man könnte sagen, dass er einen Wirt hat. Ja. Irgendein Programm, das wir routinemäßig benutzen. Ein Virus kann nur dann Schaden anrichten, wenn der Computer eine Routine oder Subroutine anwendet, die veranlasst, dass das Host-Programm – zum Beispiel autoexec.bat in DOS – gelesen wird.«

»Ich verstehe. Und der Virus sitzt in keiner Datei, die gelesen wird, wenn der Computer gestartet wird?«

Lucy schüttelte den Kopf.

»Wie viele Programmdateien hat CAIN?«

»Ach, du liebe Zeit«, stöhnte sie. »Tausende. Und manche sind so lang, dass man mit den Ausdrucken dieses Haus einwickeln könnte. Der Virus kann überall stecken, und die Situation wird weiter dadurch kompliziert, dass ich nicht alles programmiert habe. Mit Dateien, die andere geschrieben haben, bin ich nicht so vertraut wie mit meinen eigenen.«

Mit den *anderen* war Carrie Grethen gemeint, die Lucys Programmierer-Kollegin und Freundin gewesen war. Carrie hatte auch Gault gekannt und war verantwortlich für den Einbruch in die ERF. Lucy wollte nicht über sie reden und vermied es, ihren Namen auszusprechen.

»Ist es möglich, dass der Virus in einem Programm steckt, das Carrie geschrieben hat?«, fragte ich.

Lucys Miene blieb unverändert. »Vielleicht steckt er in einem Programm, das ich nicht geschrieben habe. Vielleicht aber auch in einem Programm, das von mir stammt. Ich weiß es nicht. Ich bin auf der Suche. Aber das kann lange dauern.«

Das Telefon klingelte.

»Das ist wahrscheinlich Jan.« Sie stand auf und ging in die Küche.

Ich blickte auf die Uhr. In einer halben Stunde sollte ich unten bei Wesley sein. Lucy legte die Hand über die Sprechmuschel. »Hast du was dagegen, wenn Jan vorbeikommt? Wir wollen ein bisschen laufen.«

»Natürlich nicht«, sagte ich.

»Sie will wissen, ob du mit uns laufen willst.«

Ich lächelte und schüttelte den Kopf. Ich konnte nicht mit Lucy mithalten, auch wenn sie zwei Schachteln Zigaretten pro Tag rauchte, und Janet war so etwas wie eine Profi-Athletin. Die beiden vermittelten mir das vage Gefühl, alt und im falschen Team zu sein.

»Wie wär's mit etwas zu trinken?« Lucy telefonierte nicht mehr, sondern durchsuchte den Kühlschrank.

»Was hast du zu bieten?« Ich sah zu, wie sich ihre schmale Gestalt vorbeugte, mit einem Arm hielt sie die Tür offen, mit dem anderen schob sie Dosen hin und her.

»Pepsi light, Zima, Gatorade und Perrier.«

»Zima?«

»Kennst du das nicht?«

»Ich trinke kein Bier.«

»Es ist kein Bier. Es wird dir schmecken.«

»Ich wusste gar nicht, dass es hier einen Zimmerservice gibt«, sagte ich und lächelte.

»Ich hab das Zeug aus dem PX-Laden geholt.«

»Bring mir ein Perrier.«

Sie kam mit den Getränken.

»Aber es gibt doch Antivirusprogramme«, sagte ich.

»Antivirusprogramme finden nur bekannte Viren wie Freitag der dreizehnte, die Malteseramöbe, den Affenvirus oder Michelangelo. Wir haben es hier mit einem Virus zu tun, der speziell für CAIN geschaffen wurde. Er hat etwas mit seinen Programmen zu tun. Es gibt kein Antivirusprogramm dafür, es sei denn, ich schreibe eines.«

»Was du erst tun kannst, wenn du den Virus gefunden hast.«

Sie trank einen großen Schluck Gatorade.

»Lucy, sollte man CAIN abschalten?«

Sie stand auf. »Ich werde mal nach Jan sehen. Sie kommt nicht durch die Türen, und ich bezweifle, dass wir sie klopfen hören.«

Ich stand auf und trug mein Gepäck in mein Schlafzimmer, das mit schlichten Möbeln aus Kiefernholz eingerichtet war. Durch die Fenster hatte ich einen unverstellten Blick auf schneebedeckte Felder, die sich bis zu unermesslichen Wäldern erstreckten. Die Sonne schien so hell, dass es fast schon wie im Frühling war, und ich wünschte, ich hätte Zeit, ein Bad zu nehmen. Ich wollte mir New York abwaschen.

»Tante Kay? Wir sind da«, rief Lucy, während ich mir die Zähne putzte.

Ich spülte mir schnell den Mund aus und ging zurück ins

Wohnzimmer. Lucy machte neben der Tür Dehnungsübungen. Ihre Freundin hatte einen Fuß auf einen Stuhl gestellt und band den Schnürsenkel.

»Guten Tag, Dr. Scarpetta«, sagte Janet zu mir und richtete sich hastig auf. »Ich hoffe, Sie haben nichts dagegen, dass ich vorbeigekommen bin. Ich wollte nicht stören.«

Trotz meiner Bemühungen, ihr die Befangenheit zu nehmen, reagierte sie auf mich immer so erschrocken wie ein Corporal, an dem General Patton vorbeiging. Sie war eine neue Agentin, und zum ersten Mal war sie mir aufgefallen, als ich hier im vergangenen Monat als Gastdozentin einen Diavortrag über gewaltsame Todesfälle und Spurensicherung gehalten hatte. Ich spürte, dass sie mich von ihrem Stuhl ganz hinten im Raum nicht aus den Augen ließ, und ich wurde neugierig, als ich bemerkte, dass sie während der Pausen mit niemandem sprach, sondern die Treppe hinunter verschwand.

Später erfuhr ich, dass sie und Lucy befreundet waren, und vielleicht erklärte das, neben Janets Schüchternheit, ihr Verhalten mir gegenüber. Stunden im Fitnessraum sorgten für ihre gute Figur, sie hatte schulterlanges, blondes Haar und blaue, fast violette Augen. Wenn alles gut ging, würde sie in zwei Monaten ihre Abschlussprüfung an der Academy ablegen.

»Wenn Sie irgendwann einmal mit uns laufen wollen, Dr. Scarpetta, würden wir uns sehr freuen«, wiederholte Janet freundlich ihre Einladung.

»Das ist sehr nett von euch.« Ich lächelte. »Und es schmeichelt mir, dass ihr glaubt, ich könnte mit euch mithalten.«

»Selbstverständlich können Sie das.«

»Nein, das kann sie nicht.« Lucy trank ihr Gatorade aus und stellte die leere Flasche auf den Tisch. »Sie hasst Laufen. Wenn sie läuft, hat sie nur negative Gedanken.«

Nachdem sie gegangen waren, wusch ich mir im Bad das Gesicht und starrte in den Spiegel. Mein blondes Haar schien grauer als am Morgen, und auch der Schnitt war irgendwie nicht mehr gut. Ich hatte kein Make-up aufgetragen, und meine Haut sah aus, als ob sie gerade aus dem Wäschetrockner käme und gebügelt werden müsste. Lucy und Janet waren mädchenhaft, glatthäutig und intelligent, als fände die Natur nur daran Gefallen, die Jungen zu formen und auf Hochglanz zu bringen. Ich putzte mir noch einmal die Zähne, und dabei fiel mir Jane ein.

Benton Wesleys Abteilung hatte viele Male den Namen gewechselt und war jetzt dem Hostage Rescue Team zugeordnet. Die Räume lagen zwanzig Meter unter der Academy in einem fensterlosen Areal, das einst Hoovers Bombenbunker gewesen war. Ich fand Wesley in seinem Zimmer. Er telefonierte und warf mir einen Blick zu, während er in einer dicken Akte blätterte.

Vor ihm lagen Fotos, noch von seiner letzten Besprechung, die nichts mit Gault zu tun hatte. Das Opfer war ein Mann, auf den in einem Motelzimmer in Florida hundertzweiundzwanzigmal eingestochen worden war. Er war mit einer Binde erwürgt worden, seine Leiche lag mit dem Gesicht nach unten auf dem Bett.

»Es handelt sich um ein Verbrechen mit einer bestimmten Handschrift. Der offensichtliche Overkill und die ungewöhnliche Art, ihn zu fesseln«, sagte Wesley. »Genau. Eine Schlinge um jedes Handgelenk, wie Handschellen.«

Ich setzte mich. Wesley hatte eine Lesebrille auf und fuhr sich mit den Fingern durchs Haar. Er wirkte erschöpft. Ich blickte zu den schönen Ölgemälden an den Wänden und zu den signierten Büchern in den Glasschränken. Schriftsteller und Drehbuchautoren nahmen oft Kontakt zu ihm auf, aber er prahlte nicht mit seinen Verbindungen zu berühmten Menschen. Er hielt so etwas für peinlich und geschmacklos. Und wenn es ausschließlich nach ihm ginge, würde er vermutlich mit niemandem reden.

»Ja, es ist eine fürchterlich blutige Art, jemanden umzubringen, gelinde gesagt. Das gilt auch für die früheren Morde. Es geht hier um Dominanz, um ein wütendes Ritual.«

Ich bemerkte mehrere hellblaue FBI-Handbücher von der ERF auf seinem Schreibtisch. Eines davon war das Handbuch für CAIN, das Lucy mitverfasst hatte, und an vielen Stellen steckten Büroklammern. Ich fragte mich, ob sie von ihr oder von ihm stammten, und ich beantwortete die Frage intuitiv, und das Herz wurde mir schwer. Wie immer, wenn Lucy in Schwierigkeiten war.

»Das hat sein Gefühl für Dominanz bedroht.« Wesley sah mich an. »Ja, die Reaktion ist immer Wut. Bei so einem wie ihm immer.«

Er trug eine schwarze Krawatte mit blassgoldenen Streifen und wie üblich ein gestärktes weißes Hemd. Dazu Manschettenknöpfe mit den Insignien des Justizministeriums, seinen Ehering und eine schlichte goldene Uhr an einem schwarzen Lederband, die Connie ihm zu ihrem fünfundzwanzigsten Hochzeitstag geschenkt hatte. Er und seine Frau stammten aus wohlhabenden Familien, und die Wesleys lebten gut, auf unauffällige Weise.

Er legte auf und nahm seine Brille ab.

»Was ist los?«, fragte ich und hasste es, zu spüren, wie seine Gegenwart meinen Puls beschleunigte.

Er sammelte die Fotos ein und schob sie in einen Umschlag. »Ein weiteres Opfer in Florida.«

»In der Gegend von Orlando?«

»Ja. Ich schick dir die Berichte, sobald wir sie haben.«

Ich nickte und wechselte das Thema. »Ich nehme an, du weißt, was in New York passiert ist.«

»Der Pager.«

Ich nickte wieder.

»Leider weiß ich Bescheid.« Er seufzte. »Er verhöhnt uns, zeigt uns seine Verachtung. Spielt seine Spiele mit uns, und es wird schlimmer.«

»Es wird viel schlimmer. Aber wir sollten uns nicht nur auf ihn konzentrieren«, sagte ich.

Er hörte zu, sah mich dabei unverwandt an, seine Hände lagen gefaltet auf der Akte des ermordeten Mannes, über den er gerade am Telefon gesprochen hatte.

»Es wäre nur zu einfach, Gault zur Obsession werden zu lassen und darüber den Rest des Falles zu vergessen. Zum Beispiel erscheint es mir überaus wichtig, diese Frau zu identifizieren, die er im Central Park vermutlich ermordet hat.«

»Ich gehe davon aus, dass das alle für wichtig erachten, Kay.«

»Alle sagen, dass sie es für wichtig halten.« Leiser Ärger schwang in meiner Stimme mit. »Aber tatsächlich will die Polizei, will das FBI Gault dingfest machen, und die obdachlose Frau zu identifizieren hat keine Priorität. Sie ist nur eine weitere mittel- und namenlose Person, die Häftlinge in Potter's Field begraben werden.«

»Offenbar hat sie für dich höchste Priorität.«

»Absolut.«

»Warum?«

»Ich glaube, dass sie uns noch etwas zu sagen hat.«

»Über Gault?«

»Ja.«

»Worauf basiert deine Vermutung?«

»Instinkt«, sagte ich. »Und sie hat Priorität, weil wir moralisch und aufgrund unseres Berufs verpflichtet sind, alles in unserer Macht Stehende für sie zu tun. Sie hat das Recht, mit ihrem Namen beerdigt zu werden.«

»Selbstverständlich hat sie das. Das NYPD, die Transit Police, das FBI – wir alle wollen sie identifizieren.«

Aber ich glaubte ihm nicht. »Letztlich ist sie uns egal«, sagte ich tonlos. »Der Polizei, den Forensikern, deiner Abteilung. Wir wissen, wer sie umgebracht hat, und deshalb ist unwichtig, wer sie ist. So ist es nun mal, wenn die Justiz so sehr von Gewalttaten überschwemmt wird, wie das in New York der Fall ist.

Wesley starrte ins Leere, seine schlanken Finger fuhren über einen Mont-Blanc-Füller. »Leider steckt ein Körnchen Wahrheit in dem, was du sagst.« Er blickte mich wieder an. »Es ist uns gleichgültig, weil wir nicht anders können. Nicht weil wir nicht wollten. Ich will Gault, bevor er wieder mordet. Das ist mir am wichtigsten.«

»Das sollte es auch sein. Aber wir wissen nicht, ob uns die tote Frau nicht dabei helfen kann, ihn zu schnappen. Vielleicht kann sie es.«

Er sah deprimiert aus und hörte sich erschöpft an. »Es scheint, ihre einzige Verbindung zu Gault ist, dass er sie im Museum kennengelernt hat«, sagte er. »Wir haben ihre Habseligkeiten untersucht, und nichts darunter führt uns zu ihm. Meine Frage ist daher: Was können wir von ihr noch erfahren, das uns weiterhilft?«

»Ich weiß es nicht. Aber wenn ich in Virginia unbekannte Gewaltopfer habe, tue ich alles, um sie zu identifizieren. In diesem Fall handelt es sich um New York, aber ich bin involviert, weil ich mit deiner Abteilung zusammenarbeite und du zu den Ermittlungen hinzugezogen wurdest.« Ich sprach voller Überzeugung, als ob hier in diesem Raum Janes bösartigem Mörder der Prozess gemacht würde. »Wenn mir nicht gestattet wird, meine üblichen Standards aufrechtzuerhalten, dann stehe ich dem FBI nicht länger als Beraterin zur Verfügung.«

Wesley hörte sich das alles mit sorgenvoller Ungeduld an. Ich wusste, dass er mehr oder weniger ebenso frustriert war wie ich, aber es gab einen Unterschied. Er war nicht in ärmlichen

Umständen aufgewachsen, und wenn wir uns wirklich stritten, hielt ich ihm das immer vor.

»Wenn sie jemand Wichtiges gewesen wäre«, sagte ich, »dann wäre es niemandem gleichgültig.«

Er schwieg.

»Wenn man arm ist, gibt es keine Gerechtigkeit«, sagte ich, »außer jemand dringt darauf.«

Er starrte mich an.

»Benton, ich tue es.«

»Erklär mir, was du willst«, sagte er.

»Ich will alles, was nötig ist, um herauszufinden, wer sie ist. Ich will, dass du mich dabei unterstützt.«

Er sah mich eine Weile an. Er analysierte. »Warum ausgerechnet bei diesem Opfer?«, fragte er.

»Ich dachte, das hätte ich gerade erklärt.«

»Sei vorsichtig. Pass auf, dass deine Motivation nicht subjektiv ist.«

»Worauf willst du hinaus?«

»Lucy.«

Ich war irritiert.

»Lucy hätte eine ebenso schwere Kopfverletzung davontragen können wie diese Frau«, sagte er. »Lucy war immer schon eine Art Waisenkind, und vor nicht allzu langer Zeit ist sie einfach nach Neuengland verschwunden, und du musstest sie suchen.«

»Du wirfst mir vor, dass ich projiziere.«

»Ich werfe dir nichts vor. Ich gebe dir nur eine Möglichkeit zu bedenken.«

»Ich versuche lediglich, meine Arbeit zu tun«, sagte ich. »Ich habe nicht den Wunsch, psychoanalysiert zu werden.«

»Ich verstehe.« Er hielt inne. »Tu, was immer du tun musst. Ich unterstütze dich dabei, so gut ich kann. Und das wird bestimmt auch Pete tun.«

Dann wandten wir uns dem tückischeren Thema Lucy und CAIN zu, und darüber wollte wiederum Wesley nicht reden. Er stand auf, um Kaffee zu holen, als im Vorzimmer das Telefon klingelte und seine Sekretärin eine weitere Nachricht aufnahm. Das Telefon klingelte seit meiner Ankunft, und ich wusste, dass es immer so war. Wie bei mir. Die Welt war voll verzweifelter Menschen, die unsere Nummern und niemand sonst hatten, den sie anrufen konnten.

»Erzähl mir einfach, was sie deiner Meinung nach getan hat«, sagte ich, als er mit dem Kaffee zurückkam.

Er stellt eine Tasse vor mir ab. »Du redest wie ihre Tante«, sagte er.

»Nein. Im Augenblick rede ich wie ihre Mutter.«

»Mir wäre es lieber, wir würden wie zwei Profis darüber reden.«

»Gut. Mach den Anfang, indem du mich informierst.«

»Die Spionage, die letzten Oktober begann, als in die ERF eingebrochen wurde, geht immer noch weiter«, sagte er. »Irgendjemand hat CAIN geknackt.«

»So viel weiß ich.«

»Wir wissen nicht, wer es ist.«

»Wir nehmen an, dass es Gault ist«, sagte ich.

Wesley griff nach seinem Kaffee. Er sah mir in die Augen. »Ich bin kein Computerfachmann. Aber es gibt da etwas, was du wissen musst.«

Er öffnete eine dünne Akte und nahm ein Blatt Papier heraus. Es handelte sich um einen Computerausdruck.

»Das ist CAINs Benutzerprotokoll für den genauen Zeitpunkt, zu dem die letzte Botschaft an das VICAP-Terminal der New Yorker Transit Police geschickt wurde«, sagte er. »Fällt dir etwas Ungewöhnliches auf?«

Ich dachte an den Ausdruck, den Lucy mir gezeigt hatte, an die Mitteilung betreffs »toter Polizisten«. Ich musste eine Weile die Log-ins und Log-outs, die User-IDs, die Daten und Zeitpunkte studieren, bevor ich das Problem erkannte. Mir wurde angst und bange.

Lucys Benutzer-ID bestand nicht wie üblich aus dem ersten Buchstaben ihres Vornamens und den sieben ersten Buchstaben ihres Nachnamens. Stattdessen nannte sie sich LUCYTALK, und gemäß diesem Protokoll war sie als Superuser eingetragen gewesen, als CAIN die Nachricht nach New York gesandt hatte.

»Hast du mit ihr darüber gesprochen?«, fragte ich Wesley.

»Es wurde mit ihr darüber gesprochen, aber sie war nicht weiter beunruhigt, weil man an dem Ausdruck ablesen kann, dass sie sich den ganzen Tag über immer wieder ein- und ausloggt, manchmal auch noch spät abends.«

»Sie ist beunruhigt. Ungeachtet dessen, was sie zu dir gesagt hat, Benton. Sie meint, dass sie im Sicherheitsstockwerk untergebracht worden ist, damit man sie überwachen kann.«

»Sie wird überwacht.«

»Nur weil sie zu der Zeit, als die Meldung nach New York ging, angemeldet war, heißt das noch lange nicht, dass Lucy sie auch geschickt hat«, beharrte ich.

»Das ist mir klar. Nichts sonst im Protokoll weist darauf hin, dass sie diese Nachricht geschickt hat. Es gibt überhaupt nichts, das darauf hinweist, dass irgendjemand sie geschickt hat.«

»Wer hat dich darauf hingewiesen?«, fragte ich, weil ich wusste, dass Wesley sich die Protokolle nicht routinemäßig ansah.

»Burgess.«

»Dann muss jemand aus der ERF ihn darauf hingewiesen haben.«

»Offensichtlich.«

»Es gibt noch immer Leute dort, die Lucy nicht trauen – wegen des Einbruchs im Herbst.«

Er sah mich unverwandt an. »Dagegen kann ich nichts tun,

Kay. Sie muss sich bewähren. Das können wir ihr nicht abnehmen. Du kannst es ihr nicht abnehmen.«

»Ich versuche nicht, ihr irgendetwas abzunehmen«, sagte ich hitzig. »Ich verlange nur Fairness. Lucy ist nicht schuld daran, dass sich ein Virus in CAIN eingenistet hat. Sie hat ihn nicht installiert. Sie versucht, etwas dagegen zu unternehmen, und ehrlich gesagt, wenn es ihr nicht gelingt, glaube ich nicht, dass es jemand anders gelingen wird. Das ganze System wird zusammenbrechen.«

Er nahm seine Kaffeetasse in die Hand, überlegte es sich anders und stellte sie wieder ab.

»Und ich glaube nicht, dass sie in der Sicherheitsetage untergebracht ist, weil manche Leute meinen, dass sie CAIN sabotiert. Wenn du das wirklich denken würdest, müsste sie ihre Koffer packen. Das letzte, was du tun würdest, wäre, sie hier zu behalten.«

»Nicht unbedingt«, sagte er, aber er konnte mich nicht hinters Licht führen.

»Sag mir die Wahrheit.«

Er überlegte, suchte nach einem Ausweg.

»Du hast Lucy in die Sicherheitsetage geschickt, stimmt's? Nicht Burgess. Und auch nicht wegen der Log-in-Zeiten, die du mir gerade gezeigt hast. Das ist nur ein Vorwand.«

»Nein, für manche nicht. Jemand da drüben hat die rote Karte gezogen und mich gebeten, sie loszuwerden. Ich sagte, es wäre zu früh. Wir müssten sie erst beobachten.«

»Willst du mir erzählen, dass Lucy der Virus ist?«

»Nein.« Er beugte sich nach vorn. »Ich glaube, dass Gault der Virus ist. Und ich will, dass Lucy uns dabei hilft, ihn aufzuspüren.«

Ich sah ihn an, als hätte er gerade eine Pistole gezogen und in die Luft geschossen. »Nein.«

»Kay, hör mir zu …«

»Kommt nicht in Frage. Zieh sie da nicht mit hinein. Verdammt noch mal, sie ist keine FBI-Agentin.«

»Beruhige dich …«

Aber ich ließ ihn nicht zu Wort kommen. »Sie ist eine College-Studentin. Es geht sie nichts an …« Meine Stimme überschlug sich. »Ich kenne sie. Sie wird versuchen, mit ihm zu kommunizieren. Verstehst du denn nicht? Du kennst sie nicht, Benton!«

»Ich glaube doch.«

»Ich werde nicht zulassen, dass du sie so benutzt.«

»Ich will es dir erklären.«

»Du solltest CAIN abschalten.«

»Das kann ich nicht. Es könnte die einzige Spur sein, die uns zu Gault führt.« Er hielt inne, ich starrte ihn wütend an. »Menschenleben stehen auf dem Spiel. Gault wird weiter töten.«

»Genau deswegen will ich nicht, dass Lucy auch nur an ihn denkt«, platzte ich heraus.

Wesley schwieg. Er sah zu der geschlossenen Tür, dann wieder zu mir. »Er weiß, wer sie ist«, sagte er.

»Aber er weiß nicht viel über sie.«

»Wir wissen nicht, wie viel er über sie weiß. Aber zumindest weiß er, wie sie aussieht.«

Ich konnte nicht mehr klar denken. »Woher?«

»Der Einbruch. Als deine American-Express-Karte gestohlen wurde. Hat Lucy es dir nicht erzählt?«

»Was erzählt?«

»Die Dinge, die sie in ihrem Schreibtisch aufbewahrt hat.« Als er sah, dass ich nicht wusste, wovon er sprach, riss er sich abrupt zusammen. Ich spürte, dass ich an Details gerührt hatte, die er mir nicht erzählen würde.

»Was für Dinge?«

»Also, sie hatte einen Brief in ihrem Schreibtisch bei der

ERF – einen Brief von dir. Im Umschlag war auch die Kreditkarte.«

»Das weiß ich.«

»Gut. Ebenfalls in dem Umschlag befand sich ein Foto von dir und Lucy in Miami. Ihr habt offenbar im Garten deiner Mutter gesessen.«

Ich schloss für einen Moment die Augen und holte tief Luft, als er fortfuhr.

»Gault weiß zudem, dass Lucy deine Schwachstelle ist. Ich will nicht, dass er sich auf sie fixiert. Aber was ich dir beizubringen versuche, ist, dass er das wahrscheinlich bereits getan hat. Er ist in eine Welt eingebrochen, in der sie ein Ass ist. Er hat CAIN übernommen.«

»Deswegen hast du sie verlegt«, sagte ich.

Wesley sah mich an und suchte nach einem Weg, mir zu helfen. Ich sah die Qual hinter seiner kühlen Zurückhaltung und spürte seinen schrecklichen Schmerz. Auch er hatte Kinder.

»Du hast sie zu mir in die Sicherheitsetage verlegt«, sagte ich, »weil du Angst hast, dass Gault hinter ihr her ist.«

Er sagte noch immer nichts.

»Ich will, dass sie morgen an die Universität in Charlottesville zurückkehrt«, sagte ich mit einer wilden Entschlossenheit, die ich nicht empfand. Was ich wirklich wollte, war, dass Lucy meine Welt nicht kennenlernte, und dazu war es zu spät.

»Das geht nicht«, sagte er. »Und sie kann auch nicht zu dir nach Richmond. Um die Wahrheit zu sagen, im Moment kann sie nirgendwohin. Hier ist sie am sichersten.«

»Sie kann nicht für den Rest ihres Lebens hier bleiben«, sagte ich.

»Bis wir ihn haben …«

»Vielleicht finden wir ihn nie, Benton!«

Er sah mich aus müden Augen an. »Dann werdet ihr beide vielleicht in unserem Zeugenprogramm enden.«

»Ich werde meine Identität nicht aufgeben. Mein Leben auch nicht. Das wäre kaum besser, als tot zu sein.«

»Doch, es wäre besser«, sagte er ruhig, und ich wusste, dass er getretene Körper, enthauptete Körper, Körper mit Schusswunden vor sich sah.

Ich stand auf. »Was mache ich wegen meiner gestohlenen Kreditkarte?«, fragte ich benommen.

»Lass sie sperren. Ich hatte gehofft, wir bekämen Geld aus Beschlagnahmungen, Drogengeld. Aber dem ist nicht so.« Er hielt inne, als ich ungläubig den Kopf schüttelte. »Es war nicht meine Entscheidung. Du kennst unsere Etatprobleme. Du hast die gleichen.«

»O Gott«, sagte ich. »Ich dachte, du wolltest ihn finden.«

»Es ist nicht sehr wahrscheinlich, dass uns deine Kreditkarte zu ihm führt, durch sie erfahren wir nur, wo er war.«

»Ich kann es nicht fassen.«

»Schieb den Politikern die Schuld in die Schuhe.«

»Ich will nichts von Etatproblemen und Politikern hören«, rief ich.

»Kay, das FBI kann sich kaum mehr die Munition für die Schießanlagen leisten. Und du kennst unsere Personalprobleme. Ich persönlich bearbeite in diesem Augenblick hundertneununddreißig Fälle, jetzt, während wir uns unterhalten. Letzten Monat wurden zwei meiner besten Leute pensioniert. Ich habe noch neun Leute. Neun. Das macht zusammen zehn, die versuchen, die gesamten USA abzudecken, plus die Fälle, die uns aus dem Ausland angetragen werden. Himmel, der einzige Grund, warum wir uns dich leisten können, ist, dass wir dir nichts zahlen.«

»Ich mache den Job nicht wegen des Geldes.«

»Du kannst deine Amex-Karte sperren lassen«, sagte er müde. »Ich an deiner Stelle würde es sofort tun.«

Ich sah ihn lange an, dann ging ich.

10

Lucy war vom Laufen zurück, hatte geduscht und war in der ERF beim Arbeiten, als ich wieder in unsere Suite kam. Das Abendessen wurde in der Cafeteria serviert.

»Ich fahre heute noch nach Richmond zurück«, sagte ich am Telefon zu ihr.

»Ich dachte, du bleibst über Nacht«, sagte sie, und ich hörte Enttäuschung heraus.

»Marino holt mich ab.«

»Wann?«

»Er ist unterwegs. Wir könnten noch zusammen essen, bevor ich aufbreche.«

»Okay. Ich möchte, dass Jan mit uns isst.«

»Gut. Marino wird auch mitessen. Er müsste demnächst hier sein.«

Lucy schwieg.

»Warum setzen wir beide uns erst nicht noch allein zusammen?«, schlug ich vor.

»Hier?«

»Ja. Wenn du mich durch alle Scanner, verschlossenen Türen, Röntgenapparate und hitzegesteuerten Detektoren schleust.«

»Da muss ich die Generalstaatsanwältin anrufen. Sie hasst es, wenn ich sie zu Hause störe.«

»Bin schon unterwegs.«

Die Technische Forschungsabteilung bestand aus drei von Bäumen umgebenen Betonkästen. Um auf den Parkplatz zu gelangen, musste man an einem Wächterhäuschen vorbei, das keine dreißig Meter von dem der Academy entfernt war. Die ERF war die geheimste Abteilung des FBI, die Angestellten mussten ihre Fingerabdrücke in biometrische Schlösser einscannen, bevor sich die Plexiglastüren öffneten. Lucy erwartete mich am Eingang. Es war fast acht Uhr.

»Hallo«, sagte sie.

»Es stehen mindestens ein Dutzend Autos auf dem Parkplatz. Arbeiten die Leute immer so spät?«

»Sie kommen und gehen den ganzen Tag über. Meist sehe ich sie überhaupt nicht.«

Wir gingen durch die große Eingangshalle, an geschlossenen Labortüren vorbei, hinter denen Wissenschaftler und Techniker an Projekten arbeiteten, über die sie nicht sprechen durften. Abgesehen von Lucys Arbeit an CAIN hatte ich nur vage Vorstellungen davon, was hier vor sich ging. Ich wusste lediglich, dass das Ziel aller Projekte darin bestand, FBI-Agenten bei ihren Jobs technisch zu unterstützen, ob es sich um Überwachung, Schusswaffengebrauch, den Einsatz von Robotern bei Unruhen oder darum handelte, sich aus einem fliegenden Helikopter abzuseilen. Dass Gault hier eingebrochen war, war etwa so, als würde er ungehindert in der NASA oder einem Atomkraftwerk herumschlendern. Es war unvorstellbar.

»Benton hat mir von dem Foto erzählt, das in deinem Schreibtisch war«, sagte ich zu Lucy, als wir in einen Aufzug stiegen, um in den zweiten Stock hinaufzufahren.

»Gault wusste bereits, wie du aussiehst, wenn es das ist, was dir Sorgen macht. Er hat dich früher schon gesehen – mindestens zweimal.«

»Mir gefällt nicht, dass er jetzt weiß, wie du aussiehst«, sagte ich.

»Du nimmst an, dass er das Foto hat.«

Wir betraten einen grauen Kaninchenbau, lauter Kabinen mit Computerarbeitsplätzen, Druckern und Papierstapeln. CAIN selbst stand hinter einer Glaswand in einem klimatisierten Raum mit zahllosen Monitoren, Modems und Kilometern von Kabeln unter einem erhöhten Boden.

»Ich muss etwas überprüfen«, sagte Lucy und scannte ihre Fingerabdrücke ein, um die Tür zu CAIN aufzuschließen.

Ich folgte ihr in die kühle spannungsgeladene Atmosphäre, in der unsichtbare Meldungen mit unglaublicher Geschwindigkeit ausgetauscht wurden. Modemlämpchen blinkten rot und grün, und auf einem riesigen Bildschirm verkündeten große leuchtende Buchstaben: CAIN.

»Das Foto war in dem Umschlag zusammen mit der American-Express-Karte, die er jetzt offensichtlich hat«, sagte ich. »Es liegt nahe, dass er auch das Foto hat.«

»Jemand anders könnte es haben.« Sie beobachtete konzentriert ein paar Modems, schaute dann auf die Uhrzeit, die der Bildschirm anzeigte, und notierte etwas. »Das hängt ganz davon ab, wer meinen Schreibtisch durchsucht hat.«

Wir waren immer davon ausgegangen, dass nur Carrie eingebrochen war und mitgenommen hatte, was immer sie wollte. Jetzt war ich mir dessen nicht mehr so sicher.

»Vielleicht war Carrie nicht allein«, sagte ich.

Lucy erwiderte nichts.

»Ich glaube nicht, dass Gault der Gelegenheit widerstehen konnte. Ich glaube, dass er dabei war.«

»Das ist ziemlich riskant, wenn man wegen Mordes gesucht wird.«

»Lucy, es ist ziemlich riskant, überhaupt hier in die ERF einzubrechen.«

Sie machte weiter Notizen, während Farben über den Bildschirm wirbelten und Lichter an- und ausgingen. CAIN war ein Space-Age-Geschöpf mit Tentakeln zu Verbrechensbekämpfungseinheiten hier und im Ausland, sein Gehirn ein beigefarbener Kasten mit zahllosen Knöpfen und Schlitzen. Ich fragte mich, ob er vielleicht verstand, was wir sagten.

»Was sonst könnte noch aus deinem Büro verschwunden sein?«, fragte ich sie. »Vermisst du noch etwas?«

Sie betrachtete das blinkende Lämpchen an einem Modem. Sie schien perplex. Dann sah sie mich an. »Er muss durch eins dieser Dinger reinkommen.«

»Was ist los?«, fragte ich sie verwirrt.

Sie setzte sich vor eine Tastatur, drückte auf die Leertaste, und der Bildschirmschoner verschwand. Sie meldete sich an und begann, UNIX-Befehle zu tippen, die ich nicht verstand. Als nächstes rief sie im Systemsteuerungsmenü das Benutzerprotokoll auf.

»Ich schaue mir das routinemäßig an und überprüfe die Modems«, sagte sie mit Blick auf den Bildschirm. »Wenn die Person nicht hier in diesem Gebäude sitzt und über die Hardware mit CAIN verbunden ist, muss sie sich über das Modem einwählen.«

»Eine andere Möglichkeit gibt es nicht«, sagte ich.

»Hm« – sie atmete tief durch – »theoretisch ist es möglich, mit einem Funkempfänger über die Van-Eck-Strahlung die Tastatureingabe aufzufangen. Sowjetische Agenten haben das vor nicht allzu langer Zeit getan.«

»Aber damit kommt man doch nicht ins System«, sagte ich.

»Man könnte Passwörter und andere Informationen aufschnappen, die einem den Zugang ermöglichen, wenn man die Nummer kennt, mit der man sich einwählt.«

»Aber wurde das nicht alles nach dem Einbruch verändert?«

»Natürlich. Ich habe so gut wie alles geändert, und die Nummer wurde seither ebenfalls mehrmals geändert. Außerdem haben wir Rückrufmodems. Jemand ruft CAIN an, und CAIN ruft zurück, um sicherzugehen, dass der Anrufer befugt ist.« Sie wirkte entmutigt und wütend.

»Wenn man ein Programm mit einem Virus infiziert«, sagte ich in dem Versuch zu helfen, »dann verändert das doch die Größe der Datei, oder? Könnte man auf die Art nicht herausfinden, wo der Virus steckt?«

»Ja, der Umfang der Datei ändert sich. Aber das Problem besteht darin, dass das UNIX-Programm, das Dateien daraufhin überprüft – es heißt *checksum* –, kryptographisch nicht sicher ist. Ich bin überzeugt, dass wer immer den Virus installiert hat, eine *checksum*, das heißt eine Kontrollsumme, hinzugefügt hat, die die Bytes des Virusprogramms zum Verschwinden bringen.«

»Das heißt, der Virus ist unsichtbar.«

Sie nickte zerstreut, und ich wusste, dass sie an Carrie dachte. Dann tippte Lucy ein *who*, um zu sehen, wer angemeldet war. New York war online, ebenso Charlotte und Richmond, und Lucy zeigte mir ihre Modems. Lichter tanzten über die Modemfronten, während Daten über Telefonleitungen übertragen wurden.

»Wir sollten zum Essen gehen«, sagte ich leise zu meiner Nichte.

Sie tippte weitere Befehle. »Ich habe keinen Hunger.«

»Lucy, du darfst nicht zulassen, dass diese Sache dein ganzes Leben bestimmt.«

»Das musst ausgerechnet du sagen.«

Sie hatte recht.

»Krieg ist erklärt worden«, sagte sie. »Es herrscht Krieg.«

»Das ist nicht Carrie«, sagte ich von der Frau, die, wie ich vermutete, mehr als nur eine Freundin gewesen war.

»Es ist egal, wer es ist.« Sie fuhr fort zu tippen.

Aber das stimmte nicht. Carrie Grethen ermordete keine Menschen und verstümmelte keine Leichen. Das tat Temple Gault.

»Vermisst du seit dem Einbruch auch noch andere Dinge?«, versuchte ich es noch einmal.

Sie hielt inne und sah mich mit funkelnden Augen an.

»Ja, wenn du es genau wissen willst. Ich hatte einen großen Umschlag, den ich weder hier noch in meinem Zimmer an der

Uni lassen wollte wegen der vielen Leute, die hier wie dort ein und aus gehen. Es waren persönliche Dinge. Ich dachte, mein Schreibtisch ist der sicherste Ort.«

»Was war in dem Umschlag?«

»Briefe, Notizen, verschiedene Dinge. Einige davon waren von dir, darunter der Brief mit dem Foto und der Kreditkarte. Die meisten waren von ihr.« Sie wurde rot. »Ein paar Karten von Großmutter.«

»Briefe von Carrie?« Ich verstand es nicht. »Warum hat sie dir geschrieben? Ihr wart doch beide hier in Quantico, und vor letztem Herbst habt ihr euch doch gar nicht gekannt.«

»In gewisser Weise haben wir uns schon vorher gekannt«, sagte sie und wurde noch röter.

»Wie das?«, fragte ich erstaunt.

»Wir haben uns über eine Computer-Mailbox, so eine Art schwarzes Brett, kennengelernt, über Prodigy, letzten Sommer. Ich habe alle Ausdrucke von der Post, die wir uns geschickt haben, aufgehoben.«

»Habt ihr es gezielt arrangiert, dass ihr in der ERF zusammenarbeiten könnt?«, fragte ich sie, zunehmend ungläubig.

»Ihre Anstellung beim FBI war schon am Laufen«, antwortete Lucy. »Sie hat mich dazu ermuntert, mich um eine Praktikantenstelle zu bewerben.«

Ich schwieg.

»Wie hätte ich es wissen sollen?«, fragte sie.

»Vermutlich hast du es nicht wissen können. Aber sie hat es arrangiert, Lucy. Sie wollte, dass du hier arbeitest. Das war lange geplant, noch bevor sie dich über Prodigy kennenlernte. Wahrscheinlich kannte sie Gault schon aus diesem Spy Shop in Nord-Virginia, dann beschlossen sie, dass sie dich kennenlernen sollte.«

Sie starrte zornig ins Leere.

»O Gott«, sagte ich und seufzte laut. »Du bist hierhergelockt worden.« Mir war nahezu schlecht. »Und das nicht nur, weil du gut bist. Sondern auch meinetwegen.«

»Versuch nicht, dir die Schuld in die Schuhe zu schieben. Das kann ich nicht ausstehen.«

»Du bist meine Nichte. Gault weiß das wahrscheinlich seit geraumer Zeit.«

»Ich habe einen Namen in der Computerwelt.« Sie sah mich trotzig an. »Computerspezialisten haben von mir gehört. Es ist nicht immer alles deinetwegen.«

»Weiß Benton, wie du Carrie kennengelernt hast?«

»Ich habe es ihm vor langem erzählt.«

»Warum hast du es mir nicht erzählt?«

»Ich wollte es nicht. Es ging mir auch so schon schlecht genug. Es ist persönlich.« Sie sah mich nicht an. »Mr. Wesley und ich haben darüber gesprochen. Und was wichtiger ist, ich habe nichts Unrechtes getan.«

»Willst du damit sagen, dass der große Umschlag seit dem Einbruch verschwunden ist?«

»Ja.«

»Warum sollte ihn jemand an sich nehmen wollen?«

»Sie wollte ihn haben«, sagte sie voll Bitterkeit. »Es waren die Dinge darin, die sie mir geschrieben hatte.«

»Hat sie seitdem versucht, Kontakt zu dir aufzunehmen?«

»Nein«, sagte sie, als hasste sie Carrie Grethen.

»Komm«, sagte ich im entschiedenen Tonfall einer Mutter. »Suchen wir Marino.«

Er war im Aufenthaltsraum, wo ich ein Zima probierte und er sich ein zweites Bier bestellte. Lucy suchte Janet, und so hatten Marino und ich ein paar Minuten für uns.

»Ich verstehe nicht, wie du dieses Zeug trinken kannst«, sagte er und warf einen geringschätzigen Blick auf mein Getränk.

»Ich verstehe auch nicht, wie ich so was trinken kann, weil ich es noch nie probiert habe.« Ich trank einen Schluck. Es schmeckte gut, und das gab ich ihm zu verstehen.

»Vielleicht solltest du es erst mal probieren, bevor du ein Urteil abgibst«, fügte ich hinzu.

»Ich trinke kein Lesbenbier. Ich muss nicht alles probieren, um zu wissen, dass es nichts für mich ist.«

»Einer der wesentlichen Unterschiede zwischen uns besteht darin, dass ich mir nicht ständig Gedanken darüber mache, ob die Leute mich für homosexuell halten.«

»Manche Leute halten dich dafür«, sagte er.

Das amüsierte mich. »Du kannst beruhigt sein, keiner denkt das von dir«, sagte ich. »Die meisten Menschen halten dich allerdings für bigott.«

Marino gähnte, ohne sich die Hand vor den Mund zu halten. Er rauchte und trank Budweiser aus der Flasche. Er hatte dunkle Ringe um die Augen, und obwohl ich über die intimen Details seiner Beziehung zu Molly noch nicht Bescheid wusste, erkannte ich die Symptome von jemandem, der sich der Wollust hingibt. Bisweilen sah er aus, als tue er seit Wochen nichts anderes.

»Geht es dir nicht gut?«, fragte ich ihn.

Er stellte die Flasche ab und blickte sich um. Der Aufenthaltsraum war voll frisch gebackener Agenten und Polizisten, die vor dem Fernseher Bier tranken und Popcorn aßen.

»Ich bin geschafft«, sagte er und wirkte dabei sehr zerstreut.

»Um so dankbarer bin ich, dass du mich abholst.«

»Kneif mich einfach, wenn ich am Steuer einschlafe. Oder noch besser, du fährst. In dem, was du da trinkst, ist wahrscheinlich eh kein Alkohol.«

»O doch, genug. Ich werde nicht fahren, und wenn du so müde bist, sollten wir vielleicht über Nacht hier bleiben.«

Er stand auf, um sich noch ein Bier zu holen. Ich sah ihm

nach. Marino würde heute Abend kein angenehmer Zeitgenosse sein. Ich spürte seine Sturmtiefs besser heraufziehen als jeder Meteorologe.

»Wir haben einen Laborbericht aus New York bekommen, der dich vielleicht interessieren wird«, sagte er, als er sich wieder setzte. »Es geht um Gaults Haare.«

»Die Strähne, die sie im Brunnen gefunden haben?«

»Ja. Und ich kann mich nicht so wissenschaftlich genau ausdrücken, wie du das gern hättest, okay? Da musst du schon selber in New York anrufen. Aber das Wesentliche ist, dass sie Drogen in seinem Haar gefunden haben. Sie sagen, dass er getrunken und Koks genommen haben muss, damit dieser Stoff in seinen Haaren ist.«

»Dann haben sie Cocaäthylen gefunden«, sagte ich.

»Ja, ich glaube, so hieß das Zeug. Sein ganzes Haar ist voll davon, von der Wurzel bis zur Spitze. Das heißt, dass er schon eine ganze Weile trinkt und Drogen nimmt.«

»Man kann nicht mit Sicherheit sagen, wie lange«, sagte ich.

»Der Mann, mit dem ich gesprochen habe, hat gesagt, dass die Haarlänge einem fünfmonatigen Wachstum entspricht.«

»Haare auf Drogen zu testen ist umstritten«, erklärte ich. »Es steht nicht fest, ob Kokainrückstände im Haar nicht auch von äußeren Einflüssen herkommen können. Wie zum Beispiel vom Rauch in Crackhäusern, der vom Haar wie Zigarettenrauch absorbiert wird. Es ist nicht immer einfach, zwischen von außen absorbierten und vom Körper selbst produzierten Stoffen zu unterscheiden.«

»Du meinst, er könnte es auch irgendwo eingefangen haben.« Marino dachte nach.

»Ja, das könnte sein. Aber das schließt nicht aus, dass er nicht auch trinkt und Drogen nimmt. Das muss er. Cocaäthylen wird in der Leber produziert.«

Marino zündete sich nachdenklich eine Zigarette an. »Dass

er sich ständig die Haare färbt, kann das die Werte beeinflussen?«

»Auch das kann die Testergebnisse beeinflussen. Oxidierende Mittel können die Drogen zerstören.«

»Oxidierende Mittel?«

»Wie zum Beispiel in Peroxiden.«

»Dann ist es also möglich, dass etwas von dem Cocaäthylen zerstört wurde. Das kann wiederum bedeuten, dass er mehr Drogen genommen hat, als es den Anschein hat.«

»Könnte sein.«

»Irgendwo muss er an Drogen kommen.« Marino starrte vor sich hin.

»In New York ist das keine große Schwierigkeit.«

»Himmel, das ist nirgendwo ein großes Problem.« Seine Miene wurde immer angespannter.

»Woran denkst du?«, fragte ich ihn.

»Ich werd dir sagen, woran ich denke. Diese Drogensache wirft ein schlechtes Licht auf Jimmy Davila.«

»Warum? Kennen wir die Ergebnisse seiner toxikologischen Untersuchung?«

»Sie sind negativ.« Er hielt inne. »Aber Benny hat angefangen zu singen. Er behauptet, dass Davila gedealt hat.«

»Ich denke, dass man nicht vergessen darf, wer da singt«, sagte ich. »Benny scheint mir keine allzu zuverlässige Quelle.«

»Da hast du recht. Aber einige Personen versuchen, Davila anzuschwärzen. Es geht das Gerücht, dass sie ihm den Mord an Jane anhängen wollen.«

»Das ist ja verrückt«, sagte ich überrascht. »Das ist doch völlig unsinnig.«

»Erinnerst du dich an das Zeug, das unter dem Luna-Lite gelb geschimmert hat?«

»Ja.«

»Das war Kokain.«

»Und ihre toxikologischen Werte?«

»Negativ. Und das ist komisch.« Marino sah frustriert aus. »Außerdem behauptet Benny jetzt, dass es Davila gewesen ist, der ihm den Rucksack gegeben hat.«

»So ein Quatsch«, sagte ich gereizt.

»Ich erzähl's dir doch bloß.«

»Die Haare, die im Brunnen gefunden wurden, stammen nicht von Davila.«

»Wir können nicht nachweisen, wie lange die Haare schon dort waren. Und wir wissen nicht, ob sie von Gault stammen.«

»Die DNA-Analyse wird beweisen, dass sie von Gault stammen«, sagte ich voller Überzeugung. »Und Davila hatte eine .380er und eine .38er. Jane wurde mit einer Glock erschossen.«

»Schau« – Marino beugte sich vor, stützte die Arme auf den Tisch –, »ich will mich nicht mit dir streiten, Doc. Ich erzähle dir nur, dass die Sache nicht gut aussieht. Die New Yorker Politiker wollen, dass der Fall schnell geklärt wird, und eine gute Möglichkeit ist, das Verbrechen einem Toten anzuhängen. Was also tut man? Man macht aus Davila einen Drecksack, und keinem tut er leid. Er ist allen egal.«

»Und Davilas Ermordung?«

»Die bekloppte Ärztin, die am Tatort war, behauptet noch immer, dass es möglicherweise Selbstmord war.«

Ich sah ihn an, als hätte er den Verstand verloren. »Er hat sich selbst gegen den Kopf getreten? Und sich dann erschossen?«

»Er stand aufrecht, als er sich mit seiner eigenen Waffe erschoss, und als er fiel, ist er auf Beton aufgeschlagen oder so ähnlich.«

»Die organischen Reaktionen auf seine Verletzungen belegen, dass er den Tritt zuerst bekam«, sagte ich und wurde wütender. »Und bitte erklär mir, wieso sein Revolver so ordentlich auf seiner Brust lag.«

»Davila ist nicht dein Fall, Doc.« Marino sah mir in die Augen. »Das ist erst einmal das Wichtigste. Du und ich, wir sind beide nur Gäste. Wir wurden nur hinzugebeten.«

»Davila hat sich nicht selbst umgebracht«, sagte ich. »Und Dr. Horowitz wird nicht zulassen, dass so ein Unsinn an die Öffentlichkeit gelangt.«

»Vielleicht wird er das nicht. Vielleicht werden sie einfach bloß behaupten, dass Davila ein dreckiger Drogendealer war, der von einem anderen Dealer umgelegt wurde. Jane landet in einem Fichtenholzsarg in Potter's Field. Ende der Geschichte. Central Park und U-Bahn sind wieder sicher.«

Ich dachte an Commander Penn, und mir wurde unbehaglich. Ich fragte Marino nach ihr.

»Ich weiß nicht, ob sie irgendwas damit zu tun hat. Ich hab nur mit ein paar Polizisten geredet. Sie steckt in der Klemme. Einerseits will sie natürlich nicht, dass die Leute denken, bei ihr arbeiten korrupte Polizisten. Andererseits will sie auch nicht, dass die Öffentlichkeit Angst hat, dass ein durchgeknallter Serienmörder durch die U-Bahn-Tunnel läuft.«

»Ich verstehe.« Ich dachte an den enormen Druck, unter dem sie stehen musste, denn es war Aufgabe ihrer Behörde, die U-Bahn wieder von den Kriminellen zu befreien. Die Stadt New York hatte der Transit Police dafür Millionen von Dollar zur Verfügung gestellt.

»Außerdem«, fuhr er fort, »war es ein verdammter Reporter, der Janes Leiche im Central Park gefunden hat. Und dieser Kerl ist so unnachgiebig wie ein Presslufthammer. Heißt es. Er will den Nobelpreis gewinnen.«

»Den wird er nicht kriegen«, sagte ich gereizt.

»Man kann nie wissen«, sagte Marino, der des Öfteren vorhersagte, wer einen Nobelpreis gewinnen würde. Hätte er je richtig geraten, wäre ich schon mehrmals dran gewesen.

»Ich wünschte, wir wüssten, ob Gault noch in New York ist«, sagte ich.

Marino trank sein Bier aus und blickte auf seine Uhr. »Wo ist Lucy?«, fragte er.

»Sie sucht Janet, soweit ich weiß.«

»Wie ist sie?«

Ich wusste, woran er dachte. »Sie ist eine reizende junge Frau«, sagte ich. »Intelligent, aber schüchtern.«

Er schwieg.

»Marino, sie haben meine Nichte im Sicherheitsstockwerk untergebracht.«

Er wandte sich zur Theke, als wolle er noch ein Bier. »Wer? Benton?«

»Ja.«

»Wegen der Sache mit dem Computer?«

»Ja.«

»Willst du noch ein Zima?«

»Nein, danke. Und du solltest kein Bier mehr trinken. Du fährst. Wahrscheinlich bist du mit einem Polizeiauto hier und hättest nicht einmal ein Bier trinken dürfen.«

»Ich bin mit meinem Auto da.«

Das machte mich nicht gerade glücklich, und das sah er.

»Na gut, es hat nicht einmal einen verdammten Airbag. Tut mir leid, in Ordnung? Aber ein Taxi oder ein Limousinenservice hätte auch keinen.«

»Marino ...«

»Ich werde dir einen riesigen Airbag kaufen. Und du kannst ihn mitnehmen, wo immer du hingehst, wie deinen ganz persönlichen Heißluftballon.«

»Ein Umschlag wurde aus Lucys Schreibtisch beim Einbruch in die ERF gestohlen«, sagte ich.

»Was für ein Umschlag?«

»Ein Umschlag mit persönlicher Korrespondenz.« Ich erzählte ihm von Prodigy, und wie Lucy und Carrie sich kennengelernt hatten.

»Sie kannten sich schon vor Quantico?«, fragte er.

»Ja. Und ich glaube, Lucy meint, dass Carrie ihren Schreibtisch durchsucht hat.«

Marino sah sich um, während er nervös mit der leeren Bierflasche kleine Kreise auf dem Tisch zog.

»Sie beschäftigt sich zwanghaft mit Carrie und kann an nichts anderes denken«, fuhr ich fort. »Ich mache mir Sorgen.«

»Wo hält sich Carrie dieser Tage auf?«, fragte er.

»Ich habe keinen blassen Schimmer.«

Weil ihr nicht nachgewiesen werden konnte, dass sie an dem Einbruch in die ERF beteiligt gewesen war oder FBI-Eigentum gestohlen hatte, war sie zwar gefeuert, aber nicht strafrechtlich verfolgt worden. Carrie hatte nicht ins Gefängnis gemusst, nicht für einen Tag.

Marino dachte nach. »Tja, wegen der sollte sich Lucy keine grauen Haare wachsen lassen. Eher schon wegen ihm.«

»Sicher. Seinetwegen bin ich auch beunruhigt.«

»Glaubst du, dass er den Umschlag hat?«

»Das befürchte ich.« Ich spürte eine Hand auf meiner Schulter und drehte mich um.

»Bleiben wir hier, oder gehen wir woanders hin?«, fragte Lucy. Sie trug jetzt eine khakifarbene Hose und eine Denimbluse, auf die das FBI-Logo gestickt war, Wanderstiefel und einen breiten Ledergürtel. Es fehlten bloß noch Mütze und Pistole.

Marino interessierte sich mehr für Janet, die ihr Polohemd hinreißend ausfüllte. »Gut, reden wir darüber, was in dem Umschlag war«, sagte er zu mir, unfähig, den Blick von Janets Busen abzuwenden.

»Aber nicht hier«, sagte ich.

Marino hatte einen großen blauen Ford, den er wesentlich sauberer hielt als seinen Dienstwagen. Er hatte CB-Funk und ein Gewehrfach, und abgesehen von Zigarettenkippen im Aschenbecher lag kein Abfall herum. Ich saß vorn, wo am

Rückspiegel baumelnde Duftkissen die Dunkelheit mit kräftigem Kiefernduft erfüllten.

»Erzähl mir haarklein, was in dem Umschlag war«, sagte Marino zu Lucy, die mit ihrer Freundin hinten saß.

»Ich kann es nicht *haarklein* erzählen«, sagte Lucy, rutschte vor und legte eine Hand auf meine Lehne.

Marino fuhr langsam an dem Wächterhäuschen vorbei und legte einen höheren Gang ein, als sein Wagen lautstark zum Leben erwachte.

»Denk nach«, sagte er.

Janet redete leise auf Lucy ein, und eine Weile unterhielten sie sich flüsternd. Die schmale Straße war stockfinster, auf den Schießständen war es ungewöhnlich still. Ich war noch nie mit Marinos Wagen gefahren, und er schien mir ein unübersehbares Symbol für seinen männlichen Stolz.

»Es waren ein paar Briefe von Großmutter, Tante Kay und E-Mail von Prodigy«, sagte Lucy schließlich.

»Von Carrie, meinst du«, sagte Marino.

Sie zögerte. »Ja.«

»Was sonst noch?«

»Geburtstagskarten.«

»Von wem?«

»Von denselben Leuten.«

»Nichts von deiner Mutter?«

»Nein.«

»Von deinem Vater?«

»Ich habe nichts von ihm.«

»Ihr Vater starb, als sie noch ein kleines Kind war«, erinnerte ich Marino.

»Wenn du Lucy geschrieben hast, hast du da deine Adresse angegeben?«, fragte er mich.

»Ja. Sie steht auf meinem Briefpapier.«

»Ein Postfach?«

»Nein. Meine persönliche Post kommt zu mir nach Hause. Alles andere ins Büro.«

»Was willst du herausfinden?«, fragte Lucy mit einer Spur Unmut in der Stimme.

»Okay«, sagte Marino, während er durch die dunkle Landschaft fuhr, »ich sag euch jetzt, was unser Dieb bislang weiß. Er weiß, wo du studierst, wo deine Tante Kay in Richmond und deine Großmutter in Florida lebt. Er weiß, wie du aussiehst und wann du geboren wurdest. Außerdem weiß er von deiner Freundschaft mit Carrie aufgrund der E-Mail.« Er blickte in den Rückspiegel. »Und das ist das Mindeste, was diese Kröte von dir weiß. Ich habe die Briefe und anderen Sachen nicht gelesen und weiß nicht, was er noch in Erfahrung gebracht haben könnte.«

»Sie wusste das meiste«, sagte Lucy ärgerlich.

»*Sie?*«, fragte Marino anzüglich.

Lucy schwieg.

Janet sprach leise mit ihr. »Lucy, du musst drüber wegkommen. Du musst.«

»Was sonst noch?«, fragte Marino meine Nichte. »Versuch, dich an die kleinsten Dinge zu erinnern. Was war noch in dem Umschlag?«

»Ein paar Autogramme und alte Münzen. Dinge aus meiner Kindheit. Dinge, die außer für mich für niemanden einen Wert haben. Wie eine Muschel, die ich am Strand gefunden habe, als ich als Kind mit Tante Kay spazieren gegangen bin.«

Sie dachte nach. »Mein Pass. Und zwei Arbeiten, die ich in der High School geschrieben habe.«

Der Schmerz in ihrer Stimme tat mir in der Seele weh, und am liebsten hätte ich sie in den Arm genommen. Aber wenn Lucy traurig war, stieß sie jeden von sich fort. Sie war eine Kämpferin.

»Warum hast du die in dem Umschlag aufgehoben?«, fragte Marino.

»Irgendwo musste ich sie doch aufheben«, fuhr sie ihn an. »Es waren meine Sachen, okay? Und wenn ich sie in Miami gelassen hätte, dann hätte meine Mutter sie weggeworfen.«

»Die Arbeiten, die du in der High School geschrieben hast«, sagte ich. »Worüber waren die?«

»Tja, das klingt jetzt wie eine Ironie des Schicksals. Eine der Arbeiten war eine praktische Anleitung zur Erhöhung der Sicherheit von UNIX. Vor allem über Passwörter, die Chiffrierungs-Subroutinen in C-Bibliotheken …«

»Worüber war die andere Arbeit?«, unterbrach Marino sie. »Gehirnchirurgie?«

»Woher weißt du das?«, antwortete sie schlagfertig.

»Worüber war sie?«, fragte ich.

»Wordsworth«, sagte sie.

Wir aßen bei Globe and Laurel, und während ich die Highland-Plaids, Polizeiabzeichen und Bierkrüge betrachtete, die über der Bar hingen, dachte ich unwillkürlich über mein Leben nach. Mark und ich hatten oft hier gegessen, und dann explodierte in London neben ihm eine Bombe auf der Straße. Wesley und ich waren oft hierher gekommen. Dann lernten wir uns besser kennen und ließen uns kaum mehr zusammen in der Öffentlichkeit sehen.

Wir aßen alle französische Zwiebelsuppe und Tenderloin-Steak. Janet war wie üblich schweigsam, und Marino starrte sie unablässig an und versuchte, sie zu provozieren. Lucy wurde immer wütender auf ihn, und mich überraschte sein Verhalten. Er war kein Dummkopf. Er wusste, was er tat.

»Tante Kay«, sagte Lucy, »ich möchte das Wochenende bei dir verbringen.«

»In Richmond?«, fragte ich.

»Du lebst noch dort, oder?« Sie lächelte nicht.

Ich zögerte. »Ich glaube, im Augenblick ist es am besten, du bleibst, wo du bist.«

»Ich bin kein Häftling. Ich kann tun und lassen, was ich will.«

»Natürlich bist du kein Häftling. Ich werde mit Benton darüber sprechen, okay?«

Sie sagte nichts mehr.

»Sagen Sie mir, was Sie von der SIG-9 halten«, sagte Marino zu Janets Busen.

Sie blickte ihm furchtlos in die Augen. »Da ist mir ein Colt Python mit einem Achtzehn-Zentimeter-Rohr lieber. Ihnen nicht?«

Die Atmosphäre verschlechterte sich zunehmend, und die Fahrt zurück zur Academy verbrachten alle in angespanntem Schweigen, bis auf Marino, der unerbittlich versuchte, Janet in ein Gespräch zu verwickeln. Nachdem wir Lucy und sie abgesetzt hatten, wandte ich mich zu ihm und explodierte.

»Um Himmels willen, was ist bloß in dich gefahren?«

»Ich weiß nicht, wovon du sprichst.«

»Du warst ekelhaft. Einfach ekelhaft. Und du weißt genau, wovon ich spreche.«

Er raste durch die Dunkelheit auf der J. Edgar Hoover Road, fuhr auf die Autobahn zu und suchte nach einer Zigarette.

»Janet wird nie wieder etwas mit dir zu tun haben wollen«, fuhr ich fort. »Und ich kann nur zu gut verstehen, wenn auch Lucy dich in Zukunft meiden wird. Und das ist eine Schande. Ihr beide wart Freunde geworden.«

»Nur weil ich ihr Schießunterricht gegeben habe, sind wir noch lange keine Freunde«, sagte er. »Wenn du mich fragst, ist sie eine verwöhnte Ratte und eine Klugscheißerin. Ganz zu schweigen davon, dass sie nicht mein Typ ist und ich überhaupt nicht verstehe, warum du sie die Dinge tun lässt, die sie tut.«

»Was für *Dinge*?«, fragte ich und ärgerte mich noch mehr über ihn.

»Hatte sie jemals was mit einem Kerl?« Er blickte zu mir. »Ich meine, nur ein einziges Mal?«

»Ihr Privatleben geht dich nichts an«, erwiderte ich. »Es hat keinerlei Relevanz für dein Benehmen heute Abend.«

»Quatsch. Wenn Carrie nicht Lucys Freundin gewesen wäre, dann wäre wahrscheinlich nie in die ERF eingebrochen worden, und Gault würde nicht in unserem Computer herumspazieren.«

»Das ist eine absolut lächerliche, völlig unbegründete Behauptung. Ich denke, dass Carrie ihre Mission durchgeführt hätte, gleichgültig, ob Lucy Teil des Szenarios war oder nicht.«

»Ich sage dir«, er blies Rauch aus dem einen Spaltbreit heruntergekurbelten Fenster, »Lesben ruinieren diesen Planeten.«

»Gott steh mir bei. Du klingst wie meine Schwester.«

»Ich denke, du solltest Lucy irgendwo hinschicken, wo man ihr helfen kann.«

»Marino, hör sofort auf. Deine Anschauungen zeugen von absoluter Ignoranz. Sie sind indiskutabel. Meiner Nichte gefallen Frauen besser als Männer. Was ist daran für dich so bedrohlich?«

»Es ist überhaupt nicht bedrohlich. Es ist nur unnatürlich.« Er warf die Zigarettenkippe aus dem Fenster, ein winziges Geschoss, das in der Nacht verglühte. »Aber es ist nicht so, dass ich es nicht verstehe. Es ist eine bekannte Tatsache, dass eine Menge Frauen lesbisch werden, weil sie nichts Besseres finden.«

»Ich verstehe. Eine bekannte Tatsache. Gilt das auch für Lucy und Janet?«

»Deswegen denke ich, dass sie Hilfe brauchen. Weil es noch Hoffnung für sie gibt. Die könnten doch an jedem Finger zehn Kerle haben. Besonders Janet, so wie die gebaut ist. Wenn ich nicht so viel zu tun hätte, würde ich mal mit ihr ausgehen.«

»Marino«, sagte ich. Ich war todmüde. »Lass sie in Ruhe. Du setzt alles daran, dass man dich nicht mag und dich brüskiert.

Du setzt alles daran, dich zum Idioten zu machen. Die Janets dieser Welt werden nicht mit dir ausgehen.«

»Pech für sie. Wenn sie nur die richtigen Erfahrungen machen würde, dann würde sie vielleicht wieder richtig herum werden. Was Frauen miteinander tun, ist in meinen Augen nicht das Wahre. Sie haben ja keine Ahnung, was sie versäumen.«

Der Gedanke, dass Marino sich als Experten für die sexuellen Wünsche von Frauen betrachtete, war so absurd, dass ich meinen Zorn vergaß. Ich musste laut lachen.

»Ich mag Lucy, okay?«, fuhr er fort. »Ich fühle wie ein Onkel für sie. Ihr Problem ist, dass sie nie unter Männern war. Ihr Vater ist gestorben. Du bist geschieden. Sie hat keine Brüder, und ihre Mutter geht mit irgendwelchen Trotteln ins Bett.«

»Das ist richtig«, sagte ich. »Ich wünschte, Lucy hätte einen positiven männlichen Einfluss erlebt.«

»Ich garantiere dir, wenn sie den gehabt hätte, wäre sie nicht schwul geworden.«

»Das ist ein unschönes Wort. Und wir wissen nicht wirklich, warum die Menschen werden, wie sie werden.«

»Erklär's mir. Erklär mir, was schiefgelaufen ist.«

»Zuerst einmal sage ich nicht, dass überhaupt etwas schiefgelaufen ist. Vielleicht spielt bei der sexuellen Orientierung ein genetischer Faktor eine Rolle. Vielleicht auch nicht. Aber entscheidend ist, dass es egal ist.«

»Es ist dir also gleichgültig.«

Ich dachte kurz darüber nach. »Es ist mir nicht gleichgültig, weil es eine schwierigere Art zu leben ist«, sagte ich.

»Und das ist alles?«, sagte er skeptisch. »Ich meine, es wäre dir nicht lieber, wenn sie mit einem Mann zusammen wäre?«

Wieder zögerte ich. »Ich glaube, im Augenblick will ich nur, dass sie mit guten Menschen zusammen ist.«

Er fuhr eine Weile schweigend. »Tut mir leid wegen heute

Abend. Ich weiß, dass ich mich wie ein Idiot benommen habe.«

»Es ist nett, dass du dich entschuldigst«, sagte ich.

»Tja, um der Wahrheit die Ehre zu geben, im Moment stehen die Dinge für mich persönlich nicht zum besten. Mit Molly und mir lief alles prima, bis ungefähr vor einer Woche Doris angerufen hat.«

Ich war nicht sonderlich überrascht. Abgelegte Ehegatten und Liebhaber haben so ihre Art, unvermutet wieder auf der Bildfläche zu erscheinen.

»Scheint so, als hätte sie von Molly erfahren, weil Rocky irgendwas gesagt hat. Jetzt will sie plötzlich wieder zu mir zurück. Will wieder mit mir zusammenleben.«

Als Doris ihn verlassen hatte, war Marino am Boden zerstört gewesen. Aber zu jenem Zeitpunkt in meinem Leben glaubte ich zynischerweise nicht, dass zerbrochene Beziehungen wie gebrochene Knochen wieder zusammengeflickt und geheilt werden können. Er zündete sich erneut eine Zigarette an. Ein Auto überholte uns. Ein anderes fuhr nahe auf, blendete uns mit seinen Scheinwerfern.

»Molly war nicht gerade glücklich«, fuhr er unter Mühen fort. »Tatsache ist, dass wir uns seither nicht mehr so recht verstehen. Und es war nur gut, dass wir Weihnachten nicht zusammen verbracht haben. Außerdem glaube ich, dass es jemand anderen gibt. Dieser Sergeant, den sie kennengelernt hat. Tja, wer hätte das gedacht. Ich hab sie einander vorgestellt.«

»Das tut mir wirklich leid.« Ich sah zu ihm hinüber und dachte, dass er gleich in Tränen ausbrechen würde. »Liebst du Doris immer noch?«, fragte ich leise.

»Himmel, woher soll ich das wissen? Ich weiß es nicht. Frauen könnten genauso gut von einem anderen Planeten stammen. Verstehst du? So wie heute Abend. Ich mache alles falsch.«

»Das stimmt nicht. Wir sind jetzt seit Jahren Freunde. Da musst du irgendwas richtig machen.«

»Du bist die einzige Frau, mit der ich befreundet bin«, sagte er. »Aber du bist auch wie ein Kerl.«

»Vielen Dank.«

»Ich kann mit dir wie mit einem Mann reden. Und du weißt, was du tust. Du hast Karriere gemacht, nicht etwa weil du eine Frau bist. Verdammt noch mal« – er blinzelte in den Rückspiegel, rückte ihn zurecht, damit die Scheinwerfer nicht mehr so blendeten –, »du hast Karriere gemacht, obwohl du eine Frau bist.«

Wieder blickte er in den Spiegel. Ich wandte mich um. Ein Wagen berührte beinahe unsere Stoßstange, die hohen Scheinwerfer blendeten. Wir fuhren hundertzehn Stundenkilometer.

»Das ist merkwürdig«, sagte ich. »Er hat doch genug Platz, um uns zu überholen.«

Es herrschte kaum Verkehr. Es gab keinen Grund, warum jemand so nah auffahren sollte, und ich dachte an den Unfall im letzten Herbst, als Lucy meinen Mercedes zu Schrott gefahren hatte. Auch ihr hatte sich jemand an die Stoßstange gehängt. Ich hatte plötzlich Angst.

»Kannst du sehen, was für ein Auto es ist?«, fragte ich.

»Sieht aus wie ein Z. Vielleicht ein alter 280Z, irgend so was.«

Er griff unter den Mantel, zog seine Pistole aus dem Holster, legte sie in seinen Schoß, ohne den Blick vom Spiegel zu nehmen. Ich drehte mich wieder um und sah die dunkle Form eines Männerkopfes. Der Fahrer starrte uns unverwandt an.

»Okay«, knurrte Marino. »Mir reicht's.« Und er trat kräftig auf die Bremse.

Der Wagen schoss laut hupend an uns vorbei. Es war ein Porsche, und der Fahrer war schwarz.

»Hast du noch immer diesen Konföderierten-Aufkleber auf

der Stoßstange?«, fragte ich Marino. »Der aufleuchtet, wenn Scheinwerfer ihn anstrahlen?«

»Ja, habe ich.« Er steckte die Pistole zurück ins Holster.

»Vielleicht solltest du ihn entfernen.«

Wir sahen nur noch die winzigen Rücklichter des Porsche. Ich dachte an Chief Tucker, der Marino zu einem Kurs in multikultureller Toleranz schicken wollte. Ich war mir nicht sicher, ob es etwas nützen würde, wenn Marino den Rest seines Lebens in diesem Kurs verbrächte.

»Morgen ist Donnerstag«, sagte er. »Ich muss aufs Revier, mich erkundigen, ob noch irgendjemand weiß, dass ich dort arbeite.«

»Was ist mit Sheriff Santa?«

»Nächste Woche findet eine erste Anhörung statt.«

»Er sitzt im Gefängnis, oder?«

»Nein. Er wurde gegen Kaution freigelassen. Wann musst du als Geschworene antreten?«

»Am Montag.«

»Vielleicht kannst du dich davor drücken.«

»Das kann ich nicht machen«, sagte ich. »Es würde nur ein Mordsgeschrei geben, und wenn nicht, wäre es trotzdem scheinheilig. Schließlich liegt mir etwas an Gerechtigkeit.«

»Meinst du, ich sollte mich mit Doris treffen?« Wir waren jetzt in Richmond, die Skyline des Zentrums ragte vor uns auf.

Ich betrachtete sein Profil, das sich lichtende Haar, die großen Ohren und das Gesicht, die breiten Hände, unter denen das Lenkrad nahezu verschwand. An das Leben vor Doris konnte er sich nicht mehr erinnern. Ihr Verhältnis hatte vor langer Zeit das Feuer erotischer Leidenschaft verloren und war auf eine Umlaufbahn unverfänglicher, aber langweiliger Stabilität eingeschwenkt. Ich glaubte, dass sie sich getrennt hatten, weil sie Angst davor hatten, alt zu werden.

»Ich denke, du solltest dich mit ihr treffen«, sagte ich.

»Ich soll also nach New Jersey fahren?«

»Nein«, sagte ich. »Doris hat dich verlassen. Sie soll herkommen.«

11

Windsor Farms war dunkel, als wir von der Cary Street einbogen, und Marino wollte nicht, dass ich allein ins Haus ging. Er starrte auf die geschlossene, von seinen Scheinwerfern angestrahlte Garagentür.

»Hast du die Fernbedienung da?«, fragte er.

»Sie ist in meinem Wagen.«

»Da gehört sie auch hin, vor allem wenn dein Wagen in der Garage steht und die Tür zu ist.«

»Wenn du mich, wie ich es wollte, vor dem Haus rausgelassen hättest, könnte ich jetzt die Haustür aufschließen«, sagte ich.

»Nein. Du gehst den langen Weg nicht mehr allein, Doc.« Er klang autoritär, und ich wusste, dass es keinen Sinn hatte, mit ihm zu diskutieren, wenn er diesen Ton anschlug.

Ich gab ihm meine Schlüssel. »Du gehst durch die Haustür rein und machst die Garagentür auf. Ich warte hier.«

Er öffnete seine Tür. »Zwischen den Sitzen steckt eine Flinte.«

Er zeigte mir eine schwarze Benelli Kaliber zwölf mit einem um acht Schuss erweiterten Magazin. Mir fiel ein, dass Benelli, ein italienischer Waffenfabrikant, auch der Name war, den Gault auf seinem gefälschten Führerschein benutzt hatte.

»Hier ist der Abzugbügel.« Marino zeigte es mir. »Du musst nur hier drücken, durchziehen und schießen.«

»Sind hier Unruhen angesagt, von denen ich nichts weiß?«

Er stieg aus und verriegelte die Türen.

Ich kurbelte das Fenster herunter. »Es wäre hilfreich, wenn du den Code meiner Alarmanlage wüsstest«, sagte ich.

»Ich kenne ihn.« Er ging über den gefrorenen Rasen. »Er lautet DOC.«

»Woher weißt du das?«, fragte ich ihn.

»Du bist berechenbar«, hörte ich ihn noch sagen, bevor er um die Ecke verschwand.

Ein paar Minuten später ging die Garagentür auf, das Licht wurde angeschaltet. Ordentlich an der Wand aufgereiht standen Gartengeräte, ein Fahrrad, das ich nur selten benutzte, stand da und mein Wagen. Ich konnte meinen neuen Mercedes nicht ansehen, ohne an den alten zu denken, den Lucy auf dem Gewissen hatte.

Mein früherer 500 E war elegant und schnell gewesen, mit einem Motor, der teilweise von Porsche entworfen war. Jetzt hatte ich einfach einen großen Wagen. Einen schwarzen S 500, der es wahrscheinlich gerade noch mit einem Sattelschlepper oder einem Traktor aufnehmen konnte. Marino stand neben meinem Auto und sah mich an, als wünschte er, ich würde mich beeilen. Ich hupte, um ihn daran zu erinnern, dass er mich eingeschlossen hatte.

»Warum schließen mich die Leute dauernd in ihren Autos ein?«, fragte ich, als er mich herausließ. »Heute Mittag der Taxifahrer und jetzt du.«

»Weil nichts mehr sicher ist, wenn du frei herumläufst. Ich werde mich im Haus umsehen, bevor ich gehe«, sagte er.

»Das ist nicht nötig.«

»Ich frage dich nicht um Erlaubnis. Ich habe dir nur mitgeteilt, was ich tun werde«, sagte er.

»Na gut. Nur zu.«

Er folgte mir ins Haus, und ich ging direkt ins Wohnzimmer und stellte das Gasfeuer im Kamin an. Als Nächstes holte ich meine Post und ein paar Zeitungen, die mein Nachbar hatte liegen lassen. Jeder, der mein schönes Backsteinhaus betrachtet hätte, wäre zu dem Schluss gekommen, dass ich über Weihnachten verreist war.

Zurück im Wohnzimmer, blickte ich mich gewissenhaft um,

ob irgendetwas auch nur geringfügig verändert war. Ich fragte mich, ob jemand mit dem Gedanken gespielt hatte, bei mir einzubrechen. Ich fragte mich, ob Augen hierhin und dorthin geschaut hatten, ob dunkle Gedanken mein Haus in Besitz genommen hatten.

Die Gegend, in der ich wohnte, war eine der wohlhabendsten in Richmond, und selbstverständlich hatte es Probleme gegeben, vor allem mit Zigeunern, die dazu neigten, tagsüber, wenn niemand zu Hause war, in die Häuser zu spazieren. Ihretwegen machte ich mir keine Sorgen, denn ich schloss immer ab und schaltete meine Alarmanlage nie aus. Ich fürchtete eine besondere Spezies Verbrecher, und die war nicht so sehr an meinen Besitztümern interessiert als vielmehr daran, wer und was ich war. Ich bewahrte meine Schusswaffen überall im Haus an Orten auf, wo sie sofort griffbereit waren.

Ich setzte mich auf die Couch, die Schatten der Flammen züngelten über die Ölgemälde an der Wand. Meine Einrichtung war europäisch modern, und tagsüber war das Haus von Licht erfüllt. Als ich meine Post durchging, stieß ich auf einen rosaroten Umschlag. Er war nicht groß, und es war auch kein besonders gutes Papier, sondern die Art Briefpapier, wie man sie in billigen Kaufhäusern kaufen konnte. Ich hatte früher schon zwei dieser Briefchen erhalten. Der Poststempel war diesmal Charlottesville, 23. Dezember. Ich öffnete den Brief mit einem Skalpell. Die Botschaft war wie die früheren mit schwarzer Tinte geschrieben.

Liebe Dr. Scarpetta, ich hoffe, es wird ein ganz besonderes Weihnachten für Sie! CAIN

Ich legte den Brief vorsichtig auf den Tisch.

»Marino?«, rief ich.

Gault hatte den Brief geschrieben, bevor er Jane umbrachte. Aber die Post arbeitete langsam, ich hatte ihn erst jetzt bekommen.

»Marino!« Ich stand auf.

Ich hörte seine lauten schnellen Schritte auf der Treppe. Er stürmte mit der Pistole in der Hand ins Wohnzimmer.

»Was ist los?« Er atmete schwer, als er sich umsah. »Alles in Ordnung?«

Ich deutete auf das Briefchen. Sein Blick fiel auf den rosaroten Umschlag und das dazu passende Blatt Papier.

»Von wem ist das?«

»Schau's dir an«, sagte ich.

Er setzte sich neben mich, stand aber sofort wieder auf. »Ich werde erst die Alarmanlage wieder einschalten.«

»Gute Idee.«

Er kehrte zurück und setzte sich erneut. »Gib mir zwei Kugelschreiber. Danke.«

Er benutzte die Kugelschreiber, um das Papier nicht mit den Händen auffalten zu müssen und dabei irgendwelche Fingerabdrücke unkenntlich zu machen, die ich noch nicht zerstört hatte. Als er den Text gelesen hatte, studierte er die Handschrift und den Poststempel auf dem Umschlag.

»Ist es das erste Mal, dass du so ein Briefchen kriegst?«, fragte er.

»Nein.«

Er sah mich vorwurfsvoll an. »Und du hast nichts gesagt?«

»Es ist nicht der erste Brief, aber der erste, der mit CAIN unterschrieben ist.«

»Wie waren die anderen unterschrieben?«

»Ich habe bislang nur zwei rosarote Briefe bekommen, und sie waren überhaupt nicht unterschrieben.«

»Hast du sie noch?«

»Nein. Ich habe sie nicht für wichtig gehalten. Der Poststempel war Richmond, und die Botschaften waren seltsam, aber nicht beunruhigend. Ich bekomme häufig sonderbare Post.«

»Hierher?«

»Im Allgemeinen ins Büro. Meine Privatadresse ist nicht eingetragen.«

»Scheiße, Doc!« Marino stand auf und begann, auf und ab zu gehen. »Hat es dich nicht beunruhigt, als solche Briefe an deine nicht eingetragene Privatadresse kamen?«

»Wo ich wohne, ist sicherlich kein Geheimnis. Du weißt doch selbst, wie oft wir die Medien bitten, unsere Häuser nicht zu filmen oder zu fotografieren, und trotzdem tun sie es.«

»Was stand in den anderen Briefen?«

»Wie dieser waren sie kurz. In dem einen wurde ich gefragt, wie es mir geht und ob ich noch immer so hart arbeite. Ich glaube, in dem anderen stand etwas davon, dass er mich vermisst.«

»Dich vermisst?«

Ich versuchte, mich zu erinnern. »So etwas wie: ›Es ist zu lange her. Wir müssen uns wirklich wiedersehen.‹«

»Bist du sicher, dass es dieselbe Person war?« Er blickte auf das rosaroten Briefchen auf dem Tisch.

»Ich glaube, ja. Offenbar kennt Gault meine Adresse – wie du vorhergesagt hast.«

»Wahrscheinlich ist er an deiner Bude vorbeigefahren.« Er blieb stehen und sah mich an. »Ist dir das klar?«

Ich schwieg.

»Ich sage dir, Gault hat sich angesehen, wo du wohnst.« Marino fuhr sich mit den Fingern durchs Haar. »Verstehst du, was ich sage?«

»Das muss gleich morgen früh ins Labor«, sagte ich.

Ich dachte an die ersten beiden Briefe. Wenn sie auch von Gault stammten, hatte er sie in Richmond abgeschickt. Er war hier gewesen.

»Du kannst nicht hier bleiben, Doc.«

»Sie können den Poststempel analysieren. Wenn er die Briefmarke abgeleckt hat, müssen Speichelreste dran sein. Dann können wir eine DNA-Analyse machen.«

»Du kannst nicht hier bleiben«, wiederholte er.

»Natürlich kann ich das.«

»Ich sage, du kannst nicht hier bleiben.«

»Ich muss hier bleiben, Marino«, sagte ich störrisch. »Ich wohne hier.«

Er schüttelte den Kopf. »Nein. Das kommt nicht in Frage. Oder ich ziehe ein.«

Ich liebte Marino heiß und innig, aber der Gedanke, dass er sich hier breit machte, war unerträglich. Ich sah vor mir, wie er sich an meinen Perserteppichen die Schuhe abputzte und feuchte Gläser auf Eibenholz und Mahagoni abstellte. Er würde sich neben den Kamin lümmeln, sich Catchen im Fernsehen ansehen und Budweiser aus der Dose trinken.

»Ich werde augenblicklich Benton anrufen«, fuhr er fort. »Er wird dir das Gleiche sagen.« Er ging zum Telefon.

»Marino, lass Benton aus dem Spiel.«

Er ging zum Kamin, setzte sich auf die Sandsteinplatte, vergrub das Gesicht in den Händen, und als er wieder aufblickte, sah er todmüde aus. »Du weißt, wie's mir gehen wird, wenn dir etwas zustößt?«

»Nicht sehr gut«, sagte ich und fühlte mich unbehaglich.

»Es wird mich umbringen. Das wird es, ich schwör's.«

»Werd nicht sentimental.«

»Ich weiß nicht, was das Wort bedeutet. Aber ich weiß, dass Gault zuerst mich um die Ecke bringen muss, verstehst du?« Er starrte mich an.

Ich spürte, wie mir das Blut ins Gesicht stieg.

»Du weißt sehr gut, dass auch du umgebracht werden kannst. Wie Eddie, wie Susan, wie Jane, wie Jimmy Davila. Gault hat sich auf dich fixiert, verdammt noch mal. Und er ist einer der schlimmsten Killer in diesem Scheißjahrhundert.« Er hielt inne. *»Hörst du mir zu?«*

Ich sah ihm in die Augen. »Ja. Ich höre jedes Wort.«

»Auch um Lucys willen kannst du nicht hierbleiben. Sie darf dich hier auf keinen Fall besuchen. Und wenn dir was passiert, was um Himmels willen soll dann aus ihr werden?«

Ich schloss die Augen. Ich liebte mein Zuhause. Ich hatte so hart dafür gearbeitet. Ich hatte hart gearbeitet und versucht, eine gute Geschäftsfrau zu sein. Was Wesley vorausgesagt hatte, traf ein. Ich konnte mein Leben nur schützen, wenn ich meine Identität und meinen Besitz aufgab.

»Ich soll also irgendwo hinziehen und meine Ersparnisse ausgeben?«, fragte ich. »Ich soll das alles aufgeben?« Ich machte eine Handbewegung durch das Zimmer. »Ich soll diesem Monster so viel Macht zugestehen?«

»Dein Auto kannst du auch nicht mehr fahren«, dachte er laut. »Du musst einen Wagen fahren, den er nicht kennt. Du kannst meinen haben, wenn du willst.«

»Nein, danke«, sagte ich.

Marino blickte beleidigt drein. »Es kostet mich einiges, jemandem meinen Wagen anzubieten. Ich verleihe ihn normalerweise nie.«

»Das ist es nicht. Ich will mein Leben. Ich will, dass Lucy sicher ist. Ich will in meinem Haus wohnen und mit meinem Auto fahren.«

Er stand auf und reichte mir sein Taschentuch.

»Ich weine nicht«, sagte ich.

»Wirst du aber gleich.«

»Nein, werd ich nicht.«

»Willst du was trinken?«

»Scotch.«

»Ich glaub, ich genehmige mir einen kleinen Bourbon.«

»Du darfst nichts trinken. Du musst noch fahren.«

»Nein«, sagte er und ging zur Bar. »Ich kampiere auf deiner Couch.«

Gegen Mitternacht holte ich ihm ein Kissen und eine Decke und machte ihm ein Bett. Er hätte in einem Gästezimmer schlafen können, aber er wollte unten bleiben vor dem auf niedrig gedrehten künstlichen Kaminfeuer.

Ich zog mich zurück und las, bis die Wörter vor meinen Augen verschwammen. Ich war dankbar, dass Marino da war, und konnte mich nicht erinnern, jemals solche Angst gehabt zu haben. Bislang hatte Gault immer bekommen, was er wollte. Bislang war ihm jedes noch so hinterhältige Verbrechen geglückt, das er hatte verüben wollen. Wenn er es sich in den Kopf gesetzt hatte, dass ich starb, würde ich ihm nicht entgehen, glaubte ich. Wenn er wollte, dass Lucy starb, würde auch das geschehen, glaubte ich.

Letzteres war es, wovor ich mich am meisten fürchtete. Ich hatte seine Opfer gesehen. Ich wusste, was er tat. Ich konnte jeden Knochensplitter und jedes Stück herausgeschnittener Haut auflisten. Ich blickte auf die schwarze Neun-Millimeter-Pistole auf meinem Nachtisch, und fragte mich, was ich mich immer fragte. Würde ich rechtzeitig danach greifen? Würde ich mein Leben oder das eines anderen retten? Während ich mich in meinem Schlafzimmer und dem daneben gelegenen Büroraum umsah, wurde mir klar, dass Marino recht hatte. Ich konnte hier nicht allein bleiben.

Während ich noch darüber nachdachte, schlief ich ein und hatte einen beunruhigenden Traum. Aus einem antiken Spiegel grinste mich eine Gestalt in einem langen schwarzen Gewand, mit einem Gesicht wie ein weißer Ballon, dumm an. Jedes Mal, wenn ich an dem Spiegel vorbeikam, beobachtete mich die Gestalt mit diesem unverschämten Grinsen. Sie war sowohl tot als auch lebendig und schien keinem Geschlecht anzugehören. Um ein Uhr wachte ich plötzlich auf und horchte in der Dunkelheit nach Geräuschen. Ich ging hinunter und hörte Marino schnarchen.

Leise rief ich seinen Namen.

Der Rhythmus seines Schnarchens veränderte sich nicht.

»Marino?«, flüsterte ich, als ich mich ihm näherte.

Er setzte sich auf, suchte nach seiner Waffe.

»Um Gottes willen, erschieß mich nicht.«

»Hm?« Er sah sich um, sein Gesicht blass im Schein des kleinen Feuers. Ihm wurde klar, wo er war, und er legte die Waffe auf den Tisch. »Schleich dich nie wieder so an.«

»Ich bin nicht geschlichen.«

Ich setzte mich neben ihn auf die Couch. Mir ging durch den Kopf, dass ich ein Nachthemd anhatte und er mich noch nie so gesehen hatte, aber es war mir gleichgültig.

»Stimmt irgendwas nicht?«, fragte er.

Ich lachte wehmütig. »Es stimmt so gut wie alles nicht.«

Sein Blick begann zu wandern, und ich spürte, wie er mit sich kämpfte. Ich wusste seit langem, dass Marino ein Interesse an mir hatte, das ich nicht erwiderte. Jetzt war die Situation noch komplizierter, denn ich konnte mich nicht hinter Plastikschürzen, grünen Anzügen, Kostümen und Titeln verstecken. Ich trug ein tief ausgeschnittenes, sandfarbenes Nachthemd aus weichem Flanell. Es war nach Mitternacht, und er schlief in meinem Haus.

»Ich kann nicht schlafen«, sagte ich.

»Ich habe sehr gut geschlafen.« Er legte sich wieder hin, schob die Hände unter den Kopf und ließ mich nicht aus den Augen.

»Nächste Woche muss ich als Geschworene antreten.«

Er schwieg.

»Ich habe zudem mehrere andere Termine vor Gericht und muss mich um mein Institut kümmern. Ich kann nicht einfach packen und aus der Stadt verschwinden.«

»Die Berufung als Geschworene ist kein Problem«, sagte er. »Da kriegen wir dich raus.«

»Das will ich nicht.«

»Du wirst müssen. Kein Anwalt, dem sein Leben lieb ist, will dich als Geschworene haben.«

Ich schwieg.

»Du könntest Urlaub nehmen. Die Prozesse werden ohne dich stattfinden. He, vielleicht kannst du ein paar Wochen Ski laufen gehen. Irgendwo im Westen.«

Je mehr er redete, um so wütender wurde ich.

»Du wirst einen anderen Namen benutzen müssen«, fuhr er fort. »Und du wirst einen Leibwächter brauchen. Ganz allein kannst du nicht zum Skilaufen gehen.«

»Hör zu«, fuhr ich ihn an. »Niemand wird mir einen Agenten stellen, weder das FBI noch sonst jemand. Rechte werden erst geschützt, nachdem sie gebrochen wurden. Die meisten Menschen kriegen keinen Agenten oder Polizisten, bis sie vergewaltigt oder umgebracht wurden.«

»Du kannst jemand anheuern. Er kann dich auch fahren, aber nicht mit deinem Auto.«

»Ich werde niemanden anheuern, und ich bestehe darauf, mit meinem eigenen Auto zu fahren.«

Er dachte eine Weile nach und starrte empor zu der gewölbten Decke. »Seit wann hast du ihn?«

»Noch nicht einmal zwei Monate.«

»Du hast ihn von McGeorge, oder?« Er meinte den Mercedeshändler der Stadt.

»Ja.«

»Ich werde mit ihm sprechen und schauen, ob sie dir nicht etwas, das weniger auffällig ist als dein schwarzes Nazimobil, leihen können.«

Wütend stand ich von der Couch auf und stellte mich neben den Kamin. »Und was soll ich noch aufgeben?«, fragte ich und starrte in die Flammen, die um künstliche Holzscheite züngelten.

Marino schwieg.

»Ich werde nicht zulassen, dass er eine zweite Jane aus mir macht. Es ist, als würde er mich vorbereiten, damit er dasselbe mit mir tun kann wie mit ihr. Er versucht, mir wegzunehmen, was ich habe. Sogar meinen Namen. Ich soll unter anderem Namen auftreten. Ich soll weniger auffällig auftreten. Ich soll nirgendwo wohnen und kein Auto mehr fahren und darf den Leuten nicht sagen, wo sie mich finden. Hotels und private Sicherheitsdienste sind sehr teuer.

Ich werde also alle meine Ersparnisse aufbrauchen. Ich bin der Chief Medical Examiner von Virginia und gehe kaum mehr zur Arbeit. Der Gouverneur wird mich entlassen. Nach und nach werde ich alles verlieren, was ich habe und was ich bin. Wegen Gault.«

Marino sagte noch immer nichts, und mir wurde klar, dass er eingeschlafen war. Eine Träne kullerte über meine Wange, als ich ihm die Decke bis zum Kinn zog und wieder hinaufging.

12

Ich parkte um Viertel nach sieben hinter meinem Büro und blieb eine Weile im Wagen sitzen, starrte auf die Risse im Asphalt, den schmutzigen Verputz und den durchhängenden Maschendrahtzaun des Parkplatzes.

Hinter mir befanden sich die Eisenbahngleise und die Brücke über die Schnellstraße, und daran schloss sich, halb hinter Bretterverschlägen, ein Stadtviertel mit einer extrem hohen Verbrechensrate an. Es gab dort weder Bäume noch Grünanlagen, kaum irgendwo ein Stückchen Rasen. Meine Berufung auf diese Stelle war nie mit dem Angebot einer schönen Aussicht verbunden gewesen, aber im Augenblick war mir das gleichgültig. Ich vermisste mein Büro und meine Mitarbeiter, und alles, worauf mein Blick fiel, wirkte tröstlich.

Im Leichenschauhaus ging ich zuerst ins Aufnahmebüro, um mich über die Fälle zu informieren, die mich an diesem Tag erwarteten. Ein Selbstmord musste untersucht werden, außerdem die Leiche einer achtzigjährigen Frau, die zu Hause an einem nicht behandelten Mammakarzinom gestorben war. Eine ganze Familie war tags zuvor bei einem Verkehrsunfall umgekommen, als ihr Auto von einem Zug überrollt wurde, und mir wurde schwer ums Herz, als ich die Namen las. Ich beschloss, mir die Fälle anzusehen, während ich auf meine Kollegen wartete, und sperrte den Kühlraum und die Türen auf, die in den Autopsieraum führten.

Die drei Tische waren blank poliert, der Kachelboden glänzte. Ich warf einen Blick in das Regal mit den Unterlagen, auf Wagen mit ordentlich aufgereihten Instrumenten und Reagenzgläsern, auf Stahlregale mit Fotoapparaten und Filmmaterial. Im Umkleideraum musterte ich Laken und frisch gestärkte Laborkittel, während ich einen Chirurgenanzug und eine Plastikschürze anzog, dann ging ich in den Korridor zu einem Wagen mit Operationsmasken, Überschuhen und Gesichtsschilden.

Ich streifte Handschuhe über und fuhr mit meiner Inspektion fort, während ich in den Kühlraum ging, um den ersten Fall herauszuholen. Die Leichen lagen, eingeschlossen in schwarze Säcke, auf Rollbahren, die Temperatur betrug vorschriftsgemäß ein Grad, und die Luft war angemessen deodoriert, angesichts der Tatsache, dass wir ein volles Haus hatten. Anhand der Schildchen, die an den Zehen angebracht waren, suchte ich die richtige Leiche und rollte die Bahre hinaus.

Eine Stunde lang würde ich noch allein sein, und ich genoss die Stille. Ich musste nicht einmal die Tür des Autopsieraums abschließen, weil noch keine Gerichtsmediziner den Flur bevölkerten und den Aufzug benutzten. Ich fand keine Unterlagen zu dem Selbstmord und ging noch einmal ins Büro. Sie waren im falschen Fach abgelegt worden. Das eingetragene Datum stimmte um zwei Tage nicht, und die Formblätter waren nicht vollständig ausgefüllt. Die einzigen Informationen, die man daraus entnehmen konnte, waren der Name des Verstorbenen und dass die Leiche letzte Nacht um drei Uhr eingeliefert worden war, und zwar von Sauls, was ungewöhnlich war.

Wir hatten Verträge mit drei Bestattungsunternehmern, die uns die Leichen brachten und sie wieder abholten. Diese drei Institute waren vierundzwanzig Stunden täglich in Bereitschaft, und jeder für uns bestimmte Fall in dieser Gegend Virginias war eigentlich ihre Angelegenheit. Ich verstand nicht, warum dieser Selbstmord von Sauls eingeliefert worden war, mit denen wir keinen Vertrag hatten, und warum der Fahrer nicht unterschrieben hatte. Ich ärgerte mich. Nur ein paar Tage war ich weggewesen, und schon funktionierte nichts mehr, wie es sollte. Ich ging zum Telefon und rief den Wachmann an, dessen Schicht erst in einer halben Stunde endete.

»Hier spricht Dr. Scarpetta«, sagte ich, als er abnahm.

»Ja, Ma'am.«

»Mit wem bitte spreche ich?«

»Evans.«

»Mr. Evans, heute Morgen um drei Uhr wurde ein mutmaßlicher Selbstmörder eingeliefert.«

»Ja, Ma'am, ich habe den Wagen reingelassen.«

»Wer hat ihn gebracht?«

Er zögerte. »Hm, ich glaube, es war Sauls.«

»Wir arbeiten nicht mit Sauls zusammen.«

Er schwieg.

»Kommen Sie bitte zu mir«, sagte ich zu ihm.

Er zögerte wieder. »In die Leichenhalle?«

»Ja.«

Er war nicht begeistert, und ich spürte seinen starken Widerstand. Viele Angestellte, die in diesem Gebäude arbeiteten, mieden die Leichenhalle. Sie wollten nicht in ihre Nähe kommen, und den Wachmann, der es wagte, den Kopf in den Kühlraum zu stecken, musste ich erst noch finden. Viele Wachmänner und die meisten Putztrupps arbeiteten nicht lange für mich.

Während ich auf diesen furchtlosen Mann namens Evans wartete, öffnete ich den Reißverschluss des schwarzen Sacks, der neu wirkte. Der Kopf der Leiche steckte in einer schwarzen Plastikmülltüte, die mit einem Schnürsenkel um seinen Hals gebunden war. Der Mann war mit einem blutgetränkten Schlafanzug bekleidet, trug ein dickes Goldarmband und eine Rolex. Aus der Brusttasche der Schlafanzugjacke ragte etwas hervor, das aussah wie ein kleiner rosaroter Briefumschlag. Ich trat einen Schritt zurück, meine Knie wurden weich.

Ich rannte zu den Türen, schlug sie zu und schob die schweren Riegel vor, während ich in meiner Handtasche nach meinem Revolver kramte. Lippenstift und Haarbürste fielen zu Boden. Ich dachte an den Umkleideraum, an Orte, wo man sich verstecken konnte, während ich mit zitternden Händen die Nummer von Marinos Pager wählte. Je nachdem, wie warm er angezogen war, konnte er sich sogar im Kühlraum verstecken, überlegte ich voller Panik und sah die vielen Bahren mit den schwarzen Leichensäcken vor mir. Ich lief zu der großen Stahltür und ließ das Vorhängeschloss zuschnappen, während ich darauf wartete, dass Marino mich zurückrief.

Fünf Minuten später klingelte das Telefon, gerade als Evans leise an die Tür des Autopsieraums klopfte.

»Einen Augenblick«, rief ich ihm zu. »Bleiben Sie da.« Ich nahm den Telefonhörer ab.

»Ja«, meldete sich Marino.

»Komm sofort her«, sagte ich und versuchte, meine Stimme ruhig zu halten. Den Revolver ließ ich nicht einen Augenblick los.

»Was ist los?« Jetzt klang er beunruhigt.

»Beeil dich!«, sagte ich.

Ich legte auf und wählte den Polizeinotruf an. Dann sprach ich durch die geschlossene Tür mit Evans.

»Die Polizei ist unterwegs«, sagte ich laut.

»Die Polizei?« Er bekam es mit der Angst.

»Wir haben hier ein entsetzliches Problem.« Mein Herz hörte nicht auf zu rasen. »Gehen Sie rauf in das Besprechungszimmer, und warten Sie dort, haben Sie verstanden?«

»Ja, Ma'am. Bin schon unterwegs.«

Ich kletterte auf die an der Wand befestigte Resopalplatte und setzte mich so hin, dass ich alle Türen im Blick hatte und sofort zum Telefon greifen konnte. Ich hielt die Smith & Wesson .38 in der Hand und wünschte, ich hätte meine Browning oder Marinos Benelli. Ich betrachtete den schwarzen Sack auf der Bahre, als ob er sich jeden Augenblick bewegen würde.

Das Telefon klingelte, und ich zuckte zusammen. Ich griff nach dem Hörer.

»Leichenschauhaus.« Meine Stimme zitterte.

Schweigen.

»Hallo?«, fragte ich lauter.

Niemand antwortete.

Ich legte auf, sprang von der Platte, Ärger stieg in mir auf, der sich augenblicklich in maßlose Wut verwandelte. Sie brachte meine Angst zum Verschwinden, so wie Sonne Nebel wegbrennt. Ich entriegelte die Tür zum Korridor und ging noch einmal in das Aufnahmebüro nebenan. Über dem Telefon klebten vier Streifen Tesafilm und abgerissene Papierecken, jemand hatte das Blatt mit der hausinternen Telefonliste weggerissen. Auf dieser Liste standen die Durchwahlnummern für die Leichenhalle und für mein Büro im zweiten Stock.

»Verdammt!«, rief ich. »Verdammt, verdammt, verdammt!«

Es läutete in dem Moment an der Einfahrt, als ich mich fragte, was er sonst noch durchsucht oder mitgenommen hatte. Ich dachte an mein Büro oben und drückte auf einen Knopf in der Wand. Das große Tor schwang auf. Marino, in Uniform, stand mit zwei Polizisten und einem Detective auf der anderen Seite. Sie rannten an mir vorbei in den Autopsieraum, die Holster geöffnet. Ich folgte ihnen und legte meinen Revolver auf die Resopalplatte, weil ich nicht glaubte, dass ich ihn jetzt noch brauchte.

»Was zum Teufel ist hier los?«, fragte Marino, während er ausdruckslos auf die Leiche in dem offenen Sack blickte.

Auch die anderen Männer betrachteten sie, entdeckten nichts Auffälliges. Dann sahen sie zu mir und auf den Revolver, den ich gerade weggelegt hatte.

»Dr. Scarpetta, worin besteht das Problem?«, fragte der Detective, dessen Namen ich nicht kannte.

Ich erzählte ihnen die Geschichte von dem Bestattungsunternehmen, und sie hörten zu, ohne eine Miene zu verziehen.

»Und in der Tasche seiner Schlafanzugjacke steckt ein Umschlag. Welcher ermittelnde Beamte würde so etwas zulassen? Welche Abteilung der Polizei bearbeitet diesen Fall überhaupt? Es wird nirgendwo erwähnt«, sagte ich und wies sie darauf hin, dass die Mülltüte mit einem Schnürsenkel um seinen Hals gebunden war.

»Was steht in dem Brief?«, fragte der Detective, der einen dunklen Mantel mit Gürtel, Cowboystiefel und eine goldene Rolex trug, die mit Sicherheit gefälscht war.

»Ich hab ihn noch nicht angerührt«, sagte ich. »Ich hielt es für klüger zu warten, bis Sie da sind.«

»Wir sehen besser mal nach«, sagte er.

Mit behandschuhten Händen zog ich den Umschlag vorsichtig aus der Tasche, berührte so wenig Papier wie möglich. Ich erschrak, als ich meinen Namen und meine Privatadresse sah, ordentlich mit schwarzer Tinte geschrieben. Zudem klebte eine Briefmarke auf dem Umschlag. Ich trug ihn zu der Platte an der Wand, schlitzte ihn vorsichtig mit einem Skalpell auf und faltete ein Blatt des Briefpapiers auseinander, das mir mittlerweile erschreckend vertraut war. Darauf stand:

HO! HO! HO! CAIN

»Wer ist CAIN?«, fragte ein Polizist, als ich den Schnürsenkel aufknüpfte und die Mülltüte vom Kopf des toten Mannes zog.

»Oh, Scheiße«, sagte der Detective und wich unwillkürlich einen Schritt zurück.

»Herr im Himmel«, rief Marino.

Sheriff Santa war zwischen die Augen geschossen worden, eine Neun-Millimeter-Patronenhülse steckte in seinem linken Ohr. Der Abdruck des Schlagbolzens deutete auf eine Glock. Ich setzte mich auf einen Stuhl und sah mich um. Niemand wusste so recht, was jetzt zu tun war. Nie zuvor war dergleichen passiert. Menschen begingen keine Morde und lieferten die Opfer anschließend im Leichenschauhaus ab.

»Der Wachmann, der Nachtschicht hatte, ist oben«, sagte ich und versuchte, Atem zu schöpfen.

»War er da, als die Leiche eingeliefert wurde?« Marino zündete sich eine Zigarette an, sein Blick schweifte durch den Raum.

»Offenbar.«

»Ich werd raufgehen und mit ihm reden«, sagte Marino, der hier das Sagen hatte, weil wir uns in seinem Bezirk befanden. Er sah seine Beamten an. »Ihr schaut euch hier unten und in der Einfahrt um. Seht genau nach. Gebt eine Fahndungsmeldung raus, ohne dass die Medien es mitkriegen. Gault ist hier gewesen. Vielleicht hält er sich noch in der Gegend auf.« Er blickte auf seine Uhr, dann zu mir. »Wie heißt der Mann oben?«

»Evans.«

»Kennst du ihn?«

»Flüchtig.«

»Komm mit«, sagte er.

»Wird jemand den Raum hier sichern?« Ich sah den Detective und die beiden Polizisten an.

»Ich mach das«, sagte einer von ihnen. »Aber Sie sollten vielleicht Ihre Waffe wieder an sich nehmen.«

Ich steckte meinen Revolver zurück in meine Tasche, die ich mitnahm. Marino drückte seine Zigarette in einem Aschenbecher aus, und wir stiegen in den Aufzug im Flur. Kaum waren die Türen geschlossen, lief sein Gesicht rot an. Er verlor die Fassung.

»Ich kann's nicht glauben.« Er sah mich an, in seinen Augen funkelte Wut. »Das gibt's doch nicht, so etwas kann's doch gar nicht geben!«

Die Türen öffneten sich, und er schritt wütend den Gang des Stockwerks entlang, wo ich so viel Zeit in meinem Leben verbrachte.

»Er müsste im Besprechungszimmer sein«, sagte ich.

Wir kamen an meinem Büro vorbei, und ich warf nur einen kurzen Blick hinein. Ich hatte jetzt keine Zeit, mich darum zu kümmern, ob Gault hier gewesen war. Er hätte nur in den Aufzug steigen oder die Treppe hinaufgehen müssen, um in mein Büro zu gelangen. Wem wäre das um drei Uhr morgens aufgefallen?

Im Besprechungszimmer saß Evans steif auf einem Stuhl, ungefähr in der Mitte zwischen Kopf- und Fußende des Tisches. Von den Fotografien an den Wänden starrten mich frühere Chefs des Leichenschauhauses an. Ich setzte mich dem Wachmann gegenüber, der zugelassen hatte, dass an meinem Arbeitsplatz nun die Polizei ermittelte. Evans war ein älterer Schwarzer, der seinen Job dringend brauchte. Er trug eine khakifarbene Uniform mit braunen Klappen an den Taschen und eine Waffe, wobei ich mir nicht sicher war, ob er damit überhaupt umgehen konnte.

»Wissen Sie, was passiert ist?«, fragte Marino ihn und zog einen Stuhl unter dem Tisch hervor.

»Nein, Sir. Das weiß ich nicht.« Seine Augen waren weit aufgerissen.

»Jemand, der nicht dazu berechtigt war, hat eine Lieferung gemacht.« Marino holte seine Zigaretten heraus. »Während Sie Dienst hatten.«

Evans runzelte die Stirn. Sein Unverständnis wirkte nicht geheuchelt. »Sie meinen, eine Leiche?«

»Hören Sie«, schaltete ich mich ein. »Ich weiß, wie normalerweise vorgegangen wird. Wir alle wissen das. Sie erinnern sich an den Selbstmordfall. Wir haben am Telefon darüber gesprochen …«

Evans unterbrach mich. »Wie ich schon gesagt habe, ich hab ihn reingelassen.«

»Um wie viel Uhr?«, fragte Marino.

Evans sah zur Decke. »Ich schätze, es war ungefähr drei Uhr morgens. Ich saß an dem Schreibtisch, an dem ich immer sitze, als dieser Wagen vorfährt.«

»Wo vorfährt?«, fragte Marino.

»Hinter dem Gebäude.«

»Wenn er hinter dem Gebäude vorgefahren ist, wie konnten Sie ihn dann sehen? Die Lobby, in der Sie sitzen, ist vorn im Haus«, sagte Marino.

»Ich hab ihn nicht gesehen«, fuhr der Wachmann fort. »Aber der Mann kommt vorne rum, und ich sehe ihn durchs Fenster. Ich geh raus und frag ihn, was er will, und er sagt, er hat eine Leiche abzuliefern.«

»Was ist mit den Papieren?«, fragte ich. »Hat er Ihnen keine Papiere gezeigt?«

»Er hat gesagt, die Polizei ist mit ihrem Bericht noch nicht fertig und hat ihn vorgeschickt. Er hat gesagt, er bringt sie später vorbei.«

»Ich verstehe«, sagte ich.

»Er hat gesagt, sein Leichenwagen steht hinten«, fuhr Evans fort. »Ein Rad an seiner Bahre ist kaputt, hat er gesagt, ob er eine von uns benützen kann.«

»Kannten Sie ihn?«, fragte ich und versuchte, meinen Ärger zu beherrschen.

Er schüttelte den Kopf.

»Können Sie ihn beschreiben?«

Evans dachte kurz nach. »Ehrlich gesagt, ich hab nicht genau hingeschaut. Aber ich glaube, er hatte sehr helle Haut und weiße Haare.«

»Sein Haar war weiß?«

»Ja, Ma'am. Da bin ich mir sicher.«

»War er alt?«

Wieder runzelte Evans die Stirn. »Nein, Ma'am.«

»Wie war er angezogen?«

»Ich glaube, er hatte einen dunklen Anzug und eine dunkle Krawatte an. Sie wissen schon, so wie die meisten Leute von den Bestattungsinstituten angezogen sind.«

»Dick, dünn, groß, klein?«

»Dünn, mittelgroß.«

»Und wie ging's weiter?«, fragte Marino.

»Ich hab zu ihm gesagt, er soll vor die Einfahrt fahren, und ich lass ihn rein. Ich bin wie immer durchs Haus gegangen und hab das Tor aufgemacht. Er kommt rein, und da steht eine Bahre. Die nimmt er, legt die Leiche drauf und kommt zurück. Er meldet sie an und so weiter.« Evans wich unseren Blicken aus. »Dann schiebt er die Leiche in den Kühlraum und geht wieder.«

Ich holte tief Luft, Marino stieß Rauch aus.

»Mr. Evans«, sagte ich. »Ich will die Wahrheit wissen.«

Er sah mich an.

»Sie müssen uns erzählen, was wirklich passiert ist, als Sie ihn reingelassen haben«, sagte ich. »Mehr will ich nicht. Wirklich nicht.«

Evans riss die Augen auf. »Dr. Scarpetta, ich weiß nicht, was passiert ist, aber es ist was Schlimmes. Bitte, werden Sie nicht wütend auf mich. Nachts gefällt's mir dort unten überhaupt nicht. Ich würd lügen, wenn ich was anderes behaupte. Ich versuch, meine Arbeit gut zu machen.«

»Sagen Sie uns einfach die Wahrheit.« Ich riss mich zusammen. »Mehr wollen wir nicht.«

»Meine Mutter ist von mir abhängig.« Er war kurz davor, in Tränen auszubrechen. »Sie hat nur mich, und sie hat ein schwaches Herz. Seit meine Frau gestorben ist, geh ich jeden Tag zu ihr und kauf für sie ein. Ich hab eine Tochter, die ganz allein drei Kinder großzieht.«

»Mr. Evans, Sie werden Ihren Job nicht verlieren«, sagte ich, obwohl er genau das verdiente.

Er blickte mir kurz in die Augen. »Vielen Dank, Ma'am. Ihnen glaub ich. Aber was andere sagen werden, das macht mir Sorgen.«

»Mr. Evans.« Ich wartete, bis er mir standhaft in die Augen sah. »Ich bin die Einzige, um die Sie sich Sorgen machen müssen.«

Er wischte eine Träne weg. »Was immer ich getan hab, es tut mir furchtbar leid. Wenn ich schuld bin, dass jemand wehgetan wurde, weiß ich nicht, was ich tun werd.«

»Sie sind nicht schuld«, sagte Marino. »Der Dreckskerl mit den weißen Haaren war es.«

»Erzählen Sie uns von ihm«, sagte ich. »Was genau hat er gemacht, als Sie ihn reinließen?«

»Wie gesagt, er hat die Leiche reingeschoben und hat sie vor dem Kühlraum stehen lassen. Ich musste aufsperren, wissen Sie, dann hab ich gesagt, er soll sie reinschieben. Das hat er getan. Dann bin ich mit ihm nach unten ins Büro gegangen und hab ihm gezeigt, was er ausfüllen muss. Ich hab gesagt, er soll die Kilometer aufschreiben, die er gefahren ist, damit er die Fahrtkosten erstattet kriegt. Aber er hat nicht auf mich gehört.«

»Sind Sie mit ihm wieder rausgegangen?«, fragte ich.

Evans seufzte. »Nein, Ma'am. Ich will Sie nicht anlügen.«

»Was haben Sie gemacht?«, fragte Marino.

»Ich hab ihn allein gelassen, als er die Papiere ausgefüllt hat. Ich hab den Kühlraum wieder zugesperrt, wegen dem Einfahrtstor hab ich mir keine Sorgen gemacht. Er ist nicht mit seinem Leichenwagen reingefahren, weil einer Ihrer Wagen drinstand.«

Ich dachte eine Weile nach. »Was für ein Wagen?«, fragte ich.

»Der blaue.«

»Es steht kein Wagen in der Einfahrt«, sagte Marino.

Evans machte ein langes Gesicht. »Aber heute Nacht um drei stand einer da. Ich hab ihn doch genau gesehen, als ich ihm die Tür aufgehalten hab, damit er die Leiche reinschieben kann.«

»Einen Moment«, sagte ich. »Was für ein Auto fuhr der Mann mit dem weißen Haar?«

»Einen Leichenwagen.«

Ich sah ihm an, dass er das nicht mit letzter Sicherheit wusste. »Sie haben den Wagen gesehen«, sagte ich.

Er atmete frustriert aus. »Nein, hab ich nicht. Er hat gesagt, er hat einen, und ich hab einfach angenommen, dass er hinten auf dem Parkplatz steht, nahe beim Tor.«

»Als Sie auf den Knopf gedrückt haben, um das Tor zu öffnen, haben Sie nicht gewartet und zugesehen, was für ein Wagen vorfuhr.«

Er blickte auf die Tischplatte.

»Stand ein Wagen in der Einfahrt, als Sie hinausgegangen sind und auf den Knopf in der Wand gedrückt haben? Bevor die Leiche hereingeschoben wurde?«, fragte ich.

Evans dachte eine Weile nach, er sah immer unglücklicher aus. »Verdammt«, sagte er mit niedergeschlagenen Augen. »Ich erinnere mich nicht. Ich hab nicht hingeschaut. Ich hab die Tür aufgemacht, auf den Knopf gedrückt und bin wieder reingegangen.« Er hielt inne. »Vielleicht war zu dem Zeitpunkt auch kein Wagen da.«

»Die Einfahrt könnte da also leer gewesen sein?«

»Ja, Ma'am. So könnte es gewesen sein.«

»Und als Sie ihm ein paar Minuten später die Tür aufgehalten haben, damit er die Leiche reinschieben konnte, stand da ein Wagen in der Einfahrt?«

»Da hab ich ihn gesehen«, sagte er. »Ich dachte, das ist einer von Ihren. Er sah aus wie einer von Ihren. Sie wissen schon, dunkelblau und nirgendwo Fenster außer vorn.«

»Reden wir noch mal über den Mann. Er hat die Leiche in

den Kühlraum geschoben, und Sie haben wieder zugesperrt«, sagte Marino. »Was geschah dann?«

»Ich hab mir gedacht, dass er wieder geht, wenn er mit den Papieren fertig ist«, sagte Evans. »Ich bin zurück nach vorn gegangen.«

»Bevor er das Leichenschauhaus verlassen hat?«

Evans ließ erneut den Kopf hängen.

»Haben Sie irgendeine Vorstellung, wann er das Gebäude schließlich verlassen hat?«, fragte Marino.

»Nein, Sir«, sagte der Wachmann still. »Ich kann nicht schwören, dass er überhaupt gegangen ist.«

Wir schwiegen, als erwarteten wir, dass Gault in diesem Augenblick zur Tür hereinkäme. Marino stieß seinen Stuhl zurück und starrte auf die leere Türschwelle.

Evans sprach als Nächster. »Wenn das sein Wagen war, hat er das Tor vermutlich selber geschlossen. Ich weiß, dass es um fünf Uhr früh geschlossen war, weil ich eine Runde ums Haus gemacht habe.«

»Tja, dafür muss man keine Intelligenzbestie sein«, sagte Marino unfreundlich. »Man fährt einfach hinaus, geht zurück, drückt auf den verdammten Knopf, und dann geht man durch die Tür an der Seite wieder hinaus.«

»Der Wagen steht nicht mehr da«, sagte ich. »Jemand muss ihn hinausgefahren haben.«

»Stehen beide Wagen draußen?«, fragte Marino.

»Sie standen draußen, als ich ankam«, sagte ich.

Marino wandte sich an Evans. »Würden Sie ihn bei einer Gegenüberstellung wiedererkennen?«

Evans sah auf, zu Tode erschrocken. »Was hat er getan?«

»Würden Sie ihn wiedererkennen?«

»Ich glaube, ja. Ja, Sir. Ich würd mein Bestes geben.«

Ich stand auf und ging den Gang entlang zu meinem Büro. An der Schwelle blieb ich stehen und blickte mich um, so wie letzte Nacht, als ich mein Haus betreten hatte. Ich versuchte, die geringfügigste Veränderung zu entdecken – eine Falte im Teppich, einen Gegenstand, der nicht mehr genau wie vorher war, eine brennende Lampe, die nicht eingeschaltet sein sollte.

Auf meinem Schreibtisch stapelten sich ordentlich Akten, die ich durchsehen musste, und auf dem PC-Monitor leuchtete die Anzeige auf, dass Post auf mich wartete. Das Eingangskörbchen war voll, das Ausgangskörbchen leer, und mein Mikroskop steckte in einer Plastikhülle, weil ich ja beabsichtigt hatte, für eine Woche nach Miami zu fliegen.

Das schien unglaublich lange her, und ich erschrak, als ich daran dachte, dass Sheriff Santa am Weihnachtsabend verhaftet worden war und dass sich seitdem die Welt verändert hatte. Gault hatte eine Frau namens Jane niedergemetzelt. Er hatte einen jungen Polizeibeamten ermordet. Er hatte Sheriff Santa umgebracht und war ins Leichenschauhaus eingebrochen. Und das alles in vier Tagen. Ich trat vorsichtig näher an meinen Schreibtisch heran, nahm alles genau in Augenschein, und als ich an den Computer kam, konnte ich ein fremdes Wesen beinahe riechen oder spüren wie ein elektrisches Feld.

Ich musste meine Tastatur nicht berühren, um zu wissen, dass er es getan hatte. Ich betrachtete die Mail-waiting-Anzeige. Ich drückte mehrere Tasten, um ein Menü aufzurufen, in dem meine Post gespeichert war. Aber stattdessen erschien ein Bildschirmschoner. Auf schwarzem Hintergrund tauchte das Wort CAIN in knallroten Buchstaben auf, die zerflossen, als bluteten sie. Ich ging zurück ins Besprechungszimmer.«

»Marino«, sagte ich. »Bitte, komm mit.«

Er ließ Evans allein und folgte mir in mein Büro. Ich deutete auf meinen Bildschirm. Marino starrte ihn wortlos an. Sein weißes Uniformhemd war nass unter den Achseln, und er roch nach Schweiß. Steifes, schwarzes Leder knarzte jedes Mal, wenn er sich bewegte. Ständig rückte er seinen schweren

Gürtel unter seinem schweren Bauch zurecht, als stünde ihm alles, was er im Leben erreicht hatte, im Weg.

»Wie schwer ist es, so was zu machen?«, fragte er und wischte sich das Gesicht mit einem schmutzigen Taschentuch ab.

»Nicht schwer, wenn man ein Programm hat, das man nur überspielen muss.«

»Wo, zum Teufel, hat er das Programm her?«

»Das macht mir auch Sorgen«, sagte ich und dachte an die Frage, die wir beide nicht stellten.

Wir kehrten ins Besprechungszimmer zurück. Evans stand da und schaute benommen auf die Fotografien an der Wand.

»Mr. Evans«, sagte ich. »Hat der Mann vom Bestattungsinstitut mit Ihnen gesprochen?«

Er drehte sich erschrocken um. »Nein, Ma'am. Nicht viel wenigstens.«

»Nicht viel?« Ich verstand ihn nicht.

»Nein, Ma'am.«

»Wie hat er Ihnen dann klargemacht, was er wollte?«

»Er hat nur das unbedingt Notwendige gesagt.« Er hielt inne. »Er war wirklich nicht sehr gesprächig. Und er hat ganz leise geredet.« Evans rieb sich die Stirn. »Je länger ich darüber nachdenke, um so komischer ist es. Er hatte eine Brille mit getönten Gläsern auf. Und ehrlich gesagt« – er schwieg einen Augenblick lang – »hatte ich so einen Eindruck.«

»Was für einen Eindruck?«, fragte ich.

»Ich dachte, vielleicht ist er homosexuell.«

»Marino«, sagte ich. »Machen wir einen kleinen Spaziergang.«

Wir begleiteten Evans aus dem Gebäude und warteten, bis er um die Ecke verschwunden war, weil ich nicht wollte, dass er sah, was wir als nächstes taten. Beide Leichenwagen standen wie üblich auf dem Parkplatz in der Nähe meines Mercedes. Ohne die Tür oder das Glas zu berühren, sah ich durch das Fenster auf der Fahrerseite des Wagens, der näher an der Einfahrt stand. Deutlich war zu erkennen, dass die Plastikabdeckung an der Lenksäule entfernt war und Drähte herausgezogen waren.

»Er wurde kurzgeschlossen«, sagte ich.

Marino griff zu seinem Funksprechgerät und hielt es sich nahe an den Mund. »Einheit 800.«

»800«, antwortete die Funkzentrale.

»Zehn-fünf 711.«

Über Funk sprach Marino mit dem Detective, der die Nummer 711 hatte und sich irgendwo im Leichenschauhaus aufhielt, und wies ihn an, herauszukommen.

Als Nächstes rief Marino einen Abschleppwagen. Die Türgriffe des Wagens mussten nach Fingerabdrücken untersucht werden. Er würde beschlagnahmt und innen wie außen sorgfältig unter die Lupe genommen werden. Eine Viertelstunde später war 711 immer noch nicht da.

»Der Mann muss taub sein«, klagte Marino und ging mit dem Funkgerät in der Hand um den Wagen. »Verdammt faul der Kerl. Deswegen nennen sie ihn *Detective 711.* Weil er so *schnell* ist. Scheiße.« Er blickte gereizt auf seine Uhr. »Wo bleibt er bloß? Hat er sich auf der Toilette verirrt?«

Ich stand auf dem Asphalt und fror mittlerweile fürchterlich, denn ich hatte keinen Mantel über meine grüne Kluft gezogen. Ich umrundete den Wagen mehrmals und hätte am liebsten die Hecktür aufgemacht. Fünf weitere Minuten vergingen, und Marino ließ über die Zentrale die Polizisten im Haus rufen. Sie kamen sofort.

»Wo ist Jakes?«, knurrte Marino sie an, kaum tauchten sie in der Tür auf.

»Er wollte sich umsehen«, sagte einer der beiden.

»Ich habe ihn vor zwanzig Minuten rausbeordert. Ich dachte, er wäre mit einem von euch zusammen.«

»Nein, Sir. Nicht während der letzten halben Stunde.«

Marino versuchte noch einmal, 711 über Funk zu erreichen, erhielt jedoch keine Antwort. In seinen Augen glimmte Angst.

»Vielleicht ist er in einem Teil des Gebäudes, wo er sich nicht zurechtfindet«, sagte ein Polizist und blickte zu den Fenstern hinauf. Sein Kollege griff an seine Waffe und sah sich ebenfalls um.

Marino rief über Funk Verstärkung. Der Parkplatz füllte sich allmählich mit Autos, meine Mitarbeiter trafen einer nach dem anderen ein. Sie strebten ins Gebäude, um der eisigen Kälte zu entgehen, und beachteten uns nicht. Schließlich waren sie den Anblick von Streifenwagen und Polizisten gewöhnt. Marino versuchte noch einmal, sich mit Detective Jakes in Verbindung zu setzen, aber er erhielt wieder keine Antwort.

»Wo habt ihr ihn zuletzt gesehen?«, fragte Marino die beiden Polizisten.

»Er ist in den Aufzug gestiegen.«

»Wo?«

»Im zweiten Stock.«

Marino wandte sich an mich. »Kann er noch weiter rauffahren?«

»Nein«, sagte ich. »Für die Stockwerke über dem zweiten ist ein Sicherheitscode erforderlich.«

»Ist er noch einmal in die Leichenhalle runtergefahren?« Marino wurde zunehmend unruhig.

»Ich bin ein paar Minuten nach ihm runtergefahren und habe ihn nicht gesehen«, sagte ein Polizist.

»Das Krematorium«, sagte ich. »Er könnte dort hinuntergefahren sein.«

»Okay. Ihr sucht in der Leichenhalle«, sagte Marino zu den beiden Polizisten. »Und bleibt zusammen. Der Doc und ich werden uns im Krematorium umsehen.«

In der Einfahrt, links von der Laderampe, befand sich ein

alter Aufzug, der ins Untergeschoss fuhr, wo früher für wissenschaftliche Zwecke zur Verfügung gestellte Leichen einbalsamiert, gelagert und schließlich, nachdem die Medizinstudenten mit ihnen fertig waren, verbrannt wurden. Es war durchaus möglich, dass Jakes dort hinuntergefahren war, um sich umzusehen. Ich drückte auf den Knopf. Quietschend und klappernd kam der Aufzug langsam nach oben. Ich zog an einem Griff und schob die schweren Türen auf, an denen die Farbe abblätterte. Wir stiegen ein.

»Verdammt, die Sache gefällt mir gar nicht«, sagte Marino. Während wir hinunterfuhren, löste er den Verschluss seines Holsters.

Er zog seine Pistole, als der Aufzug rumpelnd anhielt und sich die Türen in den Teil des Gebäudes öffneten, den ich am wenigsten mochte. Mir waren diese matt beleuchteten, fensterlosen Räume unangenehm, obwohl ich um ihre frühere Bedeutung wusste. Nachdem wir die Anatomie an das Medical College verlegt hatten, benutzten wir den Ofen nur noch, um biologisch gefährliche Abfälle zu verbrennen. Ich holte meinen Revolver aus der Tasche.

»Bleib hinter mir«, sagte Marino und sah sich vorsichtig um.

In dem großen Raum war es still, abgesehen vom Geräusch des Ofens hinter der Tür auf halber Länge der Wand. Wir standen schweigend da und blickten auf alte Bahren mit leeren Leichensäcken und auf leere blaue Fässer, die einst das Formalin enthielten, mit dem die im Boden eingelassenen Kessel gefüllt wurden. In den Kesseln lagerten die Leichen. Ich sah, wie Marino an der Decke angebrachte Schienen, Ketten und Haken betrachtete, mit denen früher die massiven Deckel von den Kesseln und den darunter verstauten Leichen gehoben wurden.

Er atmete schwer und schwitzte stark, als er sich einem Balsamierraum näherte und hineinschlich. Ich blieb in seiner

Nähe, während er leer stehende Büroräume inspizierte. Er sah mich an und wischte sich mit dem Hemdsärmel den Schweiß aus dem Gesicht.

»Hier müssen es über dreißig Grad sein«, murmelte er und zog das Funksprechgerät aus dem Gürtel.

Ich starrte ihn erschrocken an.

»Was ist los?«, fragte er.

»Der Ofen dürfte eigentlich nicht an sein«, sagte ich und schaute zu der geschlossenen Tür des Krematoriums.

Ich ging auf die Tür zu.

»Es gibt keinen Abfall zu beseitigen, und es ist gegen alle Vorschriften, den Ofen unbeaufsichtigt brennen zu lassen«, sagte ich.

Vor der Tür hörten wir das Inferno, das sich dahinter abspielte. Ich legte die Hand auf den Knauf. Er war sehr heiß.

Marino trat vor mich, drehte den Knauf und stieß die Tür mit dem Fuß auf, den Revolver schussbereit in beiden Händen, als wäre der Ofen ein Ungetüm, das er vielleicht erschießen müsste.

»Herr im Himmel«, sagte er.

Flammen züngelten aus den Ritzen an der riesigen, uralten Eisentür, und auf dem Boden lagen kleine und große Stücke von kreideweißen verbrannten Knochen. Eine Bahre stand neben der Ofentür. Ich nahm einen langen eisernen Haken und schob ihn durch einen Ring an der Tür.

»Tritt zurück«, sagte ich.

Ein Stoß enormer Hitze traf uns, und das Prasseln klang wie ein grausiger Sturm. Hinter der viereckigen Öffnung tobte die Hölle, und die Leiche, die darin brannte, lag noch nicht lange dort. Die Kleidung hatte Feuer gefangen, die ledernen Cowboystiefel noch nicht. Sie qualmten an Detective Jakes' Füßen, während die Flammen Haut und Haar von seinen Knochen fraßen. Ich stieß die Tür wieder zu.

Ich rannte hinaus und fand im Balsamierraum Handtücher, während sich Marino neben einem Stapel Fässer übergeben musste. Ich wickelte die Tücher um meine Hände, hielt die Luft an, ging an dem Ofen vorbei und legte den Hebel um, der die Gaszufuhr regulierte. Die Flammen erstarben augenblicklich, und ich rannte wieder aus dem Raum. Ich nahm dem würgenden Marino das Funksprechgerät aus der Hand.

»Mayday!«, schrie ich hinein. »Mayday!«

13

Den Rest des Vormittags arbeitete ich an den zwei Mordfällen, mit denen ich nicht gerechnet hatte, während ein Sonderkommando der Polizei das Gebäude auf den Kopf stellte. Zudem fahndete die Polizei nach dem kurzgeschlossenen blauen Kombi, der verschwunden war, während alle nach Detective Jakes gesucht hatten.

Die Röntgenbilder offenbarten, dass Jakes an einem unglaublich heftigen Tritt in den Brustkorb gestorben war. Rippen und Brustbein waren gebrochen, die Aorta wies einen Riss auf, und die Untersuchung des Kohlenmonoxidgehalts in seinem Blut belegte, dass er nicht mehr geatmet hatte, als der Ofen eingeschaltet wurde.

Wie es aussah, hatte Gault ihn mit einem seiner Karateschläge umgebracht, aber wir wussten nicht, wo die Auseinandersetzung stattgefunden hatte. Außerdem fanden wir keine vernünftige Erklärung dafür, wie Temple Brooks Gault, der kein großer Mann war, die Leiche ohne Hilfe auf die Bahre hatte wuchten können. Jakes hatte neunzig Kilo gewogen und war einen Meter zweiundachtzig groß gewesen.

»Ich verstehe nicht, wie er das gemacht hat«, sagte Marino.

»Ich auch nicht«, sagte ich.

»Vielleicht hat er ihn mit der Waffe gezwungen, sich auf die Bahre zu legen.«

»Wenn er gelegen hätte, dann hätte Gault ihn nicht so treten können.«

»Vielleicht hat er ihm mit der Hand einen Schlag versetzt.«

»Es war ein unheimlich kräftiger Tritt.«

»Tja, dann war er vermutlich nicht allein.«

»Das befürchte ich auch.«

Es war fast Mittag, als wir in das ruhige Stadtviertel Hampton Hills fuhren, zum Haus von Lamont Brown, bekannt als Sheriff Santa. Es befand sich in der Cary Street, gegenüber dem Country Club von Virginia, der Mr. Brown nicht als Mitglied aufgenommen hätte.

»Vermutlich werden Sheriffs sehr viel besser bezahlt als ich«, sagte Marino voll Ironie, als er sein Polizeiauto parkte.

»Bist du zum ersten Mal hier?«, fragte ich.

»Ich bin früher auf Patrouille daran vorbeigefahren, aber ich war noch nie drin.«

In Hampton Hills standen zwischen Bäumen versteckt herrschaftliche Villen und auch bescheidene Häuser. Sheriff Browns Ziegelhaus war einstöckig mit einem Schieferdach, Garage und Swimmingpool. Sein Cadillac und sein Porsche 911 sowie mehrere Polizeiautos parkten in der Einfahrt. Ich starrte auf den Porsche. Er war dunkelgrün, alt, aber gut erhalten.

»Hältst du es für möglich?«, fragte ich Marino.

»Das wäre grotesk«, sagte er.

»Erinnerst du dich an das Nummernschild?«

»Nein. Verdammt.«

»Er könnte es gewesen sein.« Ich dachte an den Schwarzen, der am Abend zuvor so nahe auf uns aufgefahren war.

»Mein Gott, ich weiß es nicht.« Marino stieg aus.

»Weiß er, was für ein Auto du fährst?«

»Wenn er es wissen wollte, hätte er es mit Sicherheit in Erfahrung bringen können.«

»Wenn er es erkannt hat, wollte er dich vielleicht nur schikanieren. Um mehr ging es möglicherweise nicht.«

»Ich hab keine Ahnung.«

»Oder vielleicht hat er sich nur über deinen rassistischen Aufkleber geärgert, und es war reiner Zufall. Was wissen wir über ihn?«

»Geschieden, erwachsene Kinder.«

Ein Polizist, in ordentlicher dunkelblauer Uniform, öffnete uns die Tür, und wir betraten ein holzgetäfeltes Foyer.

»Ist Neils Vander schon da?«, fragte ich.

»Noch nicht. Die Leute von der Spurensicherung sind oben«, erklärte der Polizist.

»Ich brauche das Luma-Lite«, sagte ich.

»Ja, Ma'am.«

Marino, der seit zu vielen Jahren im Morddezernat arbeitete, um die Standards anderer noch geduldig hinnehmen zu können, sagte barsch: »Wir brauchen mehr Leute hier. Wenn die Presse Wind von der Sache kriegt, bricht hier die Hölle los. Ich will, dass mehr Streifenwagen draußen stehen und in größerem Umkreis abgesperrt wird. Bis zum Beginn der Einfahrt. Ich will nicht, dass sich jemand in der Einfahrt herumtreibt, zu Fuß oder mit einem Wagen. Auch der Garten hinter dem Haus muss abgesperrt werden. Das ganze verdammte Grundstück muss als Tatort behandelt werden.«

»Ja, Sir, Captain.« Er griff nach seinem Funksprechgerät.

Die Polizei war seit Stunden hier. Sie hatten nicht lange gebraucht, um festzustellen, dass Lamont Brown in seinem Bett erschossen worden war, oben in seinem großen Schlafzimmer. Ich folgte Marino eine schmale Treppe hoch, die mit einem chinesischen Teppich belegt war, und den Gang entlang. Zwei Detectives hielten sich in dem mit dunklem, knorrigem Kiefernholz getäfelten Schlafzimmer auf. Die Vorhänge an den Fenstern und das Bett erinnerten an ein Bordell. Der Sheriff hatte Braun und Gold gemocht, Quasten und Samt und Spiegel an der Zimmerdecke.

Marino sah sich schweigend um. Er hatte sein Urteil über diesen Mann vor langer Zeit gefällt. Ich trat näher an das große Bett.

»Wurde hier irgendwas verändert?«, fragte ich einen Detective, während Marino und ich Handschuhe anzogen.

»Eigentlich nicht. Wir haben alles fotografiert und unter die Laken geschaut. Aber es sieht noch ziemlich genauso aus, wie wir es vorgefunden haben.«

»Waren die Türen verschlossen, als Sie hier ankamen?«, fragte Marino.

»Ja. Wir mussten eine Glasscheibe in der Hintertür zerschlagen.«

»Es gibt also keine Anzeichen dafür, dass sich jemand gewaltsam Zutritt verschafft hat?«

»Nein. Unten im Wohnzimmer haben wir Spuren von Kokain auf einem Spiegel gefunden. Aber das kann schon eine ganze Weile dort sein.«

»Was haben Sie sonst noch gefunden?«

»Ein weißes Taschentuch aus Seide mit Blutflecken«, sagte der Detective, der Kaugummi kaute. »Es lag dort auf dem Boden, ungefähr einen Meter vom Bett entfernt. Und es sieht so aus, als ob der Schnürsenkel, mit dem die Mülltüte um Browns Hals gebunden war, von einem Joggingschuh dort im Schrank stammt.« Er hielt inne. »Ich habe von Jakes gehört.«

»Eine wirklich schlimme Geschichte.« Marino schien zerstreut.

»Er hat nicht mehr gelebt, als …«

»Nein. Sein Brustkorb war zerquetscht.«

Der Inspektor hörte auf zu kauen.

»Haben Sie eine Waffe gefunden?«, fragte ich und betrachtete das Bett.

»Nein. Es handelt sich definitiv nicht um einen Selbstmord.«

»Ja«, sagte der andere Detective. »Ziemlich schwierig, sich zuerst umzubringen und dann ins Leichenschauhaus zu fahren.«

Das Kopfkissen war mit rötlich braunem Blut getränkt, das geronnen war und sich an den Rändern vom Serum getrennt hatte. Blut war seitlich an der Matratze heruntergetropft, aber auf dem Boden waren keine Spuren zu entdecken. Ich dachte an das Einschussloch in Browns Stirn. Es hatte einen Durchmesser von sechs Millimetern und wies an den Rändern Verbrennungen, Kratzer und Abschürfungen auf. Ich hatte in der Wunde Ruß gefunden und verbranntes und unverbranntes Pulver in dem darunter liegenden Gewebe, im Knochen und in der Dura. Die Wunde ließ darauf schließen, dass ihm die Mündung direkt auf die Stirn gesetzt worden war, und die Leiche wies keinerlei sonstige Verletzungen auf, die auf einen Kampf oder ein Abwehrverhalten hingedeutet hätten.

»Ich glaube, dass er flach auf dem Rücken im Bett lag, als er erschossen wurde«, sagte ich zu Marino. »Vielleicht hat er sogar geschlafen.«

Er trat näher ans Bett. »Es wäre auch nicht gerade einfach, jemandem, der wach ist, die Pistole auf die Stirn zu setzen, ohne dass er irgendwie reagiert.«

»Es gibt keinen Hinweis, dass er überhaupt reagiert hat. Das Einschussloch ist genau in der Mitte. Die Pistole wurde direkt auf die Haut aufgesetzt, und es sieht nicht so aus, als hätte er sich auch nur bewegt.«

»Vielleicht war er bewusstlos«, sagte Marino.

»Er hat eins Komma sechs Promille Alkohol im Blut. Vielleicht war er bewusstlos, aber nicht notwendigerweise. Wir müssen das Zimmer mit dem Luma-Lite untersuchen. Vielleicht haben wir irgendwo Blut übersehen«, sagte ich.

»Vermutlich wurde er vom Bett direkt in den Leichensack gehoben.« Ich wies Marino auf die Blutstropfen auf der Seite der Matratze hin. »Wenn man ihn weiter getragen hätte, müssten im Haus mehr Blutspuren sein.«

»Richtig.«

Wir sahen uns weiter im Schlafzimmer um. Marino öffnete Schubladen, die bereits durchsucht worden waren. Sheriff Brown hatte eine Vorliebe für Pornographie gehabt. Besonders angetan hatten es ihm Frauen in entwürdigenden Stellungen bei sadomasochistischen Spielen. In einer Art Büro am anderen Ende des Flurs fanden wir zwei Regale mit Schrotflinten, Gewehren und anderen Schusswaffen.

Ein verschlossener Schrank unter einem Regal war aufgebrochen worden, und es war schwer zu bestimmen, wie viele Handfeuerwaffen und Schachteln mit Munition fehlten, da wir nicht wussten, was ursprünglich hier drin gewesen war. Wir fanden noch Neun-Millimeter- und Zehn-Millimeter-Waffen sowie mehrere Magnum .44 und .357. Sheriff Brown hatte diverse Holster, Magazine, Handschellen und eine kugelsichere Weste besessen.

»Er war groß im Geschäft«, sagte Marino. »Und er muss gute Beziehungen nach Washington, New York, vielleicht auch Miami gehabt haben.«

»Vielleicht waren auch Drogen in dem Schrank«, sagte ich. »Vielleicht war Gault gar nicht hinter den Waffen her.«

»Ich denke, dass sie zu zweit waren«, sagte Marino, als Schritte auf der Treppe zu hören waren. »Oder glaubst du, dass Gault allein mit der Leiche fertig geworden ist? Wie schwer war Brown?«

»An die fünfundneunzig Kilo«, erwiderte ich, als Neils Vander mit dem Luma-Lite um die Ecke kam. Ein Assistent folgte ihm mit der Fotoausrüstung.

Vander trug einen viel zu großen Laborkittel und weiße Baumwollhandschuhe, die wie die Faust aufs Auge zu seiner Wollhose und den Schneestiefeln passten. Er sah mich an, als wären wir uns noch nie begegnet. Er war der verrückte Wissenschaftler, glatzköpfig, mit einem Schädel wie eine Glühbirne, hatte es immer eilig und hatte immer recht. Ich mochte ihn unheimlich gern.

»Wo soll ich mit diesem Ding hin?«, fragte er niemanden im Besonderen.

»Ins Schlafzimmer«, sagte ich. »Und dann ins Büro.«

Wir kehrten ins Schlafzimmer zurück und sahen Vander zu, wie er mit seiner Wunderlampe zu Werke ging. Licht aus, Brillen auf, und Blut leuchtete auf, allerdings fand sich einstweilen auch nichts Interessanteres. Das Luma-Lite arbeitete sich durchs Zimmer, es sah aus, als würde der Lichtkegel einer Taschenlampe tiefes Wasser erhellen, und ein paar Minuten später entdeckte Vander an der Holzwand hoch über einer Kommode einen fluoreszierenden Fleck, der wie ein kleiner unregelmäßiger Mond geformt war. Er trat näher und besah sich die Stelle genau.

»Licht an, bitte«, sagte er.

Die Lichter gingen an, und wir nahmen unsere Brillen ab. Vander stand auf Zehenspitzen vor der Wand und starrte auf ein Astloch.

»Was zum Teufel ist das?«, fragte Marino.

»Das ist sehr interessant«, sagte Vander, den eigentlich nie etwas in Aufregung versetzte. »Auf der anderen Seite ist irgendetwas.«

»Auf welcher anderen Seite?« Marino stellte sich neben ihn und starrte stirnrunzelnd auf die Wand. »Ich sehe nichts.«

»O doch. Da ist etwas«, sagte Vander. »Und jemand, der irgendwelche Rückstände an den Händen hatte, hat dieses Astloch berührt.«

»Drogen?«, fragte ich.

»Können Drogen gewesen sein.«

Wir starrten alle auf die Wandtäfelung, die völlig normal aussah, wenn das Luma-Lite nicht brannte. Ich nahm einen Stuhl, stellte mich darauf und sah, wovon Vander gesprochen hatte. Das kleine Loch in der Mitte des Astlochs war vollkommen rund. Es war gebohrt worden. Hinter der Wand befand sich das Büro des Sheriff, das wir kurz zuvor durchsucht hatten.

»Seltsam«, sagte Marino, als wir ins Büro hinübergingen und

Vander mit der Untersuchung des Schlafzimmers fortfuhr, als wäre nichts gewesen.

Marino und ich inspizierten die Wand mit dem Astloch. Davor stand ein Schrank mit einer eingebauten Video- und Stereoanlage, die wir bereits in Augenschein genommen hatten. Marino machte die Tür auf und zog den Fernsehapparat heraus. Er nahm Bücher aus dem Regal darüber. Nichts.

»Hm«, sagte er und betrachtete die Anlage. »Merkwürdig, dass sie fast fünfzehn Zentimeter von der Wand entfernt steht.«

»Ja«, sagte ich. »Ziehen wir sie ein Stück nach vorn.«

Wir zogen sie vor und entdeckten genau auf Höhe des Astlochs eine winzige Videokamera mit einem Weitwinkelobjektiv. Sie war auf eine kleine Leiste montiert, ein Kabel lief zum Fuß der Anlage, von wo aus die Kamera mit einer Fernbedienung, die aussah, als gehörte sie zum Fernsehapparat, aktiviert werden konnte. Wir machten ein paar Versuche und stellten fest, dass sie von Browns Schlafzimmer aus nicht zu sehen war, es sei denn, man war auf Augenhöhe mit dem Astloch und die Kamera war in Betrieb. Dann sah man ein rot glühendes Lämpchen.

»Vielleicht hat er ein bisschen gekokst und beschlossen, es mit jemandem zu treiben«, sagte Marino. »Und irgendwann ist er aufgestanden und hat überprüft, ob die Kamera läuft.«

»Vielleicht«, sagte ich. »Wann können wir die Bänder sehen?«

»Ich will sie nicht hier ansehen.«

»Kann ich verstehen. Die Kamera ist außerdem so klein, dass man eh nicht viel erkennen wird.«

»Sobald wir hier fertig sind, lass ich sie untersuchen.«

Es gab hier nichts mehr für uns zu tun. Vander fand Rückstände im Waffenschrank, aber nirgendwo im Haus waren weitere Blutspuren. Die Nachbarn zu beiden Seiten von Sheriff

Brown lebten zurückgezogen und versteckt zwischen Bäumen und hatten nichts gesehen und nichts gehört.

»Setz mich bei meinem Wagen ab«, sagte ich, als wir losfuhren.

Marino warf mir einen argwöhnischen Blick zu. »Wo willst du hin?«

»Nach Petersburg.«

»Wozu?«

»Ich muss mit einem Freund über Stiefel reden.«

Auf der Schnellstraße nach Süden, einer Strecke, die ich stets als trostlos empfand, waren viele Lastwagen unterwegs, zudem behinderten Baustellen den Verkehr. Der Anblick der Philip-Morris-Fabrik war auch keine Freude, weil mir der Geruch von frischem Tabak schwer zusetzte. Ich hätte zu gern geraucht, vor allem wenn ich an einem Tag wie diesem allein im Auto saß. Meine Gedanken schweiften ziellos umher, während ich ständig in die Spiegel blickte und nach einem dunkelblauen Kombi Ausschau hielt.

Der Wind peitschte die Bäume, blies über die Sümpfe, und Schneeflocken wirbelten durch die Luft. Als ich mich Fort Lee näherte, sah ich Baracken und Lagerschuppen, wo früher, während der für unser Land grausamsten Zeit, Brustwehren auf Leichenbergen errichtet worden waren. Dieser Krieg schien nicht so lange her, wenn ich an die Sümpfe und Wälder von Virginia und die vermissten Toten dachte. Es verging kein Jahr, in dem ich nicht alte Knöpfe und Knochen untersuchte und alte Geschosse im Labor abgeliefert wurden. Ich war mit den Geweben und Gesichtern längst vergangener Gewalttätigkeit wohlvertraut, und sie fühlten sich anders an als das, womit ich jetzt zu tun hatte. Das Böse, so glaubte ich, war zu einem neuen Extrem mutiert.

Das U.S. Army Quartermaster Museum befand sich in Fort

Lee, gleich hinter dem Kenner-Armeekrankenhaus. Langsam fuhr ich an Büro- und Schulungsräumen vorbei, die in Reihen weißer Wohnwagen untergebracht waren, und an Gruppen junger Männer und Frauen in Kampfanzügen und Sportkleidung. Vor einem Backsteingebäude mit blauem Dach und Säulen davor hielt ich an. Links neben der Tür befand sich ein Wappen mit Adler und gekreuztem Schwert und Schlüssel. Ich stieg aus, ging hinein und machte mich auf die Suche nach John Gruber.

Das Museum war die gute Stube des Quartermaster Corps, das seit der Revolution gewissermaßen der Wirt der Armee war. Truppen wurden eingekleidet, verpflegt und vom QMC beherbergt, das außerdem Buffalo-Soldaten mit Sporen und Sätteln und General Patton mit Megaphonen für seinen Jeep versorgt hatte. Ich kannte das Museum, weil das Corps auch dafür verantwortlich war, die Toten der Armee nach Hause zu bringen, zu identifizieren und zu begraben. In Fort Lee befand sich die einzige Division des Landes, die die Gefallenengräber registrierte. Offiziere dieser Division suchten mich regelmäßig auf.

Ich ging an Schaukästen mit Uniformen und Essgeschirr vorbei, am Nachbau eines Schützengrabens aus dem Zweiten Weltkrieg mit Sandsäcken und Granaten. Vor Uniformen aus dem Bürgerkrieg, von denen ich wusste, dass sie echt waren, blieb ich stehen und fragte mich, ob die Risse von Schrapnellen oder vom Alter herrührten. Ich dachte an die Männer, die sie getragen hatten.

»Dr. Scarpetta?«

Ich drehte mich um. »Dr. Gruber«, sagte ich erfreut. »Ich war auf der Suche nach Ihnen. Was ist das für eine Flöte?« Ich deutete auf einen Schaukasten mit Musikinstrumenten.

»Die stammt aus dem Bürgerkrieg«, sagte er. »Musik war damals sehr wichtig. Damit wurde die Tageszeit verkündet.«

Dr. Gruber war der Kurator des Museums, ein älterer Mann

mit buschigem grauem Haar und einem Gesicht wie aus Granit gehauen. Er liebte weite Hosen und Fliegen. Er rief mich stets an, wenn eine Sonderausstellung anstand, die etwas mit Kriegstoten zu tun hatte, und ich suchte ihn auf, wenn mit einer Leiche ungewöhnliche militärische Objekte auftauchten. Er konnte so gut wie jede Gürtelschnalle, jeden Knopf, jedes Bajonett auf einen Blick identifizieren.

»Ich nehme an, dass Sie mir etwas zeigen wollen«, sagte er und deutete auf meine Aktentasche.

»Die Fotos, die ich am Telefon erwähnt habe.«

»Gehen wir in mein Büro. Oder wollen Sie sich noch ein bisschen umsehen?« Er lächelte wie ein verschämter Großvater, der über seine Enkelkinder spricht. »Wir haben eine ziemlich umfangreiche Ausstellung über den Golfkrieg. Und General Eisenhowers Galauniform. Ich glaube, die war bei Ihrem letzten Besuch noch nicht da.«

»Dr. Gruber, das würde ich gern aufs nächste Mal verschieben.« Ich machte ihm nichts vor, meinem Gesicht war anzusehen, wie ich mich fühlte.

Er tätschelte mir die Schulter und führte mich durch die Hintertür hinaus zu einer Laderampe, neben der ein alter olivgrüner Armeewohnwagen stand.

»Der gehörte Eisenhower«, sagte Dr. Gruber, als wir daran vorbeigingen. »Manchmal hat er richtig darin gewohnt, und es war auch gar nicht so übel, außer wenn Churchill zu Besuch kam. Der Zigarrenrauch. Fürchterlich.«

Wir überquerten eine kleine Straße, der Schnee wehte uns ins Gesicht. Meine Augen begannen zu tränen, als ich an die Flöte im Schaukasten und an die Frau dachte, die wir Jane nannten. Ich fragte mich, ob Gault jemals hier gewesen war. Er schien Museen zu mögen, besonders wenn sie Artefakte der Gewalt ausstellten. Wir gingen zu einem kleinen beigefarbenen Gebäude, in dem ich schon öfter gewesen war. Während des

Zweiten Weltkriegs hatte es eine Nachschubstation beherbergt, jetzt befanden sich dort die Archive des Quartermaster Corps.

Dr. Gruber sperrte eine Tür auf, und wir betraten einen Raum, voller Tische und Puppen in uralten Uniformen. Auf den Tischen lagen die Akten, in denen Neuerwerbungen katalogisiert wurden. Im hinteren Teil befand sich ein Lagerraum, wo in großen Metallschränken Kleidungsstücke, Fallschirme, Essgeschirr, Schutzbrillen und normale Brillen aufbewahrt wurden. Es war kalt hier. Wonach wir suchten, fanden wir in einem Schrank an der Wand.

»Darf ich sehen, was Sie mitgebracht haben?«, fragte Dr. Gruber und schaltete ein Licht ein. »Tut mir leid wegen der Temperatur, aber hier drin muss es kalt sein.«

Ich öffnete meine Aktentasche und holte einen Umschlag heraus, der mehrere große Schwarzweißfotografien von den Schuhabdrücken im Central Park enthielt. Es ging mir vor allem um die Abdrücke, von denen wir annahmen, dass sie von Gault stammten. Ich reichte Dr. Gruber die Fotos, und er stellte sich damit unter die Lampe.

»Mir ist klar, dass nicht allzu viel zu erkennen ist, weil die Abdrücke im Schnee hinterlassen wurden«, sagte ich. »Ich wünschte, es wären mehr Schatten darin, dann wäre der Kontrast besser.«

»Ist schon in Ordnung. Man kriegt eine ziemlich genaue Vorstellung. Das waren eindeutig Armeeschuhe. Das Firmenlogo ist hochinteressant.«

Er deutete auf den Absatz mit dem Kreis, der auf einer Seite einen kleinen Schwanz hatte.

»Und dann sind hier die erhabenen Rhomben und zwei Löcher, sehen Sie?« Er zeigte sie mir. »Die sollen das Klettern auf Bäume erleichtern.« Er gab mir die Fotos zurück. »Das Profil kommt mir sehr bekannt vor.«

Er ging zu einem Schrank, öffnete die Doppeltür, hinter der

reihenweise Armeestiefel standen. Einen nach dem anderen nahm er heraus und betrachtete die Sohlen. Dann ging er zu einem zweiten Schrank, öffnete die Türen und fing von vorne an. Von ziemlich weit hinten holte er einen grünen Stoffstiefel heraus mit braunen Verstärkungen aus Leder und zwei Lederstreifen mit Schließe am Schaft. Er drehte ihn um.

»Kann ich bitte die Fotos noch einmal sehen?«

Ich hielt sie neben die Stiefelsohle. Sie war aus schwarzem Gummi und wies mehrere unterschiedliche Muster auf. Darunter ein Wellenprofil. Am Fußballen befanden sich die Rhomben mit den zwei Löchern daneben, die so deutlich auf den Fotos zu erkennen waren. Auf dem Absatz war ein geflochtener Kranz mit einem Band, das konnte der im Schnee nahezu unkenntliche Schwanz sein, und das ganze passte zu dem Abdruck auf Davilas Kopf, wo Gault ihn, wie wir glaubten, mit der Ferse getroffen hatte.

»Was wissen Sie über diesen Stiefel?«, fragte ich.

Er betrachtete ihn von allen Seiten. »Der stammt aus dem Zweiten Weltkrieg und wurde hier in Fort Lee getestet. Hier wurden eine ganze Menge Profile entwickelt und getestet.«

»Der Zweite Weltkrieg ist lange her«, sagte ich. »Wie kommt es, dass heute noch jemand solche Stiefel trägt?«

»Diese Dinger halten ewig. Man findet sie in Armeeläden. Oder jemand hat sie noch aus dem Krieg aufgehoben.«

Er stellte den Schuh in den überfüllten Schrank zurück, wo er vermutlich für lange Zeit keine Beachtung mehr finden würde. Wir verließen das Haus; Dr. Gruber sperrte ab, und ich wartete auf dem Gehsteig, der mittlerweile mit Schnee bedeckt war. Ich blickte zu dem dunkelgrauen Himmel empor und auf den dahinkriechenden Verkehr auf den Straßen. Die Scheinwerfer der Autos waren eingeschaltet, kaum ein Geräusch war zu hören. Ich wusste jetzt, was für Schuhe Gault trug, war mir aber nicht sicher, ob mir das irgendwie weiterhalf.

»Darf ich Sie zu einem Kaffee einladen, meine Liebe?«, fragte Dr. Gruber und rutschte beinahe aus. Ich hielt ihn am Arm fest. »Das wird wieder was werden«, sagte er. »Sie haben fünfzehn Zentimeter Schnee vorausgesagt.«

»Ich muss zurück«, sagte ich und hakte seinen Arm bei mir unter. »Ich kann Ihnen gar nicht genug danken.«

Er tätschelte meine Hand.

»Ich möchte Ihnen einen Mann beschreiben. Vielleicht haben Sie ihn hier irgendwann einmal gesehen.«

Ich beschrieb ihm Gault und seine vielen unterschiedlichen Haarfarben. Ich beschrieb seine kantigen Gesichtszüge und seine Augen, die so blassblau waren wie die eines Huskys. Ich erwähnte seinen merkwürdigen Aufzug und dass es ihm offensichtlich gefiel, sich einen militärischen Anstrich zu geben, indem er diese Stiefel und den langen schwarzen Ledermantel trug, mit dem er in New York gesehen wurde.

»Tja, solche Typen kommen hierher«, sagte er. Wir standen vor der Hintertür des Museums. »Aber an einen Mann, auf den Ihre Beschreibung passt, erinnere ich mich nicht.«

Schnee lag auf dem Dach von Eisenhowers Wohnwagen. Mein Haar und meine Hände waren nass, und ich hatte kalte Füße. »Ist es möglich, für mich einen Namen überprüfen zu lassen?«, fragte ich. »Ich würde gern wissen, ob ein Peyton Gault jemals im Quartermaster Corps war.«

Dr. Gruber zögerte. »Sie nehmen an, er war in der Armee?«

»Ich nehme gar nichts an. Aber er ist vermutlich alt genug, um den Zweiten Weltkrieg mitgemacht zu haben. Sonst weiß ich nur noch über ihn, dass er früher in Albany, Georgia, auf einer Pekanplantage gelebt hat.«

»Die Akten können nur eingesehen werden, wenn Sie ein Verwandter oder von der Staatsanwaltschaft sind. Da müssten Sie in St. Louis anrufen, und leider wurden die Akten von A bis J bei einem Brand Anfang der achtziger Jahre zerstört.«

»Na wunderbar«, sagte ich niedergeschlagen.

Wieder zögerte er. »Allerdings haben wir in unserem Computer im Museum eine Liste der Veteranen.«

Ich schöpfte wieder Hoffnung.

»Der Veteran, der seine Akte einsehen will, kann das für eine Spende von zwanzig Dollar tun«, sagte Dr. Gruber.

»Und wenn man die Akte von jemand anders einsehen will?«

»Nicht gestattet.«

»Dr. Gruber« – ich schob mir das nasse Haar aus der Stirn –, »bitte. Wir sprechen von einem Mann, der auf die grausamste Weise mindestens neun Menschen umgebracht hat. Er wird noch mehr umbringen, wenn wir ihn nicht stoppen.«

Er sah hinaus in das Schneegestöber. »Warum unterhalten wir uns hier draußen, meine Liebe? Wir werden uns beide eine Lungenentzündung holen. Ich nehme an, dass Peyton Gault der Vater dieses schrecklichen Mannes ist.«

Ich küsste ihn auf die Wange. »Sie haben die Nummer meines Pagers«, sagte ich und ging zu meinem Wagen.

Ich navigierte durch den Schneesturm, im Radio brachten sie ständig Meldungen über die Morde im Leichenschauhaus. Als ich dort ankam, standen überall die Wagen von Fernsehteams und Journalisten, und ich überlegte, was ich tun sollte. Ich musste hinein.

»Zum Teufel mit ihnen«, murmelte ich vor mich hin und fuhr auf den Parkplatz.

Als ich ausstieg, stürzten sich scharenweise Reporter auf mich. Kameras surrten, als ich zielstrebig weiterging, den Blick geradeaus gerichtet. Von allen Seiten wurden mir Mikrophone entgegengestreckt. Mein Name wurde gerufen, als ich rasch die Hintertür aufschloss und hinter mir zuschlug. Ich stand allein in der stillen, verlassenen Einfahrt, und ich vermutete, dass alle meine Mitarbeiter schon nach Hause gegangen waren.

Wie zu erwarten, war der Autopsieraum verschlossen, und oben waren die Büros meiner Kollegen leer, die Leute vom Empfang und die Sekretärinnen waren ebenfalls nicht mehr da. Ich war mutterseelenallein im zweiten Stock, und Angst kroch mir in die Knochen. Als ich mein Zimmer betrat und CAINs tropfenden roten Namen auf meinem Bildschirm sah, wurde es noch schlimmer.

»Okay«, sagte ich zu mir selbst. »Niemand ist hier. Es gibt keinen Grund, Angst zu haben.«

Ich setzte mich an meinen Schreibtisch und legte die .38 in Reichweite.

»Was passiert ist, gehört der Vergangenheit an«, fuhr ich fort. »Du musst dich zusammenreißen. Du dekompensierst.« Ich holte tief Luft.

Es war unglaublich, dass ich mit mir selber redete. Das passte nicht zu mir, und ich machte mir Sorgen deswegen, während ich die Autopsieberichte des heutigen Tages diktierte. Die Herzen, Lebern und Lungen der beiden Toten waren normal gewesen. Ihre Arterien waren normal. Ihre Knochen, Gehirne und ihr Körperbau waren normal gewesen.

»Im normalen Bereich«, sagte ich in das Diktiergerät. »Im normalen Bereich«, sagte ich wieder und wieder.

Nur was ihnen angetan worden war, das war alles andere als normal gewesen, Gault war nicht normal, er bewegte sich in keinem normalen Bereich.

Um Viertel vor fünf rief ich im American-Express-Büro an. Glücklicherweise war Brent noch da.

»Sie sollten bald nach Hause fahren«, sagte ich. »Die Straßen sind eine Katastrophe.«

»Ich habe einen Range Rover.«

»Die Leute in Richmond wissen nicht, wie man bei Schnee fährt«, sagte ich.

»Dr. Scarpetta, was kann ich für Sie tun?«, fragte Brent, der jung und kompetent war und mir bei vielen Problemen in der Vergangenheit geholfen hatte.

»Können Sie die Abbuchungen für meine American-Express-Karte überwachen?«, fragte ich. »Können Sie das?«

Er zögerte.

»Ich will über jede Abbuchung Bescheid wissen. Sobald eine getätigt wird. Ich will nicht auf meine Abrechnungen warten müssen.«

»Gibt es irgendein Problem?«

»Ja. Aber darüber kann ich nicht sprechen. Ich erwarte nicht mehr als das, worum ich Sie gerade gebeten habe.«

»Warten Sie einen Augenblick.«

Ich hörte, wie er auf Tasten drückte.

»Okay«, sagte er. »Ich habe Ihre Kontonummer. Sie wissen, dass Ihre Karte Ende Februar ausläuft?«

»Hoffentlich wird sich bis dahin diese Sache erledigt haben.«

»Seit Oktober wurde kaum etwas abgebucht. So gut wie nichts.«

»Mich interessieren die letzten Abbuchungen.«

»Zwischen dem 12. und dem 21. Dezember waren es fünf Abbuchungen. Aus New York. Scaletta. Wollen Sie die Beträge wissen?«

»Sagen Sie nur, wie viel es im Durchschnitt war.«

»Hm, durchschnittlich, mal sehen. Ungefähr achtzig Dollar. Was ist das, ein Restaurant?«

»Noch weitere Abbuchungen?«

»Die Letzten. Die kommen aus Richmond.«

»Wann?« Mein Puls begann zu rasen.

»Zwei am Freitag, dem 22. Dezember.«

Das war zwei Tage bevor Marino und ich Decken an die Bedürftigen verteilt hatten und Anthony Jones von Sheriff Santa erschossen wurde. Mich schockierte der Gedanke, dass auch Gault in der Stadt gewesen war.

»Bitte, sagen Sie mir was über die Abbuchungen in Richmond.«

»Zweihundertdreiundvierzig Dollar in einer Galerie im Shockshoe Slip.«

»Eine Galerie? Sie meinen eine Kunstgalerie?« Ich verstand es nicht.

Shockshoe Slip war um die Ecke von meinem Büro. Ich konnte nicht glauben, dass Gault so dreist war und hier meine Kreditkarte benutzte. Die meisten Ladenbesitzer kannten mich.

»Ja, eine Kunstgalerie.« Er nannte mir Namen und Adresse.

»Können Sie mir sagen, was gekauft wurde?«

Er schwieg eine Weile. Schließlich sagte er: »Dr. Scarpetta, sind Sie sicher, dass Sie kein Problem haben, bei dem ich Ihnen helfen könnte?«

»Sie helfen mir. Sie helfen mir eine ganze Menge.«

»Mal sehen. Nein, es steht nicht drauf, was gekauft wurde. Tut mir leid.« Er klang enttäuschter, als ich es war.

»Und die andere Abbuchung?«

»USAir. Ein Flugticket für fünfhundertvierzehn Dollar. Hin- und Rückflug, von La Guardia nach Richmond.«

»Haben Sie das genaue Datum?«

»Nur das Kaufdatum. Hin- und Rückflugtermine müssen Sie bei der Fluglinie erfragen. Ich gebe Ihnen die Ticketnummer.«

Ich bat ihn, sich sofort mit mir in Verbindung zu setzen, wenn weitere Abbuchungen im Computer auftauchten. Ich blickte auf die Uhr und griff zum Telefonbuch. Dann wählte ich die Nummer der Galerie und ließ es lange klingeln, aber niemand nahm ab.

Danach versuchte ich es bei der Fluglinie und gab ihnen die Ticketnummer. Gault war am Freitag, dem 22. Dezember, um sieben Uhr morgens von La Guardia nach Richmond geflogen und am selben Tag um sechs Uhr fünfzig abends zurück. Ich war sprachlos. Er war einen ganzen Tag in Richmond gewesen. Was hatte er an diesem Tag gemacht, außer in der Kunstgalerie einzukaufen?

»Verdammt«, murmelte ich, als ich an die New Yorker Gesetze dachte. Ich fragte mich, ob Gault hier gewesen war, um eine Waffe zu kaufen, und rief noch einmal bei der Fluglinie an.

»Entschuldigen Sie«, sagte ich und nannte erneut meinen Namen. »Spreche ich mit Rita?«

»Ja.«

»Wir haben gerade miteinander telefoniert. Ich bin Dr. Scarpetta.«

»Ja, Ma'am. Was kann ich für Sie tun?«

»Das Ticket, über das wir geredet haben. Können Sie mir sagen, ob Gepäck aufgegeben wurde?«

»Warten Sie einen Augenblick.« Sie tippte etwas ein. »Ja, Ma'am. Auf dem Rückflug nach La Guardia wurde eine Tasche aufgegeben.«

»Auf dem Flug hierher wurde nichts aufgegeben?«

»Nein. In La Guardia wurde nichts eingecheckt.«

Gault hatte in einem Gefängnis, das früher in Richmond gewesen war, eine Strafe verbüßt. Weiß Gott, wen er hier kannte. Aber wenn er in Richmond eine Neun-Millimeter-Glock kaufen wollte, dann konnte er das. Kriminelle aus New York kauften ihre Waffen häufig hier. Gault könnte die Glock in die Tasche gesteckt haben, die er am Schalter aufgegeben hatte, und am nächsten Tag erschoss er Jane damit.

Das deutete auf vorsätzlichen Mord, und wir waren bislang davon ausgegangen, dass Gault Jane zufällig getroffen und dann beschlossen hatte, sie umzubringen, so wie seine anderen Opfer.

Ich machte mir eine Tasse Tee und versuchte, mich zu beruhigen. In Seattle war es noch Nachmittag, und ich holte mein

Verzeichnis von Gerichtsmedizinern aus dem Regal. Ich fand Namen und Nummer des Chief Medical Examiner von Seattle.

»Dr. Menendez? Hier spricht Dr. Kay Scarpetta aus Richmond«, sagte ich, als ich ihn am Telefon hatte.

»Oh«, sagte er überrascht. »Wie geht es Ihnen? Frohe Weihnachten.«

»Danke. Tut mir leid, dass ich Sie stören muss, aber ich brauche Ihre Hilfe.«

Er zögerte. »Ist alles in Ordnung? Sie klingen sehr gestresst.«

»Ich befinde mich in einer schwierigen Lage. Ein Serienmörder treibt sein Unwesen.« Ich holte tief Luft. »Eines seiner Opfer war eine nicht identifizierte junge Frau mit vielen aufwendigen Blattgoldfüllungen in den Zähnen.«

»Das ist sehr ungewöhnlich«, sagte er nachdenklich. »Hier gibt es noch ein paar Zahnärzte, die so was machen.«

»Deswegen rufe ich an. Ich muss mit einem von ihnen sprechen. Vielleicht dem Vorstand ihrer Organisation.«

»Soll ich für Sie herumtelefonieren?«

»Nein. Aber könnten Sie für mich herausfinden, ob durch irgendein kleines Wunder diese Gruppe einem Computernetz angeschlossen ist? Es scheint eine kleine und ungewöhnliche Organisation zu sein. Vielleicht stehen sie per E-Mail oder durch einen Nachrichtendienst miteinander in Verbindung. Vielleicht so etwas wie Prodigy. Wer weiß. Aber irgendwie muss ich ihnen dringend eine Mitteilung zukommen lassen.«

»Ich werde gleich ein paar Leute daransetzen«, sagte er. »Wie kann ich Sie am besten erreichen?«

Ich gab ihm meine Nummern und legte auf. Ich dachte an Gault und den verschwundenen blauen Kombi. Ich fragte mich, woher er den schwarzen Leichensack gehabt haben mochte, in den er Sheriff Santa verfrachtet hatte, und dann fiel mir etwas ein. In jedem Wagen lag ein neuer Sack zur Reserve bereit.

Er war also zuerst hierhergekommen und hatte den Kombi gestohlen. Dann war er zu Browns Haus gefahren. Ich nahm noch einmal das Telefonbuch und sah nach, ob Nummer und Adresse des Sheriff drin standen. Was nicht der Fall war.

Ich rief bei der Auskunft an und ließ mir Lamont Browns Nummer geben. Ich wählte sie, um zu sehen, was passierte.

»Ich bin im Moment leider nicht erreichbar, weil ich gerade mit meinem Schlitten unterwegs bin und Geschenke verteile …« Die Stimme des toten Sheriff auf dem Anrufbeantworter klang kräftig und gesund. »Ho! Ho! Ho! Merrrrrrry Christmas!«

Genervt ging ich mit dem Revolver in der Hand auf die Toilette. Ich musste bewaffnet in diesem Gebäude herumlaufen, weil Gault diesen Ort, an dem ich immer sicher gewesen war, vergiftet hatte. Auf dem Flur blieb ich stehen und schaute mich um. Der Boden war mit grauem Linoleum ausgelegt, die Wände waren eierschalenfarben. Ich horchte. Er war einmal hier gewesen. Er konnte wiederkommen.

Die Angst hatte mich fest im Griff, und als ich mir die Hände wusch, zitterten sie. Ich schwitzte und atmete schwer. Rasch ging ich ans andere Ende des Flurs und blickte aus dem Fenster. Ich sah mein mit Schnee bedecktes Auto und einen Kombi. Der andere war noch immer verschwunden. Ich kehrte in mein Zimmer zurück und diktierte weiter.

Irgendwo klingelte ein Telefon, und ich erschrak. Das Knarzen meines Stuhls ließ mich zusammenfahren. Als ich hörte, dass sich die Aufzugtüren im Flur öffneten, griff ich nach meinem Revolver, saß völlig reglos da und behielt die Tür im Auge, während mein Herz hämmerte. Schnelle, feste Schritte kamen den Flur entlang und wurden lauter. Ich hob den Revolver mit beiden Händen.

Lucy kam herein.

»Himmel!«, rief ich, den Finger am Abzug. »Lucy, um Himmels willen!« Ich legte die Waffe weg. »Was tust du hier? Warum hast du nicht angerufen? Wie bist du hereingekommen?«

Sie sah mich und die .38er entgeistert an. »Jan hat mich hergefahren, und ich habe einen Schlüssel. Du hast mir vor Ewigkeiten einen Schlüssel gegeben. Ich habe angerufen, aber du warst nicht da.«

»Wann hast du angerufen?« Mir war schwindlig.

»Vor zwei Stunden. Du hättest mich beinahe erschossen.«

»Nein.« Ich versuchte durchzuatmen. »Ich hätte dich nicht beinahe erschossen.«

»Dein Finger war nicht am Abzugbügel, wo er hätte sein sollen, sondern am Abzug. Ich bin bloß froh, dass es nicht die Browning war. Ich bin bloß froh, dass es nicht eine Waffe war, die nur einen einzigen Handgriff erfordert.«

»Hör auf, bitte«, sagte ich. Mein Brustkorb schmerzte.

»Es liegen über fünf Zentimeter Schnee, Tante Kay.«

Lucy stand in der Tür, als wäre sie sich über irgendetwas nicht im Klaren. Wie üblich trug sie Jeans, Stiefel und Anorak.

Eine eiserne Hand presste mein Herz zusammen, ich konnte nur mit Mühe atmen. Ich saß reglos da, sah meine Nichte an, und mein Gesicht wurde eiskalt.

»Jan wartet auf dem Parkplatz«, sagte sie.

»Dort draußen wimmelt es vor Reportern.«

»Es war niemand da. Wie auch immer, wir stehen auf dem kostenpflichtigen Parkplatz gegenüber.«

»Dort ist mehrmals eingebrochen worden«, sagte ich. »Vor ungefähr vier Monaten gab's dort eine Schießerei.«

Lucy ließ mich nicht aus den Augen. Sie sah auf meine Hände, als ich den Revolver in meine Tasche steckte.

»Du zitterst«, sagte sie beunruhigt. »Tante Kay, du bist weiß wie die Wand.« Sie trat näher an meinen Schreibtisch. »Ich bring dich nach Hause.«

Ich hatte Schmerzen in der Brust und presste unwillkürlich

eine Hand darauf. »Ich kann nicht.« Ich konnte kaum sprechen. Die Schmerzen waren stark, ich bekam kaum mehr Luft.

Lucy wollte mir beim Aufstehen helfen, aber ich war zu schwach. Meine Hände wurden taub, meine Finger verkrampften sich, ich beugte mich vor und schloss die Augen. Kalter Schweiß brach mir aus. Ich atmete schnell und flach.

Sie geriet in Panik.

Ich war mir halb bewusst, dass sie etwas ins Telefon schrie. Ich wollte ihr zu verstehen geben, dass alles in Ordnung sei, dass ich eine Papiertüte brauchte, aber ich brachte kein Wort heraus. Ich wusste, was passierte, aber ich konnte es ihr nicht sagen. Dann wischte sie mir das Gesicht mit einem nassen kalten Lappen ab. Sie massierte meine Schultern, murmelte etwas Beruhigendes, während ich mit trübem Blick auf meine zu Klauen verkrampften Hände in meinem Schoß hinunterstarrte. Ich wusste, was als nächstes geschehen würde, aber ich war zu erschöpft, um dagegen anzukämpfen.

»Ruf Dr. Zenner an«, brachte ich heraus, während ich neuerlich unerträgliche Schmerzen in der Brust verspürte. »Sie soll hinkommen.«

»Wohin?« Ängstlich tupfte Lucy mein Gesicht wieder ab.

»MCV.«

»Alles wird gut«, sagte sie.

Ich schwieg.

»Mach dir keine Sorgen.«

Ich konnte die Finger nicht ausstrecken, und mir war so kalt, dass ich zitterte.

»Ich liebe dich, Tante Kay«, schluchzte Lucy.

14

Das Medical College of Virginia hatte im Jahr zuvor das Leben meiner Nichte gerettet, denn kein Krankenhaus in der Gegend war besser dafür ausgestattet, Schwerverletzte durch die schlimmsten Stunden ihres Lebens zu bringen. Sie war hierhergeflogen worden, nachdem sie meinen Wagen zu Schrott gefahren hatte, und ich war überzeugt, dass die Schädigung ihres Gehirns eine dauerhafte gewesen wäre, wenn die Ärzte der Traumaabteilung nicht so kompetent wären. Ich war schon oft in der Notaufnahme des MCV gewesen, aber nie zuvor als Patientin.

Um halb zehn lag ich ruhig in einem kleinen Einzelzimmer im vierten Stock des Krankenhauses. Marino und Janet warteten vor der Tür, Lucy saß an meinem Bett und hielt mir die Hand.

»Was ist mit CAIN?«, fragte ich.

»Darüber brauchst du jetzt nicht nachzudenken«, erwiderte sie. »Du musst dich ausruhen und sollst dich nicht aufregen.«

»Sie haben mir schon was gegeben, damit ich ruhiger werde. Ich bin ruhig.«

»Du bist ein Wrack.«

»Ich bin kein Wrack.«

»Du hattest beinahe einen Herzinfarkt.«

»Ich hatte Muskelkrämpfe und habe hyperventiliert«, sagte ich. »Ich weiß genau, was ich hatte. Ich hab das Kardiogramm gesehen. Ich hatte nichts, was ich nicht mit einer Papiertüte über den Kopf und einem heißen Bad wieder hingekriegt hätte.«

»Sie werden dich jedenfalls hier nicht eher rauslassen, bis feststeht, dass du keine Krämpfe mehr bekommst. Mit Schmerzen in der Brust ist nicht zu spaßen.«

»Mein Herz ist völlig in Ordnung. Und sie werden mich rauslassen, wenn ich es sage.«

»Du bist widerspenstig.«

»Das sind die meisten Ärzte.«

Lucy starrte stur an die Wand. Seit sie mein Zimmer betreten hatte, war sie nicht gerade freundlich zu mir. Ich wusste nicht, warum sie wütend war.

»Woran denkst du?«, fragte ich sie.

»Sie wollen einen Kommandoposten einrichten«, sagte sie. »Im Flur haben sie davon gesprochen.«

»Einen Kommandoposten?«

»Im Polizeipräsidium. Marino hat ständig telefoniert. Mit Mr. Wesley.«

»Wo ist er?«

»Mr. Wesley oder Marino?«

»Benton.«

»Er ist unterwegs.«

»Er weiß, dass ich hier bin«, sagte ich.

Lucy sah mich an. Sie war nicht auf den Kopf gefallen. »Er ist unterwegs hierher«, sagte sie, als eine große Frau mit kurzem grauem Haar und durchdringenden Augen hereinkam.

»Na, na, Kay«, sagte Dr. Anna Zenner und nahm mich in den Arm. »Jetzt muss ich also Hausbesuche machen.«

»Ein Hausbesuch ist das eigentlich nicht«, entgegnete ich. »Wir sind hier in einem Krankenhaus. Erinnerst du dich an Lucy?«

»Natürlich.« Dr. Zenner lächelte Lucy zu.

»Ich warte draußen«, sagte Lucy.

»Du hast wohl vergessen, dass ich nur komme, wenn es absolut nicht anders geht«, fuhr Dr. Zenner fort. »Vor allem dann, wenn es schneit.«

»Danke dir, Anna. Ich weiß, dass du keine Hausbesuche, Krankenhausbesuche oder sonstigen Besuche machst«, sagte ich und meinte es auch so, als Lucy die Tür schloss. »Ich bin so froh, dass du da bist.«

Dr. Zenner setzte sich an mein Bett. Sofort spürte ich ihre Kraft. Sie dominierte einen Raum, ohne es zu wollen. Für jemanden Anfang siebzig war sie erstaunlich fit, und sie war einer der besten Menschen, die ich kannte.

»Was hast du dir angetan?«, fragte sie mit einem deutschen Akzent, der über die Jahre kaum unauffälliger geworden war.

»Ich fürchte, sie gehen mir jetzt doch an die Substanz«, sagte ich. »Meine Fälle.«

Sie nickte. »Sie machen Schlagzeilen. Wann immer ich heute eine Zeitung aufschlage oder den Fernseher anschalte, geht es um nichts anderes.«

»Ich hätte heute Abend um ein Haar Lucy erschossen.« Ich sah ihr in die Augen.

»Erzähl mir, was passiert ist.«

Ich erzählte es ihr.

»Aber du hast nicht geschossen?«

»Ich war nahe dran.«

»Hast du geschossen?«

»Nein.«

»Dann warst du nicht so nahe dran.«

»Dann wäre es aus mit mir gewesen.« Ich schloss die Augen, weil sie sich mit Tränen füllten.

»Kay, es wäre auch aus mit dir gewesen, wenn jemand anders den Gang entlanggekommen wäre. Jemand, vor dem du dich zu recht fürchtest. Verstehst du, was ich meine? Du hast so gut reagiert, wie du konntest.«

Ich holte tief Luft.

»Und das Ergebnis ist gar nicht schlecht. Lucy geht es gut. Sie ist gesund und sieht hervorragend aus.«

Ich weinte wie schon lange nicht mehr und bedeckte mein Gesicht mit den Händen. Dr. Zenner massierte mir den Rücken und zog Taschentücher aus einer Schachtel, aber sie versuchte nicht, mich aus meiner Depression herauszureden. Sie ließ mich einfach weinen.

»Ich schäme mich so«, sagte ich schließlich schluchzend.

»Du brauchst dich nicht zu schämen. Manchmal musst du es einfach rauslassen. Du tust das nicht oft genug, und ich weiß, was du täglich siehst.«

»Meine Mutter ist schwer krank, und ich war nicht in Miami, um sie zu besuchen. Nicht ein einziges Mal. In meinem Büro bin ich eine Fremde. Ich kann nicht mehr in meinem Haus wohnen – oder sonst irgendwo – ohne Polizeischutz.«

»Vor deinem Zimmer stehen eine Menge Polizisten.«

Ich öffnete die Augen und sah sie an. »Er dekompensiert«, sagte ich.

Sie erwiderte meinen Blick.

»Und das ist gut für uns. Er wird wagemutiger, das heißt, er geht größere Risiken ein. Das hat Ted Bundy am Schluss auch getan.«

Dr. Zenner tat das, was sie am besten konnte. Sie hörte zu.

»Je weiter er dekompensiert, desto größer die Wahrscheinlichkeit, dass er einen Fehler macht und wir ihn fassen.«

»Außerdem würde ich annehmen, dass er im Augenblick am gefährlichsten ist«, sagte sie. »Er kennt keine Grenzen. Er hat sogar den Weihnachtsmann umgebracht.«

»Er hat einen Sheriff umgebracht, der einmal im Jahr den Weihnachtsmann spielt. Und der zudem tief im Drogensumpf steckte. Vielleicht sind Drogen die Verbindung zwischen den beiden.«

»Erzähl mir von dir.«

Ich sah weg von ihr und holte noch einmal tief Luft. Endlich wurde ich ruhiger. Anna war eine der wenigen Personen in der Welt, die mir das Gefühl gaben, dass ich nicht für alles verantwortlich sein musste. Sie war Psychiaterin. Ich kannte sie seit meinem Umzug nach Richmond. Sie hatte mir durch die Trennung von Mark geholfen und dann, als er starb. Sie hatte das Herz und die Hände einer Musikerin.

»Ich dekompensiere, wie er«, gestand ich frustriert.

»Ich muss mehr wissen.«

»Deswegen bin ich hier.« Ich sah sie wieder an. »Deswegen habe ich dieses Nachthemd an und liege in diesem Bett. Deswegen hätte ich beinahe meine Nichte erschossen. Deswegen stehen Leute vor meiner Tür und machen sich Sorgen. Andere fahren durch die Straßen und beobachten mein Haus und machen sich Sorgen um mich. Überall machen sich Leute Sorgen um mich.«

»Manchmal müssen wir um Hilfe rufen.«

»Ich will keine Hilfe«, sagte ich ungeduldig. »Ich will, dass man mich allein lässt.«

»Ich persönlich glaube, dass du eine ganze Armee brauchst. Mit diesem Mann wird einer allein nicht fertig.«

»Du bist Psychiaterin. Kannst du ihn nicht auseinandernehmen?«

»Ich behandle keine Charakterstörungen. Selbstverständlich ist er ein Soziopath.«

Sie ging zum Fenster, schob den Vorhang beiseite und sah hinaus. »Ob du es glaubst oder nicht, aber es schneit immer noch. Womöglich muss ich heute Nacht hier bei dir bleiben. Im Lauf der Jahre hatte ich Patienten, die sozusagen nicht von dieser Welt waren, und ich habe mich so schnell wie möglich wieder von ihnen verabschiedet.

So ist es mit Kriminellen, die zu Legenden werden. Sie gehen zu Zahnärzten, Psychiatern, Friseuren. Wir begegnen ihnen wie allen anderen Menschen auch. In Deutschland hatte ich einmal einen Patienten, der drei Frauen in der Badewanne ertränkt hatte. Das merkte ich erst nach einem Jahr.

Es war seine Masche. Er hat ihnen ein Glas Wein eingeschenkt und sie gewaschen. Als er zu ihren Füßen kam, packte er sie an den Knöcheln und zog. In diesen großen Wannen hat man keine Chance, wenn jemand einem die Füße hochhält.« Sie hielt inne. »Ich bin keine forensische Psychiaterin.«

»Ich weiß.«

»Ich habe mir oft überlegt, eine zu werden. Wusstest du das?«

»Nein, das wusste ich nicht.«

»Dann will ich dir sagen, warum ich mich letztlich dagegen entschieden habe. Ich will Monstern nicht so viel Zeit widmen. Es ist schlimm genug für jemanden wie dich, die du dich um ihre Opfer kümmerst. Aber ich glaube, dass es meine Seele vergiften würde, wenn ich mit den Gaults dieser Welt in einem Zimmer sitzen müsste.« Sie hielt inne. »Ich muss dir ein schreckliches Geständnis machen.«

Sie drehte sich um und sah mich an. »Mir ist es scheißegal, warum sie es tun«, sagte sie mit einem Funkeln in den Augen. »Ich bin der Meinung, sie sollten alle gehängt werden.«

»Da kann ich dir nicht widersprechen«, sagte ich.

»Aber das heißt nicht, dass mir mein Instinkt nicht einiges über ihn sagt. Mein weiblicher Instinkt.«

»Über Gault?«

»Ja. Du kennst doch meinen Kater Chester?«

»Ja. Er ist der fetteste Kater, der mir je begegnet ist.«

Sie lächelte nicht. »Er fängt eine Maus und spielt mit ihr, bis sie tot ist. Das ist ziemlich sadistisch. Wenn er sie schließlich umgebracht hat, trägt er sie ins Haus. Er trägt sie in mein Schlafzimmer und legt sie mir aufs Kopfkissen. Es ist ein Geschenk für mich.«

»Was willst du damit sagen, Anna?« Mich schauderte.

»Ich glaube, dass der Mann eine seltsam unheimliche Beziehung zu dir aufgebaut hat. Als ob du seine Mutter wärst, und er bringt dir, was er getötet hat.«

»Das ist unvorstellbar«, sagte ich.

»Ich vermute, dass es ihn aufregt, wenn er deine Aufmerksamkeit auf sich ziehen kann. Er will dich beeindrucken. Wenn er jemanden umbringt, dann ist das ein Geschenk an dich. Er weiß, dass du es sehr genau untersuchen und dich bemühen wirst, jeden seiner Schritte nachzuvollziehen. Wie eine Mutter, die eine Zeichnung studiert, die ihr kleiner Junge aus der Schule mit nach Hause bringt. Verstehst du, seine Verbrechen sind seine Kunstwerke.«

Mir fiel die Galerie im Shockhoe Slip ein, und ich fragte mich, was Gault dort gekauft hatte.

»Er weiß, dass du ihn die ganze Zeit analysierst und an ihn denkst, Kay.«

»Anna, willst du damit sagen, dass die Morde womöglich meine Schuld sind?«

»Unsinn. Wenn du das glaubst, dann muss ich dich bitten, in meine Praxis zu kommen. Regelmäßig.«

»Schwebe ich in großer Gefahr?«

»Hm. Da muss ich vorsichtig sein.« Sie dachte eine Weile nach. »Ich weiß, wie andere darüber denken. Deswegen sind so viele Polizisten hier.«

»Was meinst *du?*«

»Ich persönlich glaube nicht, dass dir von ihm große Gefahr droht. Nicht im Augenblick. Aber jedem in deiner Umgebung. Er macht seine Realität zu deiner, verstehst du?«

»Bitte, erklär es mir.«

»Er hat niemanden. Er möchte, dass auch du niemanden mehr hast.«

»Er hat niemanden, weil er ein Mörder ist«, sagte ich wütend.

»Jedes Mal, wenn er tötet, isoliert er sich mehr. Und dich auch. Es steckt ein Muster dahinter. Siehst du es?«

Sie kam zu meinem Bett und legte mir die Hand auf die Stirn.

»Ich weiß nicht.«

»Du hast kein Fieber«, sagte sie.

»Sheriff Brown hat mich gehasst.«

»Siehst du, noch ein Geschenk. Gault dachte, du würdest dich darüber freuen. Er hat die Maus für dich getötet und ins Leichenschauhaus getragen.«

Dieser Gedanke war mir unerträglich.

Sie zog ein Stethoskop aus der Tasche und hängte es sich um den Hals. Mit ernster Miene hörte sie mich ab.

»Tief einatmen.« Sie horchte auf Herztöne und Lungengeräusche. »Noch einmal bitte.«

Sie tastete meinen Nacken ab und maß meinen Blutdruck. Sie war eine Rarität, eine Ärztin aus einer vergangenen Welt. Anna Zenner behandelte die ganze Person, nicht nur die Seele.

»Dein Blutdruck ist ziemlich niedrig«, sagte sie.

»Das weiß ich.«

»Was geben sie dir hier?«

»Ativan.«

Sie entfernte die Manschette des Blutdruckmessgerätes von meinem Arm. »Ativan ist in Ordnung. Es hat keine bekannten Nebenwirkungen auf die Atmung und die Herzgefäße. Und es ist gut für dich. Ich kann dir ein Rezept ausschreiben.«

»Nein«, erwiderte ich.

»Ein Beruhigungsmittel würde dir im Augenblick ganz gut tun.«

»Anna, ich will keine Drogen nehmen. Gerade jetzt nicht.«

Sie tätschelte mir die Hand und lächelte: »Du dekompensierst nicht.«

Sie stand auf und zog ihren Mantel an.

»Anna«, sagte ich. »Ich muss dich um einen Gefallen bitten. Was ist mit deinem Haus auf Hilton Head?«

Sie lächelte. »Das ist noch immer das beste Beruhigungsmittel, das ich kenne. Wie oft habe ich dir das schon gesagt?«

»Diesmal werde ich auf dich hören. Ich habe in der Nähe

etwas zu erledigen, und ich möchte so zurückgezogen wohnen wie nur möglich.«

Dr. Zenner holte einen Schlüsselbund aus ihrer Handtasche und löste einen Schlüssel vom Ring. Dann schrieb sie etwas auf ein Rezeptformular und legte es zusammen mit dem Schlüssel auf den Tisch neben meinem Bett.

»Zu deiner Verfügung«, sagte sie. »Schlüssel und Wegbeschreibung. Wenn es dich mitten in der Nacht überkommt, brauchst du mir nicht einmal Bescheid zu sagen.«

»Das ist sehr nett von dir. Ich werd's bestimmt nicht lange brauchen.«

»Das solltest du aber. Es liegt direkt am Meer in Palmetto Dunes, es ist ein kleines bescheidenes Haus in der Nähe des Hyatt. Ich werd's in nächster Zukunft nicht brauchen und bin sicher, dass du dort ungestört sein wirst. Du kannst dich ja als Dr. Zenner ausgeben.« Sie kicherte. »Dort kennt mich eh niemand.«

»Dr. Zenner«, übte ich. »Jetzt bin ich also Deutsche.«

»Für mich bist du immer schon eine Deutsche gewesen.« Sie öffnete die Tür. »Egal, was sie dir erzählt haben.«

Sie ging, und ich saß aufrecht, gestärkt und wach im Bett. Dann stand ich auf und ging ins Bad, bis ich hörte, dass jemand hereinkam. Ich erwartete Lucy, aber statt ihrer war Paul Tucker in meinem Zimmer. Ich stand barfuß und nur mit einem kurzen Krankenhaushemd bekleidet da und war zu überrascht, um verlegen zu werden.

Er wandte den Blick ab, während ich mich wieder ins Bett legte und die Decke hochzog.

»Tut mir leid. Captain Marino sagte, ich könne ruhig hereinkommen«, sagte Richmonds Polizeichef, dem nichts leid zu tun schien, egal was er behauptete.

»Er hätte mich vorher fragen sollen«, sagte ich und sah ihm direkt in die Augen.

»Dass Captain Marino keine Manieren hat, wissen wir alle. Darf ich?« Er deutete auf den Stuhl.

»Bitte. Was bleibt mir anderes übrig.«

»Es bleibt Ihnen nichts anderes übrig, weil im Augenblick die Hälfte meiner Leute Sie bewacht.« Er lächelte nicht.

Ich ließ ihn nicht aus den Augen.

»Ich weiß über alles Bescheid, was heute Vormittag in Ihrem Leichenschauhaus passiert ist.« Zorn glimmte in seinen Augen. »Sie schweben in großer Gefahr, Dr. Scarpetta. Ich bin hier, um Sie inständig darum zu bitten, die Angelegenheit sehr ernst zu nehmen.«

»Wie kommen Sie bloß darauf, dass ich sie nicht ernst nehme?«, fragte ich empört.

»Fangen wir einmal damit an, dass Sie heute Nachmittag nicht noch einmal in Ihr Büro hätten gehen dürfen. Zwei Polizisten sind ermordet worden, einer davon, während Sie anwesend waren.«

»Ich hatte keine andere Wahl, Colonel Tucker. Wer, glauben Sie, hat die Autopsie der beiden Männer durchgeführt?«

Er schwieg, dann fragte er. »Glauben Sie, dass Gault die Stadt verlassen hat?«

»Nein.«

»Warum nicht?«

»Ich weiß es nicht, aber ich glaube, er ist noch hier.«

»Wie geht es Ihnen?«

Er wollte auf etwas Bestimmtes hinaus, aber ich wusste nicht, worauf.

»Es geht mir gut. Und sobald Sie gegangen sind, werde ich mich anziehen und ebenfalls gehen.«

Er wollte etwas sagen, überlegte es sich jedoch anders.

Ich betrachtete ihn einen Augenblick lang. Er trug ein dunkelblaues Sweatshirt und knöchelhohe Turnschuhe. Ich fragte mich, ob er im Fitnessraum gewesen war, als man ihm von mir berichtet hatte. Plötzlich fiel mir ein, dass wir Nachbarn waren. Er und seine Frau lebten in Windsor Farms, nicht weit von mir entfernt.

»Marino hat mir verboten, in mein Haus zurückzukehren«, sagte ich nahezu vorwurfsvoll. »Ist Ihnen das bekannt?«

»Das ist mir bekannt.«

»Inwieweit haben Sie ihn in dieser Entscheidung unterstützt?«

»Warum glauben Sie, dass ich irgendetwas mit Marinos Entscheidung zu tun hatte?«, fragte er gelassen.

»Sie und ich, wir sind Nachbarn. Wahrscheinlich fahren Sie jeden Tag an meinem Haus vorbei.«

»Das tue ich nicht. Aber ich weiß, wo Sie wohnen, Kay.«

»Bitte, nennen Sie mich nicht Kay.«

»Würden Sie mir gestatten, Sie Kay zu nennen, wenn ich weiß wäre?«, fragte er leichthin.

»Nein.«

Er schien nicht beleidigt. Er wusste, dass ich ihm nicht traute. Er wusste, dass ich ein bisschen Angst vor ihm und im Augenblick wahrscheinlich vor den meisten Leuten hatte. Ich wurde allmählich paranoid.

»Dr. Scarpetta.« Er stand auf. »Ich lasse Ihr Haus seit Wochen überwachen.« Er sah auf mich herunter.

»Warum?«, fragte ich.

»Sheriff Brown.«

»Wovon sprechen Sie?« Mein Mund wurde trocken.

»Er war in Drogengeschäfte verwickelt, die von New York bis Miami reichen. Einige Ihrer Patienten waren auch daran beteiligt. Im Moment wissen wir von mindestens acht.«

»Die Schießereien wegen Drogen.«

Er nickte, starrte zum Fenster. »Brown hat Sie gehasst.«

»Das war mir klar. Ich wusste allerdings nicht, warum.«

»Drücken wir es so aus: Sie haben Ihre Arbeit zu gut gemacht.

Ein paar seiner Kumpel mussten Ihretwegen für lange Zeit ins Gefängnis. Wir hatten Grund zu der Befürchtung, dass er Sie aus dem Weg schaffen will.«

Ich sah ihn verblüfft an. »Wie bitte? Aus welchem Grund?«

»Informanten.«

»Mehr als einer?«

»Brown hatte jemandem bereits Geld geboten, den wir sehr ernst nehmen mussten.«

Ich langte nach dem Glas mit Wasser.

»Das war Anfang des Monats. Ungefähr vor drei Wochen.« Sein Blick schweifte durch das Zimmer.

»Wen wollte er anheuern?«

»Anthony Jones.« Tucker sah mich an.

Meine Verblüffung wurde immer größer, und was er als nächstes sagte, schockierte mich.

»An Heiligabend sollte nicht Anthony Jones erschossen werden, sondern Sie.«

Mir verschlug es die Sprache.

»Das ganze Szenario mit der falschen Wohnung in Whitcomb Court diente dazu, Sie in eine Falle zu locken. Aber nachdem der Sheriff durch die Küche auf den Hinterhof verschwunden war, geriet er in einen Streit mit Jones. Was dann geschah, wissen Sie selbst.« Er stand auf. »Jetzt ist auch der Sheriff tot, und Sie haben bislang, ehrlich gesagt, Glück gehabt.«

»Colonel Tucker.«

Er kam an mein Bett.

»Wussten Sie darüber Bescheid, bevor es passierte?«

»Wollen Sie wissen, ob ich hellsehen kann?« Wieder lächelte er nicht.

»Ich denke, Sie wissen, wonach ich gefragt habe.«

»Wir haben Sie überwacht. Und, nein, wir haben erst nach Heiligabend herausgefunden, dass Sie an diesem Tag hätten umgebracht werden sollen. Hätten wir es vorher gewusst, hätten wir nie zugelassen, dass Sie herumfahren und Decken verteilen.« Er blickte zu Boden, dachte kurz nach. »Sind Sie sicher, dass Sie hier rauswollen?«

»Ja.«

»Wo wollen Sie hin?«

»Nach Hause.«

Er schüttelte den Kopf. »Das kommt nicht in Frage. Und ein Hotel hier am Ort ist auch nicht zu empfehlen.«

»Marino wird bei mir bleiben.«

»Hm, okay, da wird Ihnen bestimmt nichts passieren«, sagte er sarkastisch, als er die Tür öffnete. »Ziehen Sie sich an, Dr. Scarpetta. Wir müssen zu einer Besprechung.«

Als ich kurz darauf aus meinem Krankenhauszimmer trat, wurde ich angestarrt und wortkarg begrüßt. Lucy und Janet standen mit Marino zusammen, etwas abseits von Paul Tucker.

»Dr. Scarpetta, Sie fahren mit mir.« Er nickte Marino zu. »Sie kommen mit den beiden jungen Damen nach.«

Wir gingen einen blitzsauberen weißen Korridor entlang zu den Aufzügen und fuhren hinunter. Überall standen uniformierte Polizisten, und nachdem sich die Türen der Notaufnahme hinter uns geschlossen hatten, begleiteten uns drei Beamte zu den Autos. Marino und Tucker parkten auf den für die Polizei reservierten Plätzen, und als ich Tuckers Privatwagen sah, verspürte ich erneut einen Krampf in der Brust. Er fuhr einen schwarzen Porsche 911. Er war nicht neu, aber in ausgezeichnetem Zustand.

Auch Marino bemerkte den Wagen. Wortlos schloss er seinen Crown Victoria auf.

»Sind Sie gestern Abend aus Richtung Quantico nach Richmond gefahren?«, fragte ich Tucker, sobald wir in seinem Wagen saßen.

Er zog sich den Sicherheitsgurt über die Schulter und ließ

den Motor an. »Warum fragen Sie?« Er klang nicht ausweichend, sondern neugierig.

»Ich bin von Quantico nach Hause gefahren, und ein Auto wie dieses ist sehr dicht auf uns aufgefahren.«

»Uns?«

»Marino und mich.«

»Ich verstehe.« Er fuhr vom Parkplatz und schlug die Richtung zum Polizeipräsidium ein. »Sie waren also auf Seiten der Konföderierten.«

»Dann waren Sie es.«

Die Straßen waren rutschig. Der Wagen glitt aus der Spur, als Tucker vor einer Ampel bremste. Die Scheibenwischer kämpften mit dem Schnee auf der Windschutzscheibe.

»Mir ist gestern Abend ein Aufkleber in Form einer Konföderiertenflagge aufgefallen«, sagte er. »Und ich habe meiner mangelnden Wertschätzung dafür Ausdruck verliehen.«

»Er klebt auf Marinos Stoßstange.«

»Es war mir egal, wem die Stoßstange gehört.«

Ich sah zu ihm hinüber.

»Geschieht dem Captain recht.« Er lachte.

»Reagieren Sie immer so aggressiv? Man läuft dann nämlich Gefahr, erschossen zu werden.«

»Das soll mal einer probieren.«

»So dicht auf andere Autos aufzufahren und bigotte Südstaatler zu provozieren, das ist nicht unbedingt empfehlenswert.«

»Zumindest geben Sie zu, dass er bigott ist.«

»Meine Bemerkung war eher allgemeiner Natur«, sagte ich.

»Sie sind eine intelligente, gebildete Frau, Dr. Scarpetta. Ich verstehe einfach nicht, was Sie an ihm finden.«

»Man kann eine Menge an ihm finden, wenn man sich die Mühe macht, richtig hinzusehen.«

»Er ist ein Rassist, ein Chauvinist und leidet unter Homophobie. Er ist der größte Ignorant, der mir je begegnet ist, und ich wünschte, er wäre nicht mein Problem.«

»Er traut nichts und niemandem. Er ist zynisch, und das bestimmt nicht ohne Grund.«

Tucker schwieg.

»Sie kennen ihn nicht«, fügte ich hinzu.

»Ich will ihn nicht kennen. Er soll verschwinden.«

»Bitte, machen Sie diesen Fehler nicht«, sagte ich mit großem Nachdruck. »Er wäre nicht wieder gutzumachen.«

»Politisch gesehen, ist er ein Albtraum. Man hätte ihm nie Verantwortung für den ersten Bezirk übertragen dürfen.«

»Dann versetzen Sie ihn ins zentrale Morddezernat. Dort gehört er wirklich hin.«

Tucker fuhr schweigend weiter. Er wollte nicht länger über Marino reden.

»Warum hat man mir nicht gesagt, dass jemand mich umbringen will?«, fragte ich, und die Worte klangen unheimlich. Ich konnte ihre Bedeutung nicht wirklich akzeptieren. »Warum haben Sie mir nicht gesagt, dass ich überwacht werde?«

»Ich habe getan, was ich für das beste gehalten habe.«

»Sie hätten es mir sagen sollen.«

Er blickte in den Rückspiegel, um sich zu vergewissern, dass Marino uns noch folgte, als wir um die Rückseite des Polizeipräsidiums von Richmond fuhren.

»Ich war der Meinung, dass Sie in noch größerer Gefahr geschwebt hätten, wenn ich Ihnen mitgeteilt hätte, was wir von unseren Informanten erfahren haben. Ich habe befürchtet, dass Sie … dass Sie aggressiv oder ängstlich werden. Ich wollte, dass Sie sich ganz normal verhalten. Ich wollte nicht, dass Sie in die Offensive gehen und so vielleicht die Situation zum Eskalieren bringen.«

»Ich glaube nicht, dass Sie das Recht hatten, mich nicht zu informieren«, sagte ich bestimmt.

»Dr. Scarpetta.« Er starrte geradeaus. »Ehrlich gesagt, es war und ist mir vollkommen gleichgültig, was Sie denken. Mir geht es ausschließlich darum, Ihr Leben zu schützen.«

An der Mitarbeitereinfahrt zum Parkplatz standen zwei Polizisten mit halbautomatischen Gewehren Wache. Im Schneegestöber wirkten ihre Uniformen pechschwarz. Tucker hielt an und kurbelte das Fenster herunter.

»Alles in Ordnung?«, fragte er.

»Alles ruhig, Sir«, antwortete ein streng dreinblickender Sergeant.

»Seid vorsichtig.«

»Ja, Sir. Das sind wir.«

Tucker schloss das Fenster wieder und fuhr weiter. Er parkte links von der Glastür, die in die Lobby und zu den Arrestzellen in dem riesigen Betonkomplex führten. Auf dem Parkplatz standen ein paar Polizeiautos und zivile Fahrzeuge. Vermutlich waren an diesem Abend wegen der Straßenglätte Verkehrsunfälle zu bearbeiten. Alle anderen Beamten waren auf der Suche nach Gault. In den Augen der Polizei hatte er sich einen neuen Rang erworben. Er war jetzt ein Polizistenmörder.

»Sie und Sheriff Santa fahren ähnliche Wagen«, sagte ich und löste den Sicherheitsgurt.

»Und da endet die Ähnlichkeit auch schon«, erwiderte Tucker und stieg aus.

Sein Büro lag auf einem langen, öden Gang, neben den Räumen des Morddezernats. Sein Zimmer war erstaunlich schlicht eingerichtet, mit unauffälligen, zweckmäßigen Möbeln. Keine schicken Lampen oder Teppiche, an den Wänden keine Fotos von ihm mit Politikern oder anderen Berühmtheiten. Ich sah keine Urkunden oder Diplome, aus denen zu schließen gewesen wäre, wo er ausgebildet worden war oder welche Auszeichnungen er erhalten hatte.

Tucker blickte auf die Uhr und führte uns in ein kleines, fensterloses Besprechungszimmer neben seinem Büro. Es war mit einem dunkelblauen Teppichboden ausgelegt und eingerichtet mit einem runden Tisch, acht Stühlen, einem Fernsehapparat und einem Videorecorder.

»Was ist mit Lucy und Janet?«, fragte ich, weil ich erwartete, dass der Chief sie nicht dabeihaben wollte.

»Ich weiß Bescheid über sie«, sagte er und machte es sich in einem Drehstuhl bequem, als ob er ein Footballspiel ansehen wollte. »Sie sind Agenten.«

»Ich bin keine Agentin«, korrigierte Lucy ihn respektvoll.

Er sah sie an. »Sie haben CAIN entwickelt.«

»Nicht allein.«

»CAIN spielt in diesem Fall eine Rolle, Sie können also getrost hierbleiben.«

»Sie sind online.« Sie erwiderte seinen Blick. »Sie waren der erste.«

Wir wandten uns um, als die Tür aufging und Benton Wesley hereinkam. Er trug Cordhosen und einen Pullover und sah aus, als wäre er zu erschöpft, um noch schlafen zu können.

»Benton, ich gehe davon aus, dass Sie alle Anwesenden kennen«, sagte Tucker, als ob auch er Wesley gut kannte.

»Ja.« Wesley nahm geschäftsmäßig Platz. »Ich komme zu spät, weil Sie gute Arbeit leisten.«

Tucker schien verwirrt.

»Ich wurde an zwei Stellen kontrolliert.«

»Ah.« Tucker war erfreut. »Wir haben alle Kräfte im Einsatz. Und das Wetter spielt mit.« Er meinte es ernst.

Marino erklärte es Lucy und Janet. »Weil es schneit, bleiben die meisten zu Hause. Je weniger Leute unterwegs sind, umso besser für uns.«

»Und wenn Gault auch nicht unterwegs ist?«, fragte Lucy.

»Er muss irgendwo sein«, sagte Marino. »Die Ratte besitzt hier kein Ferienhaus.«

»Wir wissen nicht, wo er sich aufhält«, sagte Wesley. »Vielleicht kennt er jemand in der Gegend.«

»Wohin, glauben Sie, ging er heute Morgen, nachdem er aus dem Leichenschauhaus verschwunden ist?«, fragte Tucker Wesley.

»Ich glaube, dass er noch in der Gegend ist.«

»Warum?«, fragte Tucker.

Wesley sah mich an. »Ich glaube, er will sein, wo wir sind.«

»Was ist mit seiner Familie?«, fragte Tucker.

»Sie leben in der Nähe von Beaufort, South Carolina, wo sie vor kurzem auf einer Insel eine riesige Pekanplantage gekauft haben. Ich glaube nicht, dass Gault dorthin gehen würde.«

»Ich glaube nicht, dass wir da so sicher sein können«, sagte Tucker.

»Er hat sich von seiner Familie völlig entfremdet.«

»Nicht völlig. Von irgendwoher bekommt er Geld.«

»Ja«, sagte Wesley. »Vielleicht geben sie ihm Geld, damit er fortbleibt. Sie stecken in einem Dilemma. Wenn sie ihm nicht helfen, kommt er vielleicht nach Hause. Wenn sie ihm helfen, bleibt er weg und bringt Menschen um.«

»Das klingt, als wären sie gute aufrechte Staatsbürger«, sagte Tucker boshaft.

»Sie arbeiten nicht mit uns zusammen«, sagte Wesley. »Wir haben es versucht. Was haben Sie hier in Richmond noch unternommen?«

»Alles in unserer Macht Stehende«, antwortete Tucker. »Das Arschloch ist schließlich ein Polizistenmörder.«

»Ich glaube nicht, dass er es in erster Linie auf Polizisten abgesehen hat«, sagte Wesley sachlich. »Vermutlich sind ihm Polizisten gleichgültig.«

Tucker wurde wütend. »Er hat den ersten Schuss abgefeuert, wir werden den nächsten abgeben.«

Wesley sah ihn schweigend an.

»Mit zwei Mann besetzte Wagen patrouillieren in der ganzen Gegend«, fuhr Tucker fort. »Auf dem Parkplatz stehen Wachen. In jedem Wagen haben sie ein Foto von Gault. Fotos wurden auch in Geschäften verteilt, soweit sie geöffnet haben.«

»Wer oder was wird überwacht?«

»Orte, an denen er sich aufhalten könnte. Sie stehen unter Beobachtung.« Er sah mich an. »Darunter Ihr Haus und meins. Und das Leichenschauhaus.« Er wandte sich wieder Wesley zu. »Wenn es noch andere Orte gibt, wäre ich Ihnen dankbar, wenn Sie sie mir nennen würden.«

»Es kann nicht viele geben«, entgegnete Wesley. »Er hat die hässliche kleine Angewohnheit, seine Freunde umzubringen. Was ist mit Hubschraubern der State Police und Militärflugzeugen?«

»Sobald es aufgehört hat zu schneien«, sagte Tucker. »Selbstverständlich.«

»Ich verstehe einfach nicht, wie er sich so unauffällig fortbewegen kann«, sagte Janet, die vermutlich den Rest ihres Arbeitslebens immer wieder solche Fragen stellen würde. »Er sieht ungewöhnlich aus. Warum bemerken ihn die Leute nicht?«

»Er ist unheimlich gerissen«, sagte ich.

Tucker wandte sich an Marino. »Haben Sie das Band?«

»Ja, Sir, aber ich bin nicht sicher …«

»Wessen sind Sie nicht sicher, Captain?« Tucker reckte ein wenig das Kinn.

»Ich bin nicht sicher, ob sie es sehen sollten.« Er schaute Janet und Lucy an.

»Bitte legen Sie es ein, Captain«, sagte Tucker kurz angebunden.

Marino schob das Band in den Videorecorder und schaltete das Licht aus. »Es dauert ungefähr eine halbe Stunde«, sagte er, während Zahlen und Striche über den Bildschirm flimmerten. »Hat jemand was dagegen, wenn ich rauche?«

»Ich«, sagte Tucker. »Das ist das Band, das wir in der Videokamera in Sheriff Browns Haus gefunden haben. Ich habe es selbst noch nicht gesehen.«

Der Film begann.

»Okay, das hier ist Lamont Browns Schlafzimmer im ersten Stock«, erklärte Marino.

Das Bett, das ich am Vormittag gesehen hatte, war ordentlich gemacht, Geräusche von jemandem, der sich im Hintergrund bewegte, waren zu hören.

»Ich glaube, das ist der Augenblick, in dem er sich vergewissert hat, ob die Kamera funktioniert«, sagte Marino. »Vielleicht kamen da auch die weißen Rückstände auf die Wand. Sehen Sie, jetzt macht der Film einen Sprung.«

Er drückte auf den Pausenknopf, und wir blickten auf ein verschwommenes Bild des leeren Schlafzimmers.

»Wissen wir, ob Brown Kokain genommen hat?«, fragte Tucker in die Dunkelheit.

»Es ist noch zu früh, um sagen zu können, ob er Kokain genommen hat oder ob es ein Metabolit, Benzoleconin, war«, sagte ich. »Im Augenblick kennen wir nur sein Alkohollevel.«

Marino fuhr fort: »Es sieht so aus, als hätte er die Kamera erst eingeschaltet, dann wieder aus und wieder ein. Man sieht es an der Uhrzeit. Zuerst war es sechs Minuten nach zehn gestern Abend, dann zwanzig nach zehn.«

»Offensichtlich hat er jemanden erwartet«, sagte Tucker.

»Oder sie waren schon da. Haben sich vielleicht unten Kokain reingezogen. Weiter geht's.« Marino drückte wieder auf einen Knopf. »Jetzt geht's richtig los.«

In Tuckers dunklem Besprechungszimmer war es absolut still bis auf die Geräusche eines knarzenden Bettes und Stöhnen, das mehr nach Schmerz als nach Lust klang. Sheriff Brown war nackt und lag auf dem Rücken. Wir sahen den Rücken von Temple Gault, der Chirurgenhandschuhe und sonst nichts trug.

Dunkle Kleidungsstücke lagen auf dem Bett neben ihm. Marino schwieg. Ich sah Lucy und Janet im Profil. Ihre Mienen waren ausdruckslos, Tucker wirkte vollkommen gelassen. Wesley saß neben mir, analysierte.

Gault war ungesund blass, Wirbel und Rippen standen heraus. Offenbar hatte er Gewicht und Muskeln verloren, sein Haar war jetzt weiß, und als er seine Position veränderte, sah ich die vollen Brüste.

Ich bemerkte, wie Lucy erstarrte, und spürte, dass Marino zu mir blickte, während Carrie Grethen ihr Bestes gab, um ihren Kunden in Ekstase zu versetzen. Die Drogen schienen zu wirken, und gleichgültig was sie tat, Sheriff Brown war nicht in der Lage, sein letztes Vergnügen auf Erden bis zum Schluss zu genießen. Lucy hielt den Blick tapfer auf den Bildschirm gerichtet. Sie sah mit an, wie ihre frühere Geliebte an diesem dickbäuchigen, berauschten Mann eine obszöne Handlung nach der anderen vollzog.

Das Ende schien vorhersagbar. Carrie würde eine Waffe ziehen und ihn ins Jenseits befördern. Aber es kam anders. Nach achtzehn Minuten hörte man Schritte in Browns Schlafzimmer, und ihr Komplize kam ins Bild. Temple Gault trug einen schwarzen Anzug und ebenfalls Chirurgenhandschuhe. Er schien nicht die leiseste Ahnung zu haben, dass jeder Lidschlag und jedes Schniefen aufgezeichnet wurde. Er blieb am Fußende des Bettes stehen und sah zu. Brown hatte die Augen geschlossen. Ich war mir nicht sicher, ob er überhaupt bei Bewusstsein war.

»Die Zeit ist um«, sagte Gault ungeduldig.

Seine blassblauen Augen schienen den Bildschirm zu durchdringen. Sie blickten direkt in unser Besprechungszimmer. Er hatte sein Haar nicht wieder gefärbt, es war noch immer karottenrot und glatt aus der Stirn gekämmt. Er knöpfte sein Jackett auf und zog eine Neun-Millimeter-Glock. Lässig ging er zum Kopfende des Bettes.

Carrie sah zu, wie Gault die Pistolenmündung zwischen die Augen des Sheriff platzierte. Sie hielt sich mit den Händen die Ohren zu. Mein Magen verkrampfte sich, und ich ballte die Fäuste, als Gault auf den Abzug drückte und die Pistole abprallte, als wäre sie erschrocken über das, was sie gerade getan hatte. Wir saßen schockiert da, während der Sheriff in seiner Agonie noch kurz zuckte und sich wand. Carrie stieg von ihm herunter.

»Oh, verdammt«, sagte Gault und sah auf seine Brust. »Er hat mich vollgespritzt.«

Carrie zog das Taschentuch aus der Brusttasche seiner Anzugjacke und tupfte ihm Hals und Revers ab.

»Man sieht nichts mehr. Gut, dass du Schwarz trägst.«

»Zieh dich an«, sagte er, als ob ihn ihre Nacktheit anwiderte. Seine Stimme klang jugendlich uneben und leise. Er ging zum Fußende des Bettes und nahm die dunklen Kleidungsstücke.

»Was ist mit seiner Uhr?« Carrie sah auf das Bett hinunter. »Es ist eine Rolex. Eine echte, Baby, aus Gold. Das Armband ist auch echt.«

»Zieh dich jetzt an«, herrschte Gault sie an.

»Ich will mich nicht schmutzig machen«, sagte sie und ließ das blutverschmierte Taschentuch auf den Boden fallen, wo es die Polizei später finden sollte.

»Dann hol den Sack rein«, befahl er ihr.

Er schien sich an den Kleidungsstücken, die er auf die Kommode gelegt hatte, zu schaffen zu machen, aber der Kamerawinkel war so ungünstig, dass wir es nicht genau sehen konnten. Carrie kam mit dem schwarzen Leichensack zurück.

Gemeinsam entsorgten sie Browns Leiche, und zwar auf eine Art, die sowohl gewissenhaft als auch gut geplant wirkte. Zuerst zogen sie ihm den Schlafanzug an, warum, wussten wir nicht. Blut spritzte auf die Schlafanzugjacke, als Gault ihm die Mülltüte über den Kopf stülpte. Anschließend band er sie mit einem Schnürsenkel von den Joggingschuhen im Schrank fest.

Sie hoben die Leiche vom Bett in den schwarzen Sack, der auf dem Boden ausgebreitet lag. Gault hielt Brown unter den Armen, Carrie nahm ihn bei den Knöcheln. Sie legten ihn in den Sack und zogen den Reißverschluss zu. Wir sahen, wie sie Lamont Brown hinaustrugen und hörten Geräusche von der Treppe. Minuten später kam Carrie noch einmal schnell herein, holte die Kleidungsstücke und ging wieder. Das Schlafzimmer war leer.

»Besseres Beweismaterial gibt es nicht«, sagte Tucker angespannt. »Stammen die Handschuhe aus dem Leichenschauhaus?«

»Wahrscheinlich aus dem Kombi, den sie gestohlen haben«, antwortete ich. »In jedem Wagen ist eine Schachtel mit Handschuhen.«

»Das war noch nicht alles«, sagte Marino.

Er ließ das Band im Schnelllauf vorspielen, und wir sahen nach wie vor das leere Schlafzimmer, bis plötzlich eine Gestalt hereinkam. Marino drückte die Rücklauftaste, und die Gestalt hastete rückwärts aus dem Zimmer.

»Diese Szene spielt sich genau eine Stunde elf Minuten später ab«, sagte Marino und drückte auf den Knopf.

Carrie Grethen kam in das Schlafzimmer, gekleidet wie Gault. Wäre das weiße Haar nicht gewesen, hätte ich sie für Gault gehalten.

»Was? Sie hat seinen Anzug an?«, fragte Tucker erstaunt.

»Das ist nicht sein Anzug«, sagte ich. »Sie trägt einen ähnlichen Anzug, aber nicht seinen.«

»Woher wissen Sie das?«, fragte Tucker.

»Ein Taschentuch steckt in der Tasche. Mit Gaults Taschentuch hat sie ihm das Blut abgewischt. Und seine Jacke hatte keine Klappen an den Taschen, ihre aber hat welche.«

»Stimmt«, sagte Marino.

Carrie schaute sich im Zimmer um, auf dem Boden, auf dem Bett, als ob sie etwas verloren hätte. Sie wirkte nervös und wütend, und ich war mir sicher, dass das an der nachlassenden Wirkung des Kokains lag. Sie sah sich noch eine Minute länger um und verließ das Zimmer dann wieder.

»Ich frage mich, was das sollte«, sagte Tucker.

»Warten Sie«, sagte Marino und spielte das Band schnell vor, bis Carrie erneut das Zimmer betrat. Sie suchte wieder, warf finstere Blicke um sich, zog die Decke vom Bett und hob das blutige Kissen hoch. Sie kniete sich auf den Boden und sah unter dem Bett nach. Wild um sich blickend, fluchte sie laut vor sich hin.

»Beeil dich«, war Gaults ungeduldige Stimme von irgendwo außerhalb des Zimmers zu hören.

Sie sah in den Spiegel über der Kommode und strich sich das Haar glatt. Einen Augenblick lang starrte sie genau in die Kamera, und ich erschrak über ihr schlechtes Aussehen. Ich hatte sie früher für schön gehalten, mit makelloser Haut, ebenmäßigen Gesichtszügen und langem, braunem Haar. Die Gestalt, die jetzt vor uns stand, war hager, mit glasigen Augen und einem störrischen weißen Haarschopf. Sie knöpfte die Anzugjacke zu und verließ das Zimmer.

»Was halten Sie davon?«, fragte Tucker Marino.

»Ich weiß es nicht. Ich hab's mir ein dutzend Mal angesehen und werd nicht schlau draus.«

»Sie hat irgendwas verlegt«, sagte Wesley. »Das scheint auf der Hand zu liegen.«

»Vielleicht hat sie nur zum letzten Mal das Zimmer kontrolliert«, sagte Marino. »Um sich zu vergewissern, dass sie nichts übersehen haben.«

»Wie zum Beispiel eine Videokamera«, sagte Tucker sarkastisch.

»Es war ihr egal, ob sie etwas übersehen haben«, sagte Wesley. »Sie hat Gaults blutiges Taschentuch auf dem Boden liegen lassen.«

»Beide trugen Handschuhe«, sagte Marino. »Das heißt, sie gingen durchaus vorsichtig vor.«

»Wurde Geld aus dem Haus gestohlen?«, fragte Wesley.

»Wir wissen nicht, wie viel«, sagte Marino. »Browns Brieftasche war leer. Wahrscheinlich haben sie Waffen, Drogen und Bargeld mitgenommen.«

»Moment«, sagte ich. »Der Umschlag.«

»Welcher Umschlag?«, fragte Tucker.

»Sie haben ihn nicht in die Tasche der Schlafanzugjacke gesteckt. Sie haben Brown angezogen und in dem Sack verstaut, aber der Umschlag war nicht zu sehen. Spul zurück. Spul zurück bis zu der Stelle, um zu sehen, ob ich recht habe.«

Marino ließ das Band zurücklaufen und spielte uns noch einmal die Stelle vor, als Carrie und Gault die Leiche aus dem Zimmer schafften. Brown wurde in den Sack verfrachtet ohne den rosa Umschlag, den ich in der Brusttasche seines Schlafanzugs fand. Ich dachte an die anderen Briefe, die ich bekommen hatte, und an die Schwierigkeiten, die Lucy mit CAIN hatte. Der Umschlag war an mich adressiert und außerdem frankiert gewesen, als hätte der Absender eigentlich beabsichtigt, ihn mir mit der Post zu schicken.

»Das war vielleicht, wonach Carrie gesucht hat«, sagte ich. »Vielleicht stammen die Briefe von ihr. Sie hatte auch vor, diesen letzten an mich zu schicken, deswegen war er adressiert, und eine Briefmarke war draufgeklebt. Und Gault hat ihn, ohne dass Carrie es mitgekriegt hat, in die Schlafanzugtasche gesteckt.«

»Warum sollte Gault das tun?«, fragte Wesley.

»Vielleicht konnte er sich die Wirkung vorstellen, die der Brief haben würde«, sagte ich. »Ich würde ihn im Leichenschauhaus sehen und sofort wissen, dass Brown umgebracht worden und Gault daran beteiligt war.«

»Aber damit sagst du, dass nicht Gault CAIN ist, sondern Carrie Grethen«, warf Marino ein.

»Keiner von beiden ist CAIN«, sagte Lucy. »Sie sind Hacker.«

Wir schwiegen eine Weile.

»Offensichtlich hat Carrie Gault weiterhin mit dem FBI-Computer geholfen«, sagte ich. »Sie arbeiten zusammen. Aber ich glaube, dass er den Brief an sich genommen hat, ohne es ihr zu sagen. Ich bin sicher, dass sie danach gesucht hat.«

»Warum sollte sie in Browns Schlafzimmer danach suchen?«, fragte Tucker. »Gibt es einen Grund, warum sie ihn mit dorthin genommen hat?«

»Sicher«, sagte ich. »Sie hat sich im Schlafzimmer ausgezogen. Vielleicht steckte er in einer Anzugtasche. Spiel uns die Stelle noch mal vor, Marino. Wo Gault die dunklen Kleidungsstücke vom Bett nimmt.«

Er ließ das Band bis zu dieser Stelle zurücklaufen, und obwohl wir nicht sehen konnten, dass Gault den Brief aus einer Tasche nahm, hantierte er doch eindeutig an ihren Sachen herum. Auf jeden Fall konnte er den Brief zu diesem Zeitpunkt an sich gebracht und ihn später – im Wagen oder im Leichenschauhaus – in Browns Tasche gesteckt haben.

»Du glaubst also wirklich, dass sie es war, die dir die Briefe geschickt hat?«, fragte Marino skeptisch.

»Ich halte es für wahrscheinlich.«

»Aber warum?« Tucker war verwirrt. »Warum sollte sie Ihnen so etwas antun, Dr. Scarpetta? Kennen Sie sie?«

»Nein«, sagte ich. »Ich habe sie nur ein paarmal gesehen, und unsere letzte Begegnung war eher eine Konfrontation. Aber die Briefe sahen Gault eigentlich von Anfang an nicht ähnlich.«

»Sie möchte dich gern zerstören«, sagte Wesley ruhig. »Sie möchte euch beide zerstören, Lucy und dich.«

»Aber warum?«, fragte Janet.

»Weil Carrie Grethen eine Psychopathin ist«, antwortete Wesley. »Sie und Gault sind wie Zwillinge. Interessant ist, dass sie sich jetzt auch gleich anziehen. Sie sehen einander ähnlich.«

»Die Sache mit dem Brief verstehe ich trotzdem nicht«, sagte Tucker. »Warum fragt er Carrie nicht danach, anstatt ihn ihr heimlich wegzunehmen?«

»Sie fragen mich danach, wie Gaults Verstand funktioniert«, sagte Wesley.

»Ja, das stimmt.«

»Ich weiß es nicht.«

»Aber es muss etwas bedeuten.«

»Das tut es auch«, erwiderte Wesley.

»Was?«, fragte Tucker.

»Es bedeutet, dass sie glaubt, sie hätte eine Beziehung zu Gault. Sie meint, ihm vertrauen zu können, und sie irrt sich. Es bedeutet, dass er auch sie umbringen wird, wenn sich die Gelegenheit dazu bietet«, sagte Wesley, als Marino das Licht wieder einschaltete.

Alle blinzelten. Ich sah zu Lucy, die nichts zu sagen hatte, und spürte ihre Qual an einer kleinen Geste: Sie hatte ihre Brille aufgesetzt, die sie nur brauchte, wenn sie am Computer saß.

»Offenbar arbeiten sie als Team«, sagte Marino.

»Wer ist der Kopf?«, fragte Janet.

»Gault«, sagte Marino. »Deswegen fuchtelt er mit der Knarre herum, und sie spielt die Nutte.«

Tucker schob seinen Stuhl zurück. »Irgendwie haben sie Brown kennengelernt. Sie haben nicht zufällig bei ihm vorbeigeschaut.«

»Hätte er Gault wiedererkannt?«, fragte Lucy.

»Vermutlich nicht«, sagte Wesley.

»Ich glaube, dass sie sich mit ihm in Verbindung gesetzt haben – oder zumindest Carrie hat es getan –, um an Drogen zu kommen.«

»Seine Nummer steht nicht im Telefonbuch, ist aber bei der Auskunft zu erfahren«, sagte ich.

»Auf seinem Anrufbeantworter waren keine wichtigen Nachrichten«, sagte Marino.

»Mich interessiert die Verbindung«, sagte Tucker. »Wie haben die beiden ihn kennengelernt?«

»Ich tippe auf Drogen«, sagte Wesley. »Vielleicht hat sich Gault auch wegen Dr. Scarpetta für den Sheriff interessiert. Brown hat an Heiligabend jemanden erschossen, und es wurde unablässig in den Medien darüber berichtet. Es war kein Geheimnis, dass Dr. Scarpetta zur Tatzeit am Schauplatz war und vor Gericht würde aussagen müssen.«

Ich dachte daran, was Anna Zenner über Gault und die Geschenke gesagt hatte, die er mir brachte.

»Und Gault wird das alles gewusst haben«, sagte Tucker.

»Möglich«, meinte Wesley. »Wenn wir je herausfinden, wo er wohnt, müssen wir vermutlich feststellen, dass er die Richmonder Zeitung abonniert hat.«

Tucker dachte nach und sah mich dabei an. »Wer hat dann den Polizisten in New York umgebracht? Die Frau mit dem weißen Haar?«

»Nein«, sagte ich. »Sie hätte nicht die Kraft gehabt, so zuzutreten. Es sei denn, sie hat auch einen schwarzen Gürtel in Karate.«

»Waren sie damals beide im Tunnel?«, fragte Tucker.

»Ich weiß nicht, ob sie dabei war«, sagte ich.

»Sie waren dort.«

»Ja, aber ich habe nur eine Person gesehen.«

»Eine Person mit weißem oder mit rotem Haar?«

Ich dachte an die im Torbogen angestrahlte Gestalt. Ich erinnerte mich an den langen dunklen Mantel und das blasse Gesicht. Das Haar hatte ich nicht gesehen.

»Ich vermute, dass es Gault gewesen ist«, sagte ich. »Ich kann es nicht beweisen. Aber uns liegt nichts vor, was darauf hindeutet, dass er eine Komplizin hatte, als er Jane umbrachte.«

»Jane?«, sagte Tucker.

»So nennen wir die Frau, die er im Central Park ermordet hat«, erklärte Marino.

»Dann liegt es nahe, dass er sich erst nach seiner Rückkehr von New York nach Virginia mit dieser Carrie Grethen zusammengetan hat.« Tucker versuchte, die Bruchstücke zu einem Ganzen zu fügen.

»Wir wissen es nicht«, sagte Wesley. »Wir werden nie so präzise wie Wissenschaftler arbeiten können, Paul. Vor allem wenn wir über Gewaltverbrecher reden, die ihr Gehirn mit Drogen zerstören. Je mehr sie dekompensieren, um so bizarrer verhalten sie sich.«

Tucker beugte sich vor und sah ihn unverwandt an. »Bitte, sagen Sie mir, was zum Teufel Sie aus dieser Geschichte machen.«

»Sie standen vorher schon in Verbindung. Vermutlich haben sie sich in einem Spy Shop im Norden Virginias kennengelernt«, sagte Wesley. »Auf diese Weise wurde CAIN angezapft – und wird es noch. Allerdings sieht es jetzt so aus, als hätte sich ihre Beziehung auf eine andere Ebene verlagert.«

»Ja«, sagte Marino. »Bonnie hat Clyde gefunden.«

15

Auf nahezu leeren Straßen fuhren wir zu mir nach Hause. Es war später Abend, und es war vollkommen still, Schnee bedeckte die Erde wie Baumwolle und saugte alle Geräusche auf. Aus dem Weiß erhoben sich schwarze nackte Bäume, der Mond versteckte sich hinter Wolkenfetzen. Ich wollte noch spazieren gehen, aber Wesley ließ mich nicht.

»Es ist spät, und du hast einen Albtraumtag hinter dir«, sagte er, während wir in seinem BMW saßen, der hinter Marinos Wagen vor meinem Haus parkte. »Du musst jetzt hier nicht mehr herumspazieren.«

»Du könntest mitkommen.« Ich fühlte mich verletzlich und erschöpft und wollte nicht, dass er mich allein ließ.

»Keiner von uns muss jetzt hier herumspazieren«, sagte er, als Marino, Janet und Lucy im Haus verschwanden. »Du solltest hineingehen und schlafen.«

»Was machst du?«

»Ich habe ein Zimmer.«

»Wo?«, fragte ich, als hätte ich das Recht, es zu erfahren.

»Linden Row. Im Zentrum. Geh ins Bett, Kay, bitte.« Er starrte auf die Windschutzscheibe. »Ich wünschte, ich könnte mehr für dich tun, aber ich kann nicht.«

»Ich weiß, und ich bitte dich auch nicht darum. Natürlich kannst du nicht mehr tun, als ich tun könnte, wenn du Trost bräuchtest. In solchen Situationen hasse ich es, dich zu lieben. Ich hasse es so sehr. Ich hasse es so sehr, wenn ich dich brauche. Wie jetzt.« Ich kämpfte dagegen an. »Ach, verdammt.«

Er nahm mich in die Arme und trocknete meine Tränen. Er strich mir übers Haar und hielt meine Hand. »Wenn du wirklich möchtest, nehme ich dich mit zu mir.«

Er wusste, dass ich das nicht wollte, weil es nicht möglich war. »Nein«, sagte ich und atmete tief durch. »Nein, Benton.«

Ich stieg aus seinem Auto und hob eine Hand voll Schnee auf. Während ich zur Haustür ging, rieb ich mir damit das Gesicht ab. Niemand sollte merken, dass ich im Dunkeln bei Benton Wesley geweint hatte.

Er fuhr erst los, nachdem ich mich im Haus mit Marino, Lucy und Janet verbarrikadiert hatte. Tucker, der unsere Sicherheit nicht uniformierten Männern in einem Polizeiauto anvertrauen wollte, hatte eine Überwachung rund um die Uhr angeordnet, und Marino war dafür verantwortlich. Er scharte uns um sich wie eine Guerillatruppe.

»Okay«, sagte er, als wir alle in meine Küche gingen. »Ich weiß, dass Lucy schießen kann. Und Sie, Janet, sollten es auch können, wenn Sie jemals die Academy abschließen wollen.«

»Ich konnte schon schießen, bevor ich in die Academy kam«, sagte sie auf ihre ruhige, unerschütterliche Art.

»Doc?«

Ich machte die Kühlschranktür auf. »Ich kann eine Pasta mit Olivenöl, Parmesan und Zwiebeln machen. Es gibt Käse, wenn jemand ein Sandwich will. Oder wenn ihr mir die Zeit lasst, die Sachen aufzutauen, kann ich auch *Piccagge col pesto di ricotta* oder *Tortellini verdi* machen. Wenn ich beides auftaue, wird es für vier reichen.«

Keiner sagte etwas.

Ich wollte so gern etwas ganz Normales tun. »Tut mir leid«, sagte ich verzweifelt. »Ich war in den letzten Tagen nicht einkaufen.«

»Ich muss an deinen Safe, Doc«, sagte Marino.

»Ich habe Bagels.«

»He, hat eine von euch Hunger?«, fragte Marino.

Hatten sie nicht. Ich schloss den Kühlschrank. Der Safe mit den Waffen war in der Garage. »Komm mit«, sagte ich zu ihm.

Er folgte mir, und ich öffnete ihn.

»Würdest du mir vielleicht sagen, was du vorhast?«, fragte ich ihn.

»Ich bewaffne uns«, sagte er, als er eine Handfeuerwaffe nach der anderen herausnahm und meine Munitionsvorräte überprüfte. »Verdammt, du musst Aktien von Green Top haben.«

Green Top war eine Waffenhandlung, die nicht an Kriminelle verkauften, sondern nur an normale Bürger, die Waffen aus sportlichen Gründen oder zum Schutz ihres Hauses brauchten. Daran erinnerte ich Marino, obwohl ich nicht leugnen konnte, dass ich vielleicht zu viele Waffen und zu viel Munition besaß.

»Ich wusste gar nicht, was du alles hast«, fuhr Marino fort, der halb in meinem großen, schweren Safe verschwunden war. »Wann hast du dir das ganze Zeug zugelegt? Ich jedenfalls war nicht dabei.«

»Ab und zu gehe ich allein einkaufen«, sagte ich in scharfem Ton. »Du kannst es glauben oder nicht, aber ich bin durchaus in der Lage, Kleider, Lebensmittel und Waffen allein einzukaufen. Und ich bin furchtbar müde, Marino. Lass uns zu einem Ende kommen.«

»Wo sind deine Gewehre?«

»Was für welche willst du?«

»Was für welche hast du?«

»Remingtons. Eine Marine Magnum. Eine 870 Express Security.«

»Das wird reichen.«

»Möchtest du, dass ich mich nach Plastiksprengstoff umschaue? Vielleicht finde ich auch noch ein paar Handgranaten.«

Er zog eine Glock-Neun-Millimeter heraus. »Du hast also auch Kampf-Tupperware.«

»Ich hab sie für Testschüsse gebraucht. Wie die meisten dieser Waffen. Ich muss auf diversen Kongressen diverse Vorträge halten. Du treibst mich in den Wahnsinn. Wirst du dir als nächstes meinen Kleiderschrank vornehmen?«

Marino steckte sich die Glock hinten in den Hosenbund. »Mal sehen. Ich werd noch deine Smith & Wesson und deinen Colt beschlagnahmen. Janet mag Colts.«

Ich schlug den Safe zu und drehte wütend an dem Sicherheitsschloss. Dann kehrten Marino und ich ins Haus zurück, und ich ging nach oben, weil ich nicht mit ansehen wollte, wie er Waffen und Munition verteilte. Der Gedanke, dass unten Lucy mit einer halbautomatischen Waffe herumsaß, war mir unerträglich, und ich fragte mich, ob irgendetwas Gault aus dem Konzept bringen oder ihm Angst einjagen würde. Ich kam zu dem Schluss, dass er ein lebender Toter war und keine bekannte Waffe ihn aufhalten würde.

Ich schaltete das Licht in meinem Schlafzimmer aus und stellte mich ans Fenster. Mein Atem kondensierte am Glas, während ich in die schneehelle Nacht hinausschaute. Ich erinnerte mich an meine erste Zeit in Richmond, als ich nachts aufgewacht war und die Welt ebenso still und weiß gewesen war wie jetzt. Mehrere Male hatte der Schnee die Stadt lahm gelegt, und ich konnte nicht zur Arbeit. Ich erinnerte mich daran, wie ich durch die Straßen marschierte und Schneebälle auf die Bäume warf. Ich erinnerte mich daran, wie ich die Kinder beobachtete, die Schlitten durch die Straßen zogen.

Ich wischte die Feuchtigkeit von der Scheibe und war zu traurig, um irgendjemandem meine Gefühle mitteilen zu können. In allen Fenstern in der Straße brannten Weihnachtskerzen, nur nicht in meinen. Die Straße war hell erleuchtet und leer. Nicht ein einziges Auto fuhr vorbei. Ich wusste, dass Marino mit seinem weiblichen Sonderkommando die halbe Nacht wach bleiben würde. Eine herbe Enttäuschung erwartete sie.

Gault würde nicht kommen. Allmählich entwickelte ich einen Instinkt für ihn. Was Anna über ihn gesagt hatte, war wahrscheinlich richtig.

Ich las, bis ich einschlief, und wachte um fünf wieder auf. Leise ging ich hinunter und hoffte, nicht in meinem eigenen Haus von einer Schrotladung ins Jenseits befördert zu werden. Aber die Tür zum Gästezimmer war geschlossen, und Marino schnarchte auf der Couch. Ich schlich in die Garage und fuhr rückwärts meinen Mercedes hinaus. Er glitt mühelos über den weichen trockenen Schnee. Ich fühlte mich wie ein Vogel und flog davon.

Ich fuhr ziemlich schnell die Cary Street entlang, und als der Wagen ins Schleudern kam, hatte ich meinen Spaß daran. Niemand außer mir war unterwegs. Ich schaltete herunter und fuhr durch die Schneeverwehungen auf dem Parkplatz von Safeway. Der Supermarkt war immer geöffnet, und ich kaufte Orangensaft, Frischkäse, Schinken und Eier. Ich trug einen Hut, und niemand kümmerte sich um mich.

Als ich zum Auto zurückging, war ich so glücklich wie seit Wochen nicht mehr. Auf der Rückfahrt sang ich die Songs im Radio mit und ließ den Wagen schleudern, wenn ich es mir ohne Risiko erlauben konnte. Ich fuhr in die Garage, und Marino stand vor mir, die flache schwarze Benelli-Flinte in der Hand.

»Was zum Teufel glaubst du eigentlich, tust du da?«, rief er, als ich das Garagentor schloss.

»Ich war einkaufen.« Meine Euphorie löste sich in Nichts auf.

»Verdammt noch mal. Ich kann nicht glauben, dass du das getan hast«, schrie er mich an.

»Was soll das?« Ich verlor die Beherrschung. »Bin ich etwa Patty Hearst? Willst du mich kidnappen? In einen Schrank einsperren?«

»Geh ins Haus.« Marino war beinahe außer sich.

Ich starrte ihn eiskalt an. »Das ist mein Haus. Nicht dein Haus. Nicht Tuckers Haus. Nicht Bentons Haus. Das ist mein Haus. Und ich werde hineingehen, wann es mir passt.«

»Gut. Und du kannst drin genauso krepieren wie sonst irgendwo.«

Ich folgte ihm in die Küche. Ich zerrte die Lebensmittel aus der Tüte und knallte sie auf den Tisch. Ich schlug Eier in eine Schüssel und warf die Schalen in den Abfall. Ich schaltete den Herd an und verquirlte die Eier mit Zwiebeln und Käse. Ich kochte Kaffee und fluchte, weil ich vergessen hatte, Milch mit niedrigem Fettgehalt zu kaufen. Ich riss vier Fetzen Papier von der Küchenrolle ab, weil ich auch keine Servietten hatte.

»Du kannst den Tisch im Wohnzimmer decken und den Kamin anmachen«, sagte ich und gab Pfeffer auf die schaumige Omelettmasse.

»Der Kamin ist seit gestern Abend an.«

»Sind Lucy und Janet schon wach?« Allmählich fühlte ich mich wieder besser.

»Keine Ahnung.«

Ich rieb eine Pfanne mit Olivenöl aus. »Dann klopf an ihre Tür.«

»Sie schlafen in einem Zimmer.«

»Mein Gott, Marino.« Ich drehte mich um und sah ihn fassungslos an.

Um halb acht frühstückten wir und lasen die schneenasse Zeitung.

»Was hast du heute vor?«, fragte mich Lucy, als ob wir irgendwo in den Alpen Urlaub machten. Sie saß auf einer Ottomane vor dem Kamin, die geladene Remington lag neben ihr auf dem Boden.

»Ich muss ein paar Dinge erledigen und einige Anrufe machen«, sagte ich.

Marino beobachtete mich argwöhnisch, während er seinen Kaffee schlürfte.

Ich sah ihn an. »Ich fahre in die Stadt.«

»Benton ist bereits abgereist«, sagte Marino.

Ich spürte, dass ich rot wurde.

»Ich hab versucht, ihn anzurufen, er war aber schon nicht mehr im Hotel.« Marino schaute auf die Uhr. »Das war vor ungefähr zwei Stunden. Um sechs.«

»Als ich Stadt sagte, meinte ich das Leichenschauhaus«, sagte ich gelassen.

»Du solltest nach Norden fahren, Doc, nach Quantico, und dich für eine Weile im Sicherheitsstockwerk einmieten. Im Ernst. Zumindest übers Wochenende.«

»Okay. Aber erst muss ich hier noch ein paar Dinge erledigen.«

»Dann nimm Lucy und Janet mit.«

Lucy sah zum Fenster hinaus, und Janet las immer noch in der Zeitung.

»Nein«, sagte ich. »Sie können hier bleiben, bis wir nach Quantico aufbrechen.«

»Das ist keine gute Idee.«

»Marino, wenn ich nicht wegen irgendwas, von dem ich keine Ahnung habe, verhaftet bin, werde ich in weniger als einer halben Stunde das Haus verlassen und in mein Büro fahren. Und zwar *allein*.«

Janet legte die Zeitung weg und sagte zu Marino: »Es gibt einen Punkt, an dem man mit seinem normalen Leben weitermachen muss.«

»Hier geht es um Leben und Tod«, wies Marino sie ab.

Janet blieb gelassen. »Geht es nicht. Es geht darum, ob Sie sich wie ein Mann verhalten.«

Marino blickte verständnislos drein.

»Sie fühlen sich als der große Beschützer«, fügte sie hinzu. »Sie wollen das Kommando und alles unter Kontrolle haben.«

Marino schien sich nicht zu ärgern, vermutlich weil sie nicht aggressiv war. »Haben Sie eine bessere Idee?«, fragte er.

»Dr. Scarpetta kann auf sich selbst aufpassen«, sagte Janet. »Aber sie sollte nicht nachts allein hier in ihrem Haus sein.«

»Er wird nicht hierherkommen«, sagte ich.

Janet stand auf und reckte sich. »Er wahrscheinlich nicht, aber vielleicht Carrie.«

Lucy wandte sich vom Fenster ab. Draußen blendete der Schnee, und überall von den Dachrinnen tropfte es.

»Warum kann ich nicht mit dir ins Büro kommen?«, fragte mich meine Nichte.

»Dort gibt es nichts für dich zu tun«, sagte ich. »Du würdest dich langweilen.«

»Ich kann am Computer arbeiten.«

Später nahm ich Lucy und Janet mit in mein Büro und ließ sie dort in der Obhut von Fielding, meinem Stellvertreter. Um elf Uhr waren die Straßen matschig, die Geschäfte öffneten gerade. In wasserdichten Stiefeln und in einer langen Jacke stand ich auf dem Gehsteig und wartete, bis ich die Franklin Street überqueren konnte. Die Straßenwacht streute Salz, und es herrschte kaum Verkehr an diesem Freitag vor Silvester.

Die James-Galerie war im zweiten Stock eines früheren Lagerhauses für Tabak, neben Laura Ashley und einem Plattenladen. Ich betrat das Gebäude durch eine Seitentür, ging einen dunklen Korridor entlang und stieg in einen kleinen Aufzug, in dem maximal drei Personen meiner Statur Platz hatten. Im zweiten Stock erwartete mich wieder ein düsterer Korridor, an dessen Ende der Name der Galerie in schwarzer Schrift auf einer gläsernen Tür prangte.

James hatte die Galerie nach seinem Umzug von New York nach Richmond eröffnet. Ich hatte einen Druck und einen geschnitzten Vogel bei ihm gekauft, und auch die kunstvolle Glastür in meinem Esszimmer stammte von hier. Vor ungefähr einem Jahr war ich zum letzten Mal hier gewesen, als ein Künstler aus Richmond mir zu Ehren geschmacklose seidene Laborkittel mit stilisierten Blutflecken und Knochen und Darstellungen von Verbrechen entworfen hatte. Ich bat James, sie nicht zu verkaufen. Daraufhin bestellte er noch mehr davon.

Ich sah ihn hinter einem Schaukasten stehen und Armbänder arrangieren. Er blickte auf, als ich klingelte. Er schüttelte den Kopf und gab mir zu verstehen, dass die Galerie geschlossen war. Ich nahm Hut und Sonnenbrille ab und klopfte an die Glastür. Er starrte mich ausdruckslos an, bis ich meine Dienstmarke zog.

Als er mich wieder erkannte, reagierte er zuerst erschrocken, dann schien er verwirrt. James, der darauf bestand, dass alle Welt ihn James nannte, weil er mit Vornamen Elmer hieß, kam zur Tür. Er sah mir noch einmal ins Gesicht, und als er die Tür aufmachte, klingelte ein Glöckchen.

»Was um alles in der Welt wollen Sie denn hier?«, sagte er, als ich eintrat.

»Sie und ich, wir müssen miteinander sprechen.«

»Ich hab keine Laborkittel mehr.«

»Freut mich zu hören.«

»Mich auch. An Weihnachten hab ich die letzten verkauft. Von diesen albernen Kitteln verkauf ich mehr als von allen anderen Sachen. Als Nächstes wollen wir Chirurgenanzüge aus Seide anbieten. Solche, wie Sie sie tragen, wenn Sie Autopsien machen.«

»Sie verhalten sich nicht mir gegenüber respektlos, sondern den Toten. Und tot werden Sie auch einmal sein. Vielleicht sollten Sie darüber mal nachdenken.«

»Das Problem mit Ihnen ist, dass Sie keinen Sinn für Humor haben.«

»Ich bin nicht hier, um mit Ihnen darüber zu reden, was Ihrer Ansicht nach mein Problem ist.«

James war ein großer, nervöser Mann mit grauem Haar und Schnurrbart; er hatte sich auf minimalistische Malerei, Bronzeskulpturen und Einrichtungsgegenstände, auf ungewöhnlichen Schmuck und Kaleidoskope spezialisiert. Natürlich hatte er eine Vorliebe fürs Bizarre, Despektierliche, und Schnäppchen waren in seiner Galerie nicht zu machen. Er behandelte seine Kunden, als müssten sie sich glücklich schätzen, Geld in seiner Galerie ausgeben zu dürfen. Ich war mir nicht sicher, ob es überhaupt jemanden gab, den er anständig behandelte.

»Was wollen Sie von mir?«, fragte er. »Ich weiß, was hier um die Ecke passiert ist, in Ihrem Leichenschauhaus.«

»Das glaube ich. Ich kann mir nicht vorstellen, dass irgendjemand in Richmond noch nicht davon gehört hat.«

»Stimmt es, dass einer der Polizisten in einem …«

Ich starrte ihn wütend an.

Er kehrte zu dem Schaukasten zurück, wo er, wie ich jetzt sah, winzige Preisschilder an goldene und silberne Armbänder anbrachte, die Schlangen, Zöpfen und Handschellen nachempfunden waren.

»Die sind was Besonderes, nicht wahr?« Er lächelte.

»Zumindest sind sie anders.«

»Das gefällt mir am besten.« Er hielt ein Armband hoch, mit ineinander verflochtenen Händen aus Rotgold.

»Vor ein paar Tagen war jemand in Ihrer Galerie und hat mit meiner Kreditkarte bezahlt«, sagte ich.

»Ja. Ihr Sohn.« Er legte das Armband zurück in den Kasten.

»Mein *was?*«

Er sah mich an. »Ihr Sohn. Moment mal, ich glaube, sein Name ist Kirk.«

»Ich habe keinen Sohn. Ich habe überhaupt keine Kinder.

Und vor einiger Zeit wurde meine goldene American-Express-Karte gestohlen.«

»Warum um alles in der Welt haben Sie sie nicht sperren lassen?«, fragte er tadelnd.

»Ich habe erst vor kurzem erfahren, dass sie gestohlen wurde. Aber auch darüber will ich nicht mit Ihnen sprechen. Sie müssen mir genau erzählen, was passiert ist.«

James zog einen Stuhl heran und setzte sich. Mich ließ er stehen. »Er kam am Freitag vor Weihnachten«, sagte er. »Ungefähr um vier Uhr nachmittags.«

»Es war ein Mann?«

James blickte mich angewidert an. »Ich kenne den Unterschied. Ja. Es war ein Mann.«

»Bitte, beschreiben Sie ihn.«

»Ungefähr eins fünfundsiebzig, schlank, scharfe Gesichtszüge. Seine Wangen waren etwas eingefallen. Eigentlich fand ich, dass er eine ziemlich auffällige Erscheinung war.«

»Wie sah sein Haar aus?«

»Er trug eine Baseballkappe, deswegen habe ich nicht viel davon gesehen. Aber ich hatte den Eindruck, dass es ganz schrecklich rot war. Ein Pippi-Langstrumpf-Rot. Ich weiß nicht, wer ihn unter die Finger gekriegt hat, aber er sollte die Person wegen Vernachlässigung der beruflichen Sorgfaltspflicht verklagen.«

»Und seine Augen?«

»Er trug eine sehr dunkle Brille. Könnte von Armani gewesen sein.« Irgendetwas amüsierte ihn. »Ich war unheimlich überrascht, dass Sie so einen Sohn haben. Ich hätte eher darauf getippt, dass Ihr Sohn Khakihosen und schmale Krawatten trägt und aufs MIT geht …«

»James, das ist nicht zum Spaßen«, unterbrach ich ihn.

Als ihm die Bedeutung meiner Worte klar wurde, begann er zu strahlen und die Augen weit aufzureißen. »O mein Gott.

Der Mann, von dem ich gelesen habe? Der, der … *Er* war in meiner Galerie?«

Ich sagte nichts.

James geriet in Ekstase. »Wissen Sie, was das heißt? Wenn bekannt wird, dass er hier eingekauft hat?«

Ich schwieg eisern.

»Das ist die beste Reklame für mein Geschäft. Von überall her werden die Leute kommen. Stadtrundfahrten werden an meiner Galerie vorbeiführen.«

»Richtig. Setzen Sie's nur gleich in die Zeitung. Und Gestörte aus der ganzen Region werden bei Ihnen Schlange stehen. Sie werden Ihre teuren Bilder und Statuen und Teppiche betatschen und Ihnen endlose Fragen stellen. Kaufen werden sie selbstverständlich nichts.«

Das brachte ihn zum Schweigen.

»Was tat er, als er hier in Ihrer Galerie war?«

»Er hat sich umgesehen. Hat gesagt, er bräuchte auf die Schnelle noch ein Geschenk.«

»Wie klang seine Stimme?«

»Ruhig. Ziemlich hoch. Ich habe ihn gefragt, für wen das Geschenk sei, und er sagte, für seine Mutter. Sie sei Ärztin. Dann habe ich ihm die Nadel gezeigt, die er letzten Endes auch gekauft hat. Es war ein Äskulapstab. Zwei weiße Schlangen, die sich um einen gelbgoldenen Stab winden. Die Augen der Schlangen waren Rubine. Sie war handgemacht und unglaublich toll.«

»Und die hat er für zweihundertfünfzig Dollar gekauft?«

»Ja.« Er musterte mich, das Kinn auf eine Hand gestützt. »Die Nadel passt perfekt zu Ihnen. Wirklich. Soll ich Ihnen noch eine anfertigen lassen?«

»Was geschah, nachdem er sich für die Nadel entschieden hatte?«

»Ich fragte ihn, ob ich sie als Geschenk verpacken sollte,

was nicht der Fall war. Dann zückte er die Kreditkarte. Und ich sagte: ›Tja, die Welt ist wirklich klein. Ihre Mutter arbeitet gleich hier um die Ecke.‹ Er hat nichts darauf gesagt. Da habe ich ihn gefragt, ob er über die Feiertage nach Hause gekommen sei, und er hat gelächelt.«

»Er hat nichts gesagt?«

»Nein. Man musste ihm alles aus der Nase ziehen. Er war nicht unbedingt freundlich, aber höflich.«

»Wissen Sie noch, wie er angezogen war?«

»Langer, schwarzer Ledermantel. Zugegürtet, deswegen weiß ich nicht, was er drunter anhatte. Aber er sah scharf aus.«

»Schuhe?«

»Ich glaube, er trug Stiefel.«

»Ist Ihnen noch irgendetwas an ihm aufgefallen?«

Er dachte eine Weile nach, sah an mir vorbei zur Tür. »Jetzt, wo Sie danach fragen, glaube ich, dass er so was wie Brandwunden an den Fingern hatte. Die fand ich etwas unheimlich.«

»Wirkte er ungepflegt?«, fragte ich, denn je größer die Crack-Sucht war, umso weniger Wert legte man auf Kleidung und Sauberkeit.

»Er wirkte sauber. Aber ich bin ihm nicht sehr nahe gekommen.«

»Außer der Nadel hat er nichts gekauft?«

»Leider nein.«

Elmer James stützte das Kinn wieder auf die Hand und seufzte. »Wie hat er mich bloß gefunden?«

Ich ging zurück, wich dem Schneematsch aus und den Autos, die achtlos hindurchfuhren. Einmal wurde ich trotzdem vollgespritzt. Janet sah sich ein Lehrvideo über Autopsien an, und Lucy war im Computerraum. Ich fuhr mit dem Aufzug in die Leichenhalle, um nach meinen Mitarbeitern zu sehen.

Fielding arbeitete an Tisch eins. Eine junge Frau lag darauf, die man tot im Schnee vor ihrem Schlafzimmerfenster gefunden hatte. Ihre Haut war pinkfarben, und ich roch Alkohol in ihrem Blut. Ihr rechter Arm steckte in einem Gipsverband, der mit Sprüchen und Autogrammen vollgekritzelt war.

»Wie steht's?«, fragte ich.

»Sie hat 'ne Menge Alkohol im Blut«, sagte Fielding, der gerade einen Abschnitt ihrer Aorta untersuchte, »aber nicht genug, um daran gestorben zu sein. Vermutlich ist sie erfroren.«

»Unter welchen Umständen?« Ich musste unwillkürlich an Jane denken.

»Offensichtlich war sie mit Freunden unterwegs und hat getrunken. Als sie sie gegen elf Uhr abends nach Hause brachten, hat es ziemlich stark geschneit. Sie ließen sie aussteigen, haben aber nicht gewartet, bis sie im Haus war. Die Polizei glaubt, dass ihr der Schlüssel in den Schnee gefallen ist, und sie war so betrunken, dass sie ihn nicht mehr gefunden hat.«

Er legte den Aorta-Abschnitt in ein Glas mit Formalin. »Dann wollte sie durch ein Fenster ins Haus klettern. Mit dem Gips hat sie versucht, die Scheibe einzuschlagen.«

Er hob das Gehirn aus dem Schädel. »Das Fenster war zu hoch, und mit nur einem gesunden Arm wäre sie sowieso nicht hinaufgekommen. Dann ist sie vermutlich bewusstlos geworden.«

»Nette Freunde«, sagte ich und ging weiter.

Dr. Anderson, die neu war, fotografierte eine einundneunzigjährige Frau mit einer gebrochenen Hüfte. Ich nahm die Papiere vom Tisch und las schnell die Fallgeschichte.

»Ist das eine Autopsie?«, fragte ich.

»Ja«, antwortete Dr. Anderson.

»Warum?«

Sie hielt inne und sah mich durch ihren Gesichtsschild an. An ihren Augen erkannte ich, dass ich sie eingeschüchtert hatte. »Die Fraktur war vor zwei Wochen. Der Arzt in Albemarle meinte, dass sie an einer durch den Unfall bedingten Komplikation gestorben sein könnte.«

»Unter welchen Umständen ist sie gestorben?«

»Sie hatte Wasser in der Pleura und klagte über Kurzatmigkeit.«

»Ich kann keinen direkten Zusammenhang zwischen diesen Beschwerden und einer gebrochenen Hüfte erkennen.«

Dr. Anderson legte die behandschuhten Hände auf den Rand des Stahltisches.

»Gott kann einen jederzeit zu sich rufen. Sie können sie freigeben. Sie ist kein Fall für den Leichenbeschauer.«

»Dr. Scarpetta«, Fielding übertönte das Geräusch der Knochensäge. »Wissen Sie, dass am Donnerstag der Transplantationsausschuss tagt?«

»Ich muss als Geschworene antreten.« Ich wandte mich an Dr. Anderson. »Haben Sie am Donnerstag einen Gerichtstermin?«

»Die Sache ist noch nicht ausgestanden. Sie schicken mir dauernd Vorladungen, obwohl ihnen meine eidesstattliche Aussage schriftlich vorliegt.«

»Bitten Sie Rose, sich darum zu kümmern. Wenn Sie nicht hinmüssen und wir am Donnerstag kein volles Haus haben, dann gehen Sie mit Fielding zu dem Ausschusstreffen.«

Ich überprüfte Tische und Schränke und fragte mich, ob noch mehr Schachteln mit Handschuhen fehlten. Aber Gault schien nur die Schachtel aus dem Kombi an sich genommen zu haben. Ich überlegte, was ihn oben in meinem Büro noch interessiert haben könnte, und meine Gedanken verdüsterten sich.

Ich ging direkt in mein Zimmer und öffnete die Tür des Schränkchens, auf dem mein Mikroskop stand. Ganz hinten bewahrte ich einen Satz Seziermesser auf, den Lucy mir zu Weihnachten geschenkt hatte. Die Messer stammten aus

Deutschland, waren aus rostfreiem Stahl mit glatten, leichten Griffen; sie waren teuer und unglaublich scharf. Ich schob Mappen mit Dias, Zeitschriften, Glühlämpchen für das Mikroskop, Batterien und Druckerpapier-Stapel beiseite. Die Messer waren verschwunden.

Rose saß in ihrem Büro, das sich neben meinem befand, und telefonierte. Ich wartete neben ihrem Schreibtisch.

»Aber ihre eidesstattliche Aussage liegt Ihnen doch vor«, sagte sie. »Wieso schicken Sie ihr dann noch eine Vorladung, damit sie vor Gericht aussagt?«

Sie sah mich an und verdrehte die Augen. Rose war nicht mehr die Jüngste, aber so wachsam und energisch wie eh und je. Ob es regnete oder die Sonne schien, sie war da, die Inspizientin von *Les Misérables*.

»Ja, ja. Jetzt verstehen wir uns.« Sie kritzelte etwas auf einen Notizblock. »Ich versichere Ihnen, dass Dr. Anderson sehr dankbar sein wird. Natürlich. Auf Wiederhören.«

Meine Sekretärin legte auf und wandte sich mir zu. »Sie sind zu viel weg.«

»Sprechen Sie weiter«, sagte ich.

»Sie sollten aufpassen. Sonst habe ich eines Tages einen neuen Arbeitgeber.«

Ich war zu erschöpft, um in der gleichen Tonart zu antworten. »Ich würde es Ihnen nicht verübeln.«

Sie sah mich an wie eine schlaue Mutter, die wusste, dass ihr Kind heimlich getrunken oder geraucht hatte. »Was ist los mit Ihnen, Dr. Scarpetta?«

»Haben Sie meine Seziermesser gesehen?«

Sie wusste nicht einmal, wovon ich sprach.

»Lucy hat sie mir geschenkt. Drei Stück in einer Plastikschachtel. Sie waren unterschiedlich groß.«

Sie erinnerte sich. »Ach ja. Jetzt weiß ich es wieder. Ich dachte, Sie heben sie in Ihrem Schrank auf.«

»Sie sind nicht mehr da.«

»Sch… Hoffentlich war es nicht der Putztrupp. Wann haben Sie sie zum letzten Mal gesehen?«

»Gleich nachdem Lucy sie mir gegeben hat, das heißt kurz vor Weihnachten. Sie wollte sie nicht mit nach Miami nehmen. Ich habe sie Ihnen gezeigt, erinnern Sie sich? Und dann habe ich sie in meinen Schrank gelegt, weil ich sie nicht unten aufbewahren wollte.«

Rose blickte grimmig drein. »Ich weiß, was Sie denken. Uh.« Sie schauderte. »Was für ein grausliger Gedanke.«

Ich zog einen Stuhl heran und setzte mich. »Der Gedanke, dass er so etwas mit meinen Messern macht …«

»Daran dürfen Sie nicht denken«, unterbrach sie mich. »Sie haben keine Kontrolle über das, was er tut.«

Ich starrte ins Leere.

»Ich mache mir Sorgen um Jennifer«, sagte sie nach einer Weile.

Jennifer war eine Angestellte, die Fotos sortierte, Telefonanrufe beantwortete und die Daten der Todesfälle in den Computer eingab.

»Sie hat ein Trauma.«

»Von dem, was hier passiert ist«, vermutete ich.

Rose nickte. »Sie war heute lange auf der Toilette und hat geweint. Natürlich ist es schrecklich, was hier passiert ist. Außerdem zirkulieren viele Gerüchte. Aber sie ist wesentlich mehr durcheinander als alle anderen. Ich hab versucht, mit ihr zu reden. Ich fürchte, sie wird kündigen.« Sie bewegte die Maus und drückte auf eine Taste. »Ich werde die Autopsieprotokolle für Sie ausdrucken.«

»Haben Sie beide schon geschrieben?«

»Ich war heute früh da. Mein Wagen hat Vierradantrieb.«

»Ich werde mit Jennifer sprechen«, sagte ich.

Ich ging den Flur entlang und warf einen Blick in den Computerraum. Lucy saß wie hypnotisiert vor einem Bildschirm. Ich wollte sie nicht stören. Weiter vorn beantwortete Tamara einen Anruf, während zwei andere Telefone klingelten, und ein drittes blinkte. Cleta fotokopierte, und Jo gab die Daten von Totenscheinen ein.

Ich ging den Flur wieder zurück und drückte die Tür zur Damentoilette auf. Jennifer stand vor einem Waschbecken und wusch sich das Gesicht mit kaltem Wasser.

»Oh!«, rief sie, als sie mich im Spiegel sah. »Hallo, Dr. Scarpetta.« Sie wirkte nervös und verlegen.

Sie war eine unscheinbare junge Frau, die ihr Leben lang mit Gewichtsproblemen würde kämpfen müssen und mit Kleidern, die sie verbargen. Sie hatte Froschaugen, vorstehende Zähne und fliegendes Haar. Sie trug das Make-up zu dick auf, sogar an einem Tag wie diesem, an dem es vollkommen unwichtig war.

»Bitte, setzen Sie sich doch«, sagte ich freundlich und deutete auf einen roten Plastikstuhl.

»Es tut mir leid«, sagte sie. »Ich kann heute nicht richtig arbeiten.«

Ich setzte mich neben sie. »Sie sind durcheinander.«

Sie biss sich auf die Unterlippe, damit sie aufhörte zu zittern, und ihre Augen füllten sich mit Tränen.

»Kann ich Ihnen irgendwie helfen?«, fragte ich.

Sie schüttelte den Kopf und begann zu schluchzen. »Ich kann nicht aufhören. Ich kann einfach nicht aufhören zu weinen. Und wenn jemand auch nur seinen Stuhl verrückt, zucke ich zusammen.« Mit einem Papierhandtuch wischte sie sich die Tränen ab, ihre Hände zitterten. »Vielleicht werde ich verrückt.«

»Wann hat es angefangen?«

Sie putzte sich die Nase. »Gestern. Nachdem der Sheriff und der Polizist gefunden wurden. Sie haben gesagt, dass sogar seine Stiefel gebrannt haben.«

»Jennifer, erinnern Sie sich an das Papier über posttraumatisches Stresssyndrom, das ich verteilt habe?«

»Ja, Ma'am.«

»An einem Ort wie diesem kann jeder davon betroffen werden. Jeder einzelne von uns. Auch ich.«

»Sie?« Ihr Mund stand offen.

»Sicher. Sogar mehr als alle anderen.«

»Ich dachte, Sie wären daran gewöhnt.«

»Gott behüte, dass sich auch nur einer von uns daran gewöhnt.«

»Reagieren Sie manchmal so wie ich jetzt?« Sie flüsterte, als ob wir über Sex redeten. »Das kann ich mir gar nicht vorstellen.«

»Aber natürlich. Manchmal bin ich sehr durcheinander.«

Wieder schwammen ihre Augen in Tränen, und sie atmete tief durch. »Jetzt geht's mir schon viel besser. Wissen Sie, als ich noch ein Kind war, hat mein Daddy immer zu mir gesagt, wie dumm und fett ich bin. Ich konnte mir einfach nicht vorstellen, dass jemand wie Sie genauso empfinden könnte wie ich.«

»Niemand hätte jemals so etwas zu Ihnen sagen dürfen«, sagte ich mit großem Nachdruck. »Sie sind eine wunderbare Person, Jennifer, und wir sind froh, dass Sie bei uns arbeiten.«

»Danke«, sagte sie ruhig mit gesenktem Blick.

Ich stand auf. »Ich denke, Sie sollten jetzt nach Hause gehen und sich ein verlängertes Wochenende nehmen. Was halten Sie davon?«

Sie blickte weiterhin auf den Boden. »Ich glaube, ich habe ihn gesehen«, sagte sie und biss sich auf die Lippe.

»Wen haben Sie gesehen?«

»Den Mann.« Jetzt sah sie mir in die Augen. »Als ich die Bilder im Fernsehen gesehen habe, konnte ich es erst gar nicht glauben. Jetzt denke ich immer, wenn ich es nur jemandem erzählt hätte.«

»Wo haben Sie ihn gesehen?«

»*Rumors.*«

»Die Bar?«

Sie nickte.

»Wann?«

»Dienstag.«

»Letzten Dienstag? Der Tag nach Weihnachten?«

An diesem Abend war Gault in New York gewesen. Ich hatte ihn im U-Bahn-Tunnel gesehen, oder zumindest hatte ich das geglaubt.

»Ja, Ma'am. So ungefähr um zehn. Ich war mit Tommy zum Tanzen.«

Ich wusste nicht, wer Tommy war.

»Er stand abseits von allen anderen. Mir ist er aufgefallen wegen seiner weißen Haare. Leute in seinem Alter haben normalerweise keine weißen Haare. Er trug einen schicken schwarzen Anzug und ein schwarzes T-Shirt darunter. Daran erinnere ich mich. Ich hab mir gedacht, dass er von auswärts kommt. Vielleicht aus einer Großstadt wie Los Angeles oder so.«

»Hat er mit jemandem getanzt?«

»Ja, Ma'am, er hat mit einem oder zwei Mädchen getanzt. Hat ihnen einen Drink spendiert. Und dann war er plötzlich verschwunden.«

»Ist er allein gegangen?«

»Ich glaube, eins der Mädchen ist mitgegangen.«

»Kannten Sie sie?«, fragte ich entsetzt. Ich hoffte, wer immer die Frau gewesen war, dass sie noch lebte.

»Nein, ich kannte sie nicht«, sagte Jennifer. »Ich erinnere mich nur, dass er mit ihr getanzt hat. Bestimmt dreimal, und dann sind sie händchenhaltend von der Tanzfläche gegangen.«

»Beschreiben Sie sie.«

»Sie war schwarz. Sie sah unheimlich hübsch aus in dem

roten Kleid. Es war tief ausgeschnitten und ziemlich kurz. Ihr Lippenstift war knallrot, und sie hatte ganz viele Zöpfchen, in denen kleine Lichter blinkten.«

»Und Sie sind sicher, dass sie zusammen weggegangen sind?«

»Soweit ich es mitgekriegt habe, ja. An dem Abend habe ich keinen der beiden noch einmal gesehen, und Tommy und ich sind bis zwei Uhr geblieben.«

»Ich möchte, dass Sie Captain Marino anrufen und ihm alles erzählen, was Sie mir eben erzählt haben.«

Jennifer stand auf. Jetzt fühlte sie sich wichtig. »Das werde ich sofort machen.«

Ich ging in mein Büro und traf Rose auf der Schwelle.

»Sie sollen Dr. Gruber anrufen«, sagte sie.

Ich wählte die Nummer des Quartermaster Museum, aber er war nicht da. Zwei Stunden später rief er mich zurück.

»Wie ist der Schnee in Petersburg?«

»Nass und matschig.«

»Was gibt es Neues?«

»Ich habe etwas für Sie. Und ich habe ein furchtbar schlechtes Gewissen«, sagte Dr. Gruber.

Ich wartete, dass er weitersprach. Als das nicht geschah, fragte ich ihn: »Weswegen haben Sie ein schlechtes Gewissen?«

»Ich habe in unserem Computer nach ihm gesucht. Das hätte ich nicht tun dürfen.« Wieder schwieg er.

»Dr. Gruber, wir haben es hier mit einem Serienmörder zu tun.«

»Er war nicht in der Armee.«

»Sie meinen seinen Vater«, sagte ich enttäuscht.

»Keiner von beiden. Weder Temple noch Peyton Gault.«

»Dann stammen die Schuhe wohl aus einem Armeeladen.«

»Vielleicht. Vielleicht hat er aber auch einen Onkel.«

»Wer hat einen Onkel?«

»Temple Gault. Wir haben einen Gault im Computer, sein Vorname ist Luther. Luther Gault. Er hat während des Zweiten Weltkriegs im Quartermaster Corps gedient und war ziemlich lange Zeit hier in Fort Lee.«

Ich hatte noch nie von einem Luther Gault gehört. »Lebt er noch?«, fragte ich.

»Er ist vor fünf Jahren in Seattle gestorben.«

»Wie kommen Sie darauf, dass dieser Mann Temple Gaults Onkel sein könnte? Seattle ist auf der anderen Seite des Kontinents. Die Gaults stammen aus Georgia.«

»Die einzig wirkliche Verbindung sind der Nachname und Fort Lee.«

»Halten Sie es für möglich, dass die Stiefel früher ihm gehörten?«

»Sie stammen aus dem Zweiten Weltkrieg und wurden in Fort Lee getestet, wo Luther Gault am längsten stationiert war. Normalerweise werden Soldaten, manchmal sogar Offiziere gebeten, Stiefel oder Kleidungsstücke zu testen, bevor die Sachen den Jungs an der Front geschickt werden.«

»Was hat Luther Gault getan, nachdem er aus der Armee ausgeschieden ist?«

»Darüber habe ich keine Informationen. Ich weiß nur, dass er in der Armee Karriere gemacht hat und als General in den Ruhestand versetzt wurde. Er starb mit achtundsiebzig.«

»Und Sie hatten noch nie von ihm gehört?«

»Das habe ich nicht gesagt. Ich bin sicher, dass die Armee eine dicke Akte über ihn hat. Aber da ist schwer ranzukommen.«

»Haben Sie ein Foto?«

»Im Computer ist eins – das übliche Durchschnittsfoto für die Akten.«

»Könnten Sie es faxen?«

Er zögerte. »Ja.«

Ich legte auf, als Rose mit den Autopsieberichten vom Vortag hereinkam. Ich sah sie durch und korrigierte sie, während ich auf das Fax wartete. Kurz darauf klingelte das Gerät, und das Schwarzweißfoto von Luther Gault materialisierte sich in meinem Büro. Er stand stolz und aufrecht da, in einer dunklen Ausgehuniform mit goldenen Paspeln und Knöpfen und Satinrevers. Die Ähnlichkeit war unverkennbar. Temple Gault hatte seine Augen.

Ich rief Wesley an.

»Temple Gault hatte wahrscheinlich einen Onkel in Seattle«, sagte ich. »Er war General in der Armee.«

»Woher weißt du das?«, fragte er kühl.

Er verhielt sich sehr reserviert. Das gefiel mir nicht. »Das spielt keine Rolle. Allerdings glaube ich, dass wir alles über ihn herausfinden sollten.«

Wesley blieb weiterhin reserviert. »Was hat er mit unserem Fall zu tun?«

Ich wurde wütend. »Wozu diese Frage, wenn wir versuchen, einen Serienmörder dingfest zu machen? Wenn man nichts in der Hand hat, nimmt man, was man kriegen kann.«

»Sicher, sicher«, sagte er. »Kein Problem, aber im Augenblick geht es nicht. Bis dann.« Er legte auf.

Ich saß verdattert da, mein Herz schmerzte. Jemand musste bei ihm im Büro gewesen sein. Nie zuvor hatte Wesley einfach so ein Gespräch abgebrochen. Ich ging zu Lucy und wurde immer wütender.

»Hallo«, sagte sie, bevor ich sie von der Schwelle aus ansprechen konnte. Sie sah mein Spiegelbild auf dem Bildschirm.

»Wir müssen los«, sagte ich.

»Warum? Schneit es schon wieder?«

»Nein. Die Sonne scheint.«

»Ich bin fast fertig.« Sie tippte etwas ein, während sie sprach.

»Ich muss dich und Janet nach Quantico zurückbringen.«

»Du musst Großmutter anrufen. Sie fühlt sich vernachlässigt.«

»Sie fühlt sich vernachlässigt, und ich fühle mich schuldig.«

Lucy drehte sich um und sah mich an, als mein Pager losging.

»Wo ist Janet?«, fragte ich.

»Ich glaube, sie ist runtergegangen.«

Ich drückte auf einen Knopf, und Marinos Privatnummer leuchtete auf. »Treib sie auf, und wir treffen uns in ein paar Minuten unten.«

Ich kehrte in mein Büro zurück und schloss die Tür. Als Marino sich meldete, klang er, als hätte er Amphetamine geschluckt.

»Sie sind verschwunden«, sagte er.

»Wer?«

»Wir haben herausgefunden, wo sie gewohnt haben. Das *Hacienda Motel* an der US 1, diese Kakerlakenbude in der Nähe von dem Laden, wo du deine Knarren und die Munition kaufst. Dorthin hat die Nutte ihre Freundin mitgenommen.«

»Welche Freundin?« Ich wusste immer noch nicht, wovon er sprach. Dann fiel mir Jennifer ein. »Ach so. Die Frau, die Carrie im *Rumors* aufgegabelt hat.«

»Genau.« Er war unglaublich aufgeregt. »Sie heißt Apollonia und …«

»Sie lebt?«

»Ja. Carrie hat sie mit ins Motel genommen, und dort haben sie eine Party veranstaltet.«

»Wer ist gefahren?«

»Apollonia.«

»Hast du meinen Kombi auf dem Motelparkplatz gefunden?«

»Nein. Als wir dort ankamen, war er nicht da. Und die Zimmer waren schon aufgeräumt. Es ist, als ob sie nie dort gewesen wären.«

»Dann war Carrie letzten Dienstag nicht in New York.«

»Nee. Sie hat hier ’ne Party gefeiert, als Gault dort Jimmy Davila umgebracht hat. Ich denke, dass sie hier ein warmes Plätzchen für ihn gefunden und ihn wahrscheinlich auf dem laufenden gehalten hat.«

»Ich bezweifle, dass er von New York nach Richmond geflogen ist«, sagte ich. »Das wäre zu riskant gewesen.«

»Ich persönlich glaube, dass er am Mittwoch nach Washington geflogen ist.«

»Marino, ich bin am Mittwoch nach Washington geflogen.«

»Ich weiß. Vielleicht wart ihr im selben Flugzeug.«

»Ich habe ihn nicht gesehen.«

»Woher willst du das wissen? Aber wenn ihr im selben Flugzeug wart, kannst du darauf wetten, dass er dich gesehen hat.«

Ich erinnerte mich, wie ich aus dem Terminal ging und in das alte verbeulte Taxi mit den getönten Fensterscheiben und den defekten Schlössern stieg. Und fragte mich, ob Gault mich dabei beobachtet hatte.

»Hat Carrie ein Auto?«, fragte ich.

»Ein Saab-Cabrio ist auf ihren Namen registriert. Aber dieser Tage fährt sie bestimmt nicht damit rum.«

»Ich möchte wissen, warum sie diese Apollonia aufgegabelt hat. Wie hast du sie gefunden?«

»Das war ein Kinderspiel. Sie arbeitet im *Rumors*. Ich weiß nicht, was sie alles verkauft, aber bestimmt nicht nur Zigaretten.«

»Verdammt«, murmelte ich.

»Vermutlich ist Kokain die Verbindung. Und es wird dich interessieren, dass Apollonia Sheriff Brown kannte. Man könnte sagen, sie sind miteinander gegangen.«

»Meinst du, dass sie irgendwas mit dem Mord an ihm zu tun hat?«

»Gut möglich. Wahrscheinlich hat sie Gault und Carrie zu

ihm gebracht. Allmählich glaube ich, dass die Sache mit dem Sheriff ganz kurzfristig arrangiert war. Vermutlich hat Carrie sich bei Apollonia erkundigt, wo man hier Koks kriegen kann. Und bei dieser Gelegenheit fiel Browns Name. Dann gibt Carrie das an Gault weiter, und der inszeniert wieder einen seiner gruseligen Albträume.«

»So könnte es gewesen sein«, sagte ich. »Wusste Apollonia, dass Carrie eine Frau ist?«

»Ja. Das war ihr egal.«

»Verdammt. Wir waren so nah dran.«

»Ich weiß. Ich kann immer noch nicht glauben, dass sie uns wieder durchs Netz geschlüpft sind. Bis auf die Nationalgarde suchen alle nach ihm. Wir haben sogar Hubschrauber. Aber mein Bauch sagt mir, dass sie die Gegend schon verlassen haben.«

»Ich habe eben Benton angerufen, und er hat einfach aufgelegt«, sagte ich.

»Was? Habt ihr euch gestritten?«

»Marino, irgendetwas stimmt nicht. Ich hatte das Gefühl, dass jemand bei ihm im Büro war, und diese Person sollte nicht erfahren, dass er mit mir telefonierte.«

»Vielleicht war es seine Frau.«

»Ich fahre jetzt mit Lucy und Janet nach Quantico.«

»Bleibst du über Nacht?«

»Das hängt davon ab.«

»Mir wäre es lieber, du würdest nicht in der Weltgeschichte herumkurven. Wenn jemand dich warum auch immer anhalten will, bleib ja nicht stehen. Auch nicht, wenn das Blaulicht eingeschaltet ist oder die Sirenen heulen. Halt nur an, wenn es sich eindeutig um einen Streifenwagen handelt.« Er hielt mir einen seiner Vorträge. »Und leg die Remington zwischen die Vordersitze.«

»Gault wird nicht aufhören zu morden«, sagte ich.

Marino blieb stumm.

»Als er in meinem Büro war, hat er meine Seziermesser gestohlen.«

»Bist du sicher, dass es nicht jemand vom Putztrupp war? Mit diesen Messern kann man hervorragend Fisch filetieren.«

»Ich weiß, dass es Gault war.«

16

Um kurz nach drei waren wir in Quantico. Wesley war nicht da, und ich hinterließ ihm die Nachricht, dass ich die nächsten Stunden mit meiner Nichte in der ERF verbringen würde.

Es war Freitagnachmittag, ein Feiertag stand bevor, wir waren allein und konnten ungestört arbeiten.

»Ich könnte Post verschicken«, sagte Lucy, die an ihrem Schreibtisch saß. Sie blickte auf ihre Uhr. »Zum Beispiel an deine Zahnärzte. Vielleicht antwortet einer.«

»Ich versuch's noch mal bei meinem Kollegen in Seattle.«

Seine Nummer hatte ich dabei. Ich rief an und erfuhr, dass er bereits gegangen war.

»Ich muss ihn dringend erreichen, es ist sehr wichtig«, erklärte ich. »Könnten Sie mir seine Privatnummer geben?«

»Das darf ich nicht. Aber wenn Sie mir Ihre Nummer geben und er sich hier meldet, kann ich ihm ausrichten, dass er Sie anrufen soll.«

»Das geht nicht.« Ich wurde immer frustrierter. »Ich habe hier keine Nummer.« Ich erklärte, wer ich war. »Ich gebe Ihnen meine Piepsernummer. Er soll mich anrufen, und dann rufe ich zurück.«

Das funktionierte nicht. Eine Stunde lang passierte nichts.

»Vielleicht hat sie nicht kapiert, dass sie zwischen den Ziffern immer ein Pfund-Zeichen einfügen muss«, sagte Lucy, die sich mit CAIN beschäftigte.

»Sind irgendwo seltsame Botschaften aufgetaucht?«, fragte ich.

»Nein. Es ist Freitagnachmittag, und die meisten Leute sind in die Ferien gefahren. Ich finde, wir sollten über Prodigy eine Nachricht verschicken und schauen, was reinkommt.«

Ich setzte mich neben sie.

»Wie heißt die Organisation?«

»Zahnärztliche Vereinigung für Blattgoldfüllungen.«

»Und die meisten von ihnen leben im Staat Washington?«

»Ja. Aber es kann nicht schaden, die ganze Westküste mit einzuschließen.«

»Okay, das geht jetzt in die gesamte USA«, sagte Lucy, während sie *Prodigy* tippte und ihre Benutzer-ID und ihr Passwort eingab. »Am besten wir verschicken's als Post. Was soll ich schreiben?«

»Wie wär's damit: *An alle Zahnärzte, die Blattgoldfüllungen machen. Forensikerin braucht dringend Ihre Hilfe. Eilt!* Und dann noch die Information, wie sie uns erreichen.«

»Gut. Ich gebe ihnen die Nummer einer elektronischen Mailbox hier und veranlasse, dass alles, was reinkommt, automatisch an deine Mailbox in Richmond weitergeleitet wird. Es werden 'ne ganze Menge Antworten kommen. Vermutlich wirst du eine Reihe neuer Brieffreunde erwerben, lauter Zahnärzte.«

Sie drückte auf eine Taste und schob dann ihren Stuhl zurück. »So. Das wäre erledigt. In diesem Augenblick kriegt jeder, der bei Prodigy angemeldet ist, unsere Nachricht. Wir können nur hoffen, dass irgendwo jemand, der uns helfen kann, an seinem Computer herumspielt.«

Noch während sie sprach, wurde der Bildschirm plötzlich schwarz und eine leuchtendgrüne Botschaft erschien. Ein Drucker begann zu arbeiten.

»Das ging aber schnell«, sagte ich.

Aber Lucy war aufgesprungen und rannte zu dem Raum, in dem CAIN stand. Sie scannte ihre Fingerabdrücke ein, und zwei Glastüren öffneten sich. Ich folgte ihr. Dieselbe Nachricht lief über den Systemmonitor, und Lucy nahm eine kleine beigefarbene Fernbedienung von einem Schreibtisch und drückte auf einen Knopf. Sie blickte auf ihre Armbanduhr und setzte die Stoppuhr in Gang.

»Komm schon, komm schon, komm schon!«

Sie saß vor CAIN und starrte auf den Bildschirm, über den wieder und wieder dieselbe kurze Meldung lief.

– – – MELDUNG PQ 43 76301 001732 START – – – AN: – ALLE POLIZISTEN VON: – CAIN WENN CAIN SEINEN BRUDER GETÖTET HAT, WAS GLAUBST du, WIRD ER MIT dir TUN? WENN DEIN PAGER IM LEICHENSCHAUHAUS LOSGEHT, DANN IST ES JESUS, DER ANRUFT. – – – MELDUNG PQ 43 76301 001732 ENDE – – –

Ich sah zu den blinkenden Lämpchen der Modems, die ein ganzes Regal an der Wand füllten. Ich war keine Computerexpertin und entdeckte keinen Zusammenhang zwischen den Lämpchen und dem, was auf dem Bildschirm passierte. Ich schaute mich weiter um, und mir stach eine Telefonbuchse unter einem Schreibtisch ins Auge. Das Kabel, das darin steckte, verschwand unter der Bodenerhebung, und das kam mir merkwürdig vor. Warum stand ein Gerät, das an eine Telefonbuchse angeschlossen war, auf dem Boden? Telefone standen auf den Schreibtischen, Modems im Regal. Ich kniete mich hin und hob ein Stück der Abdeckung hoch.

»Was tust du da?«, rief Lucy, die unablässig auf den Bildschirm starrte.

Das Modem, das unter der Abdeckung stand, sah aus wie ein kleiner Würfel mit blinkenden Lichtern.

»Scheiße!«, rief Lucy.

Ich sah auf. Sie starrte auf ihre Uhr und schrieb etwas auf. Der Bildschirm war dunkel.

»Habe ich was Falsches getan?«, fragte ich kleinlaut.

»Du Scheißkerl!« Sie schlug mit der Faust auf den Tisch, dass die Tastatur einen Sprung machte. »Beinahe hätte ich dich gehabt. Nur noch einmal, und ich hätte dich erwischt.«

Ich stand wieder auf. »Ich hoffe, ich habe die Verbindung nicht unterbrochen.«

»Nein. Verdammt. Er hat sich ausgeloggt. Ich hatte ihn«, sagte sie und starrte noch immer auf den Bildschirm, als ob die grüne Meldung jeden Augenblick wieder auftauchen würde.

»Gault?«

»Wer immer vorgibt, CAIN zu sein.« Sie stieß ungehalten Luft aus und sah hinunter zu den bloßgelegten Eingeweiden des Computers, den sie nach dem ersten Mörder der Welt benannt hatte. »Du hast es gefunden«, sagte sie tonlos. »Das ist 'ne ziemliche Leistung.«

»Darüber kommt er rein«, sagte ich.

»Ja. Kein Wunder, dass niemand es bemerkt hat.«

»Du hast es bemerkt.«

»Das hat 'ne Weile gedauert.«

»Carrie hat das Ding installiert, bevor sie hier verschwunden ist.«

Lucy nickte. »Wie alle anderen habe ich nach was technologisch Komplizierterem gesucht. Aber die Idee ist einfach und brillant. Sie hat ihr eigenes Modem versteckt und es an eine Diagnosenummer angeschlossen, die so gut wie nie benützt wird.«

»Wie lange weißt du das schon?«

»Seit diese unheimlichen Meldungen kommen.«

»Du bist also auf sein Spiel eingestiegen«, sagte ich ärgerlich. »Weißt du eigentlich, wie gefährlich dieses Spiel ist?«

Sie tippte etwas. »Er hat es viermal versucht. Mein Gott, wir waren so nahe dran.«

»Du glaubst also nicht, dass es Carrie ist?«

»Sie hat das Ding installiert, aber ich glaube nicht, dass sie die Botschaften schickt.«

»Warum nicht?«

»Weil ich diesem Eindringling Tag und Nacht auf den Fersen

bin. Er verhält sich ungeschickt.« Zum ersten Mal seit Monaten sprach sie den Namen ihrer früheren Freundin aus. »Ich weiß, wie Carrie denkt. Und Gault ist ein großer Narziss. Er würde nicht zulassen, dass außer ihm noch jemand anders CAIN spielt.«

»Ich habe einen Brief bekommen, möglicherweise von Carrie, der mit CAIN unterschrieben war.«

»Und ich wette, Gault wusste nichts davon. Und ich wette außerdem, dass er ihr dieses kleine Vergnügen genommen hat, sobald er davon erfuhr.«

Ich dachte an den rosa Umschlag, von dem wir annahmen, dass Gault ihn in Sheriff Browns Haus aus Carries Kleidung entwendet hatte. Wenn Gault den Brief in die Schlafanzugjacke gesteckt hatte, dann wollte er damit erneut seine Dominanz geltend machen. Gault benutzte Carrie. In gewisser Weise wartete sie immer im Auto, es sei denn, er brauchte sie, um eine Leiche wegzuschaffen oder erniedrigende Handlungen zu vollziehen.

»Was ist hier gerade passiert?«, fragte ich Lucy.

Lucy sah mich nicht an, während sie es mir erklärte. »Ich habe den Virus gefunden und einen eigenen implantiert. Der sorgt dafür, dass jedes Mal, wenn Gault versucht, eine Nachricht an ein an CAIN angeschlossenes Terminal zu schicken, die Meldung auch über seinen Bildschirm läuft – statt rauszugehen, springt sie ihm sozusagen ins Gesicht. Und er wird aufgefordert, es noch einmal zu versuchen. Das tut er dann auch. Beim ersten Mal bekam er nach dem zweiten Versuch eine Erfolgsmeldung. Beim nächsten Mal musste er es ein drittes Mal versuchen. Es geht darum, dass er so lange in der Leitung bleibt, bis wir den Anruf zurückverfolgen können.«

»Wir?«

Lucy nahm wieder die kleine beigefarbene Fernbedienung in die Hand. »Das hier ist mein Alarmknopf«, sagte sie. »Er sendet ein Funksignal direkt zum HRT.«

»Ich nehme an, dass Wesley von dem Modem weiß, seitdem du es gefunden hast.«

»Ja.«

»Erklär mir etwas.«

»Klar.« Sie sah mich an.

»Gault oder Carrie benutzen dieses versteckte Modem und die kaum benützte Nummer. Aber was ist mit deinem Passwort? Wie können sie sich als Superuser anmelden? Gibt es nicht irgendwelche UNIX-Befehle, über die du rauskriegen kannst, ob ein anderer Benutzer oder ein anderes Gerät eingeloggt waren?«

»Carrie hat den Virus so programmiert, dass er, wann immer ich meinen Benutzernamen und mein Passwort ändere, dies abfängt. So kann sich Gault einloggen, als wäre er ich, und außerdem gestattet der Virus ihm nur dann, sich einzuloggen, wenn ich auch im System bin.«

»Er versteckt sich also hinter dir.«

»Wie ein Schatten. Er gebraucht meinen Benutzernamen und mein Passwort. Ich bin draufgekommen, als ich eines Tages wissen wollte, wer angemeldet war, und mein Name zweimal auftauchte.«

»Wenn CAIN die Benutzer zurückruft, um ihre Zugangsberechtigung zu überprüfen, warum taucht dann Gaults Telefonnummer nicht auf der monatlichen Rechnung der ERF auf?«

»Auch dafür sorgt der Virus. Der Rückruf wird von einer Kreditkarte der Telefongesellschaft abgebucht, in diesem Fall AT&T. Deswegen tauchen die Anrufe nicht auf den Rechnungen des FBI auf. Sie werden Gaults Vater in Rechnung gestellt.«

»Erstaunlich.«

»Offenbar hat Gault die Telefonkarten- und die Pin-Nummer seines Vaters.«

»Weiß er, dass sein Sohn seine Karte benützt?«

Ein Telefon klingelte. Sie nahm ab.

»Ja, Sir. Ich weiß. Wir waren nahe dran. Ja, ich bringe Ihnen den Ausdruck sofort.« Sie legte auf.

»Ich glaube nicht, dass sie es ihm gesagt haben«, sagte Lucy.

»Niemand hat Peyton Gault davon erzählt.«

»So ist es. Das war Mr. Wesley.«

»Ich muss mit ihm reden. Vertraust du mir den Ausdruck an?«

Lucy starrte wieder auf den Monitor. Der Bildschirmschoner hatte sich eingeschaltet, und leuchtende Dreiecke bewegten sich langsam über- und umeinander, als machten sie Liebe.

»Ja, nimm ihn mit«, sagte sie und tippte *Prodigy*. »Bevor du gehst … Wir haben Post.«

»Viel?« Ich trat näher zu ihr.

Wir lasen: *Was sind Blattgoldfüllungen?*

»Davon werden wir vermutlich noch mehr bekommen«, sagte Lucy.

Sally saß auch heute an der Rezeption, als ich die Lobby der Academy betrat, und sie ließ mich durch, ohne dass ich mich eintragen oder auf einen Besucherausweis warten musste. Ich ging zielstrebig den hellbraunen Korridor entlang, an der Poststelle vorbei und durch den Raum, in dem die Waffen gereinigt werden. Ich liebte den Geruch der Reinigungsmittel.

Ein Mann gab Pressluft in das Rohr eines Gewehrs. Sonst war niemand da. Ich dachte an die Männer und Frauen, die ich hier gesehen hatte, an die vielen Male, die ich hier meine Waffen geputzt hatte. Ich hatte Agenten kommen und gehen sehen. Ich hatte sie dabei beobachtet, wie sie rannten, kämpften, schossen und schwitzten. Ich hatte sie unterrichtet und war mit ganzem Herzen bei der Sache gewesen.

Ich betrat den Aufzug und fuhr hinunter. Ein paar Mitarbeiter saßen noch in ihren Büros und nickten mir zu, als ich vorbeiging. Wesleys Sekretärin hatte Urlaub. Ich klopfte an seine Zimmertür. Ich hörte seine Stimme, dann, wie ein Stuhl verschoben wurde und er zur Tür kam und sie öffnete.

»Hallo«, sagte er überrascht.

»Das ist der Ausdruck, den du von Lucy wolltest.« Ich reichte ihm die Papiere.

»Danke. Bitte, komm herein.« Er setzte seine Lesebrille auf und las Gaults Botschaft.

Wesley hatte sein Jackett ausgezogen. Das weiße Hemd warf Falten unter den ledernen Hosenträgern. Er war verschwitzt und unrasiert.

»Hast du noch mehr abgenommen?«, fragte ich.

»Ich wiege mich nie.« Er blickte mich über den Rand seiner Brille hinweg an und setzte sich an seinen Schreibtisch.

»Du siehst nicht gerade gesund aus.«

»Er dekompensiert weiter. Das sieht man an dieser Botschaft. Er wird leichtsinniger, dreister. Ich würde sagen, nächste Woche wissen wir, wo er wohnt.«

»Und dann?« Ich war nicht überzeugt.

»Dann kommt das HRT zum Einsatz.«

»Aha. Deine Leute werden aus Helikoptern springen und das Gebäude in die Luft jagen.«

Wieder sah Wesley mich an. Er legte den Ausdruck auf den Tisch. »Du bist wütend«, sagte er.

»Ich bin wütend auf dich, Benton.«

»Warum?«

»Ich habe dich gebeten, Lucy nicht in diesen Fall hineinzuziehen.«

»Wir hatten keine andere Wahl.«

»Es gibt immer andere Möglichkeiten. Gleichgültig, was die Leute sagen.«

»Im Augenblick ist sie unsere einzige Hoffnung, Gaults

Wohnsitz ausfindig zu machen.« Er blickte mir in die Augen. »Außerdem hat sie eigene Ansichten.«

»Ja, die hat sie. Eben. Sie hat keinen Knopf, mit dem man sie ausschalten kann. Sie weiß nicht immer, wo ihre Grenzen sind.«

»Wir lassen sie nichts tun, womit sie sich in Gefahr bringen könnte.«

»Sie ist bereits in Gefahr gebracht worden.«

»Lass sie erwachsen werden, Kay.«

Ich starrte ihn an.

»Sie wird im Frühjahr ihr Studium abschließen. Sie ist eine erwachsene Frau.«

»Ich will nicht, dass sie hierher zurückkommt«, sagte ich.

Er lächelte kurz, aber seine Augen blickten müde und traurig. »Ich hoffe, sie wird zurückkommen. Wir brauchen Mitarbeiter wie sie und Janet. Wir brauchen alle, die wir kriegen können.«

»Sie hat Geheimnisse vor mir. Und mir scheint, ihr beide habt euch gegen mich verschworen und lasst mich im dunkeln. Schlimm genug …« Ich riss mich zusammen.

Wesley sah mir in die Augen. »Kay, das hat nichts mit meiner Beziehung zu dir zu tun.«

»Das hoffe ich.«

»Du willst alles wissen, was Lucy tut.«

»Selbstverständlich.«

»Erzählst du ihr alles, wenn du an einem Fall arbeitest?«

»Nein.«

»Aha.«

»Warum hast du aufgelegt?«

»Du hast mich zu einem ungünstigen Zeitpunkt erwischt.«

»Du hast noch nie aufgelegt, egal wie ungünstig der Zeitpunkt war.«

Er nahm seine Brille ab und klappte sie gewissenhaft zusammen. Dann griff er nach seiner Kaffeetasse, sah hinein und bemerkte, dass sie leer war. Er hielt sie mit beiden Händen.

»Es war jemand in meinem Büro, und diese Person sollte nicht erfahren, dass du am Telefon warst«, sagte er.

»Wer war da?«

»Jemand aus dem Pentagon. Ich werde dir den Namen nicht sagen.«

»Aus dem Pentagon?« Ich stand vor einem Rätsel.

Er schwieg.

»Warum wolltest du nicht, dass jemand aus dem Pentagon erfährt, dass du mit mir telefonierst?«

»Anscheinend hast du für Unruhe gesorgt.« Wesley stellte die Kaffeetasse ab. »Ich wünschte, du wärest nicht nach Fort Lee gefahren.«

Ich war erstaunt.

»Dein Freund Dr. Gruber wird möglicherweise gefeuert. Ich rate dir, dich vorerst nicht mehr bei ihm zu melden.«

»Geht es um Luther Gault?«

»Ja, es geht um General Gault.«

»Sie können Dr. Gruber nicht kündigen.«

»Ich fürchte, das können sie. Dr. Gruber hat unautorisiert eine Suche in der militärischen Datenbasis durchgeführt. Er hat geheime Informationen abgerufen.«

»Geheim? Das ist doch absurd. Es ist eine Seite Routineinformation, die man für zwanzig Dollar haben kann, wenn man ins Quartermaster Museum geht. Schließlich handelt es sich nicht um eine Akte des Pentagon.«

»Du kriegst für zwanzig Dollar gar nichts, außer du bist selbst die betreffende Person oder von der Staatsanwaltschaft.«

»Benton, wir reden von einem Serienmörder. Habt ihr alle den Verstand verloren? Wer interessiert sich schon für allgemeine Computerdaten?«

»Die Armee.«

»Geht es um die nationale Sicherheit?«

Wesley schwieg.

»Gut«, fuhr ich fort. »Behaltet eure kleinen Geheimnisse für euch. Mir hängen sie eh zum Hals raus. Es geht mir lediglich darum, weitere Morde zu verhindern. Ich bin mir nicht mehr sicher, ob es dir auch darum geht.« Ich sah ihn gekränkt und kalt an.

»Ich bitte dich. An manchen Tagen wollte ich, ich wäre Marino und könnte rauchen.« Er schnaubte ärgerlich. »General Gault ist nicht wichtig für die Ermittlungen in diesem Fall. Er darf nicht hineingezogen werden.«

»Ich glaube, dass alle Informationen über Temple Gaults Familie wichtig sein können. Ich kann nicht glauben, dass du nicht auch so denkst. Hintergrundinformationen sind unerlässlich, um Profile zu erstellen und Verhalten vorherzusagen.«

»Ich sage dir, General Gault ist tabu.«

»Warum?«

»Respekt.«

»Mein Gott, Benton.« Ich beugte mich auf meinem Stuhl nach vorn. »Gault hat wahrscheinlich zwei Menschen mit den Stiefeln seines Onkels umgebracht. Und wie würde es der Armee gefallen, wenn *Time* oder *Newsweek* davon erfahren?«

»Droh mir nicht.«

»O doch. Und ich werde mehr als nur drohen, wenn die Leute nicht das Richtige tun. Erzähl mir von dem General. Ich weiß bereits, dass sein Neffe seine Augen hat. Und der General hatte etwas von einem Pfau. Er schien sich gern in einer herausgeputzten Ausgehuniform fotografieren zu lassen, wie sie auch Eisenhower gefallen hätte.«

»Er hatte ein ziemliches Ego, aber er war ein großartiger Mann. Daran gibt es nichts zu rütteln«, sagte Wesley.

»Er war also Gaults Onkel? Gibst du das wenigstens zu?«

Wesley zögerte. »Luther Gault war Temple Gaults Onkel.«

»Erzähl mir mehr.«

»Er wurde in Albany geboren und dort ausgebildet. 1944 – er war Captain – wurde seine Division nach Frankreich verlegt. Für sein heldenhaftes Verhalten in der Schlacht von Bulge bekam er die höchste Tapferkeitsmedaille, die das Pentagon zu vergeben hat, und wurde befördert. Nach dem Krieg kam er nach Fort Lee zum Quartermaster Corps und war verantwortlich für die Abteilung, die Uniformen entwickelt und testet.«

»Dann gehörten die Stiefel also ihm.«

»Gut möglich.«

»War er groß?«

»Man hat mir gesagt, dass General Gault als junger Mann ungefähr so groß war wie sein Neffe.«

Ich dachte an das Foto des Generals. Er war schlank und nicht übermäßig groß. Er hatte markante Gesichtszüge, einen festen Blick, aber er wirkte nicht unfreundlich.

»Luther Gault hat auch in Korea gedient«, fuhr Wesley fort. »Eine Zeit lang war er im Pentagon als stellvertretender Personalchef, dann ging er als stellvertretender Kommandant zurück nach Fort Lee. Er beendete seine Karriere im MAC-V.«

»Was ist das?«

»Military Assistance Command, Militärisches Unterstützungskommando – Vietnam.«

»Danach zog er sich nach Seattle zurück?«

»Er und seine Frau sind dorthin gezogen.«

»Hatten sie Kinder?«

»Zwei Söhne.«

»Was weiß man über sein Verhältnis zu seinem Bruder?«

»Keine Ahnung. Der General ist tot, und sein Bruder spricht nicht mit uns.«

»Also wissen wir nicht, wie Gault an die Stiefel seines Onkels kam.«

»Kay, Leute, denen die höchste militärische Auszeichnung

verliehen wurde, unterliegen einem speziellen Kodex. Sie bilden eine eigene Klasse, haben einen besonderen Status, stehen unter dem speziellen Schutz der Armee.«

»Deswegen die Geheimnistuerei?«

»Die Armee ist nicht erpicht darauf, dass die ganze Welt erfährt, dass ihr hochdekorierter Zwei-Sterne-General der Onkel eines der berüchtigtsten Psychopathen unseres Landes ist. Das Pentagon ist nicht erpicht darauf, dass bekannt wird, dass dieser Mörder – wie du schon gesagt hast – mehrere Personen mit General Gaults Stiefeln totgetreten hat.«

Ich stand auf. »Ich habe Militärs und ihren Ehrenkodex satt. Ich habe Männerfreundschaften und Geheimnistuerei satt. Wir sind keine Kinder, die Cowboy und Indianer spielen. Wir spielen nicht im Sandkasten Krieg.« Ich fühlte mich kraftlos. »Von dir hätte ich gedacht, dass du eine höhere Entwicklungsstufe erreicht hast.«

Als auch Wesley aufstand, ging mein Pager los. »Du hast das in den falschen Hals bekommen«, sagte er.

Ich schaute auf die Anzeige. Die Vorwahlnummer war Seattle, und ohne Wesley um Erlaubnis zu fragen, benutzte ich sein Telefon.

»Hallo«, sagte eine mir unbekannte Stimme.

»Von Ihrer Nummer wurde gerade mein Pager angerufen.«

»Ich habe keinen Pager angerufen. Von woher rufen Sie an?«

»Aus Virginia.« Ich wollte auflegen.

»Ich habe gerade mit Virginia gesprochen. Warten Sie. Haben Sie über Prodigy eine Meldung verschickt?«

»Ja. Vielleicht haben Sie mit Lucy gesprochen.«

»LUCYTALK?«

»Ja.«

»Wir haben gerade Post ausgetauscht. Ich melde mich auf die Anfrage wegen der Blattgoldfüllungen. Ich bin Zahnarzt in

Seattle und Mitglied unserer Vereinigung. Sind Sie die Forensikerin?«

»Ja. Vielen Dank, dass Sie sich gemeldet haben. Ich versuche, eine tote junge Frau zu identifizieren, die viele Blattgoldfüllungen hatte.«

»Bitte, beschreiben Sie sie.«

Ich beschrieb ihm Janes Zähne. »Vielleicht war sie Musikerin«, fügte ich hinzu. »Möglicherweise hat sie Saxophon gespielt.«

»Es war mal eine Frau hier, auf die Ihre Beschreibung ziemlich gut passt.«

»In Seattle?«

»Ja. Sie war in unserem Verein bekannt, weil sie wirklich einen unglaublichen Mund hatte. Die Blattgoldfüllungen und ihre Zahnanomalien wurden bei Diavorträgen gezeigt und diskutiert.«

»Erinnern Sie sich an ihren Namen?«

»Nein, tut mir leid. Sie war nicht meine Patientin. Aber soweit ich mich erinnere, war sie professionelle Musikerin, bis sie irgendeinen schrecklichen Unfall hatte. Damals begannen auch ihre Zahnprobleme.«

»Bei der Frau, von der ich spreche, war der Zahnschmelz stark angegriffen. Vermutlich von zu häufigem Zähneputzen.«

»Richtig. Das trifft auch auf unsere Frau hier zu.«

»Was Sie sagen, deutet nicht darauf hin, dass die Frau obdachlos war.«

»Das kann nicht sein. Jemand hat die Zahnarztrechnungen bezahlt.«

»Die Frau, die in New York gestorben ist, war obdachlos«, sagte ich.

»Oje, das tut mir leid. Vermutlich konnte sie nicht für sich selbst sorgen, wer immer sie war.«

»Wie heißen Sie?«

»Jay Bennett.«

»Dr. Bennett? Erinnern Sie sich noch an irgendetwas, das während dieser Diavorträge gesagt wurde?«

Es folgte ein langes Schweigen. »Ja. Aber das ist sehr vage.« Er zögerte. »Ich glaube, die Frau hier war verwandt mit einem hohen Tier. Vielleicht hat sie bei dieser Person auch gewohnt, bevor sie verschwand.«

Ich gab ihm weitere Informationen, damit er mich wieder anrufen konnte, falls ihm noch etwas einfiel. Ich legte auf und sah Wesley an.

»Ich glaube, Jane war Gaults Schwester«, sagte ich.

»Was?« Er war entsetzt.

»Ich glaube, Temple Gault hat seine eigene Schwester umgebracht. Bitte, sag mir, dass du das nicht schon gewusst hast.«

Er reagierte empört.

»Ich muss sie unbedingt identifizieren.« Ich fühlte mich völlig erschlagen.

»Geht das nicht über die Unterlagen ihres Zahnarztes?«

»Wenn wir sie auftreiben. Wenn es noch Röntgenaufnahmen von ihr gibt. Wenn uns die Armee nicht den Weg versperrt.«

»Die Armee weiß nichts über sie.« In seinen Augen schimmerten einen Moment lang Tränen. Er wich meinem Blick aus. »Er hat uns selbst gesagt, was er getan hat. In seiner letzten Botschaft.«

»Ja«, sagte ich. »Er sagt, CAIN hat seinen Bruder getötet. Gault und sie wurden in New York für zwei Männer gehalten. Gibt es noch mehr Geschwister?«

»Nein. Wir wussten, dass seine Schwester an der Westküste lebt, waren aber nicht in der Lage, sie zu finden, weil sie offenbar nicht Auto fährt. Es gibt keine Unterlagen darüber, dass sie je einen Führerschein gemacht hat. Wir waren nicht einmal sicher, ob sie noch am Leben ist.«

»Sie lebt nicht mehr.«

Er zuckte zusammen und wandte den Blick ab.

»Sie hatte keinen festen Wohnsitz mehr – zumindest nicht in den letzten Jahren«, sagte ich und dachte an ihre armselige Habe und ihren schlecht ernährten Körper. »Sie hat schon eine ganze Weile auf der Straße gelebt. Und sie ist ganz gut durchgekommen, bis ihr Bruder auftauchte.«

Wesley sah elend aus, als er sagte: »Wie kann jemand so etwas tun?«

Ich legte die Arme um ihn. Es war mir gleichgültig, ob jemand hereinkäme. Ich umarmte ihn wie einen Freund.

»Benton«, sagte ich. »Geh nach Hause.«

17

Ich verbrachte das Wochenende und den Neujahrstag in Quantico, und obwohl wir über Prodigy eine ganze Menge Post bekamen, gelang es uns nicht, Jane definitiv zu identifizieren.

Ihr Zahnarzt war im Jahr zuvor in den Ruhestand getreten, und ihre alten Röntgenaufnahmen waren wegen des Silbergehalts zurückgefordert worden. Das war die größte Enttäuschung, denn darauf wären Brüche, Nebenhöhlenform, Knochenanomalien sichtbar gewesen, die eine Identifizierung ermöglicht hätten. Was die sonstigen Unterlagen anbelangte, reagierte ihr ehemaliger Zahnarzt, der jetzt in Los Angeles lebte, ausweichend.

»Aber Sie haben sie noch?«, fragte ich ihn am Dienstagnachmittag.

»In meiner Garage stehen eine Million Schachteln.«

»Eine Million sind es sicher nicht.«

»Aber eine ganze Menge.«

»Bitte. Wir reden von einer Frau, die wir nicht identifizieren können. Alle Menschen haben das Recht, mit ihrem Namen beerdigt zu werden.«

»Ich werde nachsehen.«

Minuten später telefonierte ich mit Marino. »Wir müssen's mit einer DNA-Analyse versuchen oder mit den Fotos. Vielleicht erkennt sie jemand darauf.«

»Ja. Und was genau hast du vor? Gault ein Foto zu zeigen und ihn zu fragen, ob die Frau, der er das angetan hat, aussieht wie seine Schwester?«

»Ich glaube, ihr Zahnarzt hat sie hintergangen. Das wäre nicht das erste Mal, dass so was passiert.«

»Wovon sprichst du?«

»Er hat Leistungen berechnet, die er nicht ausgeführt hat, um von der Versicherung mehr Geld zu kassieren.«

»Aber es wurde doch eine ganze Menge gemacht.«

»Aber er hat noch viel mehr in Rechnung stellen können. Glaub mir. Zum Beispiel doppelt so viele Blattgoldfüllungen. Das sind Tausende von Dollar. Er hat einfach behauptet, er hätte sie gemacht. Sie ist geistig behindert, lebt bei einem alten Onkel. Was können die ihm anhaben?«

»Ich hasse solche Arschlöcher.«

»Wenn ich seine Akten in die Hände bekäme, würde ich ihn anzeigen. Aber er wird sie nicht rausrücken. Wahrscheinlich existieren sie nicht mehr.«

»Du musst morgen früh um acht als Geschworene antreten«, sagte Marino. »Rose hat mich angerufen.«

»Das heißt, dass ich hier sehr früh weg muss.«

»Fahr direkt zu dir nach Hause, und ich hol dich ab.«

»Ich werde direkt zum Gerichtsgebäude fahren.«

»Nein, das wirst du nicht. Du fährst nicht allein durch die Stadt.«

»Wir wissen doch, dass Gault nicht mehr in Richmond ist. Er ist an dem Ort, wo er sich für gewöhnlich versteckt. Eine Wohnung oder ein Zimmer, wo er einen Computer hat.«

»Chief Tucker hat seine Sicherheitsanordnungen deine Person betreffend nicht zurückgezogen.«

»Er kann meine Person betreffend überhaupt nichts anordnen.«

»O doch, kann er. Aber er tut ja nicht mehr, als dir ein paar Polizisten zuzuteilen. Entweder akzeptierst du das, oder du versuchst, sie abzuhängen. Aber besser, du versuchst, dich damit abzufinden.«

Am nächsten Morgen rief ich das New Yorker Leichenschauhaus an und hinterließ Dr. Horowitz eine Nachricht, dass er mit der DNA-Analyse von Janes Blut beginnen möge. Dann holte mich Marino ab. Drei Polizeiwagen parkten vor meinem Haus, dazu Marinos Ford. Nachbarn schauten aus dem Fenster oder holten ihre Zeitung herein. Windsor Farms erwachte, Leute gingen zur Arbeit oder sahen zu, wie ich, begleitet von einer Polizeieskorte, davonfuhr. Frost überzog die Rasenflächen, und der Himmel war von fast makellosem Blau.

Im Gerichtsgebäude musste ich wie immer erst durch die Sicherheitskontrolle. Der Beamte am Eingang verstand allerdings nicht ganz, warum ich gekommen war.

»Guten Morgen, Dr. Scarpetta«, sagte er und strahlte übers ganze Gesicht. »Was sagen Sie zu dem vielen Schnee? Da meint man doch, man lebt in einem Postkartenidyll. Und auch Ihnen, Captain, einen wunderschönen guten Morgen, Sir«, begrüßte er Marino.

Ich trat durch die Sicherheitsschleuse, und eine Frau tastete mich ab, während der Schneeliebhaber meine Handtasche durchsuchte. Marino und ich gingen die Treppe hinunter und betraten einen mit einem orangefarbenen Teppich ausgelegten Raum, in dem reihenweise orangefarbene Stühle standen. Kaum einer davon war besetzt. Wir setzten uns nach hinten und beobachteten die Leute, die vor sich hin dösten, husteten oder sich die Nase putzten. Ein Mann in einer Lederjacke, unter der das Hemd heraushing, blätterte in Zeitschriften, während ein Mann im Kaschmirpullover einen Roman las. Im Zimmer nebenan wurde Staub gesaugt.

In diesem trostlosen Raum war ich von drei uniformierten Polizisten umringt, inklusive Marino. Um zehn vor neun kam eine Gerichtsangestellte herein und stellte sich auf ein Podium, um uns Orientierungshilfe zu leisten.

»Zwei Dinge muss ich vorausschicken.« Sie sah mich an. »Der Sheriff auf dem Video, das Sie jetzt gleich sehen werden, ist nicht mehr der Sheriff.«

»Weil er nicht mehr lebt«, flüsterte mir Marino ins Ohr.

»Und«, fuhr die Frau fort, »in dem Video wird behauptet, dass Ihr Honorar als Geschworener dreißig Dollar beträgt. Das stimmt nicht, Sie bekommen nur zwanzig Dollar.«

»Wahnsinn.« Marino konnte es nicht lassen. »Brauchst du einen Kredit?«

Wir sahen das Video und wurden über unsere unerlässliche Bürgerpflicht und die damit verbundenen Privilegien in Kenntnis gesetzt. Sheriff Brown bedankte sich, dass wir diesen wichtigen Dienst leisteten. Er erinnerte uns daran, dass wir über das Schicksal einer anderen Person zu entscheiden hatten, und führte uns den Computer vor, mit dessen Hilfe er uns auserwählt hatte.

»Ihre Namen wurden anschließend aus einer Urne gezogen«, sagte er lächelnd. »Unser Rechtssystem beruht auf einer gewissenhaften Prüfung der Beweise. Unser Rechtssystem hängt von uns ab.«

Er erinnerte uns daran, dass eine Tasse Kaffee fünfundzwanzig Cent kostete und kein Geld gewechselt wurde.

Nach dem Video kam die Gerichtsangestellte, eine hübsche schwarze Frau, zu mir.

»Sind Sie von der Polizei?«, fragte sie mich flüsternd.

»Nein.« Ich erklärte ihr, wer ich war, während sie Marino und die beiden anderen Polizisten musterte.

»Tut mir leid, aber Sie können wieder gehen«, flüsterte sie. »Sie hätten gar nicht erst kommen sollen. Sie hätten uns anrufen und die Sache erklären sollen. Ich weiß überhaupt nicht, warum Sie hier sind.«

Die anderen Geschworenen starrten uns an. Sie starrten uns an, seitdem wir den Raum betreten hatten, und der Grund wurde mir jetzt klar. Sie hatten keine Ahnung, wie das Justizsystem funktionierte. Jetzt standen nicht nur drei Polizisten um mich herum, sondern auch noch die Frau vom Gericht. Ich musste die Angeklagte sein. Wahrscheinlich wussten sie nicht, dass Angeklagte nicht im gleichen Raum wie die Geschworenen in Zeitschriften blätterten.

Gegen Mittag waren die Formalitäten erledigt, und wir verließen das Gerichtsgebäude. Ich fragte mich, ob ich wohl je wieder zur Geschworenen berufen werden würde. Marino setzte mich vor meinem Büro ab, und ich ging hinein. Ich rief Dr. Horowitz in New York an.

»Sie wurde gestern begraben«, sagte er von Jane.

Das tat mir unendlich leid. »Ich dachte, Sie würden normalerweise etwas länger warten«, sagte ich.

»Zehn Tage. Und es waren ungefähr zehn Tage, Kay. Sie wissen, wie wenig Platz wir hier haben.«

»Wir können sie mit einer DNA-Analyse identifizieren.«

»Warum nicht mit den Röntgenaufnahmen von ihren Zähnen?«

Ich erklärte es ihm.

»Das ist eine Schande.« Dr. Horowitz hielt inne und sprach nur widerstrebend weiter. »Es tut mir furchtbar leid, aber wir haben hier wie üblich ein großes Tohuwabohu. Ehrlich gesagt, ich wünschte, wir hätten sie nicht beerdigt, aber wir haben es.«

»Was ist passiert?«

»Das weiß keiner so genau. Wir haben natürlich eine Blutprobe für eine DNA-Analyse entnommen. Und selbstverständlich auch Gewebeproben aller wichtigen Organe. Die Blutprobe ist nicht mehr auffindbar, und die Gewebeproben sind anscheinend versehentlich weggeworfen worden.«

»Das kann nicht sein.«

Dr. Horowitz schwieg.

»Was ist mit den Gewebeproben in hartem Paraffin für die Histologie?«, fragte ich, denn auch damit konnte zur Not eine DNA-Analyse durchgeführt werden.

»Solche Proben legen wir nicht an, wenn die Todesursache klar ist«, sagte er.

Ich wusste nicht, was ich darauf erwidern sollte. Entweder herrschte in Dr. Horowitz' Leichenschauhaus ein maßloses Chaos, oder diese Versehen waren keine Versehen. Ich hatte ihn immer für einen überaus gewissenhaften Mann gehalten. Vielleicht hatte ich mich getäuscht. Ich wusste, wie es in New York zuging. Politiker machten selbst vor dem Leichenschauhaus nicht halt.

»Dann muss sie wieder ausgegraben werden«, sagte ich. »Ich sehe keine andere Möglichkeit. Wurde sie einbalsamiert?«

»Leichen, die für Hart Island bestimmt sind, werden für gewöhnlich nicht einbalsamiert«, sagte er und meinte die Insel im East River, auf der sich Potter's Field befand. »Wir müssen die Nummer heraussuchen, mit der wir sie identifizieren können, und dann wird sie wieder ausgegraben und mit der Fähre zurückgebracht. Mehr können wir nicht tun. Es kann ein paar Tage dauern.«

»Dr. Horowitz?«, sagte ich vorsichtig. »Was geht bei Ihnen vor?«

Seine Stimme klang fest, aber enttäuscht, als er sagte: »Ich habe nicht die leiseste Ahnung.«

Ich saß eine Weile an meinem Schreibtisch und überlegte, was ich tun sollte. Je länger ich nachdachte, umso weniger Sinn ergab das alles. Warum sollte die Armee nicht wollen, dass Jane identifiziert wurde? Wenn sie General Gaults Nichte war und die Armee wusste, dass sie tot war, sollte man doch annehmen, dass auch der Armee daran lag, sie zu identifizieren und angemessen zu begraben.

»Dr. Scarpetta.« Rose stand in der Tür. »Brent von American Express ist am Telefon.«

Sie stellte den Anruf durch.

»Es wurde wieder etwas abgebucht«, sagte Brent.

»Okay.« Ich spannte mich an.

»Gestern. Von einem Restaurant namens *Fino* in New York.

Ich hab's überprüft. Es ist in der East Thirty-sixth Street. Hundertvier Dollar und dreizehn Cent.«

Bei *Fino* gab es wunderbares norditalienisches Essen. Meine Vorfahren stammten aus Norditalien, und Gault hatte sich als Norditaliener namens Benelli ausgegeben. Ich versuchte, Wesley anzurufen, aber erreichte ihn nicht. Ebenso wenig Lucy. Marino war schließlich der einzige, dem ich erzählen konnte, dass Gault wieder in New York war.

»Er spielt weiter seine Spielchen«, sagte er angewidert. »Er weiß, dass du die Abbuchungen überwachen lässt, Doc. Er will, dass du erfährst, was er tut.«

»Das denke ich auch.«

»Über deine Kreditkarte werden wir nicht an ihn herankommen. Du solltest sie sperren lassen.«

Das konnte ich nicht. Meine Karte war so etwas wie Lucys Modem unter dem Boden der ERF. Beides waren dünne Fäden, die zu Gault führten. Er spielte seine Spielchen, aber eines Tages trieb er sie vielleicht zu weit. Vielleicht würde er zu leichtsinnig, schnupfte zu viel Kokain und beginge einen Fehler.

»Doc«, fuhr Marino fort, »du lässt dich zu sehr in die Sache hineinziehen. Du brauchst ein bisschen Abstand.«

Vielleicht wollte Gault, dass ich ihn fand. Jedes Mal, wenn er meine Kreditkarte benutzte, übermittelte er mir eine Botschaft. Verriet er mir mehr über sich selbst. Ich wusste, was er gern aß und dass er keinen Rotwein trank. Ich wusste, welche Zigaretten er rauchte, was für Kleidung er trug, und ich dachte an seine Stiefel.

»Hörst du mir überhaupt zu?«, fragte Marino.

Wir hatten bislang angenommen, dass die Stiefel Gault gehörten.

»Die Stiefel gehörten seiner Schwester«, dachte ich laut.

»Wovon redest du?« Marino klang ungeduldig.

»Sie muss sie vor Jahren von ihrem Onkel bekommen haben, und dann hat Gault sie ihr weggenommen.«

»Wann? Jedenfalls nicht im Schnee von Cherry Hill.«

»Ich weiß nicht, wann. Vielleicht kurz bevor sie starb. Vielleicht im Museum. Sie hatten ungefähr die gleiche Schuhgröße. Vielleicht haben sie ihre Stiefel getauscht. Aber ich bezweifle, dass sie ihre freiwillig hergegeben hat. Die Stiefel waren hervorragend für den Schnee geeignet. Viel besser als die, die wir bei Benny gefunden haben.«

»Warum sollte er ihr die Stiefel wegnehmen?«

»Ganz einfach: Weil er sie haben wollte.«

Am Nachmittag fuhr ich mit einem voll bepackten Aktenkoffer und einer kleinen Reisetasche zum Flughafen von Richmond. Ich hatte den Flug nicht bei meinem Reisebüro gebucht, weil ich verhindern wollte, dass irgendjemand, der mich kannte, erfuhr, wohin ich flog. Am Schalter kaufte ich ein Ticket nach Hilton Head, South Carolina.

»Dort unten soll es schön sein«, sagte die gesprächige Angestellte. »Man kann gut Golf und Tennis spielen.« Sie blickte auf meine Reisetasche.

»Sie müssen sie kennzeichnen«, sagte ich sehr leise. »Es ist eine Waffe drin.«

Sie nickte und gab mir einen orangefarbenen Aufkleber, aus dem ersichtlich war, dass ich eine ungeladene Schusswaffe dabeihatte.

»Sie können sie drin lassen«, sagte die Frau. »Können Sie ihre Tasche abschließen?«

Ich schloss sie ab und sah zu, wie sie die Tasche auf das Förderband stellte. Sie reichte mir mein Ticket, und ich ging zu dem Abfluggate. Eine Menge Leute drängten sich dort, und sie wirkten nicht gerade glücklich, dass sie nach den Feiertagen nach Hause oder zu ihrer Arbeit zurückkehren mussten.

Ich hatte den Eindruck, dass der Flug nach Charlotte länger als eine Stunde dauerte, was wohl daran lag, dass mein Pager zweimal losging und ich mein Handy nicht benutzen konnte. Ich las das *Wall Street Journal* und die *Washington Post*, während meine Gedanken einen tückischen Kurs einschlugen. Ich überlegte, was ich zu den Eltern von Temple Gault und der ermordeten Frau, die wir Jane nannten, sagen würde.

Ich war nicht einmal sicher, ob die Gaults mit mir reden würden, denn ich hatte meinen Besuch nicht angekündigt. Ihre Telefonnummer und Adresse waren geheim. Aber ich war überzeugt davon, dass die Plantage, die Live Oaks Plantation, die sie in der Nähe von Beaufort gekauft hatten, nicht sehr schwer zu finden wäre. Es war eine der ältesten Plantagen in South Carolina, und die Ortsansässigen würden von dem Paar gehört haben, dessen Anwesen in Albany vor kurzem von einem Hochwasser zerstört worden war.

Im Flughafen von Charlotte hatte ich genug Zeit, die beiden Anrufe zu erledigen. Rose hatte mich angepiepst, um sich von mir Gerichtstermine bestätigen zu lassen, für die ich Vorladungen bekommen hatte.

»Und Lucy hat versucht, Sie zu erreichen.«

»Sie hat die Nummer von meinem Pager«, sagte ich verwirrt.

»Danach habe ich sie auch gefragt, und sie hat gemeint, sie würde es ein andermal versuchen.«

»Hat sie gesagt, von wo aus sie angerufen hat?«

»Nein, aber ich nehme an, dass sie in Quantico ist.«

Für weitere Fragen hatte ich keine Zeit, weil das Flugzeug nach Hilton Head in einer Viertelstunde starten sollte und ich in ein anderes Terminal musste. Ich lief die gesamte Strecke und hatte schließlich noch Zeit, eine weiche Brezel ohne Salz zu kaufen und mehrere Tütchen Senf mitzunehmen. Mit dieser Mahlzeit – meiner ersten an diesem Tag – stieg ich ins Flugzeug.

Der Geschäftsmann, der neben mir saß, starrte auf meinen Imbiss, als wäre ich eine unerfahrene Hausfrau, die keine Ahnung von Flugreisen hatte.

Nach dem Start verleibte ich mir die Brezel mit dem Senf ein und bestellte Scotch on the rocks.

»Können Sie mir zufällig zwanzig Dollar wechseln?«, fragte ich den Mann neben mir, weil ich mitgekriegt hatte, dass es der Stewardess an Wechselgeld mangelte.

Er holte seine Brieftasche heraus, und ich schlug die *New York Times* auf. Er wechselte meinen Schein, und ich bezahlte seinen Drink. »Quid pro quo«, sagte ich.

»Das ist aber wirklich nett von Ihnen«, sagte er mit einem unüberhörbaren Südstaatenakzent. »Sie sind bestimmt aus New York.«

»Ja«, log ich.

»Fliegen Sie zufälligerweise zu der Supermarktkonferenz nach Hilton Head? Sie findet im Hyatt statt.«

»Nein. Zur Konferenz der Bestattungsunternehmer. Im Holiday Inn.«

»Oh.« Mehr sagte er nicht mehr.

Auf dem Flughafen von Hilton Head standen die Privatflugzeuge und die Learjets der ganz Reichen, die Häuser auf der Insel besaßen. Das Flughafengebäude war mehr oder weniger eine Hütte, und das Gepäck stapelte sich davor auf einer hölzernen Plattform. Es war kühl, und dunkle Wolken trieben am Himmel, und als die Passagiere zu den wartenden Autos oder Bussen eilten, beklagten sie sich über das Wetter.

»Scheiße«, rief der Mann, der neben mir gesessen hatte. Er kämpfte mit seinen Golfschlägern, während ein Blitz über den Himmel zuckte und Donner grollte, als wäre ein Krieg ausgebrochen.

Ich mietete ein Auto und blieb eine Weile auf dem Parkplatz stehen. Regen trommelte auf das Dach, und durch die Windschutzscheibe war nichts mehr zu erkennen. Ich studierte die Landkarte, die mir der Autoverleih gegeben hatte. Anna Zenners Haus war in Palmetto Dunes, ganz in der Nähe des Hyatt, in dem der Mann aus dem Flugzeug abstieg. Ich sah mich erfolglos auf dem Parkplatz um, ob er und seine Golfschläger noch irgendwo zu sehen waren.

Der Regen ließ nach, und ich fuhr vom Flughafenparkplatz auf den William Hilton Parkway und folgte ihm bis zur Queens Folly Road. Dann musste ich ein bisschen suchen, bis ich das Haus fand. Ich hatte etwas Bescheideneres erwartet. Annas Versteck war kein Bungalow, sondern ein wunderschönes Landhaus aus Glas und verwittertem Holz. Hinter dem Haus, wo ich den Wagen abstellte, standen unzählige Fächerpalmen und mit spanischem Moos bewachsene Schwarzeichen. Ein Eichhörnchen kletterte von einem Baum herunter, als ich die Treppe zur Terrasse hinaufstieg. Es stellte sich auf die Hinterbeine und bewegte die Backen, als hätte es mir eine Menge zu erzählen.

»Ich wette, sie füttert dich«, sagte ich zu ihm, als ich den Schlüssel herausholte. »Ich hab aber nichts für dich. Tut mir wirklich leid.« Es kam noch näher. »Und wenn du Tollwut hast, muss ich dich erschießen.«

Ich betrat das Haus, enttäuscht, dass es keine Alarmanlage gab. »Schade«, dachte ich, aber ich würde trotzdem hier bleiben.

Ich verschloss die Tür und schob den Riegel vor. Niemand wusste, dass ich hier war. Anna kam seit Jahren nach Hilton Head und hielt eine Alarmanlage für überflüssig. Gault war in New York und konnte mir unmöglich gefolgt sein. Ich ging ins Wohnzimmer, dessen Fenster vom Boden bis zur Decke reichten. Ein heller Teppich lag auf dem Holzboden, und die Möbel waren aus gebleichtem Mahagoni, die Polster in hellen, freundlichen Farben gehalten.

Ich schlenderte durch alle Zimmer, wurde immer hungriger, während der Ozean bleiern schimmerte und eine Armee dunkler Wolken von Norden heranzog. Ein langer, mit Planken belegter Weg führte vom Haus durch die Dünen zum Meer. Mit einer Tasse Kaffee in der Hand schritt ich ihn entlang, sah den Spaziergängern, den Radfahrern und den wenigen Joggern nach. Der Sand war hart und grau, und braune Pelikane formierten sich, als wollten sie einen Angriff auf Fische oder das Wetter fliegen.

Als jemand Golfbälle ins Wasser schlug, kam ein Tümmler an die Oberfläche, und dann blies der Wind einem kleinen Jungen ein Styropor-Surfbrett aus dem Arm. Es trieb über den Strand, und der Junge rannte hinterher, so schnell er konnte. Ich beobachtete die Jagd, bis das Brett über eine Düne und meinen Zaun wirbelte. Ich lief ein paar Stufen hinunter und griff danach, bevor der Wind es erneut entführen konnte, und der Junge blieb zögernd stehen, als er sah, dass ich ihn beobachtete.

Er war acht, neun Jahre alt, trug Jeans und ein Sweatshirt. Seine Mutter kam den Strand entlang, um ihn zu holen.

»Kann ich bitte mein Surfbrett haben?«, fragte er, den Blick gesenkt.

»Soll ich dir helfen, es zu deiner Mutter zu tragen? Der Wind ist so stark, dass du es allein vielleicht nicht schaffst.«

»Nein, danke«, murmelte er schüchtern und streckte die Hände aus.

Ich stand auf dem Weg zu Annas Haus, fühlte mich zurückgewiesen und sah zu, wie er gegen den Wind ankämpfte. Schließlich presste er das Surfbrett vor seinen Bauch und stapfte über den feuchten Sand davon. Ich blickte ihm und seiner Mutter nach, bis sie nur noch Punkte am Horizont waren. Ich versuchte mir vorzustellen, wohin sie gingen. In ein Hotel? Ein Haus? Wo verbrachten kleine Jungen und ihre Mütter hier stürmische Nächte?

Als ich klein war, hatten wir zu wenig Geld, um Ferien zu machen, und jetzt hatte ich keine Kinder. Ich dachte an Wesley und hätte ihn am liebsten angerufen. Ich horchte auf die Brandung und entdeckte hinter Wolkenschleiern ein paar Sterne. Der Wind trug Stimmen heran, aber ich verstand die Worte nicht. Es hätte genauso gut das Quaken von Fröschen oder Vogelgekreisch sein können. Mit der leeren Kaffeetasse in der Hand kehrte ich ins Haus zurück und hatte endlich einmal keine Angst.

Mir fiel ein, dass vielleicht nichts zum Essen im Haus war und dass ich außer einer Brezel nichts zu mir genommen hatte.

»Danke, Anna«, sagte ich, als ich ein paar Fertiggerichte fand.

Ich erhitzte Truthahn mit Gemüse, schaltete das Gasfeuer im Kamin an und schlief auf der Couch ein, meine Browning auf dem Tisch neben mir. Ich war zu müde, um zu träumen. Als die Sonne aufging, erwachte ich, und was ich vorhatte, erschien mir unwirklich, bis ich einen Blick auf meine Aktentasche warf und an ihren Inhalt dachte. Es war zu früh, um aufzubrechen. Ich zog Jeans und einen Pullover an und machte einen Spaziergang.

Der Sand war fest, die Sonne schimmerte golden über dem Wasser. Vögel übertönten die laute Brandung, Strandläufer suchten nach Krabben und Würmern, Möwen segelten im Wind, und Krähen lungerten herum wie schwarz gekleidete Straßenräuber.

Ältere Menschen waren jetzt, solange die Sonne noch schwach war, unterwegs, und ich konzentrierte mich auf die Seeluft und spürte, dass ich wieder durchatmen konnte. Ich erwiderte das Lächeln von Fremden, die mir begegneten, und winkte, wenn sie mir winkten. Manche hielten Händchen, andere gingen Arm in Arm. Alleinstehende tranken Kaffee auf den Wegen und sahen hinaus aufs Wasser.

Zurück in Annas Haus, toastete ich ein Bagel, das ich in Annas Gefrierschrank gefunden hatte, und duschte lange. Dann zog ich einen schwarzen Hosenanzug an, packte und verschloss das Haus, als ob ich nicht zurückkommen würde. Ich hatte nicht das Gefühl, beobachtet zu werden, bis das Eichhörnchen wieder auftauchte.

»O nein«, sagte ich und schloss die Wagentür auf. »Nicht du schon wieder.«

Es stellte sich auf die Hinterbeine und hielt mir einen Vortrag.

»Hör mal, Anna hat gesagt, dass ich hier wohnen kann. Ich bin eine sehr gute Freundin von ihr.«

Seine Barthaare zuckten, als es mir seinen kleinen weißen Bauch zeigte.

»Spar dir die Mühe, mir deine Probleme zu erzählen.« Ich warf meine Tasche auf den Rücksitz. »Anna ist der Psychiater, nicht ich.«

Ich öffnete die Fahrertür. Es kam ein paar Schritte näher. Ich hielt es nicht länger aus und kramte in meiner Aktentasche nach den Erdnüssen aus dem Flugzeug. Das Eichhörnchen stand wieder auf den Hinterbeinen und kaute wie wild, als ich im Schatten der Bäume zur Straße zurücksetzte.

Ich fuhr Richtung Westen durch eine Schilf- und Binsenlandschaft. In Teichen wuchsen Lotos und Wasserlilien, und an beinahe jeder Ecke lauerten Habichte. Die Menschen schienen, abgesehen davon, dass sie Land besaßen, arm zu sein. An schmalen Straßen standen kleine weiße Kirchen und Wohnwagen, die noch weihnachtlich geschmückt waren. In der Nähe von Beaufort sah ich Autowerkstätten und kleine Motels auf trostlosen Grundstücken und einen Friseurladen, über dem die Flagge der Konföderierten wehte. Ich hielt zweimal an, um die Karte zu studieren.

Auf St. Helena Island überholte ich im Schneckentempo einen Traktor, der am Straßenrand Staub aufwirbelte, und hielt nach einem Ort Ausschau, wo ich anhalten und mich erkundigen konnte. Ich kam an alten Gebäuden vorbei, die einst Geschäfte beherbergt hatten. Tomaten wurden am Straßenrand verpackt, und gesäumt waren die Straßen von Eichen, Farmhäusern, Bestattungsunternehmen und Gärten, bewacht von Vogelscheuchen. Erst auf Tripp Island fand ich ein Restaurant zum Lunch und hielt an.

Das Restaurant hieß Gullah House, und die Frau, die mir einen Platz anwies, war groß und sehr schwarz. Sie trug ein Kleid in tropischen Farben, und wenn sie mit einer Kellnerin sprach, klang es sehr musikalisch. Viele Worte verstand ich nicht. Der Gullah-Dialekt ist eine Mischung aus westindischen Idiomen und elisabethanischem Englisch. Früher war das die Sprache der Sklaven.

Ich wartete an einem Holztisch auf meinen Eistee und fragte mich, ob mir hier wohl jemand sagen konnte, wo die Gaults lebten.

»Was kann ich Ihnen sonst noch bringen?« Meine Kellnerin stellte ein riesiges Glas Tee, mit Eiswürfeln und Zitronenscheiben, vor mich hin.

Ich deutete auf *Biddy een de Fiel*, weil ich es nicht aussprechen konnte. Sie erklärte mir, es sei gegrillte Hühnerbrust auf Römersalat.

»Hätten Sie vielleicht vorher gerne Süßkartoffelchips oder frittierte Krabben?« Ihr Blick schweifte durchs Restaurant, während sie sprach.

»Nein, danke.«

Entschlossen, ihren Gast nicht mit einer Diätmahlzeit davonkommen zu lassen, deutete sie auf die Rückseite der Speisekarte. »Wir haben heute frische frittierte Shrimps. Die sind so gut, dass Ihnen die Augen übergehen werden.«

»Na gut, bringen Sie mir eine kleine Portion.«

»Wollen Sie von beidem was?«

»Ja, bitte.«

Der Service blieb so gemächlich, und es war fast eins, als ich meine Rechnung bezahlte. Die Frau in dem farbenfrohen Kleid, die ich für die Geschäftsführerin hielt, war auf dem Parkplatz und unterhielt sich mit einer anderen Schwarzen, die neben einem Kleinbus mit der Aufschrift *Gullah Tours* stand.

»Entschuldigen Sie«, sagte ich zu der Geschäftsführerin.

Ihre Augen funkelten wie Glas, argwöhnisch, aber nicht unfreundlich. »Wollen Sie eine Insel-Tour machen?«, fragte sie.

»Eigentlich nicht. Aber können Sie mir sagen, wo die Live Oaks Plantation ist?«

»Die liegt auf keiner Route. Nicht mehr.«

»Man kommt also nicht hin?«

Die Geschäftsführerin musterte mich misstrauisch. »Dort sind neue Leute eingezogen. Die mögen nicht, dass die Insel-Tour bei ihnen vorbeigeht, verstehen Sie, was ich meine?«

»Ich verstehe Sie«, sagte ich. »Aber ich muss dorthin. Und ich will keine Tour machen. Ich will nur wissen, wo die Plantage ist.«

Mir kam der Gedanke, dass der Dialekt, den ich sprach, nicht gerade der war, den die Geschäftsführerin – der zweifellos auch die Gullah Tours gehörten – am liebsten hörte.

»Wie wäre es, wenn ich für eine Tour bezahle«, sagte ich, »und Ihre Fahrerin fährt vor mir her?«

Das schien eine gute Idee. Ich zahlte zwanzig Dollar, und es konnte losgehen. Es war nicht weit, bald verlangsamte der Bus das Tempo, und ein Arm in einem wild gemusterten Blusenärmel deutete auf Tausende von Pekannussbäumen hinter einem ordentlichen weißen Zaun. Das Tor am Ende einer langen unbefestigten Einfahrt stand offen, und in gut achthundert Meter Entfernung sah ich weißes Holz und ein Stück Kupferdach. Es gab kein Schild mit dem Namen des Besitzers oder der Plantage.

Ich bog nach links in die Einfahrt. Manche der alten Bäume waren schon abgeerntet. Ich kam an einem mit Wasserlinsen bedeckten Teich vorbei, an dessen Rand ein Reiher spazierte. Weit und breit war kein Mensch zu sehen, aber als ich mich dem großartigen Haus aus der Zeit vor dem Bürgerkrieg näherte, bemerkte ich ein Auto und einen Pick-up. Eine alte Scheune mit Kupferdach stand hinter einem Silo. Der Himmel hatte sich bezogen, und ich fröstelte in meinem dünnen Jackett, als ich die steile Treppe hinaufstieg und klingelte.

Ich sah dem Gesicht des Mannes sofort an, dass das Tor am Ende der Einfahrt nicht hätte offen stehen dürfen. »Das hier ist Privatbesitz«, sagte er tonlos.

Wenn Temple Gault sein Sohn war, so gab es keine Ähnlichkeiten. Dieser Mann war drahtig, hatte graues Haar, sein Gesicht war lang und verwittert. Er trug Arbeitshosen und ein schlichtes graues Sweatshirt mit Kapuze.

»Ich bin auf der Suche nach Peyton Gault«, sagte ich, sah ihm in die Augen und hielt meine Aktentasche fest.

»Das Tor sollte eigentlich geschlossen sein. Haben Sie die Betreten-verboten-Schilder nicht gesehen? Ich hab sie bloß an jeden zweiten Zaunpfahl genagelt. Was wollen Sie von Peyton Gault?«

»Das kann ich nur Peyton Gault selbst sagen.«

Er musterte mich eingehend, schien unentschlossen. »Sie sind doch nicht etwa Journalistin, oder?«

»Nein, Sir, ganz bestimmt nicht. Ich bin der Chief Medical Examiner von Virginia.« Ich reichte ihm meine Karte.

Er lehnte sich gegen den Türrahmen, als hätte er einen Schwächeanfall. »Gott sei uns gnädig«, murmelte er. »Warum können Sie uns nicht endlich in Ruhe lassen?«

Ich konnte mir die private Hölle nicht vorstellen, die sein

Sohn ihm bereitet hatte, denn irgendwo in seinem Herzen liebte er ihn vermutlich noch.

»Mr. Gault«, sagte ich. »Bitte, sprechen Sie mit mir.«

Er wischte sich mit Daumen und Zeigefinger der rechten Hand die Tränen aus den Augenwinkeln. Die Falten auf seiner gebräunten Stirn wurden tiefer, und ein unerwarteter Sonnenstrahl färbte seine Bartstoppeln sandfarben.

»Ich bin nicht hier, weil ich neugierig bin«, sagte ich. »Ich bin nicht hier, um zu recherchieren. Bitte.«

»Seit dem Tag seiner Geburt war mit dem Jungen etwas nicht in Ordnung«, sagte Peyton Gault und wischte sich über die Augen.

»Ich weiß, dass es schrecklich für Sie ist. Es muss ein unvorstellbares Grauen sein. Ich kann es verstehen.«

»Niemand kann das verstehen.«

»Bitte, lassen Sie es mich versuchen.«

»Es wird nichts Gutes dabei herauskommen.«

»Es kann nur Gutes dabei herauskommen. Deswegen bin ich hier.«

Er sah mich unsicher an. »Wer hat Sie geschickt?«

»Niemand. Ich bin aus freien Stücken gekommen.«

»Wie haben Sie uns gefunden?«

»Ich habe nach Ihrer Plantage gefragt«, erklärte ich.

»Frieren Sie nicht in Ihrer Jacke?«

»Mir ist warm.«

»Na gut«, sagte er. »Gehen wir zum Pier.«

Sein Pier führte durch Marschland, so weit der Blick reichte, die Barrier Islands erschienen am Horizont wie unregelmäßige Wassertürme. Wir lehnten uns an das Geländer, sahen den Winkerkrabben zu, die über den dunklen Schlamm wuselten. Ab und zu spuckte eine Austernmuschel.

»Zu Zeiten des Bürgerkriegs arbeiteten hier zweihundertfünfzig Sklaven«, sagte er, als ob wir freundlich miteinander plauderten. »Auf der Rückfahrt sollten Sie bei der Chapel of Ease anhalten. Es ist nicht mehr viel von ihr übrig, nur rostendes Gusseisen und ein winziger Friedhof.«

Ich ließ ihn erzählen.

»Die Gräber wurden schon vor Urzeiten geplündert. Ich glaube, die Kapelle stammt aus dem Jahr 1740.«

Ich schwieg.

Er seufzte, blickte aufs Meer hinaus.

»Ich habe Fotos dabei, die ich Ihnen gern zeigen würde«, sagte ich leise.

»Wissen Sie« – es schwang wieder viel Gefühl in seiner Stimme mit –, »es ist beinahe so, als ob die Überschwemmung eine Strafe für etwas gewesen sei, was ich getan habe. Ich bin auf der Plantage in Albany geboren.« Er sah mich an. »Fast zwei Jahrhunderte hat sie Kriegen und dem schlechten Wetter getrotzt. Dann hat dieser Sturm zugeschlagen, und der Flint River stieg um fast sieben Meter.

Die Nationalgarde kam, die Militärpolizei hat alles verbarrikadiert. Das Wasser reichte bis an die Decke meines Hauses, die Bäume konnte man vergessen. Nicht dass wir auf die Pekannüsse angewiesen gewesen wären, um genug zum Leben zu haben. Aber eine Weile wohnten meine Frau und ich wie Obdachlose zusammen mit dreihundert anderen Menschen in einer Halle.«

»Ihr Sohn hat diese Flut nicht verursacht«, sagte ich leise. »Nicht einmal er kann eine Naturkatastrophe heraufbeschwören.«

»Ja, wahrscheinlich war es sowieso besser, dass wir umgezogen sind. Ständig kamen Leute vorbei, die sehen wollten, wo er aufgewachsen ist. Rachael hat das nervlich schwer zu schaffen gemacht.«

»Rachael ist Ihre Frau?«

Er nickte.

»Was ist mit Ihrer Tochter?«

»Das ist eine andere traurige Geschichte. Wir mussten Jayne nach Westen schicken, als sie elf Jahre alt war.«

»Heißt sie Jayne?«, fragte ich erstaunt.

»Eigentlich heißt sie auch Rachael. Ihr zweiter Name ist Jayne, geschrieben mit einem Y. Ich weiß nicht, ob Ihnen das bekannt war, aber Temple und Jayne sind Zwillinge.«

»Nein, das wusste ich nicht.«

»Und er war von Anfang an eifersüchtig auf sie. Es war schrecklich mitanzusehen, weil sie ganz verrückt nach ihm war. Sie waren beide süße blonde Kinder, und es war so, als ob Temple sie vom ersten Tag seines Lebens an zerquetschen wollte wie Ungeziefer. Er war grausam.«

Eine Möwe flog kreischend vorbei, und ein Trupp Winkerkrabben schleppte eine Pflanze ab.

Peyton Gault strich sich das Haar zurück und stellte einen Fuß auf die untere Strebe des Geländers. »Ich glaube, mir war alles klar, als sie fünf waren. Jayne hatte ein Hündchen, den niedlichsten kleinen Hund, eine Promenadenmischung. Eines Tages war er verschwunden, und Jayne wachte nachts auf, und da lag er tot in ihrem Bett. Temple hat den Hund vermutlich erwürgt.«

»Sie sagten, dass Jayne an der Westküste lebte?«, fragte ich ihn.

»Rachael und ich wussten nicht, was wir tun sollten. Wir wussten nur, dass es bloß eine Frage der Zeit war, bis er sie umgebracht hätte – was ihm später fast gelungen wäre. Ich hatte einen Bruder in Seattle. Luther.«

»Der General.«

Er starrte geradeaus. »Vermutlich wissen Sie einiges über uns. Temple hat dafür gesorgt. Und demnächst werden vermutlich Bücher über ihn geschrieben und Filme gedreht werden.« Er schlug leicht mit der Faust aufs Geländer.

»Jayne hat bei Ihrem Bruder und seiner Frau gelebt?«

»Und wir haben Temple in Albany behalten. Glauben Sie mir, wenn es möglich gewesen wäre, hätte ich ihn fortgeschickt und sie dabehalten. Sie war so ein liebes, empfindsames Kind.« Tränen rollten ihm über die Wangen. »Sie spielte Klavier und Saxophon, und Luther hat sie geliebt wie seine eigenen Kinder. Er hatte zwei Söhne.

In Anbetracht unserer Sorgen ging alles recht gut. Rachael und ich flogen jedes Jahr mehrmals nach Seattle. Mir fiel es schwer genug, aber ihr hat es schier das Herz gebrochen. Dann machten wir einen großen Fehler.«

Er schwieg, bis er wieder sprechen konnte, und räusperte sich. »In einem Sommer bestand Jayne darauf, nach Hause zu kommen. In jenem Jahr muss sie fünfundzwanzig geworden sein, und sie wollte ihren Geburtstag bei uns feiern. Jayne, Luther und seine Frau Sara flogen von Seattle nach Albany. Temple verhielt sich so, als ließe es ihn kalt, und ich erinnere mich …«

Wieder räusperte er sich. »Ich erinnere mich, dass ich dachte, alles würde gutgehen. Vielleicht hatte er endlich überwunden, was ihn so lange heimgesucht hatte. Jayne feierte eine große Party. Dann wollte sie unseren alten Hund, Snaggletooth, ausführen. Sie wollte, dass wir sie fotografieren, und das taten wir. Zwischen den Pekanbäumen. Dann gingen alle ins Haus zurück, bis auf sie und Temple.

Als es Zeit zum Abendessen war, kam er herein, und ich fragte ihn: ›Wo ist deine Schwester?‹ Er sagte: ›Sie wollte ausreiten.‹

Wir warteten und warteten, aber sie kam nicht. Dann machten Luther und ich uns auf, um sie zu suchen. Wir fanden ihr Pferd gesattelt im Stall, sie lag auf dem Boden, und überall war Blut.«

Er fuhr sich mit der Hand übers Gesicht, und ich konnte

nicht in Worte fassen, wie unendlich leid er und seine Tochter Jayne mir taten. Ich fürchtete mich davor, ihm zu erzählen, wie seine Geschichte endete.

»Der Arzt meinte, sie wäre vom Pferd getreten worden, aber ich hatte meine Zweifel. Ich glaubte, Luther würde den Jungen umbringen. Er wurde nicht fürs Geschirrausgeben mit der Tapferkeitsmedaille ausgezeichnet. Nachdem sich Jayne so weit erholt hatte, dass sie das Krankenhaus verlassen konnte, nahm er sie wieder mit. Aber ganz hat sie sich nie mehr erholt.«

»Mr. Gault«, sagte ich. »Wissen Sie, wo sich Ihre Tochter im Augenblick aufhält?«

»Seit Luthers Tod vor vier oder fünf Jahren hat sie sich allein durchgeschlagen. Für gewöhnlich hören wir an Geburtstagen und an Weihnachten von ihr, wann immer sie in der Stimmung ist.«

»Haben Sie jetzt an Weihnachten von ihr gehört?«

»Nicht direkt an Weihnachten, ein oder zwei Wochen vorher.« Er dachte angestrengt nach, ein merkwürdiger Ausdruck war auf seinem Gesicht.

»Wo war sie?«

»Sie rief aus New York an.«

»Wissen Sie, was sie dort getan hat, Mr. Gault?«

»Ich weiß nie, was sie tut. Um die Wahrheit zu sagen, ich glaube, sie treibt sich herum und ruft an, wenn sie Geld braucht.« Er blickte zu einem schneeweißen Silberreiher, der auf einem Baumstumpf stand.

»Als sie aus New York anrief, hat sie da um Geld gebeten?«

»Macht es Ihnen etwas aus, wenn ich rauche?«

»Selbstverständlich nicht.«

Er holte eine Schachtel Zigaretten aus der Tasche und kämpfte damit, sie in dem Wind anzuzünden. Er drehte sich hin und her, und schließlich hielt ich eine Hand über seine, damit er das Zündholz entfachen konnte. Er zitterte.

»Die Sache mit dem Geld ist sehr wichtig«, sagte ich. »Wie viel und wie hat sie es bekommen?«

»Rachael kümmert sich darum.«

»Hat Ihre Frau das Geld geschickt? Oder einen Scheck?«

»Sie kennen meine Tochter nicht. Ihr würde niemand Bargeld für einen Scheck geben. Rachael schickt ihr regelmäßig Geld. Wissen Sie, Jayne muss ständig Medikamente nehmen, damit sie keine Anfälle bekommt. Die Kopfverletzungen sind schuld daran.«

»Wohin schickt Ihre Frau das Geld?«

»Sie schickt es über ein Western-Union-Büro. Rachael kann Ihnen sagen, welches.«

»Was ist mit Ihrem Sohn? Haben Sie Kontakt zu ihm?«

Seine Miene wurde hart. »Überhaupt keinen.«

»Wollte er nie nach Hause kommen?«

»Nein.«

»Weiß er, dass Sie jetzt hier leben?«

»Der einzige Kontakt mit Temple, den ich mir vorstellen kann, ist, ihn mit einer doppelläufigen Flinte zu erschießen.« Er biss die Zähne zusammen. »Es ist mir scheißegal, dass er mein Sohn ist.«

»Wissen Sie, dass er Ihre AT&T-Karte benützt?«

Mr. Gault richtete sich auf und schnippte Asche ab, die der Wind wegwehte. »Das kann nicht sein.«

»Ihre Frau zahlt die Rechnungen?«

»Ja, diese Rechnungen bezahlt sie.«

»Ich verstehe.«

Er warf die Zigarette in den Sand, und sofort nahmen sich die Krabben ihrer an.

»Jayne ist tot, nicht wahr?«, sagte er. »Sie sind Gerichtsmedizinerin, und deswegen sind Sie hier.«

»Ja, Mr. Gault. Es tut mir furchtbar leid.«

»Ich habe es mir schon gedacht, als Sie sagten, wer Sie sind.

Mein kleines Mädchen ist die Frau, die Temple im Central Park umgebracht hat.«

»Deswegen bin ich hier. Aber ich brauche Ihre Hilfe, wenn ich beweisen will, dass sie Ihre Tochter ist.«

Er schaute mir in die Augen, und ich sah seine große Erleichterung. Er riss sich zusammen, und ich spürte seinen Stolz. »Ma'am, ich will nicht, dass sie in irgendeinem gottverdammten Armengrab liegt. Ich will sie hier bei Rachael und mir. Jetzt kann sie wieder zu uns kommen, er kann ihr nichts mehr tun.«

Wir gingen den Pier zurück.

»Dafür kann ich sorgen«, sagte ich. Der Wind wehte über das Gras und durch unser Haar. »Ich brauche lediglich eine Blutprobe von Ihnen.«

18

Bevor wir ins Haus gingen, warnte Mr. Gault mich, dass seine Frau mit der Situation nicht zurechtkäme. Er erklärte mir so diskret wie möglich, dass Rachael Gault dem schrecklichen Schicksal ihrer Kinder nie wirklich ins Auge gesehen hatte.

»Es ist nicht so, dass sie einen Anfall bekommt«, sagte er leise, als wir die Treppe hinaufgingen. »Sie kann es nur einfach nicht akzeptieren.«

»Vielleicht wollen Sie die Fotos hier draußen anschauen?«

»Fotos von Jayne?« Er sah wieder sehr müde aus.

»Von ihr und von Fußspuren.«

»Fußspuren?« Er fuhr sich mit schwieligen Fingern durchs Haar.

»Erinnern Sie sich daran, ob sie ein Paar Armeestiefel besessen hat?«, fragte ich.

»Nein.« Er schüttelte bedächtig den Kopf. »Aber Luther hatte eine ganze Menge von dem Zeug.«

»Wissen Sie, was für eine Schuhgröße Luther hatte?«

»Er hatte kleinere Füße als ich. Vermutlich Größe vierzigeinhalb oder einundvierzig.«

»Hat er Temple jemals ein Paar von seinen Stiefeln geschenkt?«

»Nein. Luther hätte Temple mit seinen Stiefeln höchstens einen Tritt in den Hintern gegeben.«

»Die Stiefel hätten also Jayne gehören können.«

»Ja. Sie und Luther hatten ungefähr die gleiche Schuhgröße. Sie war ziemlich groß. Etwa so groß wie Temple. Und ich habe immer schon vermutet, dass das für ihn ein Problem war.«

Mr. Gault hätte am liebsten den ganzen Tag im Wind gestanden und geredet. Er wollte nicht, dass ich meine Aktentasche öffnete, weil er wusste, was darin war.

»Sie müssen sich die Fotos nicht ansehen«, sagte ich. »Wir können auch eine DNA-Analyse machen.«

»Wenn das geht«, sagte er erleichtert und machte die Tür auf. »Ich werde Rachael Bescheid sagen.«

Die Eingangshalle des Gault'schen Hauses war weiß gestrichen. Ein alter Messingleuchter hing von der hohen Decke, und eine elegante Wendeltreppe führte in den ersten Stock. Das Wohnzimmer war eingerichtet mit englischen Antiquitäten, Perserteppichen, und an den Wänden hingen hervorragende Ölgemälde. Rachael Gault saß auf einem strengen Sofa und stickte. Durch einen großen Rundbogen sah ich, dass auf den Esszimmerstühlen gestickte Deckchen lagen.

»Rachael?« Mr. Gault stand vor ihr wie ein schüchterner Junggeselle mit dem Hut in der Hand. »Wir haben Besuch.«

Sie stach mit der Nadel in die Vorlage. »Oh, wie nett.« Sie lächelte und legte ihre Arbeit beiseite.

Rachael Gault musste einst eine blonde, hellhäutige und helläugige Schönheit gewesen sein. Mich faszinierte, dass Temple und Jayne ihr Aussehen von Mutter und Onkel geerbt hatten, aber ich verbot mir jegliche Spekulation und schrieb es den Mendel'schen Gesetzen zu.

Mr. Gault setzte sich ebenfalls aufs Sofa und bot mir einen Sessel an.

»Wie ist das Wetter draußen?«, fragte Mrs. Gault mit dem hypnotischen Tonfall des tiefen Südens. Sie hatte das gleiche schmallippige Lächeln wie ihr Sohn. »Gibt es noch Krabben?« Sie sah mich an. »Ich weiß Ihren Namen gar nicht. Peyton, sei nicht so unhöflich. Stell mich deiner neuen Freundin vor.«

»Rachael«, versuchte es Mr. Gault noch einmal. Er legte die Hände auf die Knie und ließ den Kopf sinken. »Sie ist eine Ärztin aus Virginia.«

»Ja?« Ihre zierlichen Hände zogen an dem Deckchen in ihrem Schoß.

»Sie arbeitet für das Gericht.« Er sah seine Frau an. »Liebling, Jayne ist tot.«

Mrs. Gault begann, mit flinken Fingern wieder zu sticken. »Wissen Sie, im Garten stand ein Magnolienbaum, der fast hundert Jahre alt war. Aber im Frühjahr hat der Blitz darin eingeschlagen. Können Sie sich das vorstellen? Manchmal gibt es hier Stürme. Wie ist es dort, wo Sie herkommen?«

»Ich komme aus Richmond«, sagte ich.

»O ja«, sagte sie, und ihre Finger bewegten sich noch schneller. »Sehen Sie, wir hatten Glück, dass im Krieg nicht alles abgebrannt ist. Sie haben bestimmt einen Urgroßvater, der im Krieg gekämpft hat.«

»Ich habe italienische Vorfahren«, sagte ich. »Ursprünglich bin ich aus Miami.«

»Dort unten wird es bestimmt sehr heiß.«

Mr. Gault saß hilflos auf dem Sofa. Er hatte es aufgegeben, jemanden anzuschauen.

»Mrs. Gault«, sagte ich. »Ich habe Jayne in New York gesehen.«

»Wirklich?« Sie schien erfreut. »Erzählen Sie mir davon.« Ihre Hände waren wie Kolibris.

»Als ich sie sah, war sie schrecklich dünn, und sie hatte sich das Haar geschnitten.«

»Sie ist nie zufrieden mit ihrem Haar. Als sie es kurz trug, sah sie aus wie Temple. Sie sind Zwillinge, und die Leute haben sie oft verwechselt und gedacht, sie sei ein Junge. Deswegen hat sie es sich immer lang wachsen lassen, und es überrascht mich, dass sie es wieder kurz geschnitten hat.«

»Sprechen Sie manchmal mit Ihrem Sohn?«, fragte ich.

»Er ruft nicht so oft an, wie er sollte, der ungezogene Junge. Aber er weiß, dass er immer anrufen kann.«

»Jayne hat Sie kurz vor Weihnachten angerufen.«

Sie schwieg.

»Hat sie gesagt, dass sie ihren Bruder getroffen hat?«

Sie schwieg.

»Er war nämlich auch in New York.«

»Ja, ich habe ihm gesagt, er soll seine Schwester besuchen und ihr frohe Weihnachten wünschen«, sagte Mrs. Gault, und ihr Mann zuckte zusammen.

»Sie haben ihr Geld geschickt?«, fuhr ich fort.

Sie sah zu mir. »Jetzt werden Sie aber ein bisschen indiskret.«

»Ja, Ma'am, ich fürchte, ich muss indiskret werden.«

Sie fädelte einen blauen Faden in die Nadel.

»Ärzte müssen indiskrete Fragen stellen. Das gehört zu unserem Beruf«, versuchte ich es.

Sie lachte kurz. »Tja, das stimmt. Deswegen gehe ich vermutlich auch nicht gern zum Arzt. Sie glauben, sie können alles mit Magnesium heilen. Es schmeckt, als ob man weiße Farbe trinkt. Peyton? Würdest du mir ein Glas Wasser mit etwas Eis holen? Und frage auch unseren Gast, ob sie was möchte.«

»Nein, danke«, sagte ich, als er aufstand und widerstrebend den Raum verließ.

»Das ist sehr nett von Ihnen, dass Sie Ihrer Tochter Geld schicken«, sagte ich. »Wie machen Sie das nur in einer so großen und geschäftigen Stadt wie New York?«

»Ich schicke es immer über ein Western-Union-Büro.«

»Wohin genau schicken Sie es?«

»Nach New York, wo Jayne ist.«

»Wohin in New York, Mrs. Gault? Und wie oft haben Sie das schon gemacht?«

»Ich schicke es an eine Apotheke. Weil sie ihre Medikamente kaufen muss.«

»Gegen ihre Anfälle. Diphenylhydantoin.«

»Jayne hat gesagt, dass es kein sehr guter Stadtteil ist.« Sie stickte weiter. »Die Straße heißt Houston. Aber man spricht sie anders aus als die Stadt in Texas.«

»Houston und?«, fragte ich.

»Was meinen Sie?« Sie begann, sich aufzuregen.

»Eine Straßenecke. Ich brauche eine Adresse.«

»Wozu um alles in der Welt?«

»Weil Ihre Tochter vielleicht dorthin gegangen ist, kurz bevor sie starb.«

Sie stickte schneller, ihr Mund war eine dünne Linie.

»Bitte, helfen Sie mir, Mrs. Gault.«

»Sie fährt viel mit dem Bus. Sie sagt, sie kann Amerika vorübergleiten sehen wie einen Film, wenn sie im Bus sitzt.«

»Ich weiß, Sie wollen nicht, dass noch mehr Menschen sterben müssen.«

Sie kniff die Augen zusammen.

»Bitte.«

»Lieber Gott, ich geh zur Ruh.«

»Was?«, sagte ich.

»Rachael.« Mr. Gault kehrte zurück. »Es gibt kein Eis.«

»Schließe meine Äuglein zu.«

Verständnislos sah ich ihren Mann an.

»Lieber Gott, ich geh zur Ruh, schließe meine Äuglein zu«, sagte er und sah sie an. »Als die Kinder klein waren, haben wir das jeden Abend mit ihnen gebetet. Meinst du das, Liebling?«

»Die Frage für Western Union«, sagte sie.

»Weil Jayne sich nicht ausweisen konnte«, sagte ich. »Natürlich. Sie musste die Zeilen aufsagen, damit sie das Geld und die Medikamente bekam.«

»Genau. So machen wir es immer. Seit Jahren.«

»Und was ist mit Temple?«

»Mit ihm auch.«

Mr. Gault rieb sich das Gesicht. »Rachael, du hast ihm doch kein Geld geschickt. Bitte, erzähl mir nicht …«

»Es ist mein Geld. Ich habe mein eigenes Geld von meiner Familie, genau wie du.« Sie fing wieder an zu sticken und drehte das Stück Stoff auf ihrem Schoß hin und her.

»Mrs. Gault«, sagte ich, »wusste Temple, dass Jayne über Western Union Geld erwartete?«

»Natürlich wusste er das. Er ist ihr Bruder. Er hat gesagt, dass er es für sie abholt, weil sie sich nicht wohl fühlt. Seit das Pferd sie abgeworfen hat. Sie war nie so hell im Kopf wie Temple. Und ihm habe ich auch ein bisschen was geschickt.«

»Wie oft schicken Sie ihr Geld?«

Sie knotete einen Faden und blickte sich um, als hätte sie etwas verloren.

»Mrs. Gault, ich werde nicht eher gehen, bis Sie meine Frage beantwortet haben oder mich hinauswerfen.«

»Nach Luthers Tod hat sich niemand um Jayne gekümmert, und hierher wollte sie nicht kommen«, sagte sie. »Und in eins dieser Heime wollte Jayne auch nicht. Deswegen hat sie mir immer gesagt, wo sie ist, und ich half ihr, wenn ich konnte.«

»Das hast du mir nie erzählt.« Ihr Mann war niedergeschmettert.

»Seit wann war sie in New York?«, fragte ich.

»Seit dem ersten Dezember. Ich hab ihr regelmäßig Geld geschickt, immer nur wenig. Mal fünfzig Dollar, mal hundert. Letzten Samstag wieder. Deswegen weiß ich, dass es ihr gutgeht. Sie hat die Zeilen aufgesagt. Sie war in der Apotheke.«

Ich fragte mich, seit wann Gault das Geld seiner armen Schwester abfing. Ich verachtete ihn in einem Maß, das mich erschreckte.

»In Philadelphia hat es ihr nicht gefallen«, fuhr Mrs. Gault fort. Sie sprach jetzt schneller. »Dort war sie, bevor sie nach New York ging. Das ist vielleicht eine Stadt der brüderlichen

Liebe, also wirklich. Dort hat jemand ihre Flöte gestohlen. Hat sie ihr einfach aus der Hand gerissen.«

»Ihre Blechflöte?«

»Ihr Saxophon. Wissen Sie, mein Vater hat Geige gespielt.«

Mr. Gault und ich starrten sie an.

»Vielleicht war es das Saxophon, das man ihr gestohlen hat. Ach, ich weiß gar nicht mehr, wo sie überall gewesen ist. Liebling? Erinnerst du dich, wie sie an ihrem Geburtstag hier war und mit dem Hund zwischen den Pekanbäumen spazieren gegangen ist?« Ihre Hände hielten inne.

»Das war in Albany. Nicht hier. Wir sind umgezogen.«

Sie schloss die Augen. »Sie war fünfundzwanzig, und noch nie hatte sie ein Mann geküsst.« Sie lachte. »Ich erinnere mich, wie sie auf dem Klavier ›Happy Birthday‹ gespielt hat. Ganz laut. Und dann ist Temple mit ihr in den Stall gegangen. Sie würde überall mit ihm hingehen. Ich hab nie verstanden, warum. Aber Temple kann sehr charmant sein.«

Eine Träne schimmerte zwischen ihren Wimpern.

»Sie ist auf diesem verdammten Pferd Priss weggeritten und nie zurückgekommen.« Mehr Tränen flossen. »Ach Peyton, ich hab mein kleines Mädchen nie wiedergesehen.«

Mit bebender Stimme sagte er: »Temple hat sie umgebracht, Rachael. Das muss ein Ende haben.«

Ich fuhr zurück nach Hilton Head und flog am frühen Abend nach Charlotte und von dort weiter nach Richmond. Ich holte mein Auto, fuhr aber nicht nach Hause, weil ich mich unter einem solchen Druck fühlte, dass ich keine Ruhe fand. Wesley erreichte ich nicht, und Lucy hatte keinen meiner Anrufe erwidert.

Es war fast neun Uhr, als ich an kohlrabenschwarzen Artillerieschießständen und Baracken vorbeifuhr, die Bäume zu beiden Seiten der schmalen Straße warfen riesige Schatten.

Ich war müde und erschöpft, hielt angespannt Ausschau nach Verkehrsschildern und nach Tieren, die die Straße überquerten, als ich plötzlich ein blaues Licht hinter mir blinken sah. Ich versuchte zu erkennen, wer da hinter mir fuhr. Es gelang mir nicht, aber ich wusste, dass es keine Polizeistreife war, deren Wagen hatten Leuchtbalken.

Ich fuhr weiter. Ich dachte an die Frauen, die angehalten hatten, weil sie glaubten, es handele sich um Polizei, und anschließend auf meinen Autopsietischen gelandet waren. Wie oft hatte ich Lucy davor gewarnt anzuhalten, wenn ein Zivilauto sie dazu aufforderte. Nachts war es am gefährlichsten. Der Wagen verfolgte mich hartnäckig, aber ich blieb erst neben dem Wächterhäuschen an der Einfahrt zur FBI-Academy stehen.

Der Wagen hielt hinter mir, und in der Sekunde stand ein uniformierter Militärpolizist mit gezogener Pistole neben meiner Tür. Mir blieb fast das Herz stehen.

»Aussteigen und Hände hoch!«, schrie er.

Ich blieb absolut reglos sitzen.

Er trat einen Schritt zurück, und ich sah, dass der Wächter etwas zu ihm sagte. Er kam aus seinem Häuschen, und der MP klopfte an mein Fenster. Ich ließ das Fenster herunter, während der MP die Hand mit der Waffe senkte, mich jedoch nach wie vor nicht aus den Augen ließ. Er war keinen Tag älter als neunzehn.

»Sie werden aussteigen müssen, Ma'am.« Der MP klang hasserfüllt, weil ihm die Situation peinlich war.

»Das werde ich, wenn Sie Ihre Waffe ins Holster stecken und mir aus dem Weg gehen«, sagte ich, während der Wächter zurück in sein Häuschen ging. »Und auf der Konsole zwischen den Vordersitzen liegt eine Pistole. Ich sag's Ihnen, damit Sie nicht erschrecken.«

»Sind Sie von der Drogenfahndung?«, fragte er und musterte meinen Mercedes.

Vereinzelte graue Stoppeln bildeten so etwas wie einen Schnurrbart auf seiner Oberlippe. Mein Blut kochte. Ich wusste, dass er eine Show abziehen würde, weil der Wächter zusah.

Ich stieg aus, das blaue Licht pulsierte auf unseren Gesichtern.

»Bin ich von der Drogenfahndung?« Ich starrte ihn wütend an.

»Ja.«

»Nein.«

»Sind Sie vom FBI?«

»Nein.«

Er wurde unruhig. »Was sind Sie dann, Ma'am?«

»Ich bin Rechtsmedizinerin.«

»Wer ist Ihr Vorgesetzter?«

»Ich habe keinen Vorgesetzten.«

»Ma'am, Sie müssen einen Vorgesetzten haben.«

»Der Gouverneur von Virginia ist mein Vorgesetzter.«

»Kann ich Ihren Führerschein sehen?«

»Nicht bevor Sie mir sagen, was Sie mir vorwerfen.«

»Sie sind zu schnell gefahren. Siebzig statt der erlaubten fünfundfünfzig Stundenkilometer. Und Sie haben versucht, mich abzuhängen.«

»Fahren alle, die versuchen, eine MP-Streife abzuhängen, zum FBI?«

»Geben Sie mir Ihren Führerschein.«

»Und noch eine Frage, Soldat. Warum glauben Sie, dass ich nachts auf dieser gottverlassenen Straße nicht angehalten habe?«

»Das weiß ich nicht, Ma'am.«

»Zivilwagen stoppen nur selten Autos, Psychopathen dagegen tun es öfter.«

In dem blauen Licht sah er fürchterlich jung aus. Wahrscheinlich wusste er nicht, was ein Psychopath war.

»Ich werde mein Leben lang nicht anhalten, wenn jemand in einem Zivil-Chevrolet mich dazu auffordert. Und wenn wir diese Übung bis ans Ende unserer Tage wiederholen müssen. Haben Sie verstanden?«

Ein Wagen kam aus Richtung der Academy auf uns zu und hielt auf der anderen Seite der Schranke an.

»Sie haben mich verfolgt«, sagte ich wütend, als eine Autotür zugeschlagen wurde. »Sie haben mich mit einer verdammten Neun-Millimeter-Pistole bedroht. Hat man Ihnen bei den Marines nichts über die *Verhältnismäßigkeit der Mittel* beigebracht?«

»Kay?« Benton Wesley tauchte aus der blauen Dunkelheit auf.

Mir wurde klar, dass der Wächter ihn gerufen hatte, aber ich verstand nicht, warum Wesley um diese Uhrzeit noch hier war.

»Guten Abend«, sagte er streng zu dem MP.

Sie gingen ein paar Schritte weg von mir und redeten miteinander, aber ich konnte nicht hören, was sie sagten. Der MP kehrte zurück zu seinem kleinen Wagen, schaltete das Blaulicht aus und fuhr davon.

»Danke«, sagte Wesley zu dem Wächter. »Komm«, wandte er sich an mich, und ich folgte ihm.

Er fuhr nicht auf den Parkplatz, den ich normalerweise benutzte, sondern zu reservierten Plätzen hinter dem Jefferson. Es stand nur ein Auto dort, das von Marino, wie ich erkannte. Ich stieg aus.

»Was geht hier vor?«, fragte ich, mein Atem war wie Rauch in der kalten Luft.

»Marino ist hier.«

Ich spürte, dass etwas passiert war.

»Wo ist Lucy?«, fragte ich sofort.

Er reagierte nicht auf meine Frage, als er seine Karte in den Schlitz schob und eine Tür öffnete.

»Wir müssen miteinander reden«, sagte er.

»Nein.« Ich wusste, was er meinte. »Ich mache mir zu große Sorgen.«

»Kay, ich bin auf deiner Seite.«

»Es hatte manchmal den gegenteiligen Anschein.«

Wir gingen schnell zu Fuß, statt den Aufzug zu nehmen.

»Es tut mir leid«, sagte er. »Ich liebe dich, und ich weiß nicht, was ich tun soll.«

»Ich weiß. Und ich weiß auch nicht, was ich tun soll. Ich wünschte, jemand würde es mir sagen. Aber so, wie es jetzt ist, will ich es nicht, Benton. Ich will, dass es wieder so ist, wie es früher war, aber wie es jetzt ist, will ich es nie wieder.«

Er schwieg eine Weile. »Lucy hat es geschafft«, sagte er schließlich. »Das HRT ist im Einsatz.«

»Dann ist sie also hier«, sagte ich erleichtert.

»Sie ist in New York. Und wir sind dorthin unterwegs.« Er blickte auf seine Uhr.

»Das verstehe ich nicht.«

Wir gingen einen langen Korridor entlang und an Zimmern vorbei, in denen Spezialisten für Verhandlungen mit Geiselnehmern ihre Tage verbrachten, wenn sie nicht irgendwo unterwegs waren und versuchten, Terroristen oder Flugzeugentführer zum Aufgeben zu überreden.

»Ich verstehe nicht, warum sie in New York ist«, wiederholte ich genervt. »Warum habt ihr sie dorthin geschickt?«

Wir betraten sein Büro, in dem Marino in einer Einkaufstasche kramte. Neben ihm auf dem Boden lagen ein Rasierbeutel und drei geladene Magazine für seine SIG Sauer. Er suchte nach etwas und blickte dann auf zu mir.

»Kannst du dir das vorstellen?«, sagte er zu Wesley. »Ich habe meinen Rasierer vergessen.«

»Die kann man in New York kaufen«, erwiderte Wesley. Er blickte grimmig drein.

»Ich war in South Carolina«, sagte ich, »und habe mit den Gaults gesprochen.«

Marino hielt inne und starrte mich an. Wesley setzte sich an seinen Schreibtisch.

»Ich hoffe nur, dass sie nicht wissen, wo ihr Sohn wohnt«, sagte er.

»Sie wissen es nicht.« Ich sah ihn neugierig an.

»Vielleicht ist es auch egal.« Wesley rieb sich die Augen. »Ich will nur nicht, dass jemand ihm einen Tipp gibt.«

»Dann konnte Lucy ihn also lange genug in der Leitung halten«, sagte ich.

Marino stand auf und setzte sich auf einen Stuhl. »Der Irre hat 'ne Bude direkt am Central Park.«

»Wo?«, fragte ich.

»Das Dakota Building.«

Ich dachte an Heiligabend im Central Park. Gault hatte uns womöglich beobachtet. Womöglich hatte er von seiner Wohnung aus die Scheinwerfer sehen können.

»Er kann sich das Dakota nicht leisten«, sagte ich.

»Erinnerst du dich an seinen gefälschten Führerschein?«, fragte Marino. »Der italienische Name? Benelli?«

»Ist es seine Wohnung?«

»Ja«, sagte Wesley. »Mr. Benelli ist anscheinend der Erbe eines beträchtlichen Familienvermögens. Die Hausverwaltung hat angenommen, dass der derzeitige Bewohner – Gault – ein Verwandter aus Italien ist. Außerdem stellen sie sowieso kaum Fragen, und er hat mit Akzent gesprochen. Dazu kommt, dass Mr. Benelli nicht die Miete zahlt. Sondern sein Vater in Verona.«

»Willst du ins Dakota und Gault schnappen?«, fragte ich. »Ist das nicht die Aufgabe des HRT?«

»Nein. Das ist zu riskant«, sagte Wesley. »Wir sind nicht im Krieg, Kay. Wir wollen keine Toten, und das Gesetz bindet uns die Hände. Im Dakota wohnen Menschen, die verletzt werden könnten. Wir wissen nicht, wo Benelli ist. Er könnte in der Wohnung sein.«

»Ja, in einem Plastiksack in einem Koffer«, sagte Marino.

»Wir wissen, wo Gault sich aufhält, und überwachen das Gebäude. Aber Manhattan ist nicht gerade der ideale Ort, um ihn dingfest zu machen. Zu viele Menschen. Wenn es zu einer Schießerei kommt – und da kann man noch so gut zielen –, wird mit Sicherheit jemand getroffen. Jemand wird sterben. Eine Frau, ein Mann, ein Kind, die zufällig zum falschen Zeitpunkt aus der Tür kommen.«

»Ich verstehe. Du hast recht. Ist Gault jetzt in der Wohnung? Und was ist mit Carrie?«

»Weder er noch sie wurden gesehen, und wir haben keinen Grund zu der Annahme, dass Carrie bei ihm ist.«

»Meine Kreditkarte hat er nicht benutzt, um für sie ein Ticket zu kaufen«, sagte ich. »So viel steht fest.«

»Wir wissen, dass Gault heute Abend um acht in der Wohnung war«, sagte Wesley. »Zu diesem Zeitpunkt hat er CAIN angewählt, und Lucy konnte ihn aufspüren.«

»Sie hat ihn hier aufgespürt und ist jetzt in New York? Zusammen mit dem HRT?« Ich blickte von einem zum anderen.

Ich sah Lucy vor mir, wie sie in schwarzen Stiefeln und im schwarzen Kampfanzug ein Flugzeug auf der Andrews Air Force Base bestieg. Ich stellte sie mir in einer Gruppe extrem gut trainierter Helikopterpiloten, Heckenschützen und Sprengstoffexperten vor, und wurde immer ungläubiger.

Wesley sah mich an. »Sie ist seit zwei Tagen in New York. Sie arbeitet am Computer der Transit Police. Sie hat ihn von New York aus aufgespürt.«

»Warum nicht hier, wo CAIN ist?« Ich wollte nicht, dass Lucy in New York war. Ich wollte nicht, dass sie sich im selben Staat, in derselben Stadt wie Temple Gault aufhielt.

»Die haben ein ziemlich ausgeklügeltes System«, sagte Wesley.

»Und Sachen, die wir nicht haben, Doc«, sagte Marino.

»Zum Beispiel?«

»Zum Beispiel einen Computer-Plan des gesamten U-Bahn-Netzes.« Marino beugte sich vor, stützte die Unterarme auf die Knie. Er verstand meine Gefühle. Ich sah es in seinen Augen. »Wir nehmen an, dass Gault sich überwiegend mit der U-Bahn und in den Tunneln fortbewegt.«

»Wir glauben, dass Carrie Grethen Gault irgendwie über CAIN in den Computer der Transit Police eingeschleust hat«, erklärte Wesley. »So kann er immer wieder neu planen, wie er sich in den Tunneln durch die Stadt bewegt. So kommt er an die Drogen, so begeht er seine Verbrechen. Er hat Zugang zu detaillierten Diagrammen, auf denen Haltestellen, Stege, Tunnel und Notausstiege verzeichnet sind.«

»Was für Notausstiege?«, fragte ich.

»Das U-Bahn-System verfügt über Notausgänge aus den Tunneln, für den Fall, dass ein Zug aus irgendeinem Grund stehen bleiben muss. Die Fahrgäste können durch die Notausgänge nach oben geführt werden. Im Central Park gibt es mehrere davon.«

Wesley stand auf und ging zu seinem Koffer. Er öffnete ihn und nahm eine dicke Rolle weißes Papier heraus. Nachdem er das Gummiband entfernt hatte, breitete er auf dem Boden Pläne der U-Bahn aus, auf denen Haltestellen, Gleise, Bahnsteige, Ausstiegsluken verzeichnet waren, alles bis zum letzten Papierkorb. Die Pläne bedeckten fast den ganzen Boden. Manche waren bis zu zwei Meter lang. Ich betrachtete sie fasziniert.

»Die sind von Commander Penn«, sagte ich.

»Ja«, sagte Wesley. »Und in ihrem Computer hat sie noch mehr Details. Zum Beispiel« – er ging in die Hocke – »wurden im März 1979 die Drehkreuze in Station Nummer 300 entfernt.

Das ist hier.« Er deutete auf die Haltestelle an der Hundredtenth Street, Ecke Lenox Avenue und Hundred-twelfth.

»Und so eine Veränderung geht jetzt direkt in den Computer der Transit Police«, fuhr er fort.

»Das heißt, alle Veränderungen tauchen sofort in den elektronischen Plänen auf«, sagte ich.

»Richtig.« Er zog einen anderen Plan näher heran, auf dem die Haltestelle Eighty-first Street/Museum of Natural History eingezeichnet war. »Und hier wird ersichtlich, warum wir glauben, dass Gault diese Pläne benutzt.« Er tippte mit dem Finger auf einen Notausstieg sehr nahe bei Cherry Hill. »Wenn Gault sich diesen Plan angeschaut hat, wird er sich diesen Notausstieg ausgesucht haben, um an den Schauplatz des Mordes im Central Park zu kommen und von dort wieder zu verschwinden. Auf diese Weise konnten sich er und sein Opfer nach ihrem Besuch im Museum ungesehen durch die Tunnel fortbewegen, und als sie im Park herauskamen, waren sie schon nahe bei dem Brunnen, wo er die Leiche zurücklassen wollte.

Was man allerdings auf diesem drei Monate alten Ausdruck nicht sieht, ist, dass am Tag vor dem Mord dieser Notausstieg wegen Reparaturarbeiten verriegelt wurde. Deswegen glauben wir, dass Gault und sein Opfer näher an The Ramble herausgekommen sind. Unter den Fußspuren, die wir dort sichergestellt haben, sind welche, die ihren entsprechen. Und sie wurden in der Nähe eines Notausgangs gefunden.«

»Man muss sich also fragen, woher er wusste, dass der Notausstieg bei Cherry Hill verriegelt war«, sagte Marino.

»Er hätte vorher nachschauen können«, sagte ich.

»Von außen ist das nicht zu sehen, weil die Ausstiege nur von innen zu öffnen sind«, sagte Marino.

»Vielleicht war er unten im Tunnel und hat es von dort gesehen«, entgegnete ich, weil mir die Schlussfolgerung aus dem bisher Gesagten überhaupt nicht behagte.

»Das ist natürlich möglich«, sagte Wesley. »Aber dort unten laufen eine Menge Transit Cops herum. In den Stationen, auf den Bahnsteigen, und keiner erinnert sich, Gault gesehen zu haben. Ich glaube, dass er über den Computer Bescheid weiß und erst herauskommt, wenn es ihm passt.«

»Welche Rolle spielt Lucy dabei?«, fragte ich.

»Sie soll die Pläne manipulieren«, sagte Marino.

»Ich bin kein Computerfachmann«, meinte Wesley, »aber es soll darauf hinauslaufen, dass er, wenn er sich einloggt, einen von ihr veränderten Plan vor sich hat.«

»Wozu?«

»Wir wollen ihn wie eine Ratte in einem Labyrinth in eine Falle locken.«

»Ich dachte, das HRT kommt zum Einsatz.«

»Wir versuchen alles.«

»Dann möchte ich einen Vorschlag machen«, sagte ich. »Gault geht in die Houston Professional Pharmacy, wenn er Geld braucht.«

Sie sahen mich an, als hätte ich den Verstand verloren.

»Dorthin hat Mrs. Gault an Temples Schwester Jayne mehrmals Geld geschickt …«

»Moment mal«, unterbrach Marino mich.

»Ich hab vorhin versucht, dich anzurufen. Ich weiß, dass Temple das Geld abgefangen hat, weil Mrs. Gault auch noch Geld geschickt hat, als Jayne schon tot war. Und jemand anders hat für sie unterschrieben. Diese Person konnte die Testfrage beantworten, das heißt die ersten Zeilen eines Gebets aufsagen.«

»Warte mal«, sagte Marino. »Einen Augenblick, verflucht. Heißt das, dass dieser Hurensohn tatsächlich seine Schwester ermordet hat?«

»Ja«, antwortete ich. »Sie waren Zwillinge.«

»O Gott. Warum hat mir das niemand gleich gesagt?« Er sah Wesley vorwurfsvoll an.

»Du bist zwei Minuten, bevor Kay verhaftet wurde, hier eingetroffen«, sagte Wesley.

»Ich wurde nicht verhaftet. Ihr zweiter Name ist tatsächlich Jayne, mit einem Y.« Dann berichtete ich ihnen über meinen Besuch bei den Gaults.

»Das verändert natürlich alles«, sagte Wesley und rief in New York an.

Es war fast elf, als er den Hörer wieder auflegte. Er stand auf, nahm seinen Aktenkoffer und seine Reisetasche sowie ein Funkgerät, das auf seinem Schreibtisch lag.

»Einheit drei an Einheit siebzehn«, sagte Wesley in das Funkgerät.

»Siebzehn.«

»Wir sind unterwegs.«

»Ja, Sir.«

»Ich komme mit«, sagte ich zu Wesley.

Er sah mich an. Ich stand nicht auf der ursprünglichen Passagierliste. »In Ordnung«, sagte er. »Gehen wir.«

19

Auf dem Flug nach Manhattan besprachen wir den Plan. Das FBI würde einen Undercoveragenten in die Apotheke an der Ecke Houston/Second Avenue schleusen, und zwei Agenten aus Atlanta würden die Plantage der Gaults überwachen. Diese Maßnahmen wurden, noch während wir unterwegs waren, in die Wege geleitet.

Wenn Mrs. Gault sich verhielt wie immer, müsste sie am nächsten Tag Geld schicken. Da Gault nicht wusste, dass seine Eltern vom Tod ihrer Tochter erfahren hatten, musste er davon ausgehen, dass das Geld wie üblich eintreffen würde.

»Was er bestimmt nicht tun wird, ist, sich in ein Taxi zu setzen und zur Apotheke zu fahren«, hörte ich Wesley über den Kopfhörer, während ich in die Dunkelheit hinausschaute.

»Nein«, sagte Marino. »Das wird er nicht tun. Mit Ausnahme der Königin von England sucht alle Welt nach ihm.«

»Er wird die U-Bahn nehmen.«

»In den Tunneln ist es riskant«, sagte ich und dachte dabei an Davila. »Es ist dunkel, Züge fahren, die Strom führenden Schienen.«

»Ich weiß«, sagte Wesley. »Aber er hat die Mentalität eines Terroristen. Es ist ihm egal, wen er umbringt. Wir können keine Schießerei mitten am Tag riskieren.«

»Wie willst du es anstellen, dass er mit Sicherheit die U-Bahn benutzt, um zur Apotheke zu kommen?«, fragte ich.

»Wir machen Dampf, ohne ihn abzuschrecken.«

»Wie?«

»Offenbar gibt es morgen eine Demonstration gegen Kriminalität.«

»Wie passend«, sagte ich. »In der Bowery?«

»Ja. Die Route lässt sich leicht so festlegen, dass sie an der U-Bahn-Station Houston/Second Avenue vorbeiführt.«

Marino schaltete sich ein. »Man muss nur die Straßen an den richtigen Ecken sperren.«

»Die Transit Police muss lediglich die Polizei in der Bowery davon informieren, dass eine Demonstration um die und die Zeit stattfinden wird. Gault wird über den Computer davon erfahren und sehen, dass die U-Bahn-Station an der Second Avenue genau zu der Zeit vorübergehend geschlossen ist, wenn er normalerweise das Geld abholt.«

»Und er erfährt auch, dass es kein guter Zeitpunkt ist, auf der Straße zu sein«, sagte ich.

»Und wenn er beschließt, das Geld morgen nicht abzuholen?«, fragte Marino.

»Er wird es morgen holen«, sagte Wesley, als wüsste er es definitiv.

»Ja«, sagte ich. »Er ist crackabhängig. Die Sucht ist stärker als alle Angst.«

»Meinst du, dass er seine Schwester wegen des Geldes umgebracht hat?«, fragte Marino.

»Nein«, antwortete Wesley. »Aber die kleinen Beträge, die ihre Mutter ihr geschickt hat, hat er sich wie so viele ihrer Dinge angeeignet. Letztlich hat er seiner Schwester alles genommen, was sie besaß.«

»Nein, nicht alles«, widersprach ich. »Sie war nicht böse wie er. Das war ihr größter Besitz, und den konnte Gault ihr nicht nehmen.«

»Gleich landen wir im Big Apple«, sagte Marino.

»Meine Tasche«, sagte ich. »Ich habe sie vergessen.«

»Ich werde gleich morgen früh anrufen«, sagte Wesley.

»Es ist morgen«, meinte Marino.

Wir landeten auf dem Heliport am Hudson, in der Nähe lag der Flugzeugträger *Intrepid*, noch in weihnachtlichem Lichterschmuck. Ein Streifenwagen der Transit Police wartete auf uns, und ich erinnerte mich daran, wie ich vor nicht allzu langer Zeit zum ersten Mal hier gelandet war und Commander Penn kennengelernt hatte. Ich erinnerte mich an Jaynes Blut im Schnee. Damals hatte ich die unerträgliche Wahrheit über sie noch nicht gekannt.

Wir fuhren zum New York Athletic Club.

»Welches Zimmer hat Lucy?«, fragte ich Wesley an der Rezeption, als wir uns bei einem alten Mann anmeldeten, der aussah, als habe er sein Leben lang nur nachts gearbeitet.

»Sie ist nicht hier.« Er gab mir einen Schlüssel.

Wir gingen zum Aufzug.

»Okay«, sagte ich. »Erzähl's mir.«

Marino gähnte. »Wir haben sie an eine kleine Fabrik im Garment District verkauft.«

»Sie befindet sich in Schutzhaft, sozusagen.« Wesley lächelte kurz, als sich die Aufzugstüren öffneten. »Sie wohnt bei Commander Penn.«

In meinem Zimmer zog ich meinen Hosenanzug aus und hängte ihn in die Dusche. Ich ließ, wie an den beiden Tagen zuvor, das heiße Wasser laufen und schwor mir, den Anzug wegzuwerfen, sollte ich jemals wieder Gelegenheit haben, etwas anderes anzuziehen. Ich schlief unter mehreren Decken und bei weit geöffneten Fenstern. Um sechs Uhr, noch bevor der Wecker klingelte, stand ich auf. Ich duschte und bestellte Kaffee und ein Bagel.

Um sieben rief Wesley an, und dann standen er und Marino vor meiner Tür. Wir fuhren mit dem Aufzug hinunter und stiegen in einen wartenden Polizeiwagen. Meine Browning befand sich in meiner Aktentasche, und ich hoffte, dass Wesley schnell eine Sondererlaubnis für mich bekäme, weil ich nicht gegen die New Yorker Waffengesetze verstoßen wollte. Ich dachte an Bernhard Goetz, den U-Bahn-Schützen.

»Wir sollten folgendermaßen vorgehen«, sagte Wesley, während wir Richtung Süden fuhren. »Ich werde den Vormittag am Telefon verbringen. Marino, du sorgst zusammen mit der Transit Police dafür, dass die Demonstration die richtige Route nimmt.«

»Verstanden.«

»Kay, du bleibst bei Commander Penn und Lucy. Sie stehen in direktem Kontakt mit den Agenten in South Carolina und dem in der Apotheke.« Wesley blickte auf die Uhr. »Die Leute in South Carolina müssten innerhalb der nächsten Stunde auf der Plantage eintreffen.«

»Ich hoffe bloß, dass die Gaults die Sache nicht vermasseln«, sagte Marino, der vorne saß.

Wesley sah mich an.

»Die Gaults schienen willens, uns zu helfen«, sagte ich. »Aber können wir nicht einfach in ihrem Namen das Geld schicken?«

»Das könnten wir natürlich«, sagte Wesley. »Aber je weniger Aufmerksamkeit wir erregen, umso besser. Mrs. Gault lebt in einer Kleinstadt. Wenn die Agenten das Geld schicken, könnte es Gerede geben.«

»Und du meinst, dass Gault es erfahren würde?«, fragte ich skeptisch.

»Wenn der Mann im Western-Union-Büro in Beaufort irgendetwas gegenüber dem Western-Union-Mann hier verlauten lässt, weiß man nie, ob Gault es nicht auch erfährt. Dieses Risiko wollen wir nicht eingehen. Und je weniger Leute Bescheid wissen, umso besser.«

»Ich verstehe.«

»Deshalb will ich auch, dass du bei Commander Penn bist«, fuhr Wesley fort. »Sollte Mrs. Gault aus irgendeinem Grund nicht mitspielen, musst du mit ihr reden.«

»Vielleicht taucht Gault ja auch sowieso in der Apotheke

auf«, sagte Marino. »Dann erfährt er erst dort, dass das Geld nicht gekommen ist, falls uns die alte Dame im Stich lässt.«

»Wir wissen nicht, was er tun wird«, sagte Wesley. »Aber ich vermute, dass er vorher anruft.«

»Sie muss das Geld schicken«, sagte ich. »Daran führt kein Weg vorbei. Und es wird ihr nicht leichtfallen.«

»Es ist schließlich ihr Sohn«, sagte Wesley.

»Was passiert dann?«, fragte ich.

»Wir haben dafür gesorgt, dass die Demonstration ungefähr um zwei losgeht. Um diese Zeit wurde bislang immer das Geld angewiesen. Mitglieder des HRT werden auf der Straße sein, einige auch an der Demonstration teilnehmen. Weitere Agenten werden da sein. Plus Polizisten in Zivil, die überwiegend in der U-Bahn-Station und in der Nähe der Notausstiege positioniert werden.«

»Was ist mit der Apotheke?«, fragte ich.

Wesley zögerte. »Zwei Agenten werden dort sein. Aber wir wollen Gault nicht in der Apotheke oder davor schnappen. Er könnte anfangen, um sich zu schießen. Wenn es Tote geben soll, dann nur einen.«

»Ich hoffe nur, dass ich der Glückliche sein werde, der ihn zur Strecke bringt«, sagte Marino. »Danach lasse ich mich pensionieren.«

»Wir müssen ihn unbedingt unter der Erde schnappen«, sagte Wesley mit großem Nachdruck. »Wir wissen nicht, was für Waffen er zur Zeit hat. Wir wissen nicht, wie viele Personen er mit Karateschlägen außer Gefecht setzen kann. Es gibt so viel, was wir nicht wissen. Aber ich glaube, dass er auf Drogen ist und rapide dekompensiert. Und er hat keine Angst. Deswegen ist er so gefährlich.«

»Wohin fahren wir?«, fragte ich, als wir an düsteren Gebäuden vorbeifuhren. Es nieselte. Kein guter Tag für eine Demonstration.

»Penn hat in der Bleecker Street einen Kommandoposten eingerichtet, nicht weit von der Apotheke, aber in sicherer Entfernung«, erklärte Wesley. »Ihre Leute haben die ganze Nacht gearbeitet, Computer installiert und so weiter. Lucy ist bei ihr.«

»Ist der Posten in der U-Bahn-Station dort?«

Der Beamte am Steuer antwortete. »Ja, Ma'am. Es ist eine Station, wo Züge nur werktags halten und nicht an Wochenenden. Es sollte ziemlich wenig los sein. Die Transit Police hat dort ein kleines Revier, das die Bowery abdeckt.«

Er hielt vor einer Treppe, die in die Station hinunterführte. Auf Gehsteigen und Straßen hasteten Menschen mit Regenschirmen vorüber. Andere hielten sich eine Zeitung über den Kopf.

»Sie gehen hier hinunter. Links neben den Drehkreuzen sehen Sie eine hölzerne Tür, gleich neben dem Fenster vom Informationsschalter«, erklärte der Beamte. Dann meldete er Commander Penn über Funk unsere Ankunft.

Wesley, Marino, und ich gingen vorsichtig die rutschige Treppe hinunter. Es regnete jetzt stärker. Der Kachelboden in der U-Bahn-Station war nass und schmutzig, aber kein Mensch war zu sehen. Ich fühlte mich immer angespannter.

Wir kamen am Informationsschalter vorbei, und Wesley klopfte an eine Holztür. Sie wurde geöffnet, und Detective Maier, den ich zum ersten Mal nach Davilas Ermordung im New Yorker Leichenschauhaus gesehen hatte, ließ uns in einen Raum, der in ein Kontrollzentrum umgestaltet worden war. Auf einem langen Tisch standen Schwarzweißmonitore, und meine Nichte saß an einem Pult, auf dem Telefone, Funkgeräte und Computer standen.

Frances Penn, in der schwarzen Uniform ihrer Einheit, kam geradewegs auf mich zu und schüttelte mir herzlich die Hand.

»Kay, ich freue mich, dass Sie hier sind«, sagte sie. Sie vibrierte vor nervöser Energie.

Lucy starrte gebannt auf vier Bildschirme. Auf jedem war ein Teil des New Yorker U-Bahn-Netzes zu sehen.

»Ich muss weiter ins FBI-Büro«, sagte Wesley zu Commander Penn. »Marino wird, wie besprochen, bei Ihren Leuten draußen sein.«

Sie nickte.

»Dr. Scarpetta wird hier bei Ihnen bleiben.«

»Sehr gut.«

»Was genau passiert hier?«, fragte ich.

»Wir sind dabei, die Haltestelle an der Second Avenue zu schließen, die direkt neben der Apotheke ist«, antwortete Commander Penn. »Der Eingang wird mit Böcken versperrt. Solange Fahrgäste unterwegs sind, können wir uns eine Konfrontation nicht leisten. Wir erwarten, dass er aus dem Tunnel kommt, in dem die U-Bahn Richtung Norden fährt. Die Second-Avenue-Station wird ihn reizen, eben weil sie geschlossen ist.« Sie hielt inne und blickte zu Lucy. »Wenn Ihre Nichte es Ihnen auf dem Bildschirm zeigt, wird es Ihnen eher einleuchten.«

»Sie wollen ihn also in der Station schnappen«, sagte ich.

»Wir hoffen, dass es klappt«, sagte Wesley. »In den Tunneln sind Polizisten, Leute vom HRT werden überall sein. Das Wichtigste ist, dass wir ihn irgendwo schnappen, wo keine Menschen sind.«

»Klar«, sagte ich.

Maier ließ uns nicht aus den Augen. »Wie haben Sie herausgekriegt, dass die Frau aus dem Park seine Schwester war?«, fragte er mich.

Ich erzählte es ihm kurz und fügte hinzu: »Mit einer DNA-Analyse werden wir es beweisen.«

»Das wird schwierig werden«, sagte er. »Ich hab gehört, dass sie im Leichenschauhaus ihre Blutprobe und so verloren haben.«

»Woher wissen Sie das?«, fragte ich.

»Ich kenn ein paar Typen, die dort arbeiten. In der Vermisstenabteilung. Sie wissen schon, die Polizei hat dort ein Büro.«

»Wir werden sie identifizieren«, sagte ich und sah ihn unverwandt an.

»Wenn Sie mich fragen, wäre es eine Schande, wenn es Ihnen gelänge.«

Commander Penn hörte aufmerksam zu. Ich spürte, dass sie zu dem gleichen Schluss kam wie ich.

»Warum sagen Sie so etwas?«, fragte sie ihn.

Maier wurde wütend. »Wenn wir dieses Arschloch hier dingfest machen, wird er – so wie das verdammte System in dieser verstunkenen Stadt funktioniert – des Mordes an dieser Frau angeklagt, weil wir nicht genügend Beweise haben, ihm den Mord an Jimmy Davila anzuhängen. Und in New York gibt es keine Todesstrafe. Und der Fall steht auf schwächeren Füßen, wenn die Lady keinen Namen hat – wenn niemand weiß, wer sie ist.«

»Das klingt so, als wollten Sie, dass der Fall auf schwachen Füßen steht«, sagte Wesley.

»Ja. Es klingt so, weil es so ist.«

Marino starrte ihn ausdruckslos an. »Das Schwein hat Davila mit seiner eigenen Dienstwaffe erschossen. Dafür gehörte Gault auf den elektrischen Stuhl.«

»Da haben Sie verdammt recht.« Maier biss die Zähne zusammen. »Er hat einen Polizisten auf dem Gewissen. Einen Polizisten, dem jetzt jede Menge Scheiße vorgeworfen wird. So ist es eben, wenn man bei Ausübung seiner Pflicht umgelegt wird. Jeder, ob Politiker oder die von Internal Affairs, fängt an zu spekulieren. Jeder hat was zu tun. Alle Welt ist beschäftigt. Es wäre tausendmal besser, wenn Gault in Virginia der Prozess gemacht würde.«

Wieder sah er mich an. Ich wusste, was mit Jaynes Blut- und

Gewebeproben passiert war. Detective Maier hatte seine Kollegen im Leichenschauhaus gebeten, ihm einen Gefallen zu tun. Obwohl sie etwas fürchterlich Falsches getan hatten, brachte ich beinahe Verständnis dafür auf.

»In Virginia gibt's die Todesstrafe, und Gault hat dort ebenfalls Leute umgebracht«, sagte Maier. »Und angeblich bricht der Doc hier alle Rekorde, wenn es darum geht, solche Monster wie Gault zur Strecke zu bringen. Wenn der Mistkerl in New York vor Gericht gestellt wird, werden Sie wahrscheinlich nicht aussagen, oder?«

»Ich weiß es nicht«, sagte ich.

»Seht ihr. Sie weiß es nicht. Das heißt, man kann's vergessen.« Er schaute sich um, als hätte er ein Plädoyer gehalten, und keiner könnte seine Argumente widerlegen. »Dieses Arschloch muss nach Virginia und dort auf den elektrischen Stuhl, wenn er nicht hier von einem von uns niedergemacht wird.«

»Detective Maier«, sagte Commander Penn, »ich muss Sie unter vier Augen sprechen. Kommen Sie mit.«

Sie gingen durch eine Tür hinten im Raum hinaus. Sie würde ihn von der Aktion abziehen, weil er sich nicht unter Kontrolle hatte. Sie würde eine Dienstaufsichtsbeschwerde gegen ihn einreichen, und vermutlich würde er vom Dienst suspendiert werden.

»Gehen wir«, sagte Wesley.

»Okay«, sagte Marino. »Ihr werdet uns wiedersehen, im Fernsehen.« Er meinte die Monitore.

Ich zog Handschuhe und Mantel aus und wollte gerade mit Lucy sprechen, als die rückwärtige Tür wieder geöffnet wurde und Maier mit schnellen, ärgerlichen Schritten auf mich zukam.

»Tun Sie's für Jimbo«, sagte er voll Leidenschaft. »Lassen Sie das Arschloch nicht davonkommen.« Die Adern in seinem

Hals standen heraus, und er sah zur Decke hinauf. »Entschuldigen Sie.« Tränen traten ihm in die Augen, und er blinzelte, riss die Tür auf und ging.

»Lucy?«, sagte ich.

Sie tippte etwas und war hochkonzentriert. »Hallo«, sagte sie.

Ich ging zu ihr und küsste sie aufs Haar.

»Setz dich«, sagte sie, ohne den Blick zu heben.

Ich studierte die Bildschirme. Pfeile zeigten die Züge an, die nach Manhattan, Brooklyn, Queens und in die Bronx fuhren, und in einem dichten Raster waren Straßen, Schulen, Krankenhäuser eingezeichnet. Alles war nummeriert. Ich setzte mich neben sie und nahm meine Brille aus der Tasche, als Commander Penn wieder hereinkam; sie sah angespannt aus.

»Das hat nicht gerade Spaß gemacht«, sagte sie. Sie stand hinter uns, die Pistole in ihrem Gürtel berührte beinahe mein Ohr.

»Was sind das für blinkende Symbole, die aussehen wie verdrehte Leitern?«, fragte ich und deutete auf mehrere dieser Symbole.

»Das sind die Notausstiege«, sagte Commander Penn.

»Können Sie mir erklären, was Sie hier machen?«

»Lucy, erklär du es.«

»Eigentlich ist es ganz einfach«, sagte Lucy, der ich nie glaubte, wenn sie das sagte. »Wir nehmen an, dass Gault diese Pläne in seinem Computer aufrufen kann. Ich zeige ihm, was er sehen soll.«

Sie drückte auf ein paar Tasten, und ein anderer Teil des U-Bahn-Netzes erschien auf dem Bildschirm. Sie tippte wieder etwas, und ein rot leuchtender Notausstieg tauchte auf.

»Wir glauben, dass er diese Strecke nehmen wird«, sagte sie. »Und logisch wäre es, wenn er hier einsteigt.«

Lucy deutete auf einen Bildschirm links von ihr. »Das ist die

Haltestelle am Museum of Natural History. Wie du siehst, gibt es drei Notausgänge hier in der Nähe des Hayden Planetarium und einen bei den Beresford Apartments. Er könnte auch noch ein Stück weiter nach Süden gehen bis zu den Kenilworth Apartments, dort in den Tunnel steigen und erst dann auf den Bahnsteig gehen, wenn der Zug einfährt. Hier habe ich nichts verändert. Wichtiger ist das andere Ende, das in der Bowery.«

Sie tippte etwas, und eins nach dem anderen veränderten sich die Bilder auf den Monitoren. Sie konnte sie variieren, verschieben und manipulieren, als wären sie Modelle, die sie in ihren Händen hin und her drehte. Auf dem Bildschirm direkt vor ihr leuchtete das mit einem Viereck umrandete Symbol für einen Notausgang auf.

»Wir glauben, dass das sein Schlupfloch ist«, sagte Lucy. »Es ist der Notausgang, wo Fourth und Third Avenue in die Bowery übergehen. Hier hinter diesem großen Gebäude. Das ist das Cooper Union Foundation Building.«

»Wir glauben, dass er diesen Ausgang benutzt hat«, sagte Commander Penn, »weil sich jemand daran zu schaffen gemacht hat. Ein Stück gefaltete Aluminiumfolie steckte zwischen Tür und Rahmen, sodass man die Tür von außen öffnen konnte. Außerdem ist es von diesem Ausgang am nächsten zur Apotheke. Und er ist abgelegen, hier hinter diesem Gebäude, zwischen Mülltonnen in einem kleinen Seitensträßchen. Gault konnte dort herauskommen und wieder darin verschwinden, wann immer es ihm passte. Es ist unwahrscheinlich, dass ihn dort jemand sieht, sogar am helllichten Tag.«

»Und noch etwas«, sagte Lucy. »Hier am Cooper Square ist eine bekannte Musikalienhandlung, der Carl Fischer Music Store.«

»Richtig«, sagte Commander Penn. »Einer der Angestellten dort erinnert sich an Jayne. Sie ging ab und zu rein und hat ein bisschen rumgeschmökert. Das war im Dezember.«

»Hat jemand mit ihr gesprochen?«, fragte ich. Der Gedanke an Jayne machte mich immer traurig.

»Sie wissen nur, dass sie sich für Jazzpartituren interessiert hat. Allerdings wissen wir nicht, wie gut sich Gault in der Gegend auskennt. Vielleicht besser, als wir glauben.«

»Wir haben ihm seinen Notausgang weggenommen«, sagte Lucy. »Die Polizei hat ihn verriegelt.«

Sie drückte wieder auf ein paar Tasten. Das Symbol war nicht länger erleuchtet, und daneben stand: *Geschlossen.*

»Aber das sieht doch aus wie ein guter Ort, um ihn zu schnappen«, sagte ich. »Warum wollen wir es nicht hinter dem Cooper Union Building versuchen?«

»Das Sträßchen liegt mitten in einer sehr belebten Gegend, und sollte Gault im Tunnel Zuflucht suchen, müssen wir weit runter. Im wahrsten Sinn des Wortes in die Eingeweide der Bowery. Ihn zu verfolgen wäre dort wirklich gefährlich, und er könnte uns entwischen. Ich vermute, dass er sich dort unten besser auskennt als wir.«

»Gut«, sagte ich. »Was also ist vorgesehen?«

»Sein bisheriger Notausgang ist gesperrt. Er hat jetzt zwei Möglichkeiten: Er kann entweder einen anderen Notausgang weiter nördlich benutzen, oder er geht ein Stück weiter im Tunnel und kommt dann auf den Bahnsteig an der Second Avenue. Wir gehen davon aus, dass er den anderen Notausgang nicht nehmen wird, weil er dann überirdisch einen ziemlichen Weg zurücklegen muss. Und weil eine Demonstration stattfindet, muss er mit einer Menge Polizei rechnen. Unsere Theorie ist es demnach, dass er so lange wie möglich im Tunnel bleiben wird.«

»Genau«, sagte Lucy. »Und hier ist es perfekt für ihn. Er weiß, dass die Station vorübergehend geschlossen ist. Niemand wird ihn dabei beobachten, wie er vom Tunnel auf den Bahnsteig geht. Und er kommt direkt bei der Apotheke heraus – praktisch daneben. Er holt das Geld und verschwindet auf demselben Weg, den er gekommen ist.«

»Vielleicht«, sagte ich. »Vielleicht aber auch nicht.«

»Er weiß, dass eine Demonstration stattfindet«, sagte Lucy unnachgiebig. »Er weiß, dass die Haltestelle an der Second Avenue geschlossen ist, und er weiß, dass sein normaler Notausgang verriegelt ist. Er weiß alles, was er für uns wissen soll.

Ich sah sie skeptisch an. »Wie kannst du da so sicher sein?«

»Ich habe es so arrangiert, dass ich es sofort erfahre, wenn jemand diese Dateien abruft. Ich weiß, dass alle abgerufen wurden, und ich weiß, wann.« In ihren Augen blitzte Ärger.

»Könnte das nicht auch jemand anders getan haben?«

»Nicht so, wie ich die Sache arrangiert habe.«

»Kay«, sagte Commander Penn. »Es gibt noch etwas. Schauen Sie her.« Sie deutete auf die Schwarzweißmonitore, die auf dem hohen, langen Tisch standen. »Lucy, zeig es ihr.«

Lucy tippte etwas ein, und die Fernseher erwachten zum Leben, auf jedem war eine andere U-Bahn-Station zu sehen. Ich sah Leute mit geschlossenen Regenschirmen unter dem Arm vorbeigehen, ich erkannte die Einkaufstüten von Bloomingdales, Dean & DeLuca und dem Second Avenue Deli.

»Es hat aufgehört zu regnen«, sagte ich.

»Jetzt sieh mal hin«, sagte Lucy.

Sie gab weitere Befehle ein, und auf den Fernsehmonitoren erschienen dieselben Stationen wie auf den Computerbildschirmen. Gleichzeitig.

»Ich bin hier so etwas wie ein Fluglotse«, sagte Lucy. »Wenn Gault irgendetwas Unerwartetes tut, kann ich über Funk sofort Kontakt zu den Polizisten und zum FBI aufnehmen.«

»Wenn uns Gault, was wir alle nicht hoffen, entkommt und tief in das U-Bahn-System verschwindet, über diese Gleise hier« – Commander Penn deutete auf einen Plan auf einem Bildschirm –, »dann kann Lucy über Funk die Polizei darauf aufmerksam machen, dass hier rechts eine hölzerne Barrikade steht. Oder ein Bahnsteig in der Nähe ist oder Gleise, ein Notausgang, ein Durchgang, Signalpfosten, was immer.«

»Für den Fall, dass er entwischt und wir ihn in der Hölle jagen müssen, in der Davila ermordet wurde«, sagte ich. »Für den Fall, dass das Schlimmste eintritt.«

Frances Penn sah mich an. »Wenn es um ihn geht, was ist in Ihren Augen das Schlimmste?«

»Ich bete, dass wir es schon hinter uns haben«, sagte ich.

»Die Transit Police hat ein Touch-Screen-Telefonsystem«, sagte Lucy. »Wenn die Nummern im Computer sind, kann man sie von überall auf der Welt anrufen. Und besonders cool ist der Polizei-Notruf 911. Wenn man diese Nummer wählt, geht der Anruf normalerweise zum NYPD. Aber wenn man sie in der U-Bahn wählt, geht der Anruf automatisch zur Transit Police.«

»Wann schließen Sie die Second Avenue-Station?«, fragte ich Commander Penn und stand auf.

Sie sah auf ihre Uhr. »In einer knappen Stunde.«

»Werden die Züge trotzdem fahren?«

»Natürlich. Aber sie werden hier nicht anhalten.«

20

Die Demonstration gegen Kriminalität begann pünktlich. Fünfzehn Kirchengruppen nahmen daran teil und eine bunte Mischung aus Männern, Frauen und Kindern, die sich ihre Gegend wieder zurückerobern wollten. Das Wetter war schlechter geworden, der eisige Wind und der Schneeregen trieben die Menschen in Taxis und in die U-Bahn, weil es zu kalt war, um zu Fuß zu gehen.

Um Viertel nach zwei waren in dem Kontrollraum alle Bildschirme, Monitore und Funkgeräte eingeschaltet. Wesley saß in einem der FBI-Autos, die aussahen wie die Yellow Cabs und von der ERF mit Funk, Scannern und anderen technischen Überwachungsgeräten ausgestattet worden waren. Marino war zusammen mit Transit Cops und FBI-Beamten in Zivil auf der Straße. Mitglieder des HRT überwachten das Dakota Building, die Apotheke und die Bleecker Street. Wir wussten nicht, wo genau sich wer aufhielt, weil alle in Bewegung waren.

»Warum meldet sich niemand?«, beschwerte sich Lucy.

»Er wurde noch nicht gesehen«, sagte Commander Penn. Sie wirkte ruhig, aber auch sie war angespannt.

»Die Demonstration hat angefangen«, sagte ich.

»Sie sind im Moment auf der Lafayette Street, unterwegs hierher«, sagte Commander Penn.

Sie und Lucy trugen Kopfhörer, hatten jedoch unterschiedliche Frequenzen eingestellt.

»Okay, okay«, sagte Commander Penn und setzte sich aufrechter, »wir haben ihn gesehen. Bahnsteig sieben«, rief sie Lucy zu, deren Finger in Windeseile über die Tasten glitten. »Er ist über einen schmalen Steg gekommen. Aus einem Tunnel unter dem Central Park.«

Bahnsteig sieben tauchte sofort auf einem Schwarzweißmonitor auf. Wir sahen eine Gestalt in einem langen dunklen Mantel. Er trug Stiefel, einen Hut, eine dunkle Sonnenbrille und stand etwas abseits von den anderen Fahrgästen am Rand des Bahnsteigs. Lucy holte eine Übersicht auf einen anderen Monitor. Menschen schlenderten herum, saßen auf Bänken, studierten Stadtpläne oder standen einfach nur da und warteten. Ein Zug fuhr kreischend ein, verlangsamte, hielt an. Die Türen gingen auf, und er stieg ein.

»Wohin fährt er?«, fragte ich.

»Nach Süden. Er kommt hierher«, sagte Commander Penn aufgeregt.

»Er fährt mit der Linie A«, sagte Lucy und ließ die Monitore nicht aus dem Auge.

»Richtig.« Dann sagte Commander Penn in ihr Mikrophon: »Mit der Linie A kommt er nur bis zum Washington Square. Dort muss er in die F umsteigen und kann direkt zur Second Avenue weiterfahren.«

»Wir müssen jede Haltestelle überprüfen«, sagte Lucy. »Wir wissen nicht, wo er aussteigen will. Aber irgendwo muss er aussteigen, wenn er wieder in einem Tunnel verschwinden will.«

»Und das wiederum muss er, wenn er hierher zur Second Avenue will«, sagte Commander Penn. »Er kann nicht mit der U-Bahn fahren, weil sie hier nicht hält.«

Lucy gab etwas ein, und sofort veränderten sich die Bilder auf den Monitoren, während ein Zug, den wir nicht sahen, in unsere Richtung fuhr. »Er ist nicht in der Forty-second Street«, sagte sie. »Auch nicht in der Penn Station und ebenso wenig in der Station an der Twenty-third.«

Auf den Monitoren tauchten nacheinander verschiedene U-Bahn-Stationen, Bahnsteige und Menschen auf, die nicht wussten, dass sie beobachtet wurden.

»Wenn er in der Bahn geblieben ist, müsste er jetzt in der Fourteenth Street sein«, sagte Commander Penn.

Aber wenn er noch im Zug war, dann stieg er nicht aus, oder wir sahen ihn nicht. Dann sprang uns das Glück plötzlich auf ganz unerwartete Art zur Seite.

»O Gott«, rief Lucy. »Er ist in der Grand Central Station. Wie ist er dorthin gekommen?«

»Er muss früher, als wir gedacht haben, in eine Linie Richtung Osten umgestiegen und über den Times Square gefahren sein«, sagte Commander Penn.

»Aber warum?«, fragte Lucy. »Das ergibt keinen Sinn.«

Commander Penn setzte sich über Funk mit Benton Wesley in Verbindung. Sie fragte ihn, ob Gault schon in der Apotheke angerufen habe. Sie nahm den Kopfhörer ab und schaltete den Lautsprecher ein, damit wir Wesleys Antwort mithören konnten.

»Nein, er hat noch nicht angerufen.«

»Auf dem Monitor haben wir ihn in Grand Central gesehen«, sagte Commander Penn.

»Was?«

»Ich weiß nicht, warum er diese Route gewählt hat. Aber es gibt so viele Alternativstrecken. Er könnte überall aussteigen. Warum auch immer.«

»Leider«, sagte Wesley.

»Was ist mit South Carolina?«, fragte Commander Penn.

»Alles in Ordnung. Der Vogel ist geflogen und gelandet«, sagte Wesley.

Mrs. Gault hatte das Geld geschickt. Wir sahen zu, wie ihr einziger Sohn gelassen U-Bahn fuhr zusammen mit anderen Menschen, die nicht wussten, dass er ein Monster war.

»Einen Augenblick«, sagte Commander Penn ins Mikrophon. »Er ist an der Fourteenth Street/Union Square und fährt weiter Richtung Süden.«

Es machte mich wahnsinnig, dass wir ihn nicht aufhalten konnten. Wir sahen ihn, aber uns waren die Hände gebunden.

»Er scheint ständig umzusteigen«, sagte Wesley.

»Er ist wieder verschwunden«, sagte Commander Penn. »Der Zug ist abgefahren. Wir haben Astor Place auf dem Bildschirm. Das war die letzte Haltestelle vor der Second-Avenue-Station. Er kann an uns vorbeifahren und erst in der Bowery aussteigen.«

»Die Bahn fährt ein«, sagte Lucy.

Auf den Monitoren war Gault nicht zu entdecken.

»Okay, er muss noch im Zug sein«, sagte Commander Penn ins Mikrophon.

»Wir haben ihn verloren«, sagte Lucy.

Sie rief ein Bild nach dem anderen auf, wie eine frustrierte Zuschauerin, die von einem Fernsehkanal zum anderen zappte. Er war nirgendwo zu sehen.

»Scheiße«, murmelte sie.

»Wo kann er bloß sein?« Commander Penn war verwirrt. »Irgendwo muss er aussteigen. Und wenn er zur Apotheke will, kann er den Ausgang hinter Cooper Union nicht benutzen.« Sie blickte zu Lucy. »Das ist es. Vielleicht versucht er es. Aber er kann nicht raus. Die Tür ist verriegelt. Vielleicht weiß er es nicht.«

»Er muss es wissen«, sagte Lucy. »Er hat unsere Pläne abgerufen.«

Sie holte Bilder von anderen Stationen auf die Monitore, aber wir sahen ihn nicht, und auch die Funkgeräte blieben still.

»Verdammt«, sagte Lucy. »Er sollte in der Linie 6 sein. Schauen wir uns noch mal Astor Place und Lafayette an.«

Vergeblich.

Wir saßen eine Weile da und betrachteten die geschlossene Holztür, die in unsere menschenleere U-Bahn-Station hinausführte. Über uns marschierten Hunderte durch die schmutzigen Straßen, um kundzutun, dass sie Verbrechen satt hatten. Ich starrte auf einen U-Bahn-Plan an der Wand.

»Er sollte jetzt in der Second-Avenue-Station sein«, sagte Commander Penn. »Er sollte entweder eine Station davor oder danach ausgestiegen sein und den restlichen Weg in einem Tunnel zurückgelegt haben.«

Mir ging ein schrecklicher Gedanke durch den Kopf. »Er könnte auch von hier aus zur Apotheke gehen. Diese Station ist zwar nicht ganz so nah an der Apotheke, aber sie liegt an der Linie 6.«

»Ja«, sagte Lucy, drehte sich um und sah mich an. »Von hier bis zur Houston ist es nicht weit.«

»Und auch unsere Station hier ist geschlossen«, sagte ich.

Lucy tippte wieder etwas ein.

Ich stand von meinem Stuhl auf und sah Commander Penn an. »Wir sind allein hier. Nur wir drei. An Wochenenden halten die Züge hier nicht. Es ist niemand da. Das ganze Aufgebot ist in der Second Avenue und in der Nähe der Apotheke.«

»Basis an Einheit zwei«, sagte Lucy ins Mikrophon.

»Einheit zwei«, meldete sich Wesley.

»Alles in Ordnung? Wir haben ihn verloren.«

»Bitte warten.«

Ich öffnete meine Aktentasche und holte die Browning heraus. Ich entsicherte sie und spannte den Abzug.

»Ihre Position, zehn-zwanzig?«, fragte Commander Penn über Funk.

»Wir sind bei der Apotheke.«

Bilder flimmerten über die Monitore, während Lucy wie verrückt versuchte, Gault zu lokalisieren.

»Wartet. Wartet«, sagte Wesley.

Dann hörten wir Marino. »Sieht aus, als ob wir ihn hätten.«

»Ihr habt ihn?«, fragte Commander Penn ungläubig. »Wo ist er?«

»Er geht in die Apotheke«, sagte Wesley. »Einen Augenblick, einen Augenblick.«

Stille. Dann wieder Wesley: »Er holt das Geld. Bitte warten.«

Wir warteten in absoluter Stille und Angespanntheit.

Drei Minuten verstrichen. Dann hörten wir wieder Wesley. »Er verlässt die Apotheke. Wir treten in Aktion, sobald er in der Station ist. Bitte warten.«

»Was hat er an?«, fragte ich. »Sind wir sicher, dass es die Person ist, die beim Museum eingestiegen ist?«

Niemand beachtete mich.

»O Gott«, rief Lucy, und wir blickten zu den Monitoren.

Wir sahen die Bahnsteige in der Second-Avenue-Station. Die HRT-Leute stürmten aus den dunklen Tunneln auf die Gleise. In schwarzen Kampfanzügen und Stiefeln rannten sie über die Bahnsteige und die Treppen zur Straße hinauf.

»Etwas ist schiefgegangen«, sagte Commander Penn. »Sie wollen ihn oben schnappen.«

Über Funk war Stimmengewirr zu hören.

»Wir haben ihn.«

»Er versucht, davonzulaufen.«

»Okay, okay, wir haben seine Waffe. Er liegt am Boden.«

»Habt ihr ihm Handschellen angelegt?«

In unserem Kontrollraum ging eine Sirene los. Lichter an der Decke leuchteten blutrot auf, und auf einem Computerbildschirm blinkte rot der Code 429.

»Mayday!«, rief Commander Penn. »Ein Beamter liegt am Boden. Er hat den Notrufknopf auf seinem Funkgerät gedrückt!« Sie starrte ungläubig auf den Bildschirm.

»Was ist los?«, fragte Lucy über Funk.

»Ich weiß es nicht«, hörten wir Wesley. »Irgendwas stimmt nicht. Bitte warten.«

»Er kommt nicht von dort. Der Hilferuf kommt nicht von

der Second-Avenue-Station«, sagte Commander Penn leise. »Der Code auf dem Bildschirm ist Davilas Code.«

»Davila?«, fragte ich benommen. »Jimmy Davila?«

»Er war vier-neunundzwanzig. Das ist sein Code. Er wurde niemand anderem zugeteilt. Und der Mayday-Ruf kommt von hier.«

Wir starrten auf den Bildschirm. Der rot blinkende Code bewegte sich ein elektronisches Gitter entlang. Ich war entsetzt, dass niemand früher daran gedacht hatte.

»Ist Davilas Funkgerät bei seiner Leiche gefunden worden?«, fragte ich.

Commander Penn reagierte nicht.

»Gault hat es«, sagte ich. »Er hat Davilas Funkgerät.«

Wir hörten erneut Wesley, der von unseren Schwierigkeiten keine Ahnung hatte. Er wusste nichts von dem Mayday-Ruf.

»Wir sind nicht sicher, ob wir ihn haben«, sagte er. »Wir sind nicht sicher, wen wir haben.«

Lucy fixierte mich. »Carrie«, sagte sie. »Sie sind nicht sicher, ob sie Gault oder sie haben. Wahrscheinlich sind sie und Gault gleich angezogen.«

In unserem kleinen, fensterlosen Kontrollraum beobachteten wir auf dem Bildschirm, wie sich der blinkende rote Mayday-Code auf uns zu bewegte. Es war niemand in der Nähe, der uns helfen konnte.

»Er ist im Tunnel Richtung Süden und kommt direkt auf uns zu«, sagte Commander Penn unter größter Anspannung.

»Sie hat die Pläne nicht gesehen.« Lucy kam der Sache auf die Spur.

»Sie?« Commander Penn warf ihr einen verständnislosen Blick zu.

»Sie weiß nichts von der Demonstration, oder dass die Second-Avenue-Station geschlossen ist«, fuhr Lucy fort. »Vielleicht hat sie es bei dem Notausgang in der kleinen Straße versucht und kam nicht hinaus, weil er verriegelt ist. Sie ist im Untergrund geblieben, seit wir sie in Grand Central gesehen haben.«

»Wir haben weder Carrie noch Gault auf den Bahnsteigen der Stationen in unserer Nähe gesehen«, sagte ich. »Und du weißt nicht, ob es wirklich Carrie ist.«

»Es gibt so viele Haltestellen«, sagte Commander Penn. »Sie hätten aussteigen können, ohne dass wir sie sehen.«

»Gault hat sie an seiner statt zur Apotheke geschickt«, sagte ich. Ich wurde mit jeder Minute nervöser. »Irgendwie weiß er haargenau, was wir tun.«

»CAIN«, murmelte Lucy.

»Ja. Und wahrscheinlich hat er uns beobachtet.«

Lucy holte unsere Station an der Bleecker Street auf die Monitore. Auf drei Monitoren waren die Bahnsteige und Drehkreuze aus unterschiedlichen Perspektiven zu sehen. Der vierte Monitor blieb schwarz.

»Irgendwas blockiert die vierte Kamera«, sagte Lucy.

»War sie früher schon blockiert?«, fragte ich.

»Nein, als wir hier eintrafen, hat sie einwandfrei funktioniert«, sagte sie. »Aber wir haben diese Station hier seitdem nicht mehr auf den Bildschirm geholt. Es gab keinen Grund dafür.«

Der rote Code bewegte sich langsam weiter.

»Wir müssen den Funkkontakt abbrechen«, sagte ich zu Commander Penn. »Er hat ein Funkgerät.« Ich wusste, dass Gault der rote Code auf unserem Bildschirm war. Ich hatte keinerlei Zweifel daran. »Wir wissen, dass es angeschaltet ist und dass er jedes Wort hört, das wir sagen.«

»Warum ist der Notruf immer noch an?«, fragte Lucy. »Will sie, dass wir wissen, wo sie ist?«

Ich starrte sie an. Lucy saß da, als wäre sie in Trance.

»Vielleicht wurde der Knopf versehentlich gedrückt«, sagte

Commander Penn. »Wenn man sich mit dem Gerät nicht auskennt, weiß man nicht, wozu er dient. Und es macht kein Geräusch, der Knopf kann gedrückt sein, ohne dass man es merkt.«

Aber ich glaubte nicht, dass hier irgendetwas aus Versehen geschah. Gault kam auf uns zu, weil er es wollte. Er war ein Hai, der durch die schwarzen Tunnel schwamm, und ich erinnerte mich daran, was Anna über seine ekelhaften Geschenke für mich gesagt hatte.

»Jetzt ist sie fast schon am Signalpfosten.« Lucy deutete auf den Bildschirm. »Das ist verdammt nah.«

Wir wussten nicht, was wir tun sollten. Wenn wir Wesley über Funk Bescheid sagten, würde Gault es mit anhören und in den Tunneln verschwinden. Solange wir keinen Funkkontakt aufnahmen, wusste niemand, was hier geschah. Lucy war an der Tür und öffnete sie einen Spaltbreit.

»Was tust du da?«, schrie ich sie an.

Sie schloss die Tür sofort wieder. »Die Damentoilette. Ich vermute, dass jemand, der geputzt hat, die Tür ein Stück offen gelassen hat. Und jetzt blockiert sie die Kamera.«

»Hast du da draußen jemand gesehen?«, fragte ich.

»Nein«, sagte sie. Hass funkelte in ihren Augen. »Sie glauben, dass sie Carrie haben. Woher wollen sie wissen, dass es nicht Gault ist? Vielleicht hat sie Davilas Funkgerät. Ich kenne sie. Wahrscheinlich weiß sie, dass ich hier unten bin.«

Commander Penn wandte sich mir zu. »Im Hinterzimmer sind Waffen und Ausrüstung.«

»Ja«, sagte ich.

Wir hasteten in das kleine Zimmer, in dem ein alter Schreibtisch und ein Stuhl standen. Sie öffnete einen Schrank, und wir holten Gewehre, Munition und kugelsichere Westen heraus. Als wir zwei Minuten später in den Kontrollraum zurückkehrten, war Lucy verschwunden.

Ich blickte zu den Monitoren und sah, wie auf dem vierten ein Bild auftauchte, als jemand die Tür zur Damentoilette schloss. Der rote Code auf dem Bildschirm war schon fast in der Station. Er bewegte sich auf einem schmalen Steg und würde jeden Augenblick auf dem Bahnsteig ankommen. Ich sah mich nach meiner Browning um. Sie war nicht mehr da.

»Sie hat meine Pistole mitgenommen«, sagte ich erstaunt. »Sie ist rausgegangen. Sie ist hinter Carrie her.«

Wir luden so schnell wie möglich die Gewehre, nahmen uns aber nicht die Zeit, die kugelsicheren Westen anzuziehen. Meine Hände waren kalt und steif.

»Sie müssen Wesley Bescheid sagen«, sagte ich hektisch. »Sie müssen irgendwas unternehmen, um sie herzuholen.«

»Sie können nicht allein rausgehen«, erwiderte Commander Penn.

»Ich kann Lucy da draußen nicht allein lassen.«

»Wir gehen zusammen. Hier. Nehmen Sie eine Taschenlampe.«

»Nein. Holen Sie Hilfe. Holen Sie sie her.«

Ich griff nach der Taschenlampe und lief hinaus, ohne zu wissen, was mich erwartete. Aber die Station war menschenleer. Ich stand vollkommen reglos da, das Gewehr im Anschlag. Ich sah die Kamera, die an der grün gekachelten Wand neben der Toilettentür angebracht war. Der Bahnsteig war leer, und ich hörte, wie sich ein Zug näherte. Er raste vorbei, weil er an einem Samstag hier nicht halten musste. Durch die Fenster sah ich Menschen, die dösten oder lasen. Nur wenige schienen die Frau mit dem Gewehr überhaupt zu bemerken oder sich gar über sie zu wundern.

Ich fragte mich, ob Lucy in der Toilette war, aber das kam mir unwahrscheinlich vor. Neben dem Kontrollraum, in dem wir uns seit Stunden aufhielten, war eine Toilette. Ich machte ein paar Schritte auf den Bahnsteig zu, mein Herz hämmerte.

Es war eiskalt, und ich hatte meinen Mantel nicht an. Meine Finger um den Gewehrlauf wurden noch steifer.

Mir kam der Gedanke, dass Lucy vielleicht Hilfe holte, und einen Moment lang war ich erleichtert. Vielleicht hatte sie die Tür zur Toilette zugestoßen und war in Richtung Second Avenue gelaufen. Aber was, wenn sie das nicht getan hatte? Ich starrte auf die Tür und wollte nicht durch sie hindurchgehen.

Langsam, Schritt für Schritt ging ich darauf zu und wünschte, ich hätte eine Pistole. In engen Räumen und wenn man um Ecken biegen muss, nützt einem ein Gewehr herzlich wenig. Als ich direkt vor der Tür stand, schlug mir das Herz bis zum Hals. Ich langte nach dem Türgriff, drückte ihn mit aller Kraft nach unten und stürmte in die Toilette. Niemand war an den Waschbecken. Es war totenstill. Ich sah unter die Kabinentüren und hörte auf zu atmen, als ich blaue Hosenbeine und braune Arbeitsstiefel aus Leder sah, die für eine Frau zu groß waren. Metall klimperte.

Ich zielte mit dem Gewehr, zitterte und rief: »Kommen Sie mit erhobenen Händen heraus!«

Ein großer Schraubenschlüssel fiel krachend zu Boden. Der Mann in Overall und Kittel sah aus, als erlitte er jeden Augenblick einen Herzinfarkt, während er aus der Kabine kam. Seine Augen traten aus den Höhlen, als er mich und mein Gewehr anstarrte.

»Ich repariere nur die Toilette. Ich hab kein Geld«, sagte er entsetzt. Er hatte die Arme hochgerissen, als jubelte er gerade über einen Touchdown.

»Sie sind hier mitten in einer Polizeiaktion«, rief ich, richtete den Gewehrlauf zur Decke und sicherte die Waffe. »Machen Sie, dass Sie hier rauskommen!«

Er ließ es sich nicht zweimal sagen. Er sammelte nicht einmal sein Werkzeug ein und schloss die Kabine nicht ab. Er lief die Treppe zur Straße hinauf, während ich wieder auf den Bahnsteig hinaustrat. Ich blickte zu den vier Kameras und fragte mich, ob Commander Penn mich auf den Bildschirmen sah. Ich wollte zurück in den Kontrollraum, als ich im Tunnel Stimmen zu hören glaubte. Plötzlich schien es ein Handgemenge zu geben, und ich hörte ein Ächzen. Lucy begann zu schreien.

»Nein! Nein! Nicht!«

Dann knallte es, als würde etwas in einer Blechtonne explodieren. Funken sprühten in der Dunkelheit des Tunnels, und die Lichter in der Bleecker-Street-Station flackerten.

Im Tunnel brannte kein Licht, und ich konnte nichts erkennen, weil ich es nicht wagte, die Taschenlampe in meiner Hand anzuschalten. Ich tastete mich zu einem Metallsteg vor und stieg vorsichtig die schmalen Stufen in den Tunnel hinunter.

Während ich mich Zentimeter um Zentimeter vorantastete, gewöhnten sich meine Augen an die Dunkelheit. Ich atmete schnell und flach, sah kaum die Durchgänge, die Schienen und die Betonflächen, auf denen die Obdachlosen ihre Lager aufschlugen. Meine Füße stießen gegen Unrat, und es polterte, wenn Gegenstände aus Metall oder Glas umfielen.

Ich hielt das Gewehr vor mich, um meinen Kopf gegen irgendwelche Vorsprünge zu schützen, die ich nicht sah. Es roch nach Schmutz und Exkrementen und verbranntem Fleisch. Je weiter ich ging, um so intensiver wurde der Gestank. Und dann wurde es plötzlich hell, als ein Zug auf dem Gleis Richtung Norden vorbeifuhr. Temple Gault war keine drei Meter mehr von mir entfernt.

Er hatte Lucy im Würgegriff und hielt ihr ein Messer an die Kehle. Neben ihnen lag Detective Maier auf der dritten, stromführenden Schiene, mit geballten Fäusten und zusammengebissenen Kiefern, während Elektrizität durch seinen Körper strömte. Der Zug war verschwunden, es herrschte wieder Dunkelheit.

»Lass sie gehen.« Meine Stimme zitterte. Ich schaltete die Taschenlampe ein.

Gault blinzelte und schirmte seine Augen mit der Hand ab. Er war so blass wie ein Albino, und ich sah die kleinen Muskeln und die Sehnen seiner bloßen Hand, in der er das Seziermesser aus Stahl hielt, das er mir gestohlen hatte. Mit einer schnellen Bewegung konnte er Lucys Hals bis zur Wirbelsäule durchschneiden. Sie starrte mich aus vor Todesangst weit aufgerissenen Augen an.

»Du willst nicht sie.« Ich trat einen Schritt näher.

»Schein mir mit der Lampe nicht ins Gesicht«, sagte er. »Mach sie aus.«

Ich schaltete die Taschenlampe nicht aus, sondern legte sie vorsichtig auf einen Mauervorsprung, von wo aus sie Detective Maier direkt in das verbrannte blutige Gesicht schien. Gault verlangte nicht, dass ich mein Gewehr weglegte, und das wunderte mich. Vielleicht sah er es nicht. Ich hielt es so, dass der Lauf nach oben zeigte. Ich war jetzt noch gut anderthalb Meter von ihm entfernt.

Gaults Lippen waren aufgerissen, und er schniefte laut. Er sah ausgezehrt und ungepflegt aus, und ich fragte mich, ob er high war oder die Wirkung des Cracks bereits nachließ. Er trug Jeans, die Armeestiefel und eine zerkratzte schwarze Lederjacke. Im Revers steckte die Nadel mit dem Äskulapstab, die er kurz vor Weihnachten in Richmond gekauft hatte.

»Mit ihr macht es dir keinen Spaß.« Meine Stimme zitterte immer noch.

Seine unheimlichen Augen schienen mich zu fixieren, während Blut Lucys Hals hinunterlief. Ich griff das Gewehr fester.

»Lass sie gehen. Dann sind nur noch du und ich da. Ich bin es, die du willst.«

Licht funkelte in seinen Augen, und ich konnte im Halbdunkel fast ihre merkwürdige blaue Farbe sehen. Plötzlich versetzte er Lucy einen heftigen Stoß, und sie fiel auf die dritte Schiene zu. Ich griff nach ihr, bekam ihren Pullover zu fassen, zog sie zu mir und gemeinsam stürzten wir zu Boden. Mein Gewehr schlug klappernd auf der Strom führenden Schiene auf. Es knallte, Funken sprühten.

Gault lächelte, warf das Messer weg und hielt meine Browning in den Händen. Er zog den Schieber zurück, nahm die Pistole in beide Hände und zielte mit dem Rohr auf Lucys Kopf. Er war seine Glock gewöhnt und schien nicht zu wissen, dass die Browning eine Sicherung hatte. Er drückte auf den Abzug, und nichts geschah. Er kapierte es nicht.

»Lauf!«, schrie ich Lucy an und stieß sie weg von mir. »Lauf!«

Gault versuchte, den Abzug zu spannen, der jedoch bereits gespannt war. Wütend drückte er ab, aber die Pistole war gesichert, und nichts geschah.

»LAUF!«, schrie ich.

Ich blieb auf dem Boden liegen und versuchte nicht wegzulaufen, weil ich glaubte, dass er Lucy nicht verfolgte, wenn ich dabliebe. Gewaltsam zog er den Schieber ab und schüttelte die Waffe, während Lucy zu schluchzen anfing und davontaumelte. Das Messer lag neben der dritten Schiene, und ich griff danach, während eine Ratte über meine Beine lief und ich mich an einer Glasscherbe schnitt. Mein Kopf lag gefährlich nahe an Gaults Füßen.

Er kam mit der Pistole nicht zurecht, und ich merkte, wie er sich anspannte, als sein Blick auf mich fiel. Mir war klar, was er dachte, und ich schloss meine Hand fest um den kalten Messergriff. Ich wusste, wozu er mit seinen Füßen imstande war, und ich hatte keine Zeit, aufzustehen und ihm das Messer in die Brust oder in den Hals zu stoßen. Ich war auf den Knien und hob die Hand mit dem Messer, als er in Stellung ging, um zuzutreten, und ich rammte ihm das Seziermesser in den

Oberschenkel. Mit beiden Händen stieß ich so tief zu, wie ich nur konnte, während er aufheulte.

Helles Blut spritzte mir ins Gesicht, als ich das Messer herauszog und er im Rhythmus seines Herzschlags aus der Oberschenkelarterie blutete. Ich duckte mich zur Seite, weil ich wusste, dass die HRT-Leute nur auf eine Gelegenheit warteten, schießen zu können.

»Du hast mich verletzt«, sagte Gault ungläubig wie ein Kind. Er beugte sich vor, fasste sich mit der Hand ans Bein und starrte schockiert und fasziniert auf das Blut, das zwischen seinen Fingern hindurchlief. »Es hört nicht mehr auf. Du bist Ärztin. Mach, dass es aufhört.«

Ich sah ihn an. Unter der Kappe war sein Kopf kahl geschoren. Ich dachte an seine tote Zwillingsschwester, an Lucys Hals. Im Tunnel nahe beim Bahnsteig wurde zweimal aus einem Gewehr geschossen, und Gault fiel neben die Schiene, auf die er Lucy hatte werfen wollen. Ein Zug näherte sich, und ich zog ihn nicht vom Gleis. Ich ging weg und blickte nicht zurück.

Am Montag verließen Lucy, Wesley und ich New York in einem Helikopter, der zunächst in Richtung Osten steuerte. Wir flogen über Klippen und die herrschaftlichen Häuser von Westchester, bis wir über die zerklüftete Insel kamen, die auf keiner Touristenkarte verzeichnet ist. Aus den Ruinen eines alten Gefängnisses ragte ein halb zerfallener Schornstein. Wir drehten eine Runde über Potter's Field, die Heimstatt der Heimatlosen, und Häftlinge und Wärter blickten zu dem bewölkten Himmel empor.

Der Helikopter flog so tief wie möglich, und ich war froh, dass wir nicht landen mussten. Ich wollte nicht in die Nähe der Männer von Rikers Island kommen. Grabmarkierungen wuchsen wie weiße Zähne aus dem fleckigen Gras, und jemand hatte aus Steinen ein Kreuz gelegt. Ein Lastwagen stand neben dem offenen Grab, und die Männer holten den neuen Fichtensarg heraus.

Sie hielten inne und sahen zu uns herauf. Lucy und ich saßen auf dem Rücksitz des Helikopters und hielten uns an den Händen. Die winterlich gekleideten Häftlinge winkten uns nicht zu. Ein rostiges Fährboot schaukelte auf den Wellen und wartete darauf, den Sarg mit Gaults Zwillingsschwester nach Manhattan überzusetzen, wo eine letzte Untersuchung durchgeführt würde. Danach konnte Jayne endlich heimkehren.

Kay Scarpetta

Patricia Cornwells Kay-Scarpetta-Reihe hat der Kriminalliteratur in den vergangenen zwei Jahrzehnten eine neue Richtung gegeben. Mit *Post Mortem* erschien 1990 zum ersten Mal ein Roman, der die Tür zur Gerichtsmedizin öffnete und den Schwerpunkt auf diesen bis dahin vernachlässigten Bereich der Ermittlungen legte. Abläufe, Geräusche und Gerüche wurden erstmalig so plastisch beschrieben, dass die Geschehnisse im Autopsiesaal auch für den medizinischen Laien lebendig wurden. Bei ihrer jahrelangen Tätigkeit als Computerexpertin in der Forensik lernte Patricia Cornwell die Leiterin der Gerichtsmedizin des Staates Virginia, Dr. Marcella Fierro, kennen, die als Beraterin großen Einfluss auf die realistische Darstellung in den Romanen nahm. Waren der Gerichtsmediziner und seine Arbeit in der klassischen Detektivstory nur am Rande erwähnt worden, so konnte der Leser nun in allen Details nachvollziehen, welche Erkenntnisse der tote Körper eines Ermordeten offenbart.

Neben diesem neuen Erzählansatz bietet die Romanreihe aufgrund der einzigartig detaillierten Recherche von Patricia Cornwell auch eine ungewöhnliche Dokumentation der technischen Veränderungen in der Gerichtsmedizin und den Kriminallaboren. Ein einfaches Beispiel für diese Fortschritte ist die Identifikation von Fingerabdrücken, die Kay Scarpetta zu Beginn der Reihe noch verschicken muss, damit sie per Hand mit archivierten Abdrücken verglichen werden können. In den späteren Romanen hingegen ist es selbstverständlich, dass nicht nur die Gerichtsmedizin von Virginia, sondern auch jede andere für die Verbrechensbekämpfung zuständige staatliche Stelle in den USA Zugang zu einem nationalen Computerarchiv hat.

Die Entwicklung der DNA-Spurensicherung – die in der jüngsten Vergangenheit auch in Deutschland mehrfach dazu beitrug, dass reale Kriminalfälle nach vielen Jahren endlich abgeschlossen werden konnten – lässt sich über die Kay-Scarpetta-Romane ebenfalls schrittweise verfolgen. Ein weiterer faszinierender Aspekt sind die Dialoge der Mediziner in den kriminaltechnischen Laboren über die Verwendbarkeit von Untersuchungsergebnissen vor Gericht. In den Vereinigten Staaten ist es durch das Prinzip des Geschworenengerichts besonders wichtig, dass es Wissenschaftlern und Medizinern gelingt, eine neue, spektakuläre Methode und die daraus gewonnenen beweiskräftigen Erkenntnisse auch für den Laien nachvollziehbar zu erklären.

Vor allem aber die Wahl der Hauptfigur macht diese Buchreihe zu etwas Außergewöhnlichem. Patricia Cornwells Protagonistin arbeitet in einem Beruf und einer Position, die bis dahin hauptsächlich Männern vorbehalten waren. Und obwohl Kay Scarpetta von ihrer Arbeit fast schon besessen ist, gelingt es der Autorin trotzdem, der Gerichtsmedizinerin im privaten Umfeld eine reizvolle Verletzlichkeit zu verleihen.

*

Als älteste Tochter einer italienischstämmigen Familie wird Kay Scarpetta in Miami, Florida, geboren. Ihre gesamte Kindheit wird durch die Krankheit des Vaters geprägt, der an Leukämie stirbt, als Kay zwölf ist. Während die Mutter den kleinen Lebensmittelladen der Familie weiterführt, ist Kay für den Haushalt und ihre jüngere Schwester Dorothy verantwortlich. Vielleicht liegt es an dieser Aufsichtspflicht, dass sie die kleine Schwester schon von Geburt an als egozentrisch und unersättlich empfindet. Nur an zwei Dinge ihrer Kindheit hat Kay schöne Erinnerungen: das gemeinsame Essen mit der Familie und das Lernen in der Klosterschule. Wenn es dem Vater gut genug geht, dass er zusammen mit seiner Frau und den beiden Töchtern in der Küche sitzen kann, dann verbringt die Familie Stunden damit, die italienischen Gerichte der Mutter zu verspeisen und dabei über die Dinge zu reden, die sie bewegen. In der Schule wiederum kann Kay die schwere Krankheit ihres Vaters verdrängen und in der Bibliothek ihren unendlichen Wissensdurst befriedigen.

Da ihre Eltern nie mit den Kindern über den gesundheitlichen Zustand des Vaters sprechen, fasst Kay Scarpetta schon früh den Entschluss, Medizin zu studieren. Sie will mehr über die Funktionen des menschlichen Körpers erfahren und die Ursachen von Krankheiten erforschen und beheben. Schon mit fünfzehn Jahren studiert sie *Henry Gray's Anatomy of the Human Body*, ein medizinisches Standardwerk über die menschliche Anatomie. Angesichts solchen Eifers ist es nicht weiter verwunderlich, dass Kay die High School als Klassenbeste abschließt.

Über Stipendien ist es ihr möglich, das Medizinstudium an der Johns Hopkins University in Baltimore, Maryland, und das daran anschließende Jurastudium an der Georgetown University in Washington, D.C., zu finanzieren. Vor allem während des Medizinstudiums hat Kay Scarpetta mit Vorurteilen gegenüber ihr als Frau, die Forensikerin werden will, zu kämpfen. Auch während des Jurastudiums hat sie es nicht leicht. Sie fühlt sich in Washington, der Stadt des Reichtums und der Macht, deplatziert, bis sie den charismatischen Studenten Mark James kennenlernt. Für die junge Medizinerin ist es Liebe auf den ersten Blick. Umso mehr schmerzt sie nach zwei Jahren leidenschaftlicher Beziehung die Entdeckung, dass Mark sie mit anderen Frauen betrügt.

Im letzten Jahr an der Georgetown University verlobt sich Kay mit Tony Benedetti, den sie nach dem gescheiterten Verhältnis mit Mark als einen sicheren Hafen empfindet. Doch nach sechs Jahren endet die Ehe mit der Scheidung, denn Tony möchte, dass Kay ihre Zeit mit den traditionellen Pflichten einer Ehefrau verbringt, statt zu arbeiten. Nach der Trennung von ihrem Mann nimmt die ehrgeizige Medizinerin die Position als Stellvertreterin des Chief Medical Examiner von Dade County, Florida, an. Hier sammelt Kay die Erfahrungen, die sie nur wenig später dazu befähigen, als erste Frau in den USA die Leitung der Gerichtsmedizin des Staates Virginia zu übernehmen.

Ihre Tätigkeit als Leitende Gerichtsmedizinerin erfordert es, dass Kay Scarpetta viel Zeit im Verwaltungsbereich zubringt, auch wenn ihre fähigen Mitarbeiter ihr einige Aufgaben abnehmen, so dass sie immer noch jeden Tag selbst im Autopsiesaal stehen kann. Trotz des respektvollen und aufmerksamen Umgangs mit den Verstorbenen sind die täglichen Untersuchungen in erster Linie Routine.

Zwar fühlt sich Kay Scarpetta von jedem Toten berührt, doch nur wenige belasten ihr Leben nachhaltig. Da ist zum Beispiel die Leiche des jungen Eddie Heath, deren Anblick die Gerichtsmedizinerin wohl nie aus ihrer Erinnerung tilgen kann. Der Dreizehnjährige wurde von seiner Mutter losgeschickt, um im nächsten Supermarkt eine Suppe zum Abendessen zu kaufen. Stunden später wird seine Leiche nackt und verstümmelt neben einem Müllcontainer aufgefunden. Die Spurensuche nach Eddie Heath' Mörder führt die Gerichtsmedizinerin zu einem der gewalttätigsten Verbrecher ihrer Laufbahn. Weitere Menschen müssen sterben, und auch Kay Scarpetta und ihre Nichte Lucy geraten in das Visier des Täters, bevor dieser Monate später nach einer aufsehenerregenden Jagd in New York gestellt wird.

Aufgrund ihrer exponierten Position und ihres überaus guten Rufes als Gerichtsmedizinerin wird Kay Scarpetta regelmäßig um Hilfe gebeten, wenn es darum geht, besonders raffinierte Serienmörder zu fassen. Und je mehr ihre Meinung bei den Ermittlungsbehörden geschätzt wird, desto stärker interessieren sich auch psychopathische Mörder für die erfolgreiche Medizinerin. Nicht wenige Killer reizt es, ihren Intellekt mit dem Kay Scarpettas zu messen und eine Konfrontation mit der Person zu suchen, die aufgrund der Obduktion den detailliertesten Eindruck von den grauenhaften Taten erhält. Auch auf den sich selbst als »loup-garou« (Werwolf) bezeichnenden Mörder Jean-Baptiste Chandonne übt die Gerichtsmedizinerin einen ganz besonderen Reiz aus, die wiederum an der Widersprüchlichkeit der verschiedenen Spuren auf den entsetzlich verstümmelten Frauenleichen fast verzweifelt. Diese Fixierung der Täter auf die erfolgreiche und attraktive Frau, die versucht, ihnen das Handwerk zu legen, bringt Kay Scarpetta und die Menschen, die ihr nahestehen, nicht selten in Lebensgefahr und verursacht bei der sonst so professionellen Forensikerin jahrelang entsetzliche Albträume.

So erfolgreich Kay Scarpetta in ihrem Beruf ist, so ereignisarm verläuft ihr Privatleben. Es fällt ihr nicht leicht, anderen Menschen zu vertrauen. Auch mit ihrer Familie versteht sich Kay nicht besonders gut, und sie ist froh, dass sie so weit von Mutter und Schwester entfernt lebt. Einzig ihre Nichte Lucy ist Kay Scarpetta ans Herz gewachsen und wird von ihr in den Schulferien gern in ihr Haus in Richmond eingeladen. Für Lucy stellt Kay die dringend benötigte Ersatzmutter dar. Ihre Mutter Dorothy ist zwar eine preisgekrönte Kinderbuchautorin, zieht aber die Gesellschaft von Männern der ihrer Tochter vor. Kay hingegen hat es immer bedauert, dass sie keine Kinder bekam, und genießt es, für ihre Nichte da zu sein – trotz aller Unsicherheiten im Umgang mit einem Kind. Doch die erwachsene Lucy stellt Kay Scarpetta auch vor Herausforderungen.

Nachdem das Mädchen schon als Kind eine erstaunliche Begabung bei allem zeigte, was mit Computern zu tun hat, bekommt Lucy bereits als Teenager die Chance, im Rahmen eines Praktikums beim FBI in Quantico an innovativen Programmen mitzuarbeiten. Diese ersten Entwicklungen resultieren in einer festen Anstellung beim FBI und der Beschäftigung mit künstlicher Intelligenz. Aber eine reine Forschungstätigkeit befriedigt die energische junge Frau nicht, weshalb sie in den aktiven Dienst wechselt.

Für Kay Scarpetta ist Lucys Arbeit beim FBI ein ständiger Quell der Sorge. Auf der einen Seite ist sie stolz auf ihre tüchtige und überaus intelligente Nichte, der es sogar gelingt, bei dieser Behörde als erste Frau die Prüfung zur Hubschrauberpilotin zu bestehen. Doch andererseits ist so das einzige Familienmitglied, das Kay wirklich am Herzen liegt, Tag für Tag großen Gefahren ausgesetzt. Auch kann sich die Gerichtsmedizinerin nicht an den Gedanken gewöhnen, dass ihr Vorbild dazu geführt hat, dass Lucy sich in Bereichen beweisen will, die traditionell eher Männern vorbehalten sind. Doch die Fähigkeiten ihrer Nichte helfen Kay Scarpetta auch immer wieder bei ihren Ermittlungen, und je länger Lucy im Berufsleben steht, desto partnerschaftlicher wird das Verhältnis der beiden Frauen zueinander.

Freundschaften entstehen bei einem derart von der Arbeit eingespannten Menschen in erster Linie über die gemeinsam zu lösenden Fälle. So ist es auch nicht verwunderlich, dass die wenigen Personen, die Kay Scarpetta nahestehen, beruflich mit ihr verbunden sind. Als Leitende Gerichtsmedizinerin des Staates Virginia arbeitet sie häufig mit Pete Marino zusammen und verfolgt im Laufe ihrer gemeinsamen Tätigkeit seinen Aufstieg vom Detective zum Captain der Kriminalpolizei von Richmond. Bei ihren ersten Begegnungen fühlt sich Kay Scarpetta von dem oftmals aggressiven Marino ziemlich eingeschüchtert.

Erst im Laufe ihrer jahrelangen Zusammenarbeit entwickeln die beiden nicht nur Respekt füreinander, sondern sind sich zunehmend freundschaftlich verbunden. Kay gelingt es, hinter Marinos Maske aus Vorurteilen und ungehobeltem Verhalten die fürsorglichen und freundlichen Seiten des Polizisten zu entdecken. Pete Marino ist es auch, den sie darum bittet, Lucy den Umgang mit Waffen beizubringen.

Manchmal scheint die Freundschaft mit Pete Marino jedoch fast auf einer Hassliebe zu basieren. Der Polizist wird nur schwer damit fertig, dass ihm Kay an Ausbildung und Ansehen überlegen ist, ein Minderwertigkeitsgefühl, das nicht zuletzt auf seine Kindheit in einem Armenviertel in New Jersey zurückzuführen ist. Außerdem übt die Gerichtsmedizinerin eine unwiderstehliche Anziehungskraft auf ihn aus, auch wenn ihm schmerzhaft bewusst ist, dass Kay nicht mehr als eine rein freundschaftliche Beziehung zu ihm wünscht. Diese Zwiespältigkeit führt – neben einigen persönlichen Tiefschlägen – dazu, dass Marino sich der Forensikerin gegenüber oft unmöglich verhält. Sein ruppiges Benehmen kann Kay Scarpetta nur tolerieren, weil sie sich immer wieder seine positiven Seiten ins Gedächtnis ruft.

Während sich die Beziehung zu Pete Marino unter Schwierigkeiten entwickelt, wird das Verhältnis zu dem FBI-Agenten Benton Wesley von Beginn an von Respekt, beruflicher Wertschätzung und einer unterschwelligen sexuellen Anziehung geprägt. Der Vater von drei Kindern hat Psychologie studiert und nach einer kurzen Laufbahn als Direktor einer High School beim FBI angefangen. Nach dem aktiven Einsatz hat sich Benton auf die Tätigkeit als Profiler spezialisiert. Er ist es auch, der Kay Scarpetta als beratende Gerichtsmedizinerin für die Behavioral Science Unit des FBI gewinnt.

Für Lucy übernimmt Benton Wesley ebenfalls eine wichtige Rolle. Er ermöglicht es Kays Nichte, ihr Praktikum beim FBI zu machen, und begleitet Lucys Karriere auch später als Mentor. Neben der beruflichen Verbindung entwickelt sich der Psychologe zur einzigen Vaterfigur, die die junge Frau je hatte. Schon bei ihrer ersten Begegnung ist Benton von Lucys Intelligenz und Zielstrebigkeit beeindruckt, während ihn ihre Bedürftigkeit nach Menschen, die sie lieben und akzeptieren, erschüttert. Für Kay und Lucy wird Benton Wesley im Laufe der Zeit zur wichtigsten Stütze in einem Berufsalltag, der beide Frauen oft an die Grenzen ihrer Belastbarkeit bringt.

Abstand von ihrem harten Arbeitsalltag und den grauenhaften Erinnerungen an ihre schlimmsten Fälle findet Kay Scarpetta, wenn sie sich mit klassischer Musik vor dem Kaminfeuer entspannt. Aber auch in ihrer perfekt eingerichteten Küche kommt Kay zur Ruhe, wenn sie dort ihre italienischen Köstlichkeiten zubereitet. An diesem gemütlichen Ort findet Kay auch nach extrem stressigen oder lebensgefährlichen Situationen wieder ihre innere Mitte. Neben gutem Essen und den wenigen Menschen, denen sie vertraut, sind Kay Scarpetta nur noch ihr Haus und ihr Garten wirklich wichtig. Schon als Kind hat sie bei ihren Verkaufstouren mit dem Obstkarren in den Villenvierteln von Miami davon geträumt, in einem so schönen Zuhause zu leben. Durch harte Arbeit und den geschickten Umgang mit Geld gelang es Kay, ihren Traum zu verwirklichen und nicht nur ein Heim nach ihren eigenen Vorstellungen bauen zu lassen, sondern dieses auch mit einem wunderschönen, duftenden Garten zu umgeben.

So stolz Kay Scarpetta darauf ist, aus der Gerichtsmedizin des Staates Virginia die erfolgreichste Institution des Landes gemacht zu haben, so sehr zermürben sie die politischen Aspekte ihres Berufes. Als Kay sich nicht nur mit einer schlimmen persönlichen Krise, sondern auch mit Intrigen und boshaften Machtspielen rund um ihren Arbeitsplatz auseinandersetzen muss, gibt sie nach fast zwanzig Jahren ihre Tätigkeit in Richmond auf. Auch wenn sie quasi zur Kündigung gezwungen wird, fühlt sich die Gerichtsmedizinerin nach diesem gravierenden Schritt in ihrem Leben regelrecht befreit. Kay Scarpetta geht es bei ihrer Arbeit immer nur darum, den Menschen zu dienen, den Toten eine Stimme zu geben und für die Hinterbliebenen Antworten zu finden. Ohne die mit ihrem Amt verbundene Bürokratie hofft Kay, dass sie sich mehr auf diese Bereiche ihrer Tätigkeit konzentrieren und so wieder mehr Befriedigung in ihrer Arbeit finden kann.

Von Richmond zieht Kay nach Delray Beach in Florida und beschäftigt sich von nun an damit, in den USA und anderen Ländern Vorträge über rechtsmedizinische Themen zu halten, als Gastdozentin Kurse an der National Forensic Academy zu geben und als Beraterin tätig zu sein. Selbst die Umstände ihres Weggangs aus Richmond können dem Ruf Kay Scarpettas als führende Gerichtsmedizinerin nicht schaden. Wenig später nimmt sie die Stelle als Leiterin der National Forensic Academy an, während Pete Marino als Ausbilder an der Academy und als Ermittler für das Gerichtsmedizinische Institut von Broward County beschäftigt wird. Doch der Hurrican Wilma im Jahr 2005 zwingt Kay dazu, noch einmal umzuziehen. Dieses Mal beschließt sie, ganz neu anzufangen und sich beruflich nicht mehr an größere Institutionen zu binden. In Charleston, South Carolina, eröffnet Kay eine private forensische Praxis, in der sie für Leichenbeschauer, die keinen Zugang zu rechtsmedizinischen Institutionen und Laboren haben, Untersuchungen vornimmt.

Doch auch dieser Ort wird nicht ihre letzte Station auf der Suche nach privater und beruflicher Erfüllung bleiben.

Band 3: *Das fünfte Paar*

»... ein hervorragend geschriebener Roman, dessen Personen beim Lesen zunehmend Gestalt annehmen und die man so schnell nicht vergisst.«

Zeitbühne

Band 4: *Phantom*

Ausgezeichnet mit dem Gold Dagger Award. »Zartbesaitete werden an manchen Stellen erblassen ... Gänsehaut vom Feinsten!«

Bild am Sonntag

Band 5: *Body Farm*

»Ein überaus spannender Krimi für alle, denen bei der minutiösen Beschreibung von sezierten Leichen nicht die Knie weich werden.«

Brigitte

Band 6: *Die Tote ohne Namen*

»Scarpetta ist keine Papierheldin – sie ist scharfsinnig, sie ist einsam, sie hat mit ihren ganz persönlichen Dämonen zu kämpfen.«

Cosmopolitan

| Hoffmann und Campe |